論創ミステリ叢書

29

林不忘探偵小説選

論創社

林不忘探偵小説選　目次

創作篇

随筆篇

凡例

一、「仮名づかい」は、「現代仮名遣い」（昭和六一年七月一日内閣告示第一号）にあらためた。

一、漢字の表記については、原則として「常用漢字表」に従って底本の表記をあらため、表外漢字は、底本の表記を尊重した。

一、難読漢字については、現代仮名遣いでルビを付した。

一、あきらかな誤植は訂正した。

一、今日の人権意識に照らして不当・不適切と思われる語句や表現がみられる箇所もあるが、時代的背景と作品の価値に鑑み、修正・削除はおこなわなかった。

一、作品標題は、底本の仮名づかいを尊重した。漢字については、常用漢字表にある漢字は同表に従って字体をあらためたが、それ以外の漢字は底本の字体のままとした。

林不忘探偵小説選

創作篇

釘抜藤吉捕物覚書

丶の字の刀痕

一

早いのが飛鳥山。

花の噂に、横町の銭湯が賑わって、八百八町の人の心が一つの陽炎《かげろう》と立ち昇る、安政三年の春まだ寒い或る雨上がりの、明けの五つと言うから辰の刻であった。

唐桟の素袷に高足駄を突っ掛けた勘弁勘次は、山谷《さんや》の伯父の家へ一泊しての帰るさ、朝帰りのお店者《たなもの》の群と後になり先になり、馬道から竜泉寺の通りへ切れようとして捏《こ》ね返すような泥濘の中を裏路伝いに急いでいた。

伊勢源の質屋の角を曲がって杵屋助三郎と懸け行灯《あんどん》に水茎の跡細々と油の燃え尽くした師匠の家の前まで来ると、只事ならぬ人だかりが岡っ引き勘次の眼を惹いた。

「何だ、喧嘩か、勘弁ならねえ」

綽名《あだな》にまで取った、「勘弁ならねえ」を連発しながら、勘弁勘次は職掌柄人波を分けて細目に開けた格子戸の前に立った。

江戸名物の尾のない馬が、勝手なことを言い合っているその言葉の端々にも、容易ならぬ事件の突発したことが窺われた。

「おや、お前さんは八丁堀の勘さんじゃねえか」

こう言ってその時奥から出て来たのは、少し前まで合点長屋の藤吉の部屋で同じ釜の飯を食っていた影坊子《かげぼうし》の三吉であった。彼は藤吉の口利きで今この界隈の朱総《しゆぶさ》を預かる相当の顔役になっていたものの、部屋にいた頃から勘次とはあまり仲の好い間柄ではなかった。まして縄張りがこう遠く離れてからというものは、掛け違ってばかりいて二人が顔を合わす機会もなかったのであった。

「何だ、喧嘩か、勘弁ならねえ」

勘次は内懐から両手を出そうともせず、同じ事を繰り返していた。

「相変わらず威勢が好いのう」

冷笑《ひやか》すような調子で笑いながら、

「なにさ自害《じげえ》があったのさ」

と三吉は事も無げに付け足した。

「自害か、面白くもねえ――して。髱《たぼ》か、野郎か?」

それでも幾分好奇心を唆《そそ》られたと見えてこう訊き返しながら、ふと勘次は格子内の土間の灰溜まりに眼を付けた。

「血だな」

彼は独り言のように言った。

「おおさ、この辺で腹を突いたと見えて、俺が来た時は、もう黒くなりかけた血の池で足の踏み場も無《ね》えくらいの騒ぎよ」

這入《はい》って検分したさに勘次はむずむずしていたが、自分から頼み込むのは業腹だった。その様子を見て取ったものか昔の好《よし》みから三吉は、勘次を招じ入れて台所へ案内して行った。途々《みちみち》畳の上に黒ずんだ斑点が上がり框から続いているのを勘次は見逃さなかった。

台所の板の間に柄杓の柄を握ったまま男が倒れていた。そばに鉄瓶が転がっていて、熱湯を浴びたものか、男の顔は判別が付かないほど焼け爛れていた。腹部の傷口から溢れ出た血が板の合わせ目を伝わって裏口に脱ぎ捨てた駒下駄へまで垂れていた。鉄の錆びのような臭気《におい》に狭い家の中は咽《む》せ返るようだった。綿結城に胡麻柄唐桟の半纏《はんてん》を羽織って白木の三尺を下目に結んでいる着付けが、どう見ても男は吉原の地回りか、とにかく堅気の者ではなかった。右の腹を左手で押さえたまま、右の手は流し許の水甕へ延びていた。水を呑みに台所まで這って来たものらしかった。手近いところに血だらけの出刃庖丁が落ちていた。

「此家《ここ》の助さんの兄貴で栄太《えいた》という遊び人でさあ。お神輿栄太ってましてね。質《たち》の好くねえ小博奕打ちでしたよ。何れ約束だろうが、まあ、何て死に様をしたもんだ」

そばに立っていた差配の伊勢源が感慨無量といった調子で説明の言葉を挟んだ。この家の主人《あるじ》は杵屋助三郎という長唄の師匠だが、一昨日の暮れ六つに近処へ留守を頼んだまま女房のお銀と甲府在の親元へ遊びに行って不在であった。栄太の死体が納豆売りの注進によって発見されたのは、今日の引き明けで、表土間の血溜まりから小僧が不審を起こしたのであった。家は内部《なか》から厳丈《がんじょう》に戸締りがしてあった。それで先ず自殺ということに三吉はじめ立会人一同の意見が一致したわけであるが、覚悟の自害とすれば何故わざわざ通りに近い表玄関を選んだか、それに切腹用に供したと思われる刃物が現場から台所まで運ばれていることも、不思議の一つに算《かぞ》えられた。入口で腹を突いた人間が刃物を摑んだまま裏まで這って来るということはちょっと有りそうもなかった。が、夢中で握っていたと言えばもちろんそれまでである。けれども、突いた後で気が弱ってすぐその場へ取り落とす方が自然ではなかろうか、と勘次は考えた。何しろ窓には内部《うち》から桟が下ろしてあることではあり、表にも裏にも中から心張り棒が支《か》ってあった事実から見て自殺という説には疑いを挟《さしはさ》む余地がなかった。兄弟とはいえ好人物の助三郎とは違い、人にも爪弾きされていたという栄太の死に顔を、鼻の先へやぞうを作ったまま勘次は鋭く見下ろしていた。無残に焼けた顔は、咽喉《のど》の下まで皮が剝けていて、一眼では誰だか見当が付かなかった。お神輿栄太ということは差配の伊勢源と近処の店子《たなこ》達の証言によって判然したのであった。

今朝早く例日《いつも》のように此町《ここ》を通り掛かった三河島の納豆売りの子供が、呼び声も眠そうに朝霧の中をこの家の前まで来ると格子の中から異臭が鼻を衝いた。隙間から覗いて見ると赤黒い物がどろっと玄関に流れていた。格子戸の内側にも飛ばしりがあった。確かに血だと思った子供は、胆を潰して影坊子三吉の番屋へ駈け込んだのであった。時を移さず三吉は腕利きの乾児《こぶん》を連れて出張《でば》って来た。土間の血が点滴となって台所へ続き、そこの板敷きに栄太が死んでいたのであった。苦しまぎれに水を呑みに流し許まで来たが、煮えくり返っていた鉄瓶の湯を被って、それが落命の直接の原因となったらしかった。勘次は俯伏《うつぶ》しの死骸を直して傷痕を調べようとした。屍体の手触りや血の色からみて、どうしても二十時《とき》以上は経っていると、思った。一昨日の夜中、助三郎夫婦が、甲府へ向けて発足した後に自害したものらしかった。無人の留守宅を助三郎は兄の栄太に頼んだのかも知れない。が、普段から兄弟仲のあまり好くなかったという人々の密々話《ひそひそ》を勘次はそれとなく小耳に挟んだ。

「お役人の見える前に仏を動かすことは、勘さん、憚りながら止してくんねえ」

苦々しそうに三吉は言い放った。と、表の方に人声がどよめいて検死役人の来たことを知らせた。それを機会《しお》に勘次は無言のまま帰りかけた。勇みの彼の心さえ暗くなるほど、栄太の死体は惨鼻《さんび》を極めていた。

「帰《けえ》るか、そうか、藤吉親分へ宜しくな」

追い掛けるような三吉の声を背後《うしろ》に聞き流して、勘次は返事もせずにぶらりと戸外《そと》の泥濘《ぬかるみ》へ降り立った。が、出がけにそこの格子の一つに小さい新しい瑕《きず》があるのを彼は素早く見て取った。

それとなく近処で何か問い合わせた後、彼は八丁堀の藤吉の家を指してひたすら道を急いだ。

二

「真っ平御免ねえ」

がらりと海老床《えびどこ》の腰高障子を開けた勘次は、そこの敷居近くに釘抜藤吉の姿を見出して吾にもなくほっと安心の吐息を洩らした。

「勘、昨夜《ゆうべ》は山谷の伯父貴の許《とこ》で寝泊まりか――」

例によって町内の若い者を相手に朝から将棋盤に向かっていた藤吉は勘次の方をちらっと見たなり吐き出すようにこう言った。吉原で大尽《だいじん》遊びをして来たと景気の好い嘘言《うそ》を吐《つ》こうと思っていた勘次は、これでいささか出鼻をくじかれた形で逡巡《たじたじ》となった。

「どうしてそんなことがお解りですい？」

端折《はしょ》った裾を下ろしながら彼は藤吉のそばへ腰を掛けた。一流の豪快な調子で藤吉は笑った。

「お前の足駄には赤土が付いてるじゃねえか」

と彼は言った。

「して見ると今道普請《みちぶしん》をしている両国筋を通って来たらしいが、あの方格《ほうがく》はここから北に当たる、北と言えば差し詰め北廓《なか》だが、手前《てめえ》と銭は敵同志、やっぱり山谷の伯父貴の家でお膳の向こうで長談義に痺れを切らしたとしか思えねえじゃねえか、え、こう、勘。こんな具合に色々見当を立ててみてよ、それを片っ端から毀《こわ》して行って、お仕舞いの一つに留めを刺して推量を決めるってのが、お前の前《めい》だが、これはこの眼明かし稼業の骨《こつ》ってもんだぜ」

その頃八丁堀の釘抜藤吉といえば広い江戸にも二人と肩を並べる者のない凄腕の眼明かしであった。さる旗下《はたもと》の次男坊と生まれた彼は、お定《き》まり通り放蕩に身を持ち崩した揚句の果てが七世までの勘当となり、しばらく土地を離れて水雲の托鉢僧と洒落て日本全国津々浦々を放浪していたが、やがてお膝下へ舞い戻って来て、気負いの群から頭を擡《もた》げて今では押しも押されもしない、十手捕縄の大親分とまでなっていたのであった。脚が釘抜のように曲がっているところから、釘抜藤吉という異名を取っていたが、実際彼の顔のどこかに釘抜のような正確な、執拗な力強さが現れていた。小柄な貧弱な体格の所有主《もちぬし》であったが腕にだけ不思議な金剛力があって柱の釘をぐいと引っこ抜くとは江戸中一般の取り沙汰であった。これが彼を釘抜きと呼ばしめた真正《ほんとう》の原因であったかも知れないが、本人の藤吉はその名を私《ひそ》かに誇りにしているらしく、身内の者どもは藤吉の鳩尾《みぞおち》に松葉のような小さな釘抜きの刺青《ほりもの》のあることを知っていた。現今《いま》の言葉で言えば、非常に推理力の発達した男で、当時人心を寒からしめた、壱岐殿坂《いきどのざか》の三人殺しや浅草仲店の片腕事件などを奇麗に洗って名を売り出したばかりか、その頃江戸中に散っていた大小の眼明かし岡っ引きの連中は大概一度は藤吉の部屋で釜の下を吹いた覚えのある者ばかりであった。実際彼らの社会ではそうした経験が何よりの誇りであり、また頭と腕に対する一つの保証でもあった。で、縄張りの厳格な約束にも係わらず、彼だけはどこの問題へでも無条件で口を出すことが暗黙の裡に許されていた。が、自分から進んで出て行くようなことは決してなかった。その代わり頼まれれば何時でも一肌脱いで、寝食を忘れるのが常であった。次から次と方々から難物が持ち込まれた。それらを多くの場合推理一つで快刀乱麻の解決を与えていた。名古屋の金の鯱《しゃちほこ》にお天道様《てんとさま》が光らない日があっても、釘抜藤吉の睨んだ犯人《ほし》に外れはないという落首《らくしゅ》が立って、江戸の町々に流行《はや》りの唄となり無心の子守女さえお手玉の相の手に口吟《くちずさ》むほどの人気であった。

江戸っ児の中でも気の早いいなせな渡世の寄り合っている八丁堀の合点長屋の奥の一棟が、藤吉自身の言葉を借りれば彼の神輿の据え場であった。が、藤吉に要のある人は角の海老床へ行って、

「親分え?」と顔を出す方が遥かに早計《はやみち》であった。髪床の上がり框に大胡座を掻いて、鳶の若い者や老舗の隠居を相手に、日永《ひなが》一日将棋を囲みながら四方山《よもやま》の座談を交わすのが藤吉の日課であった。そのそばに長くなって、時々障《つか》えながら講談本を声高らかに読み上げるのが、閑《ひま》の日の勘弁勘次の仕事でもあった。もう一人の下っ引き葬式《とむらい》彦兵衛は紙屑籠を肩に担いで八百八町を毎日風に吹かれて歩くのが持ち前の道楽だったのだった。

自宅《うち》へも寄らずにその足で海老床へ駈け付けた勘次は、案の条呑気そうな藤吉を見出してそ

のまま躙《にじ》り寄ると何事か耳許へ囁いた。

「遣ったり取ったり節季の牡丹餅《ぼたもち》か――」

こんなことを言いながら藤吉は他意なく棋盤を叩いていたが、勘次の話が終わると、つと振り向いて、

「手前《てめい》、何か、その格子の瑕ってのは確かか」

と訊き返した。勘次は大仰に頷いて胸板を一つ叩いて見せた。

「三吉の野郎が自害と踏んでいるなら、今更茶々を入れる筋でもあるめえ」

と藤吉の眼は相手の差す駒から離れなかった。勘次は狼狽《あわて》てまた耳近く口を寄せた。

「うん」

一言言って釘抜藤吉はすっくと立ち上がった。脚が曲がっている故為《せい》か、据わっている時より一層小男に見えた。

「彦も昼には帰るはずだ。どれ、じゃ一つ掘り返しに出掛けるとしようか」

床屋の店を一歩踏み出しながら彼は勘次を顧みた。

「巣へ寄って腹拵えだ――勘、ど豪《えら》い道だのう」

それから小半時後だった。二人は首筋へまで跳ねを上げて、汁粉のような泥道を竜泉寺の方へ拾っていた。すぐ後から、これだけは片時も離さない紙屑籠を担いで葬式彦兵衛が面白くもなさそうに尾《つ》いて行った。

三

栄太の死骸は町組の詰所へ移された後だったが、凶事のあった杵屋の家は近処の者が非人を雇って固めてあった。顔の売れている釘抜藤吉は勘次を連れたままずうっと奥へ通って行った。表口《いりぐち》の群集に混じって彦兵衛は戸外《そと》から覗いていた。

死体の倒れていた台所ではちょっと辺りを見回しただけだった。すぐ格子戸へ引き返して、建仁寺を臭《か》ぐ犬のように、鼻を一つ一つの桟と擦れ擦れに調べ始めた。真ん中から外部《そと》へ向かって右手寄り四本目の格子の桟に、例えば木綿針ほどの細い瑕跡《きずあと》があって、新しく削られたものらしく白い木口が現れていた。土間の隅へ掃き溜められて灰を掛けた血の中へ指を突っ込んだ藤吉は、その指先を懐紙へ押して見ながら、

「うん、一昨日の子《ね》の刻だな」

と独語《ひとりごと》のように呟くと、格子を開けて戸外へ出た。まだ立ち尽くしている閑暇《ひま》な人々は好奇の眼を見開いて道を明けて彼の行動を見守った。人馬の往来も絶えるほど一日一晩降り抜いた昨日の雨に、大分洗い流されてはいるものの、それでも、格子の中央《なか》の下目のところに足跡らしい泥の印されてあるのが微かながらも認められた。藤吉は外側に立って指を開いてその寸法を計ると、今度は一尺ほど格子を離れてその地点と格子の泥跡とを眼で一直線に結び付けて、踞《しゃが》んで横から眺めていたが、

「犯人は――」

と言い掛けて勘次の耳を引っ張りながら、

「――小男だぜ。優形の、背丈はまず四尺と七八寸かな」

今更ながら呆然として勘次は藤吉の顔を凝視《みつ》めていた。群集の向こうに葬式彦兵衛の顔を見付けると、つかつかと歩み寄って藤吉は低声《こごえ》で私語《ささや》いた。

「一足先へ番屋へ行って三吉に渡りを付けて置きねえ。おいらもすぐお前の跡を追っ掛けるからな」

が、再び家の中へ引き返した釘抜藤吉は台所の板の間に凝然《じっ》と棒立ちになって、天井を見上げたまま動こうとはしなかった。氷り付いたように天井板の一点から彼の視線は離れなかった。そこに、雨洩りの模様に紛れて羽目板の合わせ目に遺っているのは確かに血の母指《おやゆび》の跡であった。

公儀役人の引き挙げた後で番屋は割りに寂然《ひっそり》していた。煙草の火に炭団《たどん》を埋めた瀬戸の火桶を仲に、三吉、伊勢源、それから下っ引き彦兵衛と、死んだ栄太と親交のあったという幇間《たいこもち》桜川某が、土間隅に菰《こも》を被せた栄太の死骸を見返りながら何かしきりに故人の噂でもしているらしかった。そこへ勘次を連れて釘抜藤吉は眼で挨拶して這入って行った。

「三《さん》、久し振りだのう」

言いながら彼は既に菰を剝ぐって、死体を覗き込んでいた。一同は事新しくその周囲《まわり》へ集まった。不愉快そうな三吉の眼光《まなざし》を受けても、袖の先で鼻の頭を擬《こす》ったまま勘次はけろりと済ましていた。肉の塊のように焼け爛れた死に顔をしばらく凝視《みつめ》ていた藤吉は、やにわに死人の着物の袖を二の腕まで捲くり上げながら、背後の幇間を顧みて口から出任せに言った。

「この栄太さんの馴染みってのは、確か仲の町岩本楼の梅の井花魁《おいらん》だったけのう」

「なんの」と幇間は拳《けん》を打つような手付きを一つしてから、

「公望も筆の過《あやま》り、閉口閉口。一文字の歌右衛門《うたうえもん》姐《ねい》さんと二世を契った仲――」

皆まで聞かず、藤吉は葬式彦兵衛に命令《いいつ》けた。

「手前吉原まで一っ走りして、その歌右衛門さんとやらに知らせて来い。――それから」

と彦兵衛の後を追いながら何やら二言三言耳打ちした。その間に勘次は死骸の肌を開いて傷痕を出していた。正面《まえ》へ回って藤吉はその柘榴のような突き傷を撓《た》めつ眇《すが》めつ眺めていたが、一層身体を伏せると、指で傷口を辿り出した。それから手習いをするように自分の掌へ何かしら書いていた。

「出刃で遣らかしたってえのかい?」

と三吉を振り返った。三吉は叩頭《うなず》いた。そしてついでに懐中《ふところ》から公儀の仕末書状を取り出して見せた。が、それには眼もくれずに、

「丑満《うしみつ》近え子の刻に、相構《そうごう》の判らなくなるほどの煮え湯を何だってまた沸かして置きやがったもんだろう」

死骸を離れながら藤吉は憮然としてこう言ったが、急に活気を呈して、

「勘、手前見たか、あれを」

「何ですい?」

「とちるねえ、天井板の指痕をよ」

「へえ、見やした。確かに見やしたぜ」

「ふうん」と、藤吉は考えていた。と、差配の伊勢源へ向き直って、

「きっぱり黒白を付けてえのが、あっしの性分でね、天下の公事《くじ》だ。天井板の一枚《めい》ぐれえ次第によっちゃ引っぺがすかも知らねえが、お前さん、四の五の言う筋合いはあるめえのう」

「四の五のなんぞと滅相もない。親分のお役に立つなら、はい、何枚でも――」

と伊勢源は狼狽して言った。

藤吉は会心らしく微笑した。

「勘、行って来い」

「合点だ」

声とともに勘弁勘次はほど近い杵屋の家へ出掛けて行った。

後で藤吉は人々の口から、助三郎夫婦が時々犬も食わない大喧嘩をしたことや、死んだ栄太は助三郎の実の兄で、ちょくちょく杵屋へ出入りしていたが、穏和な弟とは似ても寄らず、箸にも棒にも掛からない悪党であったこと、栄太が自害した一昨日の暮れ早々助三郎夫婦は女房お銀の実家甲府在へ旅立ちしたことなど、それとなく聞き出したのであった。栄太の自殺が一昨日の真夜中に行われたとすれば、戸外から這入った形跡のない以上、助三郎夫婦の発った時栄太は既に留守宅にいたはずであった。が、そもそも何のために自分自身の腹を突いたか――

「甲府の助さんとこへ飛脚を立てずばなるまい」と、伊勢源が一座の沈黙を破った。

「はっはっは――」

突然藤吉が哄笑した。一同は啞然として彼を見守った。

「まずまずその心配にも当たるめえ」

と彼は面白そうに言って退《の》けた。

「なにさ、今すぐ解るこったが、飛脚を立てるなら三途の川の渡し銭を持たして遣らなくちゃなるめえって寸法よ。なあ三吉、手前も合点長屋の巣立ちじゃねえか、よっく玉を見ろい、それあ、お前出刃の傷じゃねえぜ。匕首《あいくち》だ。九寸五分の切れ味だい、玉のそばに出刃を置いといたところが、はははは、これが真物《ほんと》の小刀細工ってもんだろうぜ。一昨日からの仏ってことは肌の色合いと血の粘りで木偶《でく》の坊にも解りそうなもんだ。昨日はあの雨で一日発見《めっか》らずに済んだだけのことよ」

そこへ勘次が息せき切って帰って来た。

「親分、あの板を剥がして裏天井の明かり取りからずらかったに違《ちげ》えねえ。埃の上に真新しい足跡だ」

「えっ」と並みいる連中は驚きの声を上げた。

「ふん。大分《おおかた》そんな狂言だろうと思ってたところだ」

と藤吉は改めて人々の顔を見渡した。

「この界隈に左《ひだり》手利きはいねえか」

伊勢源と幇間が一緒に叫んだ。

「お銀さん！」

「違えねえ」

と藤吉は笑った。

「格子の外から刺して置いて戸へ足を掛けて刃物を抜いたことは格子の瑕でも見当は付くが、その足跡から見ると、お銀さんてえのは、四尺七八寸優形で女の身の持ち方知らずに刃を下へ向けたところから、左手利きをそのまま出して刀痕《あと》がのの字——」

「おう、親分え」と、戸口で大声がした。

「彦か、好い処へ帰って来た。して首尾は?」

「なに、お前さん」と吉原《なか》から帰って来た彦兵衛は、小気味好さそうに独特の微苦笑を洩らしながら言葉を継ないだ。

「一文字の歌と栄太の野郎とは、馴染みどころか、二度《うら》を返《けえ》したばかりの浅《あせ》え仲だってまさあ。そんなことより耳寄りなのは、栄太の二の腕に——」

「お銀命の刺青《ほりもの》か」

と藤吉が後を引き取った。

「えっ!」

と叫びながら影坊子三吉は兎のように隅へ飛んで行って、めりめりと死骸の袖を破った。杵屋助三郎の腕は女のように白くて黒子《ほくろ》一つなかった。

人々は愕然と顔を見合った。

「栄太とお銀で仕組んだ芝居だあな。お銀が戸外から夫の助三郎を突いた後で、栄太の野郎が這入り込んで、内部《なか》から全部《すっかり》戸締りし、出刃に血を塗って捨てて置いたり、煮え湯を掛けてそっぽを剥いたりしやがって、手前は天井からどろんを極《き》めただけのことよ。まあ、あまり遠くへも草鞋は穿くめえ、三吉、犯人《ほし》を挙げるのは手前の役徳、あっしあこれから海老床さ、へっへ。豪《えれ》えお八釜《やかま》しゅうごぜえやした。皆さん、御免下せえやし」

藤吉の尾《しり》に付きながら勘弁勘次は、彦兵衛を返り見た。

「彦、紙屑籠を忘れるなよ」

葬式彦兵衛は眼だけで笑って口の中で呟いた。

「ああ、身も婦人心も不仁《ふじん》欲は常、実《げ》に理不尽の巧みなりけりとね」

四

深川木場の船宿、千葉屋の二階でお銀栄太の二人が影坊子三吉手下の取り手に召し捕られたのは、翌《あく》る四年の秋の末、利鎌《とがま》のような月影が大川端の水面《みなも》に冴えて、河岸の柳も筑波颪《おろし》に斜めに靡く頃であった。

白州へ出てはさすがの二人も恐れ入って逐一白状に及んだ。

従前から二人の仲を臭いと見ていた助三郎は、嫌がるお銀を無理にしばらく江戸を離れてるようと、甲府を指して発足したが、小一町も来ないうちに後から栄太に追い掛けられて、世間の手前途上の口論《いさかい》が嫌さに自宅《うち》へ引っ返したのであった。栄太の難題は例時《いつも》と同じに金の無心から始まった。金子《きんす》の入要な旅先のことではあり、そうかと言って拒絶《ことわ》れば後が怖いし、ほとほと困じ果てた助三郎は、言われるままにお召しの上下を脱ぎ与えて栄太と衣裳を交換したのであった。が、栄太の助けに力を得て、お銀は一層甲府落ちを拒み出した。平素からの疑いが確かめられたように感じて、助三郎は思わずかあっとなった。醜い争いが深夜まで続いた後、折柄《おりから》篠突くばかりの土砂降りの中をお銀は戸外へ不貞腐《ふてくさ》れ出たのだった。後を追って助三郎が格子へ手を掛けた時、雨に濡れた冷たい刃物が彼の脾腹を刳《えぐ》った。一切の物音は豪雨が消していた。それから後の姦夫姦婦の行動は釘抜藤吉の推量と付節を合わすように一致していて、時の奉行も今更藤吉の推理力に舌を巻いたのであった。

安政三年十二月白洲において申し渡し左の通り

馬道無宿
栄　太
三十六歳

その方儀弟妻阿銀《おぎん》と密通致しその上阿銀の悪事に荷担致し候段《そうろうだん》重々不届きに付き町中《ちょうない》引き回しの上浅草において獄門申し付くること

竜泉寺町
ぎ　ん
二十四歳

その方儀夫兄栄太と密通致しその上夫助三郎を殺害候段重々不届きに付き町中引き回しの上浅草において獄門申し付くること

竜泉寺町家持差配
伊勢屋源兵衛

その方儀不埒《ふらち》の筋もこれ無きに付き構いなきこと

上に黄八丈下に白無垢二つを重ねて本縄を打たれ、襟には水晶の珠数を掛け口に法華経普《ふ》門品《もんぼん》を唱えながら馬に揺られたお銀の姿が、栄太とともに江戸町を引き回された埃っぽい日の正午《ひる》下がり、八丁堀の合点長屋へ切れようとする角の海老床で、釘抜藤吉は勘次を相手に飛車や王手と余念がなかった。

長閑《のどか》な煙草の輪を吹きながら、藤吉は持ち駒で盤を叩いていた。

「え、こう、勘。遣ったり取ったり——節季の牡丹餅と来るかな」

宇治の茶箱

一

「勘の野郎を起こすほどの事でもあるめえ」

合点長屋の土間へ降り立った釘抜藤吉は、まだ明けやらぬ薄暗がりのなかで、足の指先に駒下駄の緒を探《まさぐ》りながら、独り言のようにこう言った。後から続いた岡っ引きの葬式《とむらい》彦兵衛も例《いつ》もの通り不得要領ににやりと笑いを洩らしただけでそれでも完全に同意の心を表していた。始終念仏のようなことをぶつぶつ口の中で呟いているほか、大概《たいてい》の要は例のにやりで済まして置くのが、この男の常だった。その代わり物を言う時には、必要以上に大きな声を出して辺りの人をびっくりさせた。非常に嗅覚の鋭敏な人間で、紙屑籠を肩に担いでは、その紙屑の一つのように江戸の町々を風に吹かれて歩きながら、ねたを挙げたり犯人《ほし》を尾《つ》けたり、それに毎日のように落とし物を拾って来るばかりか、時には手懸かり上大きな獲物のあることもあった。実は彼の十八番《おはこ》の尾行術も、大部分は異常に発達したその鼻の力によるところが多かった。早い話がすべての人が彼にとっては種々な品物の臭気《におい》に過ぎなかった。親分の藤吉は柚子味噌、兄分の勘弁勘次は佐倉炭、角の海老床《えびどこ》の親方が日向の油紙、近江屋の隠居が檜——まあ、ざっとこんな具合に決められていたのだった。

「何でえ、まるっきり洋犬《かめ》じゃねえか。くそ面白くもねえ、そう言うお前は一てえ、何の臭いだか、え、彦、自身で伺いを立ててみなよ」

中っ腹の勘次はよくこう言っては、癪半分の冷笑を浴びせかけた。そんな場合、彦兵衛は口許だけで笑いながら、いつも、

「俺《おい》らか、俺らあただの茶羅《ちゃら》っぽこ」

と唄の文句のように、言い言いしていた。この茶羅っぽこが果して勘次の推測通り、唐の草根木皮の一種を意味していたものか、或いは単に卑俗な発音語に過ぎなかったものか、そこらは彦兵衛自身も確《しか》とは極《き》めていないようだった。この男には大分穢多《えた》の血が混じっているとは、口さがない一般の取り沙汰であったが、勘次も藤吉も知らぬ顔をしていたばかりか、当人の彦兵衛はただにやにや笑っているだけで、頭《てん》から問題にしていないらしかった。

薬研堀《やげんぼり》べったら市も二旬の内に迫った今日この頃は、朝な朝なの外出に白い柱を踏むことも珍しくなかったが、殊にこの冬になってから一番寒い或る日の、薄氷さえ張った夜の引き明け七つ半という時刻であった。出入り先の同心《どうしん》の家で、ほとんど一夜を語り明かした藤吉は、八丁堀の合点長屋へ帰って来ると間もなく、前後も不覚に鼾《いびき》を掻き始めたその寝入り端《ばな》を、逆さに扱くように慌ただしく叩き起こされたのであった。

「親――親分え、具足町の徳撰の――若《わけ》えもんでごぜえます。ちょっとお開けなすって下せえまし。飛んでもねえ事が起こりましただよ、え、もし、藤吉の親分え」

女手のない気易さに、こんな時は藤吉自身が格子元の下駄脱ぎへ降りて来て、立て付けの悪い戸をがたぴし開けるのが定《き》まりになっていた。納戸の三畳に煎餅蒲団を被って、勘弁勘次は馬のようにぐっすり寝込んでいた。

「はい、はい、徳撰さんの何誰《どなた》ですい？　はい、今開けやすよ、はい、はい」

寝巻の上へどてらを羽織ったまま、上がり框と沓《くつ》脱ぎへ片足ずつ載せた藤吉は、商売柄こうした場合悪い顔もできずに、手がかりの宜《よ》くない千本格子を力任せに引き開けようとした。音もなく何時《いつ》の間にか、背後《うしろ》に彦兵衛が立っていた。両手を懐中《ふところ》から頤《あご》のところへ覗かせて、彼は寝呆けたようににやにやしていたが、

「親分」

と唸るように言った。

「何だ?」

「お寝間へお帰んなせえ。徳撰の用はあっしが聞き取りを遣らかすとしよう」

「まあ、いいやな」

と、一尺ほどまた力を入れて右へ引いた戸の隙間から、頭へ雪の花弁《はなびら》を被って、黒い影が前倒《のめ》るように飛び込んで来た。具足町の葉茶屋徳撰の荷方で一昨年の暮れに奥州から出て来た仙太郎という二十二三の若者だった。栈へ指を掛けていた藤吉の腕のなかへ、何のことはない、毬のように彼は転がり込んで来たのだった。急には口も利けないほど、息を弾ませているのが、何事かただならぬ事件の突発したことを、ただそれだけで充分に語っていた。半面に白い物の消えかかった顔の色は、戸外《そと》の薄明かりを受けて、さながら死人のようであった。隙洩る暁の風のためのみならず、さすがの藤吉もぶるっと一つ身震いを禁じ得なかった。

「朝っぱらからお騒がせ申して済みません」と腰から取った手拭いで顔を拭きながら、仙太郎が言った。出入り先の徳撰の店で度々顔を合わしているので、この若者の人普外《ひとなみ》れて几帳面な習癖《くせ》を識っている藤吉は、今その手拭いが例《いつ》になく皺だらけなのを見て取って、何故かちょ

っと変に思ったのだった。

「誰かと思えあ、仙どんじゃねえか、まあ、落ち付きなせえ、何事が起こりましたい？」

「親分、大変でごぜえますよ」

と仙太郎はおずおず藤吉の顔を見上げた。

「ただ大変じゃ判らねえ。物盗《ものと》りかい、それとも何かの間違《まちげ》えから出入りでもあったというのかい。ま、背後の板戸を締めてもらって、概略《あらまし》事の次第を承るとしようじゃねえか」

言われた通りに背手《うしろで》に戸を閉め切った仙太郎はまた改めて、

「親分」

と声を潜めた。この若者の大仰らしさにいささか度胆を抜かれた形の藤吉と彦兵衛は、今は眠さも何処へやら少し可笑しそうな顔をして首を竦めていたがそれでも藤吉だけは、

「何ですい？」

と思い切り調子を落として相手に釣り出しを掛けることだけは忘れなかった。冷え渡った大江戸の朝の静寂《しずけさ》が、ひしひしと土間に立った三人の周囲《まわり》を押し包んだ。どこか遠くで早い一番鶏の鳴く声――戸面《とのも》の雪は小降りか、それとも止んだか。

「親分、旦那が昨夜首を吊りましただよ」

放然《ぼんやり》と戸外の気勢《けはい》を覗《うかが》っていた藤吉の耳へ、竹突っ棒を通して来るような、無表情な仙太郎の声が響いた。瞬間、藤吉はその意味を頭の中で常識的に解釈しようと試みた。と、気味の悪いほど突然に、葬式彦兵衛が高笑いを洩らした。

「仙さん、お前《めえ》寝る前にとろの古いんでも撮《つま》みなすったか、あいつあ好くねえ夢を見させや

すからね。はっはっは」が、押っ被せて仙太郎が色を失っている唇を不服そうに尖らせた。

「夢じゃありましねえ」

「と言うと?」藤吉は思わずきっとなった。

「ああに、夢なら夢でも正夢でごぜえますだよ。旦那の身体が、お前さま、置場の梁にぶら下がって――」

「だが、仙さん、お待ちなせえ」

と彦兵衛は何時になく口数が多かった。

「あっしが昨夜お店の前を通った時にあ、旦那は帳場傍《わき》の大火鉢に両手を翳して戸外を見ていなすったが――」

「止せやい」

と藤吉が嚙んで吐き出すように言った。

「その顔に死相でも出ていたと言うんだろう」

「ところが」と彦兵衛も負けていなかった。

「死相どころか、無病息災長寿円満――」

「そこで」

と藤吉は彦兵衛のこの経文みたいな証言を無視して、細かく肩を震わせている仙太郎へ向き直った。

「お届けは済みましたかい」

ごくりと唾を呑み込みながら、仙太郎は子供のように頷首《うなず》いて見せた。

満潮と一緒に大根海岸《かし》へ上がって来る荷足《にたり》の一つに、今朝は歳末《くれ》を当て込みに宇治からの着き荷があるはずなので、何時もより少し早目に起き出た荷方の仙太郎は、提灯一つで勝手知った裏の置場へ這入《はい》って行くと、少し広く空きを取ってある真ん中の仕事場に、宙に浮いている主人撰十の姿を発見して反《の》け返《そ》るほど胆を潰したのだった。狂気《きちがい》のように家へ駈け込んだ彼は、大声を張り上げて家中の者を起こすと同時に、番頭喜兵衛の采配で手代の一人は近所にいる出入りの医者へ、飯焚きの男が三町おいた番太郎の小屋へ、そして発見者たる彼仙太郎はこうして一応縄張りである藤吉の許まで知らせに走ったのであった。

「そうして、何ですかい？」

帯を結び直しながら藤吉が訊き返した。

「旦那方はもうお見えになりましたかい？」

ここへ来るより番屋の方が近いから、役人達も今頃は出張しているであろうと答えて、藤吉らもすぐ後を追っ掛けるという言質《ことぐさ》を取ると、燃えの低くなった提灯の蠟燭を庇いながら、折から軒を鳴らして渡る朝風のなかを、来た時のように呼吸《いき》を弾ませて仙太郎は飛ぶように合点長屋の露路を出て行った。

勘次の鼾だけが味噌を擂るように聞こえていた。藤吉と彦兵衛は意味ありげに顔を見合ってしばらく上がり框に立っていたが、無言の裡に手早く用意を調えると、藤吉が先に立って表の格子戸に手を掛けた。

「勘の奴は寝かしておけ」

と独語《ひとりごと》のように彼は言った。微笑とともに、彦兵衛は規則正しく雷のような音の響いて来る納戸の方をちらと見返りながら歪んだ日和下駄の上へ降り立った。

「彦」

と藤吉が顧みた。

「五月蠅《うるせ》えこったのう。が、夜の明ける前にゃ一つ形《かた》を付けるとしようぜ」

「お役目御苦労」

と彦兵衛は笑った。

「戯《ふざ》けるねえ――それにしてもこう押し詰まってから大黒柱がぽっきりと来た日にあ、徳撰の店も上がったりだろうぜ。そこへ行くと、お前の前だが、一代《でえ》分限の悲しさってものさのう」

二

永代の空低く薄雲が漂っていた。

彦兵衛一人を伴《つ》れた釘抜藤吉は、そのまま八丁堀を岡崎町へ切れると松平越中守殿《まつだいらえつちゅうのかみどの》の下屋敷の前から、紫いろに霞んでいる紅葉橋を渡って本姫木町七丁目を飛ぶように、通り三丁目に近い具足町の葉茶屋徳撰の店頭《みせさき》まで駈けつけた。

「五つ頃までに埒《らち》があいてくれるといいが――」

一枚取り外した大戸の前に、夜来の粉雪を踏んで足跡が乱れているのを見ると、多年の経験から事件の難物らしいのを直感した藤吉は、こう呟きながら、その戸のなかへ這入り込んだ。燭台と大提灯の灯影に物々しく多勢の人かげが動いているのが、闇に馴れない彼の眼にも判然《はっきり》と映った。

「これは、これは、八丁堀の親分。ようこそ――と言いてえが、どうもはや飛んだことで。さ、さ、ずっと――なにさ、屍骸《しげえ》はまだそっとそのままにして置場にありやすよ」

こう言いながらそそくさと出て来たのは町火消しの頭《かしら》常吉であった。

「旦那衆はもうお見えになりましたかい」

番太郎が途草《みちくさ》を食っているわけでもあるまいが、どうしたものか、検視の役人はまだ出張して来ないという常吉の答えを背後に聞き流して、湿っぽい大店《おおだな》の土間を、台所の飯焚き釜の前から茶箱の並んでいる囲い伝いに、藤吉と彦兵衛の二人は常吉に案内させて通って行った。

不時の出来事のために気も転倒している家中の人々は、寒そうに懐手をした二人を見ても、挨拶どころか眼にも入らないように見受けられた。何か大声に怒鳴りながら店と奥とを行ったり来たりしている白鼠を、あれが大番頭の喜兵衛だなと藤吉は横眼に睨んで行った。近い親類の者も駈けつけたらしく、広い家のなかはごった返していた。何か不審の筋でもあるとすれば、調べを付けるのにこの騒動は尤怪《もつけ》の幸いと、かえって藤吉は心のなかで喜んだのだった。

白壁の蔵に近く、木造の一棟が縊死のあった茶の置場であった。さっきの仙太郎が青い顔をして入口に立ち番をしていた。近所や出入りの者がまだ内外に立ち騒いでいたが、折から這入って来た三人を見ると、申し合わせたように皆口を噤んで、掛かり合いを恐れるかのように逃げるともなく出て行ってしまった。

「徳撰」と筆太に墨の入った提灯の明かりに照らし出されて、天井の梁から一本の綱に下がっているのは、紛れもない此家《ここ》の主人徳村撰十の変わり果てた姿であった。

生前お関取りとまで綽名《あだな》されていただけあって、大兵肥満の撰十は、こうして歳暮の鮭のように釣る下がったところも何となく威厳があって、今にも聞き覚えのある濁声《だみごえ》で、

「合点長屋の親分でげすかえ。ま、ちょっくら上がって一杯出花を啜っていらっしゃい」

とでも言い出しそうに思われた。それが一つの可笑しみのようにさえ感じられて、前へ回って屍体を見上げたまま、藤吉はいつまでも黙りこくって立っていた。昨夜見た時はぴんぴんしていた人のこの有り様に、諸行無常生者必滅とでも感じたものか、鼻汁《はな》を手の甲へ擦りつけながら、彦兵衛も寒々と肩を竦《つぼ》めていた。梁へ掛けた強い綱が、重い屍骸を小揺るぎもさせずに静かに支えていた。東寄りの武者窓から雪の手伝った暁の光が射し込んで、屍体の足の下に、その爪先とほとんど擂れ擂れに、宇治と荷札を貼った茶の空き箱が置かれてあるのが、浮かぶように藤吉の眼に這入った。

「見込みが外れて、捌けが思うように付かねえと、実は昨日朝湯で顔を合わした時も、それを非道《ひど》く苦に病んでおいでのようだったが、解らねえもんさね、まさかこんなことになろうたあ、あっしも――」

と言いかけた常吉の言葉を取って、

「何ぞ他に自滅の因《もと》と思い当たるような筋合いはありませんかね。頭はこの家とは別して近しく出入りしていたようだが」

と藤吉は眠そうに装って相手の顔色を窺った。

「さあ――」と常吉は頭を掻いた。

「何しろ、お内儀《かみ》さんが三年前の秋に先立ってからというものは、旦那も焼きが回ったかし

て、商売の方も思わしくなく内証もなかなか苦しいようでしたよ。が、こんな死に様をしなければならねえ理由《わけ》も――あったようにあ思われねえが――いやこう言っちゃ何だが、例の、そら、奥州路の探しものにさっぱり当たりが付かねえので、旦那も始終それが白髪の種だと言い言いしていましたがね」

藤吉は聞き耳を立てた。

「それで、その奥州路の探し物ってなあ何だね。まさか、飛んだ白糸噺の仇打ちという時代めいた話でもあるめえ」

「すると、まだ親分は徳松さんの一件を御存じねえと言うんですかい」

と常吉は呆れて見せた。

「初耳ですね」と藤吉は嘯《うそぶ》いた。

「一体その徳松さんてのは何処の何誰ですい？」

「話せば永いことながら――」

根が呑気な常吉はこうした場合にもこんなことを言いながら、少し調子付いて藤吉の顔を見詰めた。それを遮るように藤吉は手を振った。

「ま、後から聞きやしょう。死人《しびと》を前に置いて因果話もぞっとしねえ。それより――おい、彦」

と、彼はそばに立っている彦兵衛を返り見た。

「お前《めい》ちょっとそこへ上がって、仏を下ろしてくんねえ。御検視が見えるまでぶら下げて置くがものもあるめえよ」

言いながら屍骸の真下にある宇治の茶箱を頤で指した。恐らくこれを台にして死の首途《かどで》へ上ったらしいその空き箱が、この場合そのまますぐ役に立つのであった。

無言のまま彦兵衛は箱の上に立って、両手を綱の結び目へ掛けた。二三歩後へ退《さが》って二人はそれを見上げていた。力を込めているらしいものの、綱はなかなか解けなかった。屍体の両脚を横抱きにして、藤吉は下からそっと持ち上げて遣った。死人の顔と摺れ合って、油気のない頭髪《かみのけ》が額へ掛かって来るのを五月蠅《うるさ》そうに掻き退《の》けながら、彦兵衛は不服らしく言った。

「畜生、何てまた堅《かて》えたまを拵えたもんだろう」

その時だった。

「解けねえか。よし、糸玉の上から切ってしまえ」

と、藤吉の言葉の終わらないうちに大きな音を立てて、箱が毀《こわ》れると、瘠《や》せた彦兵衛の身体が火箸のように二人の足許へ転がり落ちた。思わず手を離した藤吉の鼻先で、あたかも冷笑するかのように、縊死人の身体が小さく揺れた。箱の破片《こわれ》を手にしながら、異常に光る視線を藤吉は、今起き上がって来た彦兵衛へ向けた。

「吹けば飛ぶような手前《てめえ》の重さで毀れる箱が、どうしてこの大男の足場になったろう。しかも呼吸が停まるまでにゃ、大分箱の上でじたばたしたはずだが――」

「自滅じゃねえぜ、親分」

と言う彦兵衛を、

「八釜《やかま》しいやい」

と極めつけて置いて藤吉は、

「今見たような訳で、わしにはちっとばかし合点の行かねえところがある。旦那方が来ちゃ面倒だ。頭、梯子を持って来て屍骸を下ろしておくんなせえ。なに、綱は上の方から引《し》っ切ったってかまうもんか。それから、彦、何を手前はぼやぼやしてやがる。この置場の入口を少し嗅《け》えでみて、その足でお店《たな》の奉公人たちを一人残らず洗って来い」

三

店の者は大番頭の喜兵衛以下飯炊きの老爺《おやじ》まで全部で十四人の大家内だった。が、彦兵衛の調査《しらべ》によると、その内一人として怪しい顔は見当たらなかった。薄く地面を覆った雪のためと、それを慌てて踏み躪《にじ》った諸人の足跡のために、置場の入口からも何らかの目星い手掛かりも得られなかった。

折から来合わせた町奉行の同心の下役にこう挨拶すると、頭の常吉を土蔵の前へ呼び出して、

「旦那方、御苦労さまでごぜえます」

藤吉は改めて、徳松一件の続きへ耳を傾けた。

二十何年も前のことだった。その頃の下町の大店なぞによくある話で、女房のおさえが病身なままに、主人の撰十は小間使のお冬に手をつけて、徳松という男の子を生ませたのであった。若干《なにがし》かの手切れ金を持たせて、母子諸共お冬の実家奥州仙台は石の巻へ帰したのだったが、それからというもの、雨につけ風につけ、老いたる撰十の思い出すのはその徳松の生い立ちであった。ただ一代で具足町の名物とまで、店が売り出して来るにつれ、妻に子種のないところから一層この不幸な息子のことが偲ばれるのであった。この徳村撰十という人物は、ただの商人

ばかりではなく、茶の湯俳諧の道にも相当に知られていて、その方面でも広く武家屋敷の旗下《はたもと》の隠居所などへ顔を出していた。彼のこの趣味も元来《もともと》好きな道とは言いながら、寄る年浪に跡目もなく、若い頃の一粒種は行衛《ゆくえ》知れず、殊に三年前に女房《つれあい》に別れてからというものは、店の用事はほとんど大番頭の喜兵衛に任せ切っていたので、ただこの世の味気なさを忘れようとする一つのよすがにしていたらしいとのことだった。だが、これだけの理由で、この頃は内輪が苦しいとは言うものの、この大店の主人が、書遺《かきお》き一つ残さずに首を縊《くく》ろうとは藤吉にはどうしても思えなかった。

「それで、その、何ですかい」と藤吉は常吉の話の済むのを待って口を入れた。

「その徳松さんとかってえ子供衆は、今だに行く方知れずなんですかい」

「子供といったところで、今頃はあの荷方の仙太郎さんくらいに――」

と答えようとする常吉を無視して、ちょうどそこへ水を汲みに来た女中のそばへ、藤吉は足早に進み寄って何事か訊ねていたが、小声で彦兵衛を呼んでその耳へ吹き込んだ。

「おい、一っ走り馬喰町《ばくろちょう》の吉野屋まで行って、清二郎という越後の上布屋を突き留めて来てくれ」

頷首いた彦兵衛の姿が、台所の薄暗がりを通して戸外《おもて》の方へ消えてしまうと、置場へ引っ返して来て藤吉は、検視の役人へ声を掛けた。

「旦那、これあどうも質《たち》の好くねえ狂言ですぜ。とにかくこの自滅にあ不審がありやすから、すこし詮議をさせて戴きやしょう」

「そうか、乃公《おれ》も何だか怪しいと思っていたところだ」

と鬚のあとの青々とした若い組下の同心が、負けない気らしく少し反《そ》り返って答えた。

「手間は取りませんよ。なに、今すぐ眼鼻を付けて御覧に入れます」

苦々しそうにこう言い切ると、そのまま藤吉は店へ上がり込んで、茶室めいた奥座敷へ通ずる濡れ椽の端へ、大番頭の喜兵衛を呼び出した。二本棒の頃からこの年齢《とし》まで、死んだ撰十の下に働いて来たという四十がらみの前掛けは、如何にも苦労人めいた態度《ものごし》で、藤吉の問いに対して一々明瞭《はっきり》と受け答えをしていた。昨日、三年振りで越後の上布屋清二郎がお店へ顔を見せたということは、さっき女中の話でも判っていたが、それが、正午《ひる》前から来て暮れ六つまで居間で主人と話し込み、迫る夕闇に驚いて倉皇倉皇《そこそこ》に座を立ったというのが、一層藤吉の注意を惹いた。

「その時お店は忙《せわ》しかったんですかい？」

と眼を細めて彼は喜兵衛の顔を見守った。葉茶屋といっても卸しが主なので、毎日夕方は割りに閑散なのがどういうものか昨日のは、なかなか立て込んでいたという返事に、満足らしく微笑しながら、藤吉はまた質問の網を手繰り始めた。

「その清二郎さんという反物屋は、この三年奥州の方を回って来たということですが、真実《ほんとう》ですかい？」

「へい、何でもそんなことを言って、仙台の鯛味噌を一樽店の者たちへ土産に持って参りました、へい」

「なるほど」

と藤吉は腕を拱《こまぬ》いた。と、中庭の植込みを透かして見える置場の横を頤で指しながら、

「あの小屋へは左手の露路からも這入《へえ》れますね」

「大分垣が破《こわ》れていますから、潜《くぐ》ろうと思えば――」

という番頭の言葉を仕舞いまで待たずに、

「旦那は盆栽がお好きのようだったから、それ、そこの庭にある鉢植えにも、大方自身で水をお遣りなすったことでしょう――が、それにしちゃ――」と藤吉は小首を傾けながら椽端近くの沓脱ぎ石へ眼を落とした。

「おや！」

「どこにも庭下駄が見えねえのはどういうわけでごぜえます？」

と喜兵衛は小さく叫んで庭中を見渡した。

「はははは」と藤吉は笑った。

「庭下駄は置場にありやすよ。裏っ返《けえ》しや横ちょになって、隅と隅とに飛んでいるのを、あっしあ確と白眼《にら》んで来やした。こう言ったらもうお解りだろうが、今一つお訊きしてえことがある。他でもねえが、海に由緒《ゆかり》のあるところから来ている者が、一体《てい》何人お店にいますい？」

「さあ――」

と番頭はしばらく考えた後、

「先ず一人はございますな」

「喜兵衛さん」

と改まって藤吉は声を潜《ひそ》ませた。

「お店から一人縄付きが出ますぜ」

「えっ」

喜兵衛は顔の色を変えた。

「いやさ」と藤吉は微笑した。

「旦那の喪《ね》え後は、言わばお前さんがこの家の元締め、で、お前さんにだけあ、手を下ろす前《めえ》に耳に入れて置きてえんだが、縄付きどころの騒ぎじゃねえぜ。知っての通り、喜兵衛さん、主殺しと言えあ、引き回しの上、落ち着く先はお定まりの、差し詰め千住か小塚っ原――」

「あっ！」

と喜兵衛は大声を挙げた。もう白々と明るくなった中庭の隅に、烟《けむり》のように黒い影が動いたのだった。

「あれですかい」

と藤吉は笑った。

「今の脅し文句は、実は、あのお方にお聞かせ申そうの魂胆だったのさ」

庭の影は這うように生垣へ近づいた。

「おい、仙どん」

藤吉は呼び掛けた。

「お前そこにいたのか」

猿のような鳴き声とともに、ひらりと仙太郎は庭隅から露路へ飛び出した。

「野郎、待てっ」

裸足のまま藤吉は庭の青苔を踏んだ。

「親分」

と、葬式彦兵衛が椽側に立っていた。

「吉野屋へ行って来やしたよ」

「いたか」

垣根越しに仙太郎の後を眼で追いながら、こう藤吉は怒鳴るように訊いた。

「清《せい》の奴め青い面《つら》して震えてやがったが、浅草橋の郡代前《ぐんでえめえ》へ引っ立てて、番屋へ預けて参《めえ》りやした」

「出来《でか》した」

と一言言いながら、藤吉は椽へ駈け上がった。

「彦、仙公の野郎が風を食らいやがった。露路を出て左へ切れたから稲荷橋を渡るに違《ちげ》えねえ。まだ遠くへも走るめえが、手前一つ引っ括《くく》って来るか」

「ほい来た」

と彦兵衛は鼻の頭を擦り上げて、

「どこまでずらかりやがっても、おいらあ奴の香を利いてるんだから世話あねえのさ。親分、あの仙公て小僧は藁臭《わらくせ》えぜ――」

「はっはっは、また道楽を始めやがった。さっさとしねえと大穴開けるぞ」

「じゃ、お跡を嗅ぎ嗅ぎお迎《むけ》えに――」

ぐいと裾を端折《はしょ》って、彦兵衛は表を指して走り出した。

「彦」

藤吉の鋭い声が彼を追った。

「いいか、小当たりに当たってみて下手にごてりやがったら、搆《かも》うことあねえ、ちっとばかり痛めてやれ」

「この模様じゃ泥合戦は承知の上さ」

呟きながら彦兵衛は振り返った。

「して、これから、親分は？」

「知れたことよ、郡代前へ出向いて行って上布屋をうんと引っ叩《ぱた》いて来よう――」

四

羽毛のような雪を浮かべて量《かさ》を増した三俣《みつまた》の瀬へ、田安殿の邸の前からざんぶとばかり、水煙も白く身を投げた荷方の仙太郎は、岸に立って喚いた彦兵衛の御用の声に、上《かみ》の橋から船番所の艀舟《はしけ》が出て、二丁ほど川下で水も呑まずに桿《さお》に掛かった。

が、一切の罪状は、それより先に越後上布の清二郎が藤吉の吟味で泥を吐いていた。

三年前に徳撰の店へ寄った時、今度は北へ足を向けるというのを幸いに、日影者の一子徳松の行衛捜査を、撰十はくれぐれも清二郎に頼んだのであった。それもただ仙台石の巻のお冬徳松の母子《おやこ》としか判っていないので、この探索は何の功をも奏すはずがなかった。で、三年越しに江戸の土を踏んだ清二郎は、失望を齎《もたら》して、撰十を訪れ苦心談を夕方まで続けて帰途に就いたのだった。その、奥座敷の密談を、ふと小耳に挟んで、驚き且つ喜んだのは荷方の仙太郎であった。

星月夜の宮城の原で、盆の上のもの言いから、取り上げ婆さんお冬の父無《ててな》し児《ご》がら松という遊び仲間を殺《あや》めて江戸へ出て来た仙太郎は、細く長くという心願から、外神田の上総屋を通してこの徳撰の店へ住み込んだのだったが、そのがら松が主人撰十の唯一の相続人たる徳松であろうとは、彼もつい昨日まで夢にも知らなかったのである。が、秘密が判るのと悪計が胸に浮かぶのとはほとんど同時だった。これだけの店の大旦那と立てられて、絹物《おかいこ》ぐるみで遊んで活《くら》せる生涯が、走馬灯のように彼の眼前を横ぎった。年格構《としかっこう》から身柄と言い、がら松と彼とは生き写しだった。今様天一坊《いまようてんいちぼう》という古い手を仙太郎は思い付いたのである。善は急げと、折からの忙しさに紛れて彼は帰り行く上布屋清二郎の後を追い、新右衛門町の蕎麦屋へ連れ込んで一伍一什《いちぶしじゅう》を打ち開けた後、左祖方《さたんかた》を依頼したのであった。

始めのうちこそ御法度《ごはっと》を真っ向に、横に首を振り続けていた清二郎も、古傷まで知らせた上は返答によって生命《いのち》を貰うという仙太郎の脅しと、何よりもたんまり謝礼の約束に眼が晦《くら》んで、揚句の果てに青い顔して承知したのであった。

いよいよ話が決まるまでは、奉公人の眼はできるだけ避けたがよかろうと、丑満《うしみつ》の刻を喋《しめ》し合わせた二人は、まず清二郎が庭先へ忍んで撰十を置場へ誘《おび》き入れ、そこで改めて仙太郎を徳松に仕立てて、父子《おやこ》の名乗りをさせたまではよかったものの、一時は涙を流して悦《よろこ》んだ撰十が、段々怪しく感じ出したものか、根掘り葉掘り鎌を掛けて問い詰めて行くうちに、付け焼き刃の悲しさ、とうとう暴露《ばれ》そうになったので、凶状持ちの仙太郎は事面倒と、徳松殺しの一件を吐き出すと同時に、山猫のように猛り掛かって腰の手拭いで難なく撰十の頸を締め上げたのだった。

後は簡単だった。

度を失っている清二郎に手伝わせて、重い撰十の屍骸を天井から吊り下げ、踏み台として足の下に宇治の茶箱を置き、すっかり覚悟の縊死と見せかけようと企んだのである。

「それにしても親分」

町役人の番屋から出て来るや否や、番頭の喜兵衛は藤吉の袖を惹いた。

「始めから仙太郎と睨みを付けた親分さんの御眼力には、毎度のことながら何ともはや――」

「なあに」と藤吉は人の好さそうな笑いを口許に浮かべて、

「あっしの処へ注進に来た時に、何時になく皺くちゃの手拭いを下げていたのが、ちらとあっしの眼に付いて、それがどうも気になってならねえような按配《あんべえ》だったのさ」

「そうおっしゃられてみると、なるほど仙太郎はいつも手拭いをきちんと四つに畳んで腰にして居りましたですよ」

「それに、お前さん」

と藤吉は並んで歩みを運びながら、

「お関取りの足場にしちゃ、あの茶箱は少し弱過ぎまさあね」

「踏み台《でえ》から足が付いたってね、どうだい、親分、この落ちは？」

と彦兵衛が背後で笑い声を立てた。

「笑いごっちゃねえ、間抜けめ、お取り込みを知らねえのか」

と藤吉は叱り付けた。そしてまた同伴《つれ》を顧みて、

「が、喜兵衛さん、ま、何と言ってもあの綱の結び目が仙の野郎の運の尽きとでも言うんでしょう。あれや水神結びってましてね、早船乗りの舵子《かこ》が、三十五反《たん》を風に遣るめえとする豪《えれ》え曰く因縁のある糸玉だあね。あれを一眼見てあっしもははあと当たりを付けやしたよ。仙は故里《くに》の石の巻で松前通いに乗ってたことがあると、何時か自身で饒舌《しゃべ》っていたのを、ふっと、思い出したんで——。だがね、あれほど重量《めかた》のある仏を軽々と吊る下げたところから見ると、これあ一人の仕業じゃあるめえとは察したものの、上布屋のことを聞き込むまでは、徳松一件もさして重くは考えなかったのさ。ま、番頭さん、お悔やみはまた後から——いずれ一張羅でも箪笥の底から引き摺り出して——」

もう解け出した雪の道を、八丁堀の合点長屋へ帰って来た藤吉彦兵衛の二人は、狭い流し元で朝飯の仕度をしていた勘弁勘次の途法もない胴間声で、格子戸を開けるとすぐまず驚かされた。

「済まねえ」

と勘次は火吹き竹片手に怒鳴った。

「今し方頭の常公《つねこう》が来て話して行ったが、親分、徳撰じゃ豪え騒動だってえじゃありませんか。知らぬが仏でこちとらあ白河夜船さ、済みません。ま、勘弁してくんねえ。それで犯人《ほし》は？」

「世話あねえやな」

釘抜藤吉は豪快に笑った。

「朝めし前たあこのことよ。なあ、彦」

が、七輪に沸《たぎ》っている味噌汁の鍋を覗き込みながら、葬式彦兵衛は口を尖らせた。

「ちえっ」と彼は舌打ちした。

「勘兄哥《かんあにい》の番の日にあ、きまって若布《わかめ》が泳いでらあ」

怪談抜地獄

一

近江屋の隠居が自慢たらたらで腕を揮った腰の曲がった蝦《えび》の跳ねている海老床《えびどこ》の障子に、春は四月の麗らかな陽が旱魃《ひでり》つづきの塵埃《ほこり》を見せて、焙烙《ほうろく》のように燃えさかっている午《ひる》さがりのことだった。

八つを告げる回向院の鐘の音が、桜花を映して悩ましく霞んだ蒼穹《あおぞら》へ吸われるように消えてしまうと、落ち着きのわるい床几《しょうぎ》のうえで釘抜藤吉は大っぴらに一つ欠伸を洩らした。

「おっとっとっと――」

髪床の親方甚八は、慌てて藤吉の額から剃刀の刃を離した。

「親方、いけねえぜ、当たってる最中に動いちゃあ――」

「うん」

あとはまた眠気を催す沈黙《しじま》が、狭い床店の土間を長閑に込めて、本多隠岐守殿《ほんだいきのかみどの》の黒板塀に沿うて軽子橋の方へ行く定斎屋《じょうさいや》の金具の音が、薄れながらも手に取るように聞こえて来るばかり――。

剃り道具を載せて前へ捧げた小板を大儀そうにちょっと持ち直したまま蒸すような陽の光を首筋へ受けて、釘抜藤吉は夢現《ゆめうつつ》の境を辿っているらしかった。気の早い羽虫の影がさっきから障子を離れずに、日向へ出した金魚鉢からは、泡の毀《こわ》れる音が微かに聞こえて来そうに思われた。土間へ並べた青い物の気で店一体に室《むろ》のようにゆらゆらと陽炎《かげろう》が立っていた。

「ねえ、親分」

藤吉の左の頰を湿しながら、甚八は退屈そうに言葉を続ける。「連中は今頃騒ぎですぜ。砂を食った鰈《かれい》でも捕めえると、何のこたあねえ、鯨でも生け獲《ど》ったような気なんだから適わねえ。意地の汚ねえ野郎が揃ってるんだから、どうせ浜で焼いて食おうって寸法だろうが、それで帰《けえ》ってから腹が痛《いて》えとぬかせあ世話あねえや。親分の前《めえ》だが、お宅《うち》の勘さんとあっしんとこの馬鹿野郎と来た日にあ、悪食《あくじき》の横綱ですからね。ま、何にせえ、このお天気が儲け物でさあ。町内の繰り出しとなると極《き》まって降りやがるのが、今年あどうしたもんか、この日和だ。これや確かにどっかの照る照る坊主が利いたんだとあっしあ白眼《にら》んでいますのさ。十軒店《だな》の御連中は四つ前の寅の日にわあってんで出掛けやしたがね、お台場へ行き着く頃にゃ、土砂降りになってたってまさあ――ねえ、親分、今日はいよいよ掃部《かもん》さまが御大老になるって噂じゃありませんか」

「うん」

半分眠りながら藤吉は口の中で合い槌を打っていた。安政五年の四月の二十三日は、暦を束にして先に剝がしたような麗らかな陽気だった。こう世の中が騒がしくなって来ても、年中行事の遊ぶことだけは何を措いても欠かさないのが、その頃の江戸の人の心意気だった。で、海老床の若い者や藤吉部屋の勘弁勘次や、例の近江屋の隠居なぞが世話人株で、合点長屋を中心に大供子供を駆り集め遅蒔きながら、吉例により今日は品川へ潮干狩りにと洒落込んだのである。時候の更《かわ》り目に当てられたと言って、葬式《とむらい》彦兵衛は朝から夜着を被って、黄表紙を読み読み生葱を嚙《かじ》っていた。気分が悪くなると葱をかじり出すのがこの男の癖なのである。だからせっかく髪床へ顔を出しても、今日は将棋の相手も見つからないので、手持ち無沙汰に藤吉が控えているところへ、

「親分一つ当たりやしょう——大分《でえぶ》お月代《さかやき》が延びやしたぜ。何ぼ何でもそれじゃお色気がなさ過ぎますよ」

と親方の甚八が声を掛けたのだった。ぽんと吸いさしの烟管《きせる》を叩いて、藤吉は素直に前へ回ったのだったが、実は始めから眠る心算《つもり》だったのである。

「こうまであぶれると判っていれや、あっしも店を締まって押し出すんだった。これでも生き物ですからね、稀《たま》にあ商売《しょうべえ》を忘れて騒がねえと遣り切れませんや」

「全くよなあ」

と藤吉はしんみりして言ったが、しばらくして、

「十軒店の人形市はどうだったい？」

「からきし駄目だってまさあ、昨日清水屋《きよみずや》のお店の人が見えて、そ言ってましたよ、何でも世間様がこう今日日《きょうび》のように荒っぽく気が立って来ちゃあ昔の習慣《しきたり》なんか段々振り向きもしなくなるんだって——それあそうでしょうよ、あああ、嫌だ嫌だ——」

と剃刀《そり》の刃を合わせていた甚八が、急に何か思い付いたように大声を出した。

「親分はあの清水屋の若主人の大痛事《おおいたごと》を御存じですかえ？」

「清水屋って、あの蔵前の——」

「さいでげすよ、あの蔵前の人形問屋の——」

「若主人——と。こうっと、待てよ」

藤吉は首を捻っていた。

「伝二郎さんてましてね、田之助《たいふ》張りの、女の子にちやほやされる——」

「あ」と藤吉は小膝を打った。「寄り合え《え》で顔だけあ見知っているので、満更識らねえ仲でもねえのさ。あの人がどうかしたのかい？」

「どうかしたのかえは情けねえぜ、親分」

と甚八は面白そうににやにやしていた。

「やに勿体を付けるじゃねえか。一体《いってえ》その伝二郎さんが何をどうしたってんだい？」

「実はね、親分」と甚八は声を潜める。「実あお耳に入れようと思いながら、つい放心《うっかり》してましたのさ」

「嫌だぜ、親方」と釘抜藤吉は腹から笑いを揺すり上げた。「また例《いつ》もの伝で担ぐんじゃねえか。此間《こねえだ》のように落ちへ行って狐憑《きつねつ》きの婆《ばば》あが飛んで出るんじゃあ、こちとら引っ込みが付かねえからなあ、はっはっは。ま、お預けとしとこうぜ」

甚八は苦笑を洩らしながら狼狽《あわ》て言った。

「ところが、親分、藤吉の親分、こいつあ真正真銘の掘り出しなんですぜ」

と彼は大袈裟な表情をして見せた。

「そうか——」

と、それでも幾分怪しんでいるらしく、藤吉の口尻には薄笑いの皺が消えかかっていた。その機を外すまいとでもするように、藤吉の右頬へあまり切れそうもない剃刀を当てながら、親

方甚八は、

「まあお聞きなせえ」

と話の端緒《いとぐち》を切り始める。眠るともなく藤吉は眼をつぶっていた。

孑孑《ぼうふら》の巣のようになっている戸外《おもて》の天水桶が、障子の海老の髭あたりに、まぶしいほどの水映えを、来るべき初夏の暑さを予告するかのように青々と写しているのが心ゆたかに眺められた。

二

三月三十一日の常例の日には、方々の町内から多人数の繰り出しがあって、干満《ひがた》で獲物の奪い合いも気が利くまいというところから、わざと遅れた四月の五日に、日本橋十軒店の人形店の若い連中が、書き入れ時の五月市《さつきいち》の前祝いにと、仕入れ先のあちこちへも誘いをかけて、怪ぶまれる天候も物かはと、出入りの仕事師や箱を預けた粋な島田さえ少なからず加えてお台場沖へ押し出したのであった。

同勢二十四五人、わいわい言いながら笠森稲荷の前から同明町は水野大監物《だいけんもつ》の上屋敷を通って、田町の往還筋へ出た頃から、ぼつぼつ降り出した雨に風さえ加わって、八つ山下へ差し掛かると、もうその時は車軸を流す真物《ほんもの》の土砂降りになっていた。葦簾《よしず》を取り込んだ茶店へ腰かけて、しばらくは上がりを待ってみたものの、降ると決まったその日の天気には、何時《いつ》止みそうな見当さえ付かないばかりか、墨を流したような大空に、雷を持った雲が低く垂れ込めて、気の弱い芸者たちは顔の色を更《か》えて桑原桑原を口のうちに呟き始めるという、飛んだ遠出の命の洗濯になってしまった。

が、何と言ってもそこは諦めの早い江戸っ児たちのことだから、そう何時までも空を白眼《にら》んでべそを掻いてばかりもいなかった。結句この大風雨《おおあらし》を好いことにして、誰言い出すともなく、現代《いま》の言葉で言う自由行動を採り出して、気の合った同志の二人三人ずつ何時からともなく離れ離れに、そこここのちゃぶ屋や小料理屋の奥座敷へしけ込んで晴れを待つ間を口実に、甘口は十二個月の張り合いから、上戸《じょうご》は笑い、泣き、怒りとあまり香《かんば》しくもない余興が出るまで、差しつ差されつ小酒宴《こざかもり》に時を移して、永くなったとはいうものの、小春日の陽足が早お山の森に赤々と夕焼けする頃、貝の代わりに底の抜けた折や、綻《ほころ》びの切れた羽織をずっこけに片袖通したりしたのを今日一日の土産にして、それぞれ帰路に就いたのであった。

さしもの雨も残りなく晴れ渡って、軒の雫に宵の明星がきらめいていた。月の出にも間があり、人の顔がぼんやり見えて何となく物の怪《け》の立ちそうな、誰《た》そや彼かというまぐれだったという。

ちょっとでも江戸を出れあ、もう食う物はありませんや、という見得半分の意地っ張りから、蔵前人形問屋の若主人清水屋伝二郎は、前へ並んだ小皿には箸一つ付けずに、雷の怖さを払う下心も手伝って、伴《つ》れ出しの一本たちを相手に終日盃を手から離さなかった。父親《おやじ》の名代で交際《つきあい》大事と顔を出したものの、元来伝二郎としては品川くんだりまで旨くもない酒を呑みに来るよりは、近処の碁会所のようになっている土蔵裏の二階で追従《ついしょう》たらたらの手代とでもこっそり碁の手合わせをしているほうがどんなに増しだったか解らない。好みの渋い、どっちかと言えば年齢《とし》の割りに落ち付いた人柄だった。それというのも養子の身で、金が気儘にならなかったからで、今に見ろ、何かでぼろく儲けを上げて、父親や母親《おふくろ》をはじめ、家付きを権《かさ》に被《き》ている女房のお辰めに一鼻あかして遣らなくては、というこころが何かにつけて若い彼の念頭を支配していたのだった。

　酒は強い方だったが、山下の軍鶏屋《しゃもや》で二三の卸し先の番頭達と、空腹《すきばら》へだらしなく流し込んだので送り出された時にはもう好い加減に回っていた。俗に謂う梯子という酒癖で、留めるのも諾《き》かず途中暖簾《のれん》とさえ見れば潜ったものだから、十軒店近くで同伴《つれ》と別れ、そこらまで送って行こうというのを喧嘩するように振り切って、水溜まりに取られまいと千鳥脚を踏み締めながら、ただひとり住吉町を玄家店《げんやだな》へ切れて長谷川町へ出る頃には、通行人が振り返って見るほどへべれけに酔い痴《し》れていた。素人家《しもたや》並みに小店が混じっているとはいうものの、右に水野や林播磨《はやしはりま》の邸町が続いているので、宵の口とは言いながら、明るいうちにも妙に白けた静けさが、そこらあたりを不気味に押し包んでいた。鼻唄まじりに、それでも頭だけはやがて来るであろう大掛かりな儲け話をあれかこれかと思いめぐらして、伝二郎は生酔いの本性違《たが》わずひたすら家路を急いでいた。優しい跫音《あしおと》が背後《うしろ》から近づいて来たのも、彼はちゃんと知っていた。縮緬《ちりめん》のお高祖頭巾《こそずきん》を眼深《まぶか》に冠《かぶ》って小豆色の被布を裾長に着た御殿風のお女中だった。二三間《けん》も追い抜いたかと思うと、何思ったか引き返して来た。避《よ》ける暇もなかったので、呀《あ》っと言う間に伝二郎はどうっと女に打《ぶ》つかった。と、踵《きびす》を返して女はばたばたと走り出した。口まで出かかった謝罪の言辞《ことば》を引っ込まして、伝二郎は本能的に懐中《ふところ》に紙入れを探った。無かった。確かに入れて置いたはずの古渡唐桟《こわたりとうざん》の財布が影も形もないのである。さては、と思って透かして見ると、酔眼朦朧たる彼の瞳に写ったのは、泥濘《ぬかるみ》を飛び越えて身軽に逃げて行く女の背後姿であった。舌は縺《もつ》れていても声は大きかった。泳ぐような手付きとともに伝二郎は懸命に女の跡を追った。

「泥棒泥棒――」

「泥――泥棒、畜生、太い野郎だ!」

と、それから苦々しそうに口の中で呟いた。

「へん、野郎とは、これあお門違《かどちげ》えか――」

すると、街路《みち》の向こうで二つの黒い影が固まり合って動いているのが朧に見え出した。一人は今の女、もう一人は遠眼からもりゅうとしたお侍らしかった。

「他人《ひと》の懐中物を抜いて走るとは、女ながらも捨て置き難い奴。なれど、見れば将来《さき》のある若い身空じゃ。命だけは助けて取らせるわ。これに懲りて以後気を付けい――命冥加な奴め。行けっ」

侍の太い声が伝二郎の鼓膜へまでびんびん響いて来た。言いながら手を突っ放したらしい。二三度蹣跚《よろめ》いたのち、何とか捨て科白《せりふ》を残して、迫り来る夕闇に女は素早く呑まれてしまった。

伝二郎と侍とが町の真ん中で面と向かって立った。忍び返しを越えて洩れる二階の灯を肩から浴びた黒紋付きに白博多のその侍は、呼吸《いき》を切らしている伝二郎の眼に、この上なく凛々《りり》しく映じたのだった。五分月代の時代めいた頭《かしら》が、浮き彫りのようにきりっとしていて、細身の大小を落とし差しと来たところが、約束通りの浪人者であった。水を潜ったその度に色の褪せかけた羽二重も何となくその人らしく、伝二郎の心には懐かしみさえ沸き起こるのだった。腕に覚えのありそうな六尺豊かの大柄な人だった。苦み走った浅黒い顔が、心なしか微笑んで、でも三角形に切れの長い眼はお鷹さまのように鋭く伝二郎を見下ろしていた。気押され気味に伝二郎は咽喉《のど》が詰まってしまったのである。

「酒か――」

侍は噛んで吐き出すようにこう言った。

「百薬の長も度を過ごしては禍《わざわい》の因《もと》じゃて――町人、これは其許《そこもと》の持ち物じゃろう。確《し》かと検《あらた》めて納められい」

打切棒《ぶっきらぼう》に突き出した大きな掌《て》には、伝二郎の紙入れが折りも返さずに載せられてあった。

「へっ、誠にどうも――何ともはや、お礼の言葉もございません。あなた様がお通り縋りにならなければ、手前は災難の泣き寝入りで――この財布には、旦那さま、連中の手前、暖簾に恥を掻かせまいと言うんで大枚の――」

言いかけて伝二郎は後を呑んだ。侍の眼が怪しく光ったように思ったからである。手早く紙入れを胴巻の底へ押し込んでから、伝二郎は永々と事件の顚末を話し出した。

「ここまで参りますと、あの女が背後からやにわに組み付いて来ましたんで。素町人《すちようにん》ではございますが、気が勝って居りましたんで、何をっとばかり私も、あの女を眼よりも高く差し上げて――」

「まだ酔いが醒めんと見えるのう」

侍は苦笑しながら、

「よいわ、近けれあそこまで身共《みども》が送って遣わす。宅はどこじゃ？」

伝二郎は慌てた。

「なに、その、もう大丈夫なんで。お志だけで、まことに有り難い仕合わせでござります」

自家《うち》まで尾《つ》いて来られては、父母や女房の手前もある。ましてこの得体の識れない物騒な面魂《つらだましい》、伝二郎は怖毛《おじけ》を振るったのだった。

「袖摺り合うも何とやら申す。見受けたところ大店《おおだな》の者らしい。夜路の一人歩きに大金は禁物じゃ。宅を申せ、見送り届けるであろう。住居《すまい》は何処《いずく》じゃ？」

青くなって伝二郎は震え上がった。一難去ってまた一難とはここのことかと、黙ったまま彼は頷垂《うなだ》れていた。

「迷惑と見えるの」

と、侍は察したらしかった。

「何の、何の、迷惑どころか願ったりかなったりではござりまするが、危ういところを助けて戴きましたその上に、またそのような御鴻恩《ごこうおん》に預かりましては――」

「後が剣呑《けんのん》じゃと申すのか、はっはっは」

「いえ」と、今は伝二郎も酒の酔いはどこへか飛んでしまって、「それでは、手前どもが心苦しい到りでございまするで、へい」

「ま、気を付けて行くがよい。身共もそろそろ参ると致そう。町人、さらばじゃ」

言い捨てて侍は歩き出した。気が付いたように伝二郎は二三歩跡を追った。

「お侍さまえ、もし、旦那さま」

「何じゃ？」

懐手のまま悠然と振り返った。その堂々たる男振りにまたしても逡巡《たじたじ》となって、

「お名前とお住宅《ところ》とを何卒《どうぞ》――」

と伝二郎は言い渋った。

侍は上を向いて笑った。

「無用じゃ」

と一言残して歩みを続ける。伝二郎は泥跳《はね》を上げて縋りついた。

「でもござりましょうが、それでも、それでは手前どもの気が済みません。痛み入りますが、せめておところとお苗字《なまえ》だけは――」

「よし、よし、が、礼に来るには及ばんぞ」

と歩き出しながら、

「大須賀玄内と申す。寺島村河内屋殿の寮に食人《かかりびと》の、天下晴れての浪々の身じゃ、はっはっは」

あとの笑い声は、折からの濃い戌《いぬ》の刻の暗黒《やみ》に、潮鳴りのように消えて行った。と、それに代わって底力のある謡曲《うたい》の声の歩は一歩と薄れて行くのが、放心《ぼんやり》立っている伝二郎の耳へ、さながらあらたかに通って来るばかりだった。

家へ帰ったのちも、このことについては伝二郎は口を緘して語らなかった。ただ礼をしたいこころで一杯だった。殊に幾分でもあの高潔な武士の心事を疑ったのが、彼としては今更良心に恥じられてしようがなかった。

「何と言ってもわしは士農工商の下積みじゃわい。ああ、あのお侍さんの心意気が有り難い

──」

何遍となく、口に出してこう言った後、二三日した探梅日和に、牛の御前の長命寺へ代々の墓詣《はかまい》りにとだけ言い遺して、丁稚《でっち》に菓子折を持たせたまま瓦町は書替御役所前の、天王様に近い養家清水屋の舗《みせ》を彼はふらりと出たのであった。

「怪《け》ったいな、伝二郎が、まあ急に菩提ごころを起こいたもんや──」

関西生まれの養母は店の誰彼となくこう話し合っては、真から可笑しそうに笑い崩れていた。

寺島村の寮は一二度尋ねてすぐに解った。

河内屋という下谷の酒問屋の楽隠居が有《も》っているもので、木口も古く屋体も歪んだというところから、今は由緒ある御浪人へ預け切りで、自分は近処の棟割りの一つに気の置けない生計《くらし》を立てているとのことだった。

何の変哲もない、観たところ普通の、如何にも老舗《しにせ》の寮らしい、小梅や寺島村にはざらにある構えの一つに過ぎなかった。枝折《しお》り戸の手触りが朽ち木のように脆くて、建物の古いことを問わず語りに示していた。植込みを通して見える庭一体に青苔が池の面《も》のように敷き詰まっていた。

「礼に来てはならん」という侍の言葉が脳裡に刻まれているので、伝二郎はおっかなびっくりで裏口から哀れな声で訪れてみた。

「おう、何誰《どなた》じゃ。誰じゃ？」

こう言ってさらりと境の唐紙を開けたのは、先夜の浪人大須賀玄内自身であった。それを見ると伝二郎は炊事場の上がり框へ意気地なく額を押し付けてしまった。丁稚も見よう見真似でそのうしろに平突《へいつ》く這《ば》っていた。

「誰かと思えば、其許は何時ぞやの町人じゃな――」と、案に相違して玄内は相搆《そうごう》を崩していた。「苦しゅうない。穢《むさ》いところで恐れ入るが、通れ。ささ、ずうっと通れ」

「へへっ」

伝二郎は手拭いを取り出して足袋の埃を払おうとした。

「見らるる通りの男世帯じゃ。そのままで苦しゅうない。さ、これへ」

と玄内は高笑いを洩らした。それに救われたように、伝二郎は小笠原流の中腰でつつっと台所の敷居ぎわまで、歩み寄って行った。

「そこではお話も致し兼ねる。無用の遠慮は、身共は嫌いじゃ」

「へへっ」

座敷へ直るや否や伝二郎はぺたんと据わってしまった。後へ続いて板の間に畏《かしこ》まりながらも、理由《わけ》を知らない丁稚は、芝居をしているようで今にも吹き出しそうだった。

玄内は上機嫌だった。一服立て居ったところで御座る、こう言って彼は風呂《かま》の前に端然として控えていたが、伝二郎にも、それから丁稚にさえ自身《てずから》湯を汲んで薄茶を奨めてくれた。伝二郎がおずおず横ちょに押して出した菓子箱は、その場で主人の手によって心持ちよく封を切られて、すぐさまあべこべに饗応《もてなし》の材料に供せられた。浪人者らしいその豁達《かったつ》さが伝二郎には嬉しかった。何時ともなく心置きなく小半時あまりも茶菓《さか》の間に主客の会談が弾んだのだった。

昨日今日の見識りに、突っ込んだ身の上話はしがない沙汰と、伝二郎の方で遠慮してはいたものの、前身その他の過去《こしかた》の段になると、玄内は明白《あきらか》に話題を外《そ》らしているようだった。なるほど独身者の侘び住まいらしく、三間しかない狭い家の内部《なか》が、荒れ放題に荒れているのさえ、伝二郎には風流《みやび》に床しく眺められた。

初めての推参に長居は失礼と、幽《かす》かに鳴り渡る浅草寺の鐘の音に、初めて驚いたように伝二郎は倉皇倉皇《そこそこ》に暇《いとま》を告げた。

玄内は別に留めもしなかったが、帰りを送って出た時、

「伝二郎殿、碁はお好きかな？」

と笑いながら訊ねた。

「ええ、もう、これの次に好きなんでございまして」

居間の床の間に、擬《まが》いの応挙らしい一幅の前に、これだけは見事な碁盤と埋もれ木細工の対《つい》の石入れがあったことを思い出しながら、伝二郎は馴れ馴れしく飯を搔っ込む真似をして見せた。

「御同様じゃ」

と玄内は哄笑して、

「近いうちに一手御指南に預かりたいものじゃ。こちらへ足が向いたら何時でも寄られい。男同士の交わりに腰の物の有無なぞ、わっはっは、最初《はな》から要らぬ詮議じゃわい」

伝二郎はまぶしそうに幾度もお低頭《じぎ》をしたなり、近日中の手合わせを約して、丁稚を仲間《ちゅうげん》にでも見立てた気か、肩で風を切って引き取って行った。

彼は愉快で耐まらなかった。玄内のような立派なお侍と、膝突き合わせて語り得ることが、それ自身この上ない誇りであるところへ、先方《むこう》から世の中の区画《くぎり》を打ち破って友達交際《づきあい》を申し

出ているのだから、伝二郎が大得意なのも無理ではなかった。が、何よりも、憎くもあり可愛くもある碁敵が、もう一人めっかったことが彼にとって面白くてならなかったのである。途々《みちみち》彼は、散々丁稚に威張りちらして、自分と玄内の二人が先日の晩《このあいだ》、七人の狼藉者を手玉に取った始終《いきさつ》を、「見せたかったたな」を間へ入れては、張り扇の先生そのままに、眼を丸くしている子供へ話して聞かせた。が、誰にも言うな、と口停めすることを忘れなかった。素性の確かでない浪人なぞと往来《ゆきき》していることが知れたら、自家《いえ》の者が何を言い出すかも解らないと考えたばかりでなく、何かしら一つの秘密を保《も》っていたいといったような、世の常の養子根性から伝二郎もこの年齢になって脱し切れなかったのだった。

これを縁にして、伝二郎はちょくちょく寺島村の玄内の宅へ姿を見せるようになった。碁は相方ともざるの、追いつ追われつの誂え向きだったので、三日遇わずにいると何となく物足りないほどの仲となった。玄内は何時も笑顔で伝二郎を迎えてくれた。帰りが晩《おそ》くなると、自分で提灯を下げて竹屋の渡しあたりまで送って来ることさえ珍しくなかった。彼の博学多才には伝二郎もほとほと敬意を表していた。何一つとして識らないことはないように見受けられた。そのお陰で伝二郎も何かと知ったかぶりの口が利けるようになって行った。彼のこの俄物識《にわかものし》りは、養父たる大旦那をはじめ、店の者一統から町内の人たちにまで等しく驚異の種であった。実際この頃では、歩き方からちょっとした身の態度《こなし》にまで、伝二郎は細心に玄内の真似を務めているらしかった。供も伴れずに、月並みな発句でも案じながら、彼が向島の土手を寺島村へ辿る日が何時からともなく繁くなった。相手の人為《ひとと》なりに完全に魅されてしまって、ただ由《よし》あるお旗下《はたもと》の成れの果てか、名前を利けば三尺飛び下がらなければならない歴《れっき》とした御家中《ごかちゅう》の、仔細あっての浪人と、彼は心の裡に決めてしまっていたのである。

「主取りはもう懲り懲りじゃて、固苦しい勤仕は真っ平じゃ。天蓋独歩浪人の境涯が、身共には一番性に合うとる。はっはっは」

こうした玄内の述懐を耳にする度に、お痛わしい、と言わんばかりに、伝二郎は吾が事のように眉を顰めていた。

十軒店の五月人形が、都大路を行く人に、しばし足を留めさせる、四月も十指を余すに近い或る日のことだった。

暮れ六つから泣き出した空は、夢中で烏鷺《うろ》を戦わしている両人には容赦なく、伝二郎が気付いた頃には、それこそ稀有の大雨となって、盆を覆したような白い雨脚が、さながら槍の穂先と光って折れよとばかり庭の立木《こだち》を叩いていた。二人は顔を見合わせた。夜も大分更けているらしい。それに、何を言うにもこの雨である。故障《さしつかえ》さえなければ、夜の物の不備不足は承知の上で今夜は此寮《ここ》に泊まるがよいという玄内の言葉を、いや、強《た》って帰るとも断り切れず、そのうちまた一局と差し向かうままに受けたともなく、拒んだともなく、至極自然に伝二郎はその晩玄内宅へ一泊することになったのであった。ええ、家の方はどうともなれ、という頭が先に立って、黒白《こくびゃく》の石に飽きれば風流を語り、茶に倦めば雨に煙る夜景を賞して彼は晩くまで玄内の相手をしていた。玄内は奥の六畳、伝二郎が四畳半の茶の間と、それぞれ夜着に包《くる》まって寝に就いたのが、かれこれ、あれで子《ね》の刻を回っていたか——。

何時《なんどき》ほど眠ったか知らない。軒を伝わる雨垂れの音に、伝二郎が寝返りを打ったときには、雨後の雲間を洩れる月影に畳の目が青く読まれたことを彼は覚えている。もう夜明けまで間があるまい。夢か現《うつつ》にこう思いながら、ひょいと玄関への出口へ眼を遣ると、吾にもなく彼は息が詰まりそうだった。枕元近く壁へ向かって、何やら白い影のようなものがしょんぼり据わっているではないか。あやうく声を立てるところだった。が、次の瞬間には頭から蒲団を被って掻巻《かいまき》の襟をしっかり噛み締めていた。身体《からだ》じゅうの毛穴が一度に開いて、そこから冥途の風が吹き込むような気持ちだった。が、怖いもの見たさの一心から夜具の袖を通して伝二郎は覗いてみた。女である。文金高島田の黒髪艶々しい下町娘である。それが、妙なことには全身ずぶ濡れの経帷子《きょうかたびら》を着て、壁に面して寒々と座っているのである。傾いた月光が女の半面を青白く照らして、頭髪《かみのけ》からも肩先からも水の雫が垂れているようだった。後《おく》れ毛の二三本へばり付いた横顔は、凄いほどの美人である。思わず伝二郎は震えながらも固唾を呑んだ。と、虫の鳴くような細い音が、愁々呼《しゅうしゅうこ》として響いて来た。はじめは雨垂れの余滴かと思った。が、そうではない。女が泣いているのである。壁に向かって忍び泣きながら、何やら口の中で呟いているのである。伝二郎は怖さも忘れて聞き耳を立てた。夜は、寺島村の夜は静かである。隣の部屋からは主人玄内の鼾《いびき》の音が規則正しく聞こえていた。玄内さまが付いている。こう思うと伝二郎は急に強くなったのである。

　女は啜り泣いている。そして何か言っている。聞きとれないほどの小声だった。が、段々に癇高くなって行った。けれど意味はよく判らなかった。女の言辞《ことば》が前後顛倒していて、ただ何か訴うるがごとく、ぶつぶつと恨みを述べているらしいほか、果して何を口説いているのか少しも要領を得ないのである。動くという働きを失ったようになって、伝二郎は床のなかで耳を欹《そばだ》てていた。すると、女が、というより女の幽霊が、不思議なことを始めたのである。壁の一点を中心にしてその周りへ尺平方ほどの円を画《えが》きながら、彼女《かれ》は一層明晰な句調で妙な繰り言をくどくどと並べ出した。聞いて行くうちに伝二郎は二度びっくりした。そして前にも増してその一言をも洩らすまいと、じいっとしたままただ耳を凝らした。びしょ濡れの女は裏の井戸から今出て来たばかりだと言うのである。

安政二年卯の年、十月二日真夜中の大地震まで、八重洲河岸で武家を相手に手広く質屋を営んでいた叶屋は、最初の揺れとともに火を失した内海《うちうみ》紀伊様の仲間部屋の裏手に当たっていたので、あっと言う間に家蔵は元より、何一つ取り出す暇もなくすべて灰塵に帰したばかりか、主人夫婦から男衆小僧に到るまで烈風中の焔に巻かれて皆敢えない最後を遂げたのだった。この叶屋の全滅は、数多い罹災のうちでも、瓦本にまで読み売りされて江戸中の人々に知れ渡っていた。

が、この不幸中の幸いとも謂うべきは愛娘《まなむすめ》のお露が、その時寺島村の寮へ乳母とともに出養生《でようじょう》に来ていたことと、虫の報せとでもいうのか、死んだ叶屋の主人が、三千両という大金をこの寮の床下へ隠して置いたことであった。壁の大阪土の中に堀穴を塗り込んで、それを降りれば地下の銭庫《かなぐら》へ抜けられるように仕組んであった。

「抜地獄」と称するこの寮の秘密を、お露は故《な》き父から聞いて知っていたのである。が、彼女もその富を享楽する機会を与えられなかった。有って生まれた美貌が仇となり、無頼漢同様な、さる旗下の次男に所望されて、嫌がる彼女を金銭《かね》で転んだ親類たちが取って押さえて、無理往生に輿入れさせようという或る日の朝、思い余ったお露は起き抜けに雨戸を繰ってあたら十九の花の蕾を古井戸の底深く沈めてしまった。と、それと同時に抜地獄の秘密の仕掛けも、三千両というその大金も、永劫の暗黒《やみ》に葬り去られることになった――とこういう因果話の端々《はしはし》が、お露の亡霊の口から何時果てるともなく壁へ向かって呟かれるのであった。

伝二郎はぐっしょり汗を掻いて固くなっていた。恐ろしさを通り越して自分でも何となく不思議なほど平静になっていた。ただ、三千両という数字が彼の全部を支配していた。これだけたんまり手に入れて見せれば、養家の者たちへもどんなに大きな顔ができることか。一朝にして逆さになる自分の地位を一瞬の間に空想しながら、焼きつくように彼は女の肩ごしにその壁の面《おもて》を睨んでいた。が、眼に映ったのは堆高《うずたか》い黄金《こがね》の山であった。もうふところに這入《はい》ったも同然な、その三千両の現金であった。彼もまた商人の子だったのである。

と、女が立ち上がった。細い身体が烟のように揺れたかと思うと、枕頭《ちんとう》の障子を音もなく閉《あ》け立てして、そのまま椽側へ消えてしまった。出がけに伝二郎を返り見て、にっと笑ったようだった。改めて夜着の下深くに潜って、彼は知っている限りの神仏の名を呼ばわっていた。が女が出て行くや否や、俄破《がば》と跳ね起きて壁のそばへ躙《にじ》り寄った。気の故為《せい》かそこだけ少し分厚なように思われるだけで、外観《そと》からは何の変異も認められなかった。が、水を浴びたように濡れていたあの女が今の今までいたその畳に、湿り一つないことに気が付くと、きゃっと叫びながら伝二郎は狂気《きちがい》のように床へ飛んで帰った。耳を済ますと玄内の寝息が安らかに洩れて来るばかり、暁近い寺島村は、それこそ井戸の底のように静寂そのもののすがたであった。

朝飯を済ますと同時に、挨拶もそこそこに寮を出て、伝二郎は田圃を隔てたほど近い長屋に、寮の所有者《もちぬし》河内屋の隠居を叩き起こした。思ったより話が捗《はかど》らなかった。その家は元八重洲河岸の叶屋のものだったが、ながいこと無人だったのをこの隠居が買い取ったものだとのことで、大須賀玄内殿に期限もなしに貸してあることではあり、且つは雨風に打たれた古家であるにもかかわらず、玄内さまもああして居付いていて下さるのだから、自分としては情において忍びないが、何時まで打っちゃって置くわけにも行かず、実は近いうちに取り毀して新しい隠居所を建てる心算なのだと、いろいろの約定書や絵図面を取り出して、隠居は伝二郎の申し出に半顧《はんこ》の価値だも置いていないらしかった。押し問答が正午《ひる》まで続いた末、初めの言い値が三百両という法外なところまで騰《あが》って行って、とどの結着隠居《つまり》が渋々ながら首を縦に振ったのだった。どうしてあの腐れ家がそれほどお気に召したかという隠居の不審の手前は、飽くまで好事《こうず》な物持ちの若旦那らしく誤魔化して置いて、天にも昇る思いで伝二郎は蔵前の自宅《いえ》へ取って返し、番頭を口車に乗せて三百両の金を拵え、息せき切って河内屋の隠居の許までその日のうちに駈け戻った。

金の手形に売り状を摑むと、彼は仕事にあぶれている鳶の者達を近処から駆り集めて、その足で玄内の寮へ押しかけて行った。相変わらず小庭に面した六畳で、玄内は独り茶を立てていたが、隠居からすでに話があったと見えて、上がり口の板敷きには手回りの小道具が何時でも発てるように用意されてあった。その場を繕う二言三言を交わした後、伝二郎はすぐに若い者に下知《げち》を下して、此処《ここ》と思う壁の辺りを遮二無二切り崩しに掛からせた。玄内は黙りこくって椽端から怪訝そうにそれを見守っていた。が、伝二郎はそれどころではなかった。掘っても突いても出て来るのは藁混じりの土ばかり、四畳半の壁一面に大穴が開いても、肝心の抜地獄はもちろん、鼠の道一つ見えないのである。こんなはずではないが——と、彼は躍起《やっき》となった。仕舞いには自分から手斧を振るって半分泣きながら滅多矢鱈《めったやたら》にそこらじゅうを毀し回った。

「可哀そうに、とうとう若旦那も気が違ったか――」

人々は遠巻きに笑いながら、この伝二郎の狂乱を面白そうに眺めていた。

はっと気が付いた時には、今までそこらにいた玄内の姿が見えなかった。伝二郎は裸足のまま半破《はんこわ》れの寮を飛び出して、田圃の畔を転《こ》けつまろびつ河内屋の隠居の家まで走り続けて、さてそこで彼は気を失ったのである。

隠居の家の板戸に斜めに貼ってあったのは、見覚えのある玄内のお家流、墨痕《ぼっこん》鮮やかにかいやの三字であった。

が、ここに不思議なことには、清水屋が後から人足を送って、念のため、というよりは気休めにその古井戸を浚わせてみると、真っ青に水苔を付けた女の櫛が一つ、底の泥に塗れて出て来たという。

三

「器用な真似をしやがる！」

親方甚八の長話が済むのを待って、釘抜藤吉は懐手のままぶらりと海老床の店を立ち出でた。何時しか陽も西に傾いて、水仙の葉が細い影を鉢の水に落としていた。

「親分、今の話は内証ですぜ」

追うように甚八は声を掛けた。

「極まってらい」

と藤吉は振り向きもしなかった。

「が、俺の耳に這入《へえ》った以上、へえ、そうですかいじゃ済まされねえ」

と、それから、これは口の裡で、

「しかもその大須賀玄内様が何誰だか、こっちにあちっとばかり当たりがありやすのさ。おい、親方」と大声で、「旨く行ったら一杯買おうぜ。ま、大きな眼で見ていなせえ」

頰被りをしてわざと裏口から清水屋へ這入って行った藤吉は、白痴《ばか》のように悄《しょ》げ返っている伝二郎を風呂場の陰まで呼び出して、優しくその肩へ手を置いた。

「慾から出たことたあ言い条、お前《めえ》さんも飛んだ災難だったのう。わしを記憶《おぼ》えていなさるか――あっしあ合点長屋の藤吉だ、いやさ、釘抜の藤吉ですよ」

泪ながらに伝二郎の物語ったところも、甚八の話と大同小異だった。眼を光らせて藤吉は下唇を嚙んで聞いていたが、今から思うと、あの最初の女ちぼと例のお露の幽霊とは、脊格構《せいかっこう》から首筋の具合といい、どうも同一人らしいという伝二郎の言葉に、何か図星が浮かんだらしく、忙しそうに片手を振りながら、

「して、伝二郎さん、ここが大事な処だから、よっく気を落ちつけて返答なせえ。人間てやつあ好い気なもんで、何か勝負ごとに血道を上げると、気取っていても普段の習癖《くせ》を出すもんだが――お前さんはその玄内とかってお侍と度々碁を打ちなすったということだが、その時先方《むこう》に妙ちきりんな仕草、まあ、言ってみれあ、頭を掻くとか、そら、膝やら咽喉やらあちこち摘みやがるとか――」

「あ！」

と伝二郎が大声を張り上げた。

「そう言えあどうもそのようでした。へい、あの玄内の野郎、話をしてても碁を打ってても、気が乗って来ると矢鱈滅法に自身の身体を指の先で押さえたり、つまんだり致しますので。が、どうして親分はそれを御存じですい？」

「まぐれ当たりでごぜえますよ」

と藤吉は笑った。が、すぐと真顔に返って、

「――駿府へずらかってる喜三《きさ》の奴が、江戸の真ん中へ面《つら》あ出すわけもあるめえ。待てよ、これあしょっとすると解らねえぞ。そっぽを聞いても芝居《しべえ》を見ても――うん、殊によると殊によらねえもんでもねえ。喜三だって土地っ児《こ》だ。何時まで草深《くさぶけ》え田舎のはしに、肥桶臭《こえたご》くなってるわけもあるめえ――がと、してみると野郎乙にまた娑婆っ気を出しやあがって、この俺の眼がまだ黒《くれ》えのも知らねえこともあるめえに――」

「喜三って、あの――」

い、

「しっ！」

と伝二郎の口を制して置いて、

「今一つお訊きしてえこたあ、他でもねえが、伝二郎さん、その河内屋の隠居と玄内とを二人一緒に見たことが、お前さん一度でもありますのかえ？」

伝二郎は首を横に振った。

「寮から家主の隠居所までは？」

「小一町もありますかしら」

「裏から抜けて走って行けあ――？」

「さあ、ものの二分とは掛かりますまい」

「ふふん」と藤吉は小鼻を寄せて、

「伝二郎さん、敵討ちなら早《はえ》えがよかろ。今夜のうちに縛引《しょっぴ》いて見せる。親船に乗った気で、まあ、だんまりで尾いて来るが好いのさ」

御台場から帰ったばかりの勘弁勘次を、万一の場合の要心棒に拾い上げて、伝二郎を連れた藤吉は、途々《みちみち》勘次にも事件を吹き込み、宿場端れの泡盛屋で呑めない地酒に時間を消し、すっかり暗くなってから、品川の廓街へ別々の素見客《ひやかし》のような顔をして銜《くわ》え楊枝で流れ込んで行った。

「喜三ほどの仕事師だ。あぶく銭を取ったって、人眼に付き易い大場処の遊びはしめえと、そこを踏んで此里《ここ》へ出張ったのが俺の白眼《にら》みよ。それが外れれあ、こちとら明日から十手を返上して海老床へ梳き手に弟子入りだ、勘、その気でぬかるな」

「合点承知之助――だが、親分、野郎にや小指《れこ》が付いてたってえじゃごせんか。してみれあ何もお女郎買《け》えでもありますめえぜ」

「引《し》っこ抜きと井戸の鬼火か。へん、衣裳を付けれあ、われだって髱《たぼ》だあな。それより、御両所、切れ物にお気をつけ召されい――とね、はっはっは、俺の玄内はどんなもんでえ」

華やかな辺りの景色に調子を合わせるように、藤吉はひとり打ち興じていた。黄色い灯《あかり》が大格子の縞を道跡《みち》へ投げて人の出盛る宵過ぎは、宿場ながらにまた格別の風情を添えていた。吸いつけ煙草に離れともない在郷の衆、客を呼ぶ牛太《ぎゅうた》の声、赤絹《もみ》の火のついたような女達のさんざめき。お引けまでに一稼ぎと自暴《やけ》に三の糸を引っ掻いて通る新内の流し、そのなかを三人は左右大小の青楼へ気を配りながら、雁のように跡を踏んで縫って行った。

二三度大通りを往来したが無駄だった。伝二郎も勘次も拍子抜けがしたようにぽかんとしていた。藤吉だけが自信を持続していた。足の進まない二人を急き立てる《せ》ように、藤吉が裏町へ出てみようと、露路に這入りかけたその時だった。四五人の禿《かむろ》新造に取り巻かれて、奥のとある楼《うち》から今しがた出て来た兜町らしい男を見ると、伝二郎は素早く逃げ出そうとした。

「どうした？」

と藤吉はその袖を摑んだ。

「あれです！」

伝二郎は土気色をしていた。

「違《ちげ》えねえか、よく見ろ」

「見ました。あれです、あれです」

と伝二郎は意気地なくも、ともすれば逃げ腰になる。火照《ほて》った頰を夜風に吹かせて、男は鷹揚に歩いて来る。

「よし」

釘抜藤吉は頷首《うなず》いた。

「勘、背後《うしろ》へ回れ、滅多に抜くなよ——おう、伝二郎さん、訴人が突っ走っちゃいけねえぜ」

苦笑とともに藤吉は、死んだ気の伝二郎を引っ立てて大股に進んだ。ぱったり出遇った。

「大須賀玄内！」

と藤吉は低声《こごえ》で呼びかけた。欠伸をして男は通り過ぎようとする。

「待った、河内屋の御隠居さま！」

言いながら藤吉はその前へがたがた震えている伝二郎を押し遣った。顔色も更えずに男は伝二郎を抱き停めた。

「おっと、これは失礼――」

「喜三郎」と藤吉は前に立った。「蚤取りの喜三さん、お久し振りだのう」

ぎょっとして男は身を引いた。

「お馴染みの八丁堀ですい」

と藤吉は軽く笑って、

「この里で御用呼ばわりはしたくねえんだ。お前だって女子衆《おなご》の前でお縄頂戴《ちょうでえ》も気の利かねえ艶消しだろう。大門出るまで放し捕りのお情けだ。喜三、往生ぎわが花だぞ、器用に来い」

女たちは悲鳴を挙げて一度に逃げ散った。下駄を脱ぐと同時に男は背後を振り返った。が、そこには勘次がやぞうを極め込んでにやにや笑って立っていた。男も笑い出した。

「蚤取り喜三郎、藤吉の親分、立派にお供致しやすぜ」

と、そうして傍らの伝二郎を顧みて、

「清水屋さん、ま、胸を擦《さす》っておくんなせえ」

嬉しそうに伝二郎は微笑した。

「相棒は？」

と藤吉が訊いた。

「弟の奴ですかい――?」

喜三郎はさすがに悲しそうに襟のあたりを二三度飛び飛びに摘んでから、

「へっ、二階《けえ》でさあ」

「勘」

と藤吉は眼で合図した。

鼻の頭を逆さに一つ擦って置いて、折から沸き起る絃歌の二階を、勘弁勘次はちょいと振り仰ぎながら、

「あい、ようがす」

と広い梯子段を昇って行った。あれ、夜空に星が流れる。それを眺めて釘抜藤吉は無心に考える。明日も――この分では明日も晴天《はれ》らしい――と。

梅雨に咲く花

一

「ちえっ、朝っぱらから勘弁ならねえ」

読みさしの黄表紙を伏せると、勘弁勘次は突っ掛かるようにこう言って、開けっ放した海老《えび》床《どこ》の腰高越しに戸外《そと》を覗いた。

「御覧なせえ、親分。勘弁ならねえ癩病人《かってえぼう》が通りやすぜ――縁起でもねえや、ぺっ」

「金桂鳥は唐の鶏――と」

町火消しの頭《かしら》に組の常吉を相手に、さっきから歩《ふ》切れを白眼《にら》んでいた釘抜藤吉は、勘次のこの言葉に、こんなことを言いながらつと盤から眼を離して何心なく表通《おもて》の方を見遣った。

法被《はっぴ》姿に梵天帯、お約束の木刀こそなけれ、一眼で知れる渡り部屋の仲間《ちゅうげん》奉公、俗に言う折助《おりすけ》、年齢《とし》の頃なら二十七八という腕節の強そうなのが、斜めに差し掛けた破れ奴傘《やっこ》で煙る霖雨を除《よ》けながら今しもこの髪床の前を通るところ。その雨傘の柄を握った手の甲、青花の袖口から隙《す》いて見える二の腕、さては頰被りで隠した首筋から顔一面と赤黒い小粒な腫れ物が所嫌わず吹き出ていて、眼も開けないほど、さながら腐りかけた樽柿のよう――。

「あの身体で」と藤吉は勘次を顧みる。「よくもまあ武家屋敷が勤まるこったのう。何《いず》れ明石町か潮留橋あたりの部屋にゃ相違あるめえが――え、おう、勘」

が、真っ黒な細い脚を上がり框へ投げ出したまま、勘弁勘次はもう「笠間右京暗夜白狐《びゃっこ》退治事」の件《くだり》を夢中になって読み耽っていて、藤吉親分の声も耳には這入《はい》らなかった。

「ああまで瘡《かさ》を吹くまでにゃあ二月《ふたつき》三月《みつき》は経《かか》ったろうに、渡りたあいいながらのあの様でどうして――？　はて、こいつあちょっくら合点が行かねえ」

雨足の白い軒下をじいっと凝視《みつ》めて、藤吉は持ち駒で頤《あご》を撫でた。

「合点がいかねえか知らねえが」と、盤の向かい側から頭の常吉が口を出した。「さっきから親分の番でがす。あっしあここんとこへ銀は千鳥と洒落やしたよ」

「うん」藤吉は吾に返ったように、「下手の考え休みに到る、か」と、ぱちりと置く龍王の一手。

降りみ降らずみの梅雨上がりのこと。弘化《こうか》はこの年きりの六月も下旬《すえ》だった。江戸八丁堀を合点小路へ切れようとする角の海老床に、今日も朝から陣取って、相手変われど主《ぬし》変わらず、即刻《いま》にもざあっと来そうな空模様を時折大通りの小間物問屋金座屋の物乾しの上に三尺ほどの角《かく》に眺めながら、遠くは周の武帝近くは宗桂《そうけい》の手遊《てすさ》びを気取っているのは、そのの釘抜きのように曲がった脚と、噛んだが最後釘抜きのように離れないところから誰言うとなく釘抜藤吉と異名を取ったその頃名うての合点長屋の目明かし親分、藍弁慶の長着に焦茶絞りの三尺という服装《こしらえ》もその人らしくていなせだった。乾児《こぶん》の岡っ引き二人のうち、弟分の葬式《とむらい》彦兵衛は芝の方を回るとだけ言い置いて、いつもの通り鉄砲笊を肩にして夜明け頃から道楽の紙屑拾いに出掛けて行った。で、炊事の番に当たった勘弁勘次が、昼飯《ひる》の菜《さい》に豆腐でも買おうとこうやって路地口まで豆腐屋を摑まえに出張って来たものの、好く読めないくせに眼のない瓦本でつい髪結い床へ腰が据わり、さっきから三人も幸町を流して行く呼び声にさえ気の付かない様子。もう四つにも間があるまい、背戸口の一本松の影が、あれ、這い寄るように障子の桟へ届いている。

——

「親分」

盲目《めくら》縞をしっとり濡らした葬式彦《とむらいひこ》が、何時《いつ》の間にか猫のように梳き場の土間に立っていた。

「彦か——やに早く里心が付いたのう」

と藤吉は事もなげに流し眄《め》に振り返って、

「手前《てめえ》、何だな、何か拾って来やがったな」

「あい、聞き込みでがす」

我破《がば》と起《た》ち上がった勘次の眼がぎらりと光った。

「違《ちげ》えねえ」と藤吉は笑った。「さもなくて空籠《からかご》で巣帰《げえ》りする彦じゃねえからのう、はっはっは」

「親分」

「何でえ?」

「お耳を」

「大仰な」

「いえ、ちょっくら耳打ちでがす」

腰の豆絞りを脱《と》って顔を拭くと、彦兵衛は藤吉のそばへ居座《いざ》り寄った。

「常さん、ま、御免なせえよ」と、将棋の相手の方へ気軽に手を振った藤吉は、「こうっ、雨の降る日にあこちとら気が短《みじけ》えんだ。彦、さっさと吐き出しねえ」

右手を屏風にして囲った口許を、藤吉の左鬢下へ持って行くと、後は彦兵衛の咽喉仏《のどぼとけ》がしばらく上下に動くばかり――。苗売りの声が舟松町を湊町の方へ近付いて来るのを、勘次は聞くともなしに放心《ぼんやり》聞いていた。

と、藤吉が突然大声を出した。

「縄張りあ誰だ？」

「提灯屋でげす」

彦兵衛も口を離した。

「提灯屋なら亥之吉《いのきち》だろうが、亥之公《いのこう》なら片門前から神明金杉、ずっと飛びましては土器町《かわらちょう》、ほい、こいつあいよいよ勘弁ならねえ」

と訳も知らずにはしゃぎ始める勘次の差し出口を、

「野郎、すっ込んでろい！」と一喝して置いて、藤吉は片膝立てて彦兵衛へ向き直った。

「土地から言えあ提灯屋の持ち場だ。旦那衆のお声もねえのに渡りを付けずにゃ飛び込めめえ」

「ところが親分」と彦兵衛はごくりと一つ唾を飲み込んで、「その亥之公の願筋《がんすじ》であっしがこうしてお迎えに――」

「来たってえのか？」

「あい」

「仏は？」

「新《あら》も新、四時《よとき》ばかりの――」

「うん。現場は？」

「提灯屋の手付きで固めてごぜえます」

「よし」と釘抜藤吉は立ち上がった。五尺そこその身体に土佐犬のような剽悍さが溢れて、鳩尾《みぞおち》の釘抜きの刺青《ほりもの》が袷の襟下から松葉のようにちらと見える。

「常さん、お聞きの通り、この雨降りに引《し》っ張り出しに来やがったよ。ま、勝負はお預けとしときやしょう――やい、奴《やっこ》」と軽く足許の勘次を蹴って、「一っ走りして長屋から傘を持って来い」

二

「酒《ささ》がこうしてついそれなりに、雑魚寝《ざこね》の枕仮初めの、おや好かねえ暁《あけ》の鐘――」

神田の伯母からふん奪《だく》った一枚看板と、この舞台《いた》に載《つ》いた出語りとで、勘弁勘次は先に立って三十間《けん》堀を拾って行った。

乾す心算《つもり》で拡げてある家並み裏の蛇の目に、絹糸のような春小雨の煙るともなく注いでいるのを、眇《すがめ》の気味のある眼で見て通りながら、少し遅れて藤吉は途々《みちみち》彦兵衛の話に耳を傾けた。

青蛙が一匹、そそくさと河岸の柳の根へ隠れる。奥平大膳殿《おくだいらだいぜんどの》屋敷の近くから、脇坂淡路守《あわじのかみ》の土塀に沿うて、何時しか三人は芝口を源冶町《げんやちょう》の本街道へ出ていた。

芝へ入って宇田川町、昨夜《ゆうべ》の八つ半頃から降り続けた小雨も上がりかけて、正午《ひる》近い陽の目が千切れ雲の隙間を洩れる。と、この時、急ぎ足に背後《うしろ》から来て藤吉彦兵衛のそばを駈け抜けて行った折助一人——手に小さな風呂敷包みを持っている。

「勘」

藤吉が呼んだ。

「何ですい？」

振り向く勘次、その折助とぴったり顔が会った。それを、男は逃げるように掻い潜って行く。

「見たか？」と藤吉。

「見やしたよ」と勘次は眉を顰《しか》めて、「紛れもねえさっきの癩病人《かってえぼう》だ。ぺっ、勘弁ならねえや」

すると、藤吉が静かに言った。

「面《つら》をよく記憶《おぼ》えとけよ、勘」

「あの野郎は何かの係り合いですけえ？」

彦兵衛が訊いた。

「何さ、得体《えてえ》の知れねえ瘡っかきだからのう、容貌見識っとく分にゃ怪我ぁあるめえってことよ。うん、それよりぁ彦、手前の種《ねた》ってえのを蒸し返《けえ》し承ろうじゃねえか」

久し振りに狸九丁《まみくちょう》の方を拾ってみようと思い立った葬式彦兵衛が、愛玩の屑籠を背にして金杉三丁目を戸田采女《うねめ》の下屋敷の横へ掛かったのは、八丁堀を日の出に発った故《せい》か、まだ竈の煙が薄紫に漂っている卯の刻の六つ半であった。寺の多い淋しい裏町、白い霧を寒々と吸いながら、御霊廟《おたまや》の森を右手に望んで彦兵衛は急ぐともなく足を運んでいたが、ふと消魂《けたたま》しい鳥の羽音と、それに挑むような野犬の遠吠えとで吾にもなく立ち竦んだのだった。随全寺という法華宗の檀那寺の古石垣が、河原のように崩れたままになっている草叢《くさむら》のあたりに、見回すまでもなく、おびただしい烏の群が一集《ひとかた》まりになって降りて宿無し犬が十匹余りも遠巻きに吠え立てている。犬が進むと烏が飛び立ち、烏が下りれば犬が退く。その争いを彦兵衛は往来からしばらく眺めていた。御霊廟をはじめ、杉林が多いから、烏はこの辺では珍しくないが、その騒ぎようの一方ならぬのと、犬の声の物凄さが、岡っ引き彦兵衛の頭へまず不審の種を播いたのである。

手頃の礫《こいし》を拾い集めた彦兵衛は、露草を踏んで近付きながら石を抛《ほ》って烏と犬とを一緒に追い、随全寺の石垣下へ検分に行った。

そこに、夜来の雨に濡れて、女の屍骸が仰向けに倒れていた。が、彦兵衛は眉一つ動かさなかった。溝のそばに雪駄《せった》の切れ端を見付けた時のように、手にした竹箸で女の身体を突ついてみた後、彼は籠を下ろして犬のようにしばらくそこら中を嗅ぎ回った。そして、屍骸の足許の草の根に、何やら小さい光ったものを見出すと、それを大事に腹掛けの丼《どんぶり》の底へ納《しま》い込んでから、ちょうど横町を通り掛かった煮豆屋を頼んで片門前町の目明し提灯屋亥之吉方へ注進させ、自分は半纏《はんてん》の裾を捲くって屍骸の横へ蹲踞《しゃが》んだまま、改めてまじまじと女とその周囲《まわり》の様子へ注意を向けた。

咽喉《のど》を刳《えぐ》られて女は死んでいる。自害でないことは傷口が内部《うち》へ向かって切り込んでいるのと、現場に何一つ刃物の落ちていないこととで、彦兵衛にも一眼で判った。もし自刃ならば、切れ物を外部《そと》へ向けて横差しに通して置いて前へ掻くのが普通だから、自然、痕が外部へ開いていなければならない。それに、強靱な頸部《くび》の筋をこうも見事に切って離すには、第二者としての男の力を必要とすることをも彦兵衛は直ちに見て取った。言うまでもなく女は何者かの手に掛かって落命したものである。とはいえ、辺りにさまで格闘《あらそい》の跡が見えないのが、不思議と言えば確かに不思議であった。しかし、朝方かけて降り頻ったあの雨でそこらに多少の模様更《が》えが行われたとも考えられる。現に、咽喉の切り口なぞ、真っ白い肉が貝のように露出《あらわ》れているばかりで、血は綺麗に洗い流されていた。

二十才代《はたちだい》を半ば過ぎた女盛りのむっちりした身体を、黒襟かけた三条《みすじ》縦縞の濃いお納戸の糸織りに包んで、帯は白茶の博多と黒繻子《くろじゅす》の昼夜、伊達に結んだ銀杏《いちょう》返しの根も切れて雨に叩かれた黒髪が顔の半面を覆い、その二三本を口尻へ含んで遺恨《うらみ》とともに永久《とわ》に嚙み締めた糸切り歯――何方《どちら》かと言えば小股の切れ上がった満更ずぶの堅気でもなさそうなこの女の死に顔、はだけた胸に三個処、右の手に二つの大小の金瘡《きんそう》、黒土まみれに固くなっていてもまだ何となく男の眼を惹く白い足首と赤絹《もみ》から覗いている太腿の辺り、それらの上に音もなく雨のそぼ降るのを、彦兵衛は眠そうに凝視めていた。

空き地に一人据わっているこの見すぼらしい男の姿を、通行人の二人三人が気味悪そうに立って眺め出す頃、煮豆屋から急を聞いた提灯屋の亥之吉は、若い者を一人伴《つ》れて息せき切って駈け付けて来た。番太郎小屋の六尺棒、月番の町役人もそれぞれ報知《しらせ》によって出張したが、亥之吉はじめ一同の意見は、要するに葬式彦兵衛の観察範囲を出なかった。何よりも、殺された女の身元不明という点で立会人達は第一に見込みの立て方に迷ったのである。

詰めかけ始めた弥次馬連を草原内へ入れまいと、仕事師《さはい》が小者を率いて頑張っていた。その中には見知りの者もあるかも知れないから警戒を弛めて顔見せをしてはという話も出たが、事件《これ》は到底《とて》も自分の手に負えないと見た提灯屋は、一つには発見者たる彦兵衛の顔を立てようと、来合わせた同心組下の旦那へも一通り謀った後直ちに八丁堀親分の手を借りることにし、早速彦兵衛を口説いて合点長屋へ迎いの使者に立ってもらったのだった。

三

狭い道路《みち》を埋めた群集がざわめき渡った。

勘弁勘次と彦兵衛を引き具して尻端折《しりはしょ》りした釘抜藤吉は、小股に人浪を分けて現場へ進んだ。

「お立ち会《え》いの衆、御苦労様でごぜえます」

こう言って挨拶した時、彼の短い身体はすでに二つに折れて屍骸の上へ屈んでいた。致命傷ともいうべき咽喉の刀痕《きずあと》へ人指し指を突っ込んでみて、その血の粘りを草の葉で拭うと、今度は指を開いて傷口の具合を計った。次に、石のように堅い死人の両の拳を勘次に開かせて何の手懸かりも握っていないことを確かめた。そして、最後に、ちょっと女の下半身を捲って犯されていないらしいと見届けた藤吉は、

「ふうん」

と唸って腰を延ばした。眼を閉じて腕組みしている。

「遠い所をお願《ね》え申しまして、何ともはや――」提灯屋が口を入れた。が、藤吉は返事どころか身動《みじ》ぎ一つしない。

「此女《これ》の人別《にんべつ》が判りやしてな」と提灯屋は言葉を継《つな》ぐ。「へえ、この先の笠森稲荷の境内《けえでえ》に一昨日《おととい》水茶屋を出したばかりのお新てえ女で――。どこの貸家《たな》かあ知りませんが、身寄り葉寄

りもねえ——」

と言い掛けたが、大声で背後の若者へ、

「なあ、おい、それに違えねえなあ」

「俺《おいら》あちょっと前《めえ》を通っただけだが、どうもあの姐《ねえ》さんにそっくりだ」

若者は仏頂面で答えた。藤吉は化石したように突っ立ったきり——人々はその顔を見守る。

「色恋沙汰ってところがまず動かねえ目安でげしょう？」

「——」

と提灯屋が再び沈黙を破った。

「心中の片割れじゃごわせんか」

「——」

「物盗《ものと》りじゃありますめえの？」

「——」

口をへの字に結んで、藤吉は眼を開こうともしない。提灯屋も黙り込んでしまった。と、うっとりと眼を開けた藤吉は、忘れ物をした子供のように屍体の周りを見回していたが、

「履物は？　仏の履物は？」

「へえ、ここにごぜえます」

町役人手付きの一人が狼狽《うろたえ》て取り出して見せる黒塗りの日和へ、藤吉はちらと眼を遣っただけで、

「雨あ夜中の八つ半から降りやしたのう？」

「へえ」誰かが応ずる。

「勘」と、藤吉が呶鳴った。「手を貸せ」

勘次が屍骸を動かすのを待ち兼ねたように、女の背中と腰の真下へ手を差し入れて土を撫でた藤吉は、すぐその手で足許の大地を擦《さす》って湿りを較べているらしかったが、つと顔を上げた時には、すでに、八方睨みと言われたその眼に持って生まれた豁達《かったつ》さが返っていた。

「小物は小物だが匕首《えいくち》じゃねえぞ」誰にともなく彼は呻いた。

「出刃でもねえ。菜切りだ、菜切り庖丁だ。人を殺すに菜っ葉切りの他に刃物のねえような、こう、彦、手前に訊くが、精進場はどこだ、え、こう?」

「へへへ」彦兵衛は笑った。「寺さあね」

「図星だ」

藤吉も微笑んだ。一同は驚いた。そして、次の瞬間には、申し合わせたように石垣を越えて随全寺の瓦屋根へ視線を送った。烏の群が空低く鳶に追われているその下に、石垣の端近く、羽毛《はね》のような葉をした喬木に黄色い小さな花が雨に打たれて今を盛りと咲き誇っているのが、射るように釘抜藤吉の眼に映った。

説明を求めるように人々がぐるりと彼の身辺に輪を画《えが》いた後までも、藤吉の眼は凍り付いたようにその黄色い花から離れなかった。と、やがて、低い独語《ひとりごと》が、

「いやさ——寺でもねえ」

と藤吉の唇を銜いて出たが、俄に潑剌として傍らの彦兵衛の肘を掴むと、

「のう、彦、大《でえ》の男がこの界隈《けえうえい》から一時《しととき》あまりで往復《いきけえ》りのできる丑寅の方と言えあ、ま、ど

の辺だろうのう？」

「急いでけえ？」

「うん」

「丑寅の方角なら山王旅所じゃげえせんか」

「てえと、亀島町は――」

「眼と鼻の間」

「やい、彦、手前亀島町の近江屋まで走って――」

と何やら吹き込んだ藤吉の魂胆。頷《うなず》きながら聞き終わった彦兵衛は、

「委細合切承知之助《がっさい》」

い、い、
ぶらりと歩き出す。

「屑っ籠は置いてけよ」

茶化し半分に追っ掛けて呶鳴る勘次を、

「勘、無駄口叩かずと尾《つ》いて来いっ」

と、藤吉は飛鳥《ひちょう》のごとくやにわに随全寺の崩れ石垣を攀《よ》じ登った。遅れじと勘次が続こうとすると、

「親分、親分の前だが、寺内《じねえ》のお手入れだけは見合わせて下せえ。寺社奉行の支配《しへえ》へ町方が――」

町役人の重立《おもだち》が、こう言って同心手付の方へ気を兼ねながら、心配そうに藤吉を見上げた。が、

「花を見る分にあ寺内だろうとどこだろうと一向差し支《つけ》えごぜえますめえ」

と済まし込んだ藤吉は、木の下へ立って黄色い花を矯《た》めつすがめつ眺めていたが、ぐいと裾を引き上げると、浅瀬でも渉る時のような恰好で矢鱈《やたら》にそこらじゅうを歩き始めた。気のせいか、雨に洗われた雑草の形が乱れて、黄色い花を付けた小枝が一面に折れ散っている。そこから本堂との間は広くもない墓場になっていて、石塔や卒塔婆《そとば》の影が樹《こ》の間隠れに散見していた。

勘次も提灯屋も、ただ猿真似のようにその黄色い花の咲いている木の回りを見渡した。二尺近くも延びている草の間から、青竹の切れを探し当てた藤吉は、しばらくそれで地面の小枝を放心《ぼんやり》掻き弾いていたが、来る途中彦兵衛から受け取った小さな金物を袂から出して眺め終わると、やがてすたすた庫裏《くり》の方へ向かって歩き出した。後の二人は、狐に欺《つま》まれたようにその尾に随《つ》いた。

と、何事か思い出したように藤吉が勘次へ囁いた。勘次はびっくりして聞き返した。藤吉の眼が険《けわ》しく光った。勘次はそそくさと寺を出外れると、そのまま屋敷町の角へ消えて行った。

四

「不浄仏《ふじょうぼとけ》たあ言い条――」

薄暗い庫裏《くり》裏の土間へ這入ると、突然《いきなり》、釘抜藤吉は破鐘《われがね》のように我鳴り立てた。

「寺社奉行の係り合いを懼《おそ》れてか、それとも真実《まこと》和尚さんに暗《くれ》え筋《え》のあってか、ま、何にしても、縁あらばこそ墓所で旅立った死人《しびと》を、石垣下へ蹴転がすたあ、あんまりな仕打ちじゃごぜえませんか。もし、あっしあ八丁堀の藤吉でがす」

海の底のように寂然《しいん》としたなかで、藤吉の声だけが筒抜けに響く。はらはらした提灯屋が思わず袖を引いた。

「親分――」

「まあ、こちとらの方寸《むね》にある」と、藤吉はまた一段と調子を上げて、

「不浄仏たあ言い条――おうっ、無縁寺ですかい？　何誰《どなた》もおいでにならねえんですかい？」

「はい、はい」

と、この時、力なく答えて奥の間から出て来たのはまだ年若い所化《しょけ》、法衣《ほうえ》の裾を踏んで端近く小膝をつく。

「はい、仏間深く看経中にて思わぬ失礼――して何ぞ御用で御座りまするか」

「御住持は？」

「森元町の方に通夜に参って、昨夜五つ時から不在で御座りまする」

「五つ？」

「はい」

「御住持のお姓名《なめえ》は？」

「下田日還と申しまする」

「あっしあ御覧の通りのやくざ者、ものの言い方を知らねえのは御免なせえよ」と藤吉もぐっと砕けて出て、「つかねえことを訊くようですが、こいつあ一体何誰《てえどなた》んですい？」

囲炉裏のそばに乾してある紺足袋を手に取ると、若僧の前へぽいと無雑作に抛《ほ》り出しながら、

藤吉はこう言って相手の表情を読もうとした。

「はて異《い》なお質問《たずね》――だが、見まするところこの足袋は――」

と眺めていたが、ふと顔を上げて、

「この足袋に何か御不審の筋でもあって――？」

「鞐《こはぜ》が一つありますめえ」

藤吉は鼻の先で笑った。

「なるほど、右のが一つ脱《と》れております」

「ここにある」袂を探って、彦兵衛の拾った小さい金物を手の平へ載せると、そのまま所化の前へ突き出して、

「これでがしょう。他のといっち合《え》えましょうが」

「どうしてそれが貴所《あなた》の手に？」

「ついいこの彼方《むこう》の空き地に落ちてやしたよ」

「空き地？　と申せば石垣下の――？」

「おうさ、屍骸《しげえ》のそばに」

と聞いて思わずきっとなった提灯屋は、一歩前へ詰め寄った。が、出家は怪訝な面持ち。

「屍骸――とは何の屍骸？」

「へえ、お新さんの屍骸でごぜ――」

「えっ！　あの、お新！」

「のう、誰の足袋だか聞かせてくだせえやし」

「はい、足袋は確かに寺男佐平の所有《もの》」

「佐平どんはどこに？」

「あれ、今し方までそこらに――佐平や、これ、佐平や」

炭俵なぞの積んである一隅に、がさがさという人の気配がした。

「お！」

藤吉は素早く眼くばせする。心得た提灯屋が、飛んで行ったと思う間もなく、猫の子みたいに引き擦り出して来た小柄の老爺、言うまでもなく随全寺の寺男佐平であった。

「野郎、逃がしてなるか」

有頂天になった提灯屋亥之吉が、なおも強く佐平爺の腕を押さえようとすると、

「こう、提灯屋、ここは寺内だ、滅多な手出しをしてどじ踏むなよ」

とにやにやしながら、また藤吉は僧へ向き直って、

「此人《これ》が佐平どんで足袋の主、さ、それはそれとしてもう一つ伺いてえのは、お新と呼び捨てにするからにあ、彼の姐御《あねご》と此寺《ここ》との間柄《えいだがら》――」

「はい」と若い僧侶は顔色も蒼褪めて、

「はい、もうこうなりますれば、何事も包まず隠さず申し上げますが」

「うん、好い量見《りようけん》だ」

「実は、面目次第も御座りませぬが、親分さま、実のところ――」

と打ち開けた彼の話によると、若い身空で朝夕仏に仕える寂しさから、何時しか彼は笠森稲荷の茶屋女お新と人眼を忍ぶ仲となり、破戒の罪に戦きながらも煩悩の火の燃え盛るまま、終

いには毒食わば皿までもと住職の眼を掠めては己《おの》が部屋へ引き入れ、女犯地獄の恐ろしい快楽《けらく》に、この頃の夜の短くなりかけるのを転《うた》た託《かこ》っていたのであった。

元来《もともと》お新という女は江戸の産まれではなく、大宮在から出て来て間もないとのことだったが、田舎者にしてはちょっと渋皮の剝けたところから、茶屋を出す一二日うちに早くも引く手多数《あまた》の有り様だったけれど、根が浮気者にも似ずそれらの男を皆柳に風と受け流していたのは、当初《はじめ》の悪戯気から段々深間へ入りかけていたとはいえ決して随全寺の若僧にばかり女を立てていたからではなく、全くは、大宮から一緒に逃げて来た無頼漢《ならずもの》の情夫《まぶ》を心《しん》から怖がっていたからであったという。その男が、今日この頃は一層凶暴になって、随全寺の一件なぞを嫉妬《やっかみ》出し、毎日のように付け回しては同棲を迫るが、自分はもうあんな男には懲り懲りだと、何時かも寝物語に所化へ洩らしたとのこと。

昨夜も昨夜とて和尚の留守を幸い、寺男佐平の手引きで忍んで来る手筈になっていたが――。


「それがまあ、こんなことになろうとは――」

僧は眼に涙を浮かべて手の数珠を爪探《まさぐ》った。

「お葬《とむれ》えはお手のもんだ。まあ、精々菩提《ぼでえ》を――と、それよりあ、のう、佐平どんとやら、お寺に昨夜紛失物《なくなりもの》がありやしたのう?」

提灯屋に小突かれて、佐平は黙って頷いた。声も出ないとみえる。

「盗人《ぬすっと》が這入《へえ》ったのけえ?」

佐平は首を縦に振った。

「締まりを忘れたな?」

佐平は頭を下げた。

「盗られた物を当てて見しょか――菜切りだろう、え、おう、菜っ葉庖丁だろう」

「へえ」

と佐平が答えた時、山王旅所へ近い亀島町の薬種問屋近江屋へ使いに行った葬式彦が、跫音《あしおと》もなく帰って来た。

「現場で聞いたら親分は此寺《ここ》にいなさるてんで――親分、奴あ近江屋へ行ったに相違《ちげえ》ねえぜ」

「うん、牛蒡買《ごぼう》いにか」

「あい、牛蒡の千葉と黒焼きの生姜――」

「鑑識《めがね》通りだ、はっはっは、彦、御苦労だったのう」と藤吉は哄笑して、

「そこで、佐平どん、お前《めえ》に訊くが、今朝、墓場の向こうの木の下でお新さんの屍骸を見付け、この坊さんや引いては自身が、寺社方の前へ突ん出されめえと、これ、この棒で」と手の青竹を振って見せて、「屍骸の上に覆《かぶ》せてあった小枝を払い、仏を石垣から蹴落として半兵衛さんを決め込んでたなあ、足袋の鞐と言い、それ、お前のぱっちの血形といい、佐平どん、あっしあ、お前の業《わざ》と白眼むがどうでえ?」

佐平は首垂《うなだ》れて股引の血を見詰めながら、

「へえ、森元町から新棺《あらかん》の入りがあるちゅうこって、今朝七つ半過ぎに俺《わし》が墓あ掃除に出張りましたところが――」

「お新!」若い納所《なっしょ》が狂気《きちがい》のように叫び出した。「おお、お、お――しん!」

「屍骸は原っぱだ」憮然として藤吉が言った。「見る気があったら見てお遣んなせえ」

顫える足に下駄を突っ掛けて、若僧はべそを掻いて駈け出そうとした。提灯屋が押さえた。

「殺《ばら》された女の情夫ってえのを、あんたは見たことがありますかえ？」

「見たことはありません、見たことはありません」

「提灯屋、放して遣れってことよ」藤吉が嘯《うそぶ》いた。「犯人《ほし》なら先刻引き揚げてあるんだ」

と、その言葉の終わらないうちに、

「親分」

裏口に大声がして、五尺八寸の勘弁勘次の姿が浮き彫りのようにぬうっと現れた。

「勘か？　首尾は？」

「上々吉でさあ」と弥造《やぞう》を振り立てて、「一つ三つ溜まりを当たるうちに、三軒家町の真ん中でばったり出遇った」

「今朝の癩病人《かつてえぼう》にか？」

「あいさ」

「うん」

「あん畜生、あんな面になりやがったもんだから、秋月佐渡様のお部屋からずらかって来るところを、勘弁ならねえと摑めえて町内組へ預けて来やした」

「風呂敷包みを抱えてたろう？」

「へえ、牛蒡の――」

「干葉と生姜の黒焼き」

と彦兵衛が後を引き取る。眼をぱちくりさせて勘次は黙った。

「ちったあ嚙んだか」と藤吉が訊く。

「なあに」

手の甲の傷を舐めて勘次は笑った。

「番屋じゃあ引っ叩《ぱて》いて来たか」

「へえ、あっさりとね。だが、親分、先様あ真悪《ほんわる》だ、すぐと恐れ入りやしたよ。へえ、あんまり骨を折らせずにね」

「出来《でか》した」

と一言いった藤吉は、さっさと戸外《おもて》へ歩き出しながら、「昨夜、寺の門の傍《わき》でお新を待ち伏せ、坊さんとの手切れ話を持ち出したが、お新がうんと言わねえので、坊さんを伴れ出しに庫裏へ這《へ》え込んだものの、暗黒《くらがり》で庖丁を摑んで気が変わったと吐《ぬ》かしたか」

「へえ、その通りで。それから――」

「それから先は見たきり雀よ。なあ、墓でお新に引導渡し――」

「ええっ！」

提灯屋はじめ、佐平も彦兵衛も愕然として藤吉の背後姿を凝視めた。藤吉は振り返って、

「その癩病人てえのがお新女郎の情夫よ――森元町の他に新仏《にいぼとけ》がもう一つ、いやさ、二つかも知れねえ。佐平どん、お忙しいこったのう」

火消しの一人があたふたとそこへ飛んで来た。

「た、大変だ！　若《わけ》え坊さんが裏の井戸へ――」

「はっはっは、言わねえこっちゃねえ。提灯屋、ま、不平《こぼ》さねえで御用大事《でえじ》と――勘、どっかで茶漬けでも掻っ込んで帰《けえ》るべえ。彦、紙屑籠を忘れめえぞ、はっはっは、いや、皆さん、何ともかともお喧《やかま》しゅう――」

五

「よくも親分、ああ早くから当たりが付きやしたのう」

「まあ、呑め、一杯《ぺい》呑め」新網町の小料理屋おかめの二階へどっかりと胡座を掻いた釘抜藤吉は、珍しく上機嫌だった。

「おうっ、姐さん、赤貝の酢《す》を一枚《めえ》通してくんねえ。こうっと――そうよなあ、傷口を検《み》て菜切りと睨んだんだが、玉が四時と来て、その下の土が八つ半からの雨にしこたま濡れてるとすれあ、彦の鼻っ柱の千里利きじゃねえが、他から運んだと見当が立ったあな。石垣上の黄色《きいれ》い花を見て――勘、今日だけあ呑め、ま、一杯呑め――花を見て俺あ朝の癩病人を思い付いたんだ。彦から貰った轄もあるし、こいつあ臭《くせ》えと上がってみるてえと、勘の前だが、落花狼藉よ。なあ、勘、枝を弄《いじ》くった竹っ切れも落っこってたなあ」

「小枝はうんとこしょ落ちてたが、あの竹の棒が一体親分何の足しに――？」

「佐平の爺《じじい》め、あれで屍骸に被せてあった小枝を払いやがったのよ。勘、汝《われ》もちったあ頭を動かせ、大飯ばかり食らいやがって」

「だが、親分、何のために竹づっぽで？」

「知ってる者あ知ってらあな。爺だって婆《ばばあ》だって、癩病人にゃなりたかねえからよ」

「ふうん」彦兵衛が唸った。

「やい、彦、俺の真似をするねえ」

「真似じゃねえが」と葬式彦兵衛は眼をしょぼしょぼさせて、

「野郎が八丁堀を通って近江屋へ買いに行ったあの牛蒡と生姜は何ですい？」

「妙薬よ」

「天刑病の、で御座いますかい？」

「誰が天刑病だ？」

「犯人《ほし》」

「はっはっは、間抜けめ」酒を零《こぼ》しながら、膝を揺るがせて藤吉は笑った。「朝からどうもあの折助の面付きが、眼の底から抜けねえような案配《あんべえ》だったが、あれあお前、癩病《なりんぼ》じゃねえ。どでえ、病《やめい》じゃねえ」

「へえ――い！」

「へえでもねえ」

「まあ、親分、冗談は抜きにして」

「冗談じゃねえよ、漆かぶれだ」

「え？」

「うるし」

「うるし？」

「そうよ、う、る、し、てんだ。はっはっは、解ったか」

「じゃ、あの木は――」

「漆の木よ。あの花を見て、こちとらあなるほどと感ずったんだ。奴め、暗黒《やみ》ん中で漆とは知らず千切っては掛け折っては被せしたもんだから四時の間《えいだ》にあの様よ――梅雨に咲く黄色え花が口を利き、とね、ははは」

「まあ、親分さん、もの言う花でござんすか。ほほほほ」

と小粋な女中がさらり境の襖を開けて、

「へい、お待ち遠うさま」

「拙は酸章魚《すだこ》でげす、おほん」

と気取って勘弁勘次は据わり直す。女中が明けて行った回り縁の障子。降り飽きた雨は疾《と》っくに晴れて、銀色に和む品川の海がまるで絵に画《か》いたよう――。櫓音も長閑にすぐ眼の下を忍ぶ小舟の深川通い、沖の霞むは出船の炊《かし》ぎか。

「さあ、呑め、もう一杯だけ呑め」

玉山《ぎょくざん》まさに崩れんとして釘抜藤吉の頬の紅潮《あからみ》。満々と盃を受けながら、葬式彦兵衛が口詠《くちずさ》んだ。

「梅雨に咲く花や彼岸の真帆片帆《まほかたほ》」

三つの足跡

一

紫に明ける大江戸の夏。

七月十四日のことだった。神田明神は祇園三社、その牛頭《ごず》天王祭のお神輿が、今日は南伝馬町の旅所から還御《かんぎょ》になろうという日の朝まだき、秋元但馬守《あきもとたじまのかみ》の下屋敷で徹宵酒肴の馳走に預かった合点長屋の釘抜藤吉は、子分の勘弁勘次を供に伴《つ》れて本多肥後殿の武者塀に沿い、これから八丁堀まではほんの一股ぎと今しも箱崎橋の袂へ差し掛かったところ。

「のう、勘、かれこれ半かの」

「あいさ、そんなもんでがしょう」

御門を出たのは暗いうちだったが、霽《は》れて間もない夜中の雨の名残を受けて、新大橋の空からようやく東が白みかけたものの、起きている家は愚かまだ人っ子一人影を見せない。冷え冷えとした朝風に思わず酔い覚めの首を縮めて、紺結城の襟を掻き合わせながら藤吉は押し黙って泥濘《ぬかるみ》の道を拾った。

「大分降りやした――気違《きちげ》え雨――四つ半から八つ時まで――どっと落ちて――思い直したように止みやがった。へん、お蔭で泥路《しるこ》だ――勘弁ならねえ」

勘弁勘次はこんなことを呟いて一生懸命に水溜まりを飛び越えた。藤吉は何か考えていた。

南茅場町の金山寺味噌問屋八州屋の女隠居が両三日行き方識れずになっていること、これがこの頃藤吉の頭痛の種だった。八州屋では親戚知人《しるべ》は元より商売筋へまで八方へ手分けして捜したが杳《よう》として消息の知れないところから、合点長屋の釘抜親分へ探索方を持ち込んだのだったが、ここに藤吉として面白くないことは、桜馬場《さくらのばば》の眼明かし駒蔵の手先味噌松というのが金山寺味噌の担ぎ売りをして平常《ひごろ》八州屋へ出入りしているという因縁で始めからこの事件《さわぎ》へ駒蔵が首を突っ込んでいることだった。しかも、ことごとに藤吉と張り合って、初手から藤吉が死亡《ない》ものと白眼《にら》んでいる女隠居の行衛《ゆくえ》を、駒蔵は飽くまでも生きていると定《き》めて掛かっているらしかった。とはいうものの、藤吉とても何もお定《さだ》――というのがその老婆の名だが――の死を主張するに足る確証《あかり》を握っているというわけでもなかった。ただそんな気がするだけだった。それが、藤吉にとって一層焦《もど》かしかった。この上は地《つち》を掘り返《けえ》してもお定の屍骸《しげえ》を発見《めっ》けて、それを駒蔵の面《つら》へ叩き付けて遣らなければあ腹の虫が納まらねえ、と頭の中で考えながら箱崎橋の真ん中に仁王立ちに突っ立った藤吉は、流れの上下《かみしも》へ眼を配った。

昨夜の大雨に水量《みずかさ》を増した掘割が、明けやらぬ空を映してどんより淀んでいる。両側は崩れ放題の亀甲《きっこう》石垣、先は湊橋でその下《しも》が法界橋、上流《かみ》へ上って鎧の渡し、藤吉は眇眼《すがめ》を凝らしてこの方角を眺めていたが、ふと小網町の河岸っ縁に真っ黒な荷足《にたり》が二三艘集《かた》まっているのを見ると、引き寄せられるように歩を進めてぴたりと橋の欄干《てすり》へ椅《よ》った。

「何だ、あれあ？」

勘次も凝視《みつ》めた。剝げちょろの、黒塗りの小舟のように見える。なかの一艘は殊に黒い。

「勘、この川底あ浚ったろうのう」

「へえ」と勘次は弥造《やぞう》で口を隠したまま、「八州屋のこってげすけえ？」

「俺が訊いてるんだ」

「へえ、上から下まで淩《され》えやした、彦の野郎が采配《せえへえ》振って」

「彦の仕事なら抜かりあねえはず。勘、石を抛《ほう》れ。舟まで届くか」

橋際へ引き返して拾って来た小石を、勘次は力一杯に投げた。橋と舟との中間《あいだ》に小さな水煙が立つ。と見る、その音に驚いてか、たちまち舟から舞い上がるおびただしい鳥の群、鳴き交わす声は啞啞《いあ》として甍に響き、空低く一面に胡麻を散らしたよう——後には小舟が白く揺れているばかり。

「烏か」

「あい」

「小魚でも集《よ》りやがったか」

「あい」

「勘、冷《しえ》るのう。行くべえ」

歩き出した二人の鼻先に、留守番のはずの葬式《とむらい》彦兵衛が小僧を一人連れて、何時《いつ》の間にか煙のように立っていた。

「お、お前《めえ》は彦、今時分何しにここへ——？」

「親分、お迎《むけ》えに参《めえ》りやした」

と彦兵衛はにやにや笑って、

「へっ、殺《ばら》されやしたよ、八州屋が。八州屋の旦那がね、親分、器用に殺《や》られやしたよ」

「え、八州屋って味噌屋か」

勘次が仰天して口を出した。が、予期していたことのように藤吉は済ましていた。

「他にあねえやな。親分、この小僧の駈け込みでね、これあこうしちゃ居られねえてんで、出先が判ってるから俺《おいら》あお迎えに、へえ、飛び出して来やしたよ」

藤吉は黙って歩き出した。橋を渡って右へ切れた。茅場町である。堀へ付いて真一文字に牧野河内の下邸、その少し手前から鎧の渡しを右手に見て左坂本町へ折れようとする曲がり角に、金山寺御味噌卸問屋江戸本家八州屋という看板を揚げた店が、この重なる凶事に見舞われた当の現場であった。

雨上がりの泥道をひたすら急ぐ藤吉の背《あと》から、勘次と彦兵衛の二人が注進役の小僧を中に小走りに随《つ》いて行った。

店に寝ているところをお内儀《かみ》さんと折から買い出しに来た味噌松とに叩き起こされて、藤吉を呼びに八丁堀の合点長屋まで裸足で駈け付けたという他、主人は何時《いつ》どうして殺されたのか、小僧には皆目解っていなかった。ただ、屍骸は裏の味噌蔵に転がっている、とだけ泣き声で申し立てた。

「やい、味噌松てものがいるのに何故桜馬場へ訴人しねえ？　勘弁ならねえ」

忌ま忌ましそうに勘次が言った。

「藤吉親分の縄内だからまず八丁堀へってお神さんが言いましたもの」

「じゃ、これから駒蔵を呼びに走るんだな？」

「いいえ、長どんが行きました。何でもかんでも駒蔵の親分に出張ってもらわなくちゃあ、って松さんが頑張るもんですから――」

「長どんてなあもう一人の小僧か」

「へえ」

「お前と一緒にお店に寝てたのか」

「へえ」

「屍骸《たま》あ発見《めっ》けたなあ誰だ？」

調子に乗った勘次がこう小僧を極《き》め付けた時、

「勘、黙って歩け」

と藤吉が振り返った。勘次は頭を搔いた。

雨に濡れた町に朝の陽が照り出した。昨夜二時《ふたとき》ばかり底抜けに降った豪雨をけろりと忘れたように、輝かしい光が家並みの軒に踊り始めた。茅場町の大通りは捏《こ》ね返すようだった。一行の上に重苦しい沈黙が続いた。

早金色《はや》に晴れ渡った空の下に、茅場町の大通りは捏ね返すようだった。つい先頃《このあいだ》、裏に味噌蔵を建てた序《ついで》に家の周囲《まわり》を地均《じなら》ししたばかりなので、八州屋を取り巻いて赤い粘土が畑のようにぼくぼくに畝《うな》って、それが雨を吸ってほどよく粘っていた。昨日までの凹凸は真夜中の雨に綺麗に洗われて、平らになった土の表面《おもて》には、家へ向かって左手の露路伝いに、まるで彫ったように深い、そして確かに三時《みとき》は経ったと思われる足駄の歯跡が、通りから裏口の方へ点々として続いているのが、遠くから藤吉の眼に這入《はい》った。

藤吉は振り向いて小僧の足を見た。裸足である。急ぎ八州屋の前に立つと、二つの小さな裸足の跡が、大戸の潜りを出て、そこの一二尺の柔らか土を踏んで一つは左一つは右へ別れた状《さま》が、手に取るように窺われる。藤吉は唸った。

「おうっ、小僧さん、長どんてなあお前より三つ四つ年上《としかさ》で、これも裸足で突ん出たろう。ええおう？」

勘次彦兵衛に挟まれてこの時追い付いた小僧は、言葉も出ないようにただ頷首《うなず》いた。

「二人とも出来《でか》したぞ」

と莞爾《にっこり》した藤吉は、何思ったかやにわに履物を脱ぎ捨てて、

「彦、勘、俺達もこれだっ！」

「合点だ」

声とともに二人も地上《じべた》に降り立った。三人の下足を集めて小僧が提げた。早くも修羅場と呑み込んだ勘弁勘次は、

「親分、どっから踏み込みやしょう？」

と、麻葉絞りを鼻の下にぐいと結んで気負いを見せる。が、藤吉は放心《ぼんやり》と立っていた。勘次も彦兵衛もいささか拍子抜けの気味で、何気なく藤吉の眼を追った。藤吉は八州屋の門柱《かどばしら》を見上げていた。

去年の暮れ、お染め風という悪性の感冒が江戸中に猖獗《しょうけつ》を極めた折、「久松留守」と書いた紙を門口に貼り付けて疫病除けの呪禁《まじない》とすることが流行《はや》って、一頃は軒並みにその紙片《かみ》が見られたが、風邪も蟄伏した真夏の今日までそんな物を貼って置く家はまず一戸もなかった。ところが、この八州屋の、左手小路寄りの大柱にはちゃんと久松留守と書いた鳥の子紙が木綿糸で釘から下がっている。剝ぎ忘れたのなら貼り付いて居べきもの、それが掛け外し自在の仕組みになっているのが何とはなしに藤吉の注意を惹いた。鳥の子紙を使ってあること、新しく書い

たものらしいこと、気にすればこれらも不審の種だったが、就中《なかんずく》その書体と筆勢——。

「誰の字だえ？」

紙から眼を離さずに藤吉が訊いた。

「知りません」

と小僧は鼻汁《はな》を啜った。

泥路《ぬかるみ》に立った裸足の三人は、凝然《じいっ》と久松留守の四字を白眼《にら》んで動かなかった。まだ店を開けない町家続きに、今日一日の晴天《はれ》を告げる朝靄が立ち罩《こ》めて、明るい静寂《しずけさ》のなかを、右手鎧の渡しと思う辺りに、時ならぬ烏の声が喧《やかま》しかった。

「みんな、こう、踏むと承知しねえぞ」

露路に印《つ》いた足駄の跡を避《よ》けて、小僧に案内させた藤吉は子分二人を引き具して家に即《つ》いて裏口《うら》へ回った。

「親分、見当《あたり》は？」

葬式彦《とむらいひこ》が囁いた。藤吉は笑った。

「まあさ、待ちねえってことよ」

二

八州屋孫右衛門は雨に濡れた衣服《きもの》のまま頭部《あたま》を滅茶滅茶に叩き毀《こわ》されて、丑寅を枕に、味噌蔵の入口に倒れていた。赤黒い血糊が一筋三筋糸を引いたように土間を汚しているだけで、激しく争ったと思われる節は辺りのどこにも見られなかった。毛の付いた皮肌《かわ》、饂飩《うどん》のような脳髄《のうみそ》、人参みたいな肉の片《きれ》などがそこら中に飛び散って、元結いで巻いた髷の根が屍骸の手の先に転がっていたりした。よほどの強力《ごうりき》の者が、何か重い鋭い刃物でただ一撃ちに息を絶やしたものらしいことは、眼明かし藤吉を俟《ま》たなくても、誰にでも容易に想像された。それほど惨憺たる光景を呈していた。

蔵の前に、勘次を立ち番に残して、藤吉と彦兵衛は泥足のまま屍体のそばへ上がり込んだ。その足許にある一足の高足駄、彦兵衛は早くもそれへ眼を付けた。

「親分」

「うん、合わしてみろ」

彦兵衛は足駄を持って出て行った。藤吉は蹲踞《しゃが》んだ。独り言がその口を洩れた。

「雨の中を帰《けえ》って来たか――三時は経ったな」

そして頭部の大傷には大した注意も払わずに、仰向き加減に延びた仏の頸に、藤吉はじいっと、瞳を凝らした。そこに、例えば縊れたような赤い痕《きず》が残っていて、なお熟視《よくみ》ると、塵《ごみ》のような麻屑が生毛《うぶげ》みたいに付《つ》着いている。藤吉は顔を上げた。その口は固く結ばれていた。その眼は異様に輝いていた。

「親分」彦兵衛が帰って来た。「ぴったり合いやす。あれあ八州屋の足形に違《ちげ》えねえ」

「深かあねえか」

「へえ、そう言えあちと――」

「彦、仏を動かしてみな」

孫右衛門は優形の小男、死んで自力はないものの、彦兵衛の手一つでずずっと引き擦り得るくらい。

「重《おめ》えか」

「なあに、軽いやね」

言いながら彦兵衛がまた一二尺屍骸をずらすと、下から出て来たのは血塗れの大鉞《まさかり》。磨《と》ぎ透ました刃が武者窓を洩れる陽を浴びて、浪の穂のようにきらりと光った。藤吉は笑い出した。

「見ろ。はっはっは、犯人《ほし》あ玄人《くろ》だぜ。急場にそこいら探ったって、これじゃあおいそれたあ出ねえわけだ」

「親分、何か当たりでも?」

「そうさな、万更無《ね》えこともねえが」

と藤吉は両手を突いて屍骸の回りを這いながら、

「臓物の割りにあ血が飛んでるねえ。いや、飛んじゃあいるが勢《せい》がねえ」

つと藤吉は立ち上がった。手の埃を払って歩き出した。

「彦、来い。もうここにあ用はねえ」

戸外《そと》へ出ると、勘次が詰まらなそうに立っていた。味噌蔵から勝手口まで長さ二間《けん》ばかりの杉並四分板を置いた粘土の均《なら》し、その土の上に、草鞋《わらじ》の跡と女の日和下駄の歯形とが判然《はっきり》着いている。二つとも新しい。大小裸足の足跡は八丁堀の三人とさっき案内した小僧のもの。藤吉は辺りを見回して、

「足形が三つあるのう。足駄のは孫右衛門のもんで、これあ表通りから左の路を踏んで蔵へ

這入《へえ》ってそれなりけりと。この女郎《めろう》の日和はお内儀で、勝手と蔵を一度往来《いきき》して今あ母家にいなさることは、これ、跡《かた》の向きを見れあ白痴《こけ》にも判らあ。もう一つの草鞋《わらんじ》ものは――」

「へえ、あっしんでげす」

と声がして、この時、駒蔵身内の味噌松が流し元から顔を出した。喧嘩っ早い勘次はもう不愉快そうに外方《そっぽ》を向いた。草鞋の来た道を蔵の前から彦兵衛は逆に辿って、右手の横町からこの時は坂本町の方へまで尾《つ》けて行っていた。

「おや、松さん」と藤吉は愛想よく、「稼業柄《しょうべえ》たあ言い条、飛んだ係り合い《え》だのう」

「なあに、見つけた者の御難でね、知ってるこたあ残らず申し上げてお役に立ちてえと、へえ、こうあっしあ思っていますのさ。――さいでげす。今の先刻《さき》坂本町の巣を出やしてね、いつもの通り味噌売りに歩くべえと、箱取りと仕入れに此家《ここ》へ来て、まっすぐに蔵へ行った折、坂本町から横町へ這入る辺りからやに土が柔らかくて、御覧の通り右手から蔵まであんな足形を印けやした。へえ、正しくあれああっしの跡で御座《ござ》えます」

「箱取りに、まっすぐに蔵へ行ったたあ何のこってすい？」

「担ぎの荷箱を蔵へ預けといて、毎朝《めえあさ》自身で出してお店へ回って味噌を仕入れるのが、親分の前だが、あっしと此家の店《うち》との約束でげしてね」

「なるほど。して、朝お前さんが来る頃にあ、お店じゃあ平常《いつも》起きてますのかえ？　七つと言えあこちとらなんかにあ真夜中だが――」

「何の。定まって長どんを叩起《おこ》しますのさ」味噌松は他意なく続ける。「それが親分、今朝あ騒ぎだ。何しろあの暗《くれ》え中で旦那の体に蹴躓いた時にあ、さすがにあっしも胆を潰したね。へえ、それからすぐとお内儀を起こして蔵へ伴れてって、小僧二人を親分許《とこ》と、これあまあ余計なことかも知らねえが、桜馬場へもね、へえ、走らせやしたよ」

「駒蔵さんさえ見えれあすぐ片が付くだろうて。なあ、親分」

苦々しそうに勘次が言った。藤吉は答えなかった。地面へ顔を押し付けんばかりに不意に屈んだ藤吉は、孫右衛門の足跡を食い入るように眺めていたが、

「松さん、昨夜《よんべ》雨の降ったのは――」

「よくは知らねえが四つ半頃から八つぐれいまで、夢現《ゆめうつつ》に雨の音を聞いたように記憶《おぼ》えていやす」

「ふうん」と藤吉は背を伸ばして、「してみれあ、八州屋さんは確かに四つ半から八つまでの間に帰って来なすったんだ。これ、この足形を見ねえ。歯跡が雨に崩れてよ、中に水が溜まってらあな。土台《どでえ》この跡はあまり新綺なもんじゃねえ。草鞋と日和に較べて、深《ふけ》えばかりでだらしがねえのは、後から雨に叩かれたからよ。そう言えあ、蔵の仏もずぶ濡れだったのう。なあ、松さん」

そこへ彦兵衛が帰って来た。

「ええ親分え、この草鞋の跡は新しいもんで御座えます。付いてから一時《いっとき》とは経っていめえ。坂本町から横町を通って蔵へ来ているが――」

「それあ、彦、松さんの足形だ」

藤吉が言った。味噌松は世辞笑いとともに、

「親分、二階《けえ》へ上がってお神さんに会ってやっておくんなせえ」

「あいよ」と藤吉はなおもそこらを見下ろしながら、「松さん、お前さんは御加役だ。一緒に考えてくだせえよ。やい、勘、彦、手前達も聞いて置け。――足袋屋じゃねえが、ここに足形《かた》が三種《みいろ》ある。一つあ死人の高足駄で左手から蔵へ、これあ夜中の雨の最中《せえちゅう》に付いたもの。あとの二つはお内儀の日和《しより》と松さんの草鞋で、共に一時前に騒ぎ出いた節踏んだと判る。こちとらと小僧のは裸足だから苦もねえが、さて、這入った足形ばかりで出た跡のねえのが、のう皆の衆、ちっとべえ臭かごわせんかい」

「雨の降る前に此家《ここ》へ来てまだ隠れん坊している奴でも――」

味噌松が言い掛けた。藤吉は横手を拍《う》った。

「そこだっ、松さん。お前はなかなか眼《がん》が利くのう。彦、蔵から母家から残らず塵を吹いてみろ。飛ん出たら声を揚げろ。怪我しめえぞ」

「あっしは？　親分」

「勘か、お前は立ち番だ。俺と松さんとでちょっくらお神を白眼《にら》んで来る。松さんが居れあ勘なんざけえって足手纏《あしでまと》い、そこに立ってろ」

「へえ」

「誰も入れるな」

「ようがす」

勘次は不平そうに彼方《むこう》を向いた。彦兵衛は家探しに蔵へ這入った。

「親分、御洗足《ごせんそく》を。ま、泥だけお落としなすって――」

味噌松が勝手口から盥《たらい》を出した。が、

「済まねえのう」

と言ったきり、藤吉は気が抜けたように立っていた。どこからともなく、泣くようにまた笑うように、ちろちろと水のせせらぐ音がする。藤吉は耳を傾けた。

「勘」藤吉が大声を出した。「あの音あ何だ？　水じゃあねえか」

「あいさ」と勘次は済まして蔵の前を指しながら、「あれでがしょう」

見ると、幅四寸ほどの小溝が雨水を集めて蔵の根を流れている。藤吉は俄に活気付いた。

「深えか」

勘次は手を入れた。

「浅《あせ》えや。二寸がものあねえ」

「どうして彼処《あすこ》にあんな物が――」

藤吉は小首を捻る。味噌松が口を入れた。

「地均しの時水が吹きやしてね、で、ああして捌《は》け口を拵《こせ》えといたと何時かも旦那が言ってやしたよ。いつもあ水が一寸ぐれいで、ぐるりと蔵を回って横町から下水へ落ちてまさあ」

「勘、底は？」

「へえ、玉川砂利」

これを聞くと、別人のように藤吉は、威勢好く泥足を洗いながら、

「松さん、二階だ、二階だ」と唄うように我鳴り立てた。

「お内儀を引《し》っ叩《ぱた》けあ細工《せえく》は解る。勘、呼んだら来いよ」

三

「悔やみあ後だ。え、こう、御新《ごしん》さん、久松留守の尻《けつ》が割れたぜ。おっ、何とか言いねえな」

二階の六畳へ通ると、出し抜けにこう言って、藤吉はどっかと胡座を掻いた。味噌松は背後《うしろ》に立った。

手早く畳んだらしい蒲団に凭れて、孫右衛門女房おみつがきっとなって顔を上げた。七八《しつぱち》にはなっていようが、どう見ても二十三四と言いたいほどの若々しさ。寝乱れ姿のしどけなく顔蒼ざめた様子も、名打ての美形だけあって物凄いくらい。死んだ主人とは三十近くも年齢《とし》が違う割りに、いまだかつて浮いた沙汰などついぞ世間に流れたことはなかった。孫右衛門実母お定の探索の要で藤吉も今まで二三度会ったことはあるが、こうしてつくづく顔を見るのはこれが初めて。さすがに泣き腫らした眼から鼻へ、如何にも巧者な筋が通っているのを、藤吉は素早く看て取った。帰らぬ良人《おつと》を待ち佗びて独り寝の夢を辿ったものか――部屋はこじんまり片付いていた。

「釘抜の親分え」唐突《いきなり》味噌松が沈黙を破った。「お神さんの利益《ため》にあならねえが、思い切って申し上げやしょう。はじめ、わっちが裏戸を叩いて、大変だ大変だ、旦那が大変だ、って報せたと思いなせえ。するてえと、起きてたものと見えてお神の声で、何だえ、松さんかえ、朝っぱらから騒々しい、今行くよ、って言うのが二階から聞こえやした」味噌松は上手におみつの声色を聞かせた後、「で、わっちあすぐと蔵へ取って帰したが、お神はなかなか出て来ねえんで。日和を突っ掛けて姿を見せるまでに、何だか、莫迦に台所をがたがた言わせていやしたよ」

藤吉は唾を呑んだ。そして、おみつへ向き直った。

「旦那は昨夜寄り合《え》いかね？」

「いえ、あの」とおみつは顳顬《こめかみ》を押さえて、「母さんのことでお組長屋前の親類まで行って来るが空が怪しいから足駄だけ出せと言って、暮れ六つ打つと間もなくお出掛けになりました」

「そうそう、婆《ばあ》さまの生死《いきしに》も知れねえうちにまたこの仕末だ。ばつの悪い時あ悪いもんでのう」

藤吉は優しく言った。湿やかな空気が流れた。

おみつの話はこうだった。

親戚へ行った主人は五つ半過ぎても帰らない。母親の失踪以来相談に更けて泊まり込んで来ることも珍しくないので、昨夜も別に気にも留めずに、独り床を敷いて横になった。が、どういうものか寝就かれず、時の鐘を数えているうちに雨になった模様。ああ、今夜はとうとう帰らないな、もしまた出て来てもあそこなら傘も貸せば人も付けてくれるはず――こう思うとそれが安心になってか、それから、今朝味噌松に起こされるまでおみつはぐっすり眠ったという。

現場に落ちていたあの足駄は間違いもなく自家《うち》から穿いて行ったもの。傘も借りて来たことだろうが――、とおみつは言葉を切った。

「いんや、その傘が無え。のう、松さん」

藤吉が振り返った。味噌松は合点《うなず》いた。おみつは争うように、

「でも、まさかあの雨の中を、傘なしで帰る人も帰す人も御座んすまい」

「お内儀さんえ」と藤吉は、輪にした左手の指を鼻の先で振り立てながら、

「旦那あ——遣ったかね？」

「御酒《ごしゅ》？　いいえ、全然《からきし》不調法で御座んした」

「はてね。婆さまのこっちゃあ豪《えら》く気を病んでいたようだのう」

「ええ、それあもう母一人《おやひとり》子一人の仲で御座んすから、傍《はた》の見る眼も痛わしいほど——」

「親分、旦那の傘は？」

味噌松が口を挟んだ。

「さて、そのことよ」と藤吉は緩徐《ゆっくり》と、「持って帰ったもんなら、御組長屋と此家《ここ》との道中に、どこぞに落ちてるだんべ。さもなけれあ、あんなに濡れ鼠になる理由《わけ》がねえ、と俺《おいら》あ勘考《かんこう》しやすがね、松さん、お前の推量は？」

「わっちもそこらだ。それあそうと、親分、出て行った跡が無えんだから犯人は確かにまだこの屋根の下に——」

味噌松は意気込む。藤吉も立ち上がった。

「だが、現場は離れた蔵だのに、足形付けずにどうして間《えいだ》を——」

「板が倒して御座えましたよ。板が」

「大きにそうだ。雨の前から来ていて、帰って来る旦突《だんつく》を蔵へ誘《おび》き入れ、仕事済まして板伝《づて》い——か」

「板伝いにこの母屋へ！　親分、臭《くせ》えぜ」

「やいっ」藤吉はおみつを白眼み付けた。

「阿魔《あま》っ！　亭主殺しあ三尺高え木《たけ》の空だぞ。立て立たねえかっ！」

「親分、何を――」

おみつは不思議そうに顔を上げる。

「白々しい。覚えがあろう。立てっ！」

「済まねえが親分の鑑識違《めがねちげ》えだ」味噌松が仲へ這入った。「ま、考えても御覧なせえ。お神さんの腕力《ちから》であの鉞《まさかり》が――」

「何？」

「いやさ、あんなに頭が割れるかどうか――」

「うん。そう言やそうだの。これあ俺《おいら》が早計《はやま》ったか」

呆然として藤吉は腕を拱《こまぬ》いた。

「ねえ、親分」と味噌松は低声《こごえ》で、「実のところ、早速に小僧を走らせようとしたら、このお神さんがの、それにあ及ぶめえだの、も少し待ってくれのって、へえ、大層奇天烈《きてれつ》な狼狽方《あわて》でしたぜ。足形の無え工合《ぐえい》と言いこの言い草といい、わっちはどうも昨夜降る前から泊まり込みの野郎があると――」

「松さん、あんまりなことをお言いでないよ」

口惜《くや》しそうにおみつが白眼んだ。その眼を見据えて藤吉はたった一言。

「久松留守」

俯向くおみつ。藤吉は威猛高《いたけだか》に、

「旦那あ年齢《とし》が年齢だ。なあ、それにお前さんはその瑞々しさ。そこは此方《こちとら》も察しが届くが、それにしても久松留守たあ好くも謀《たくら》んだもんさのう」と一歩進んで、「飛んだ久松の孫右衛門、こうっ、旦那のいねえ夜を合図で知らせて、引っ張り込んでた情人《いろ》あ誰だ？　直に申し上げた方が為だろうぜ」

「お神さん、もういけねえ。誰だか言いな。よう、すっぱりと吐き出しな」

そばから味噌松も口を添える。おみつは唇を噛んだ。間が続く。

と、この時、梯子段下の板の間で一時に起こる物音、人声。

「いた、いた」

という彦兵衛の叫び。と、揚げ覆《ぶた》の飛ぶ響き。

「うぬっ！」と勘次。

やがて引き出そうとする、出まいとする、その格闘《あらそい》の気勢《けはい》。と知るや、物をも言わずに味噌松は階下《した》へ跳《と》び下りる。

「あれいっ、幸《こう》ちゃん――」

立ち上がるが早いか、おみつは血相更《か》えて降り口へ。

「待て」

藤吉が押さえた。

「待て。よっく落ち着いて返答打《ぶ》てよ」

と死に物狂いのおみつを窓際へ引き摺って行って、さらりと障子を開ければ鎧の渡しはつい眼の下。烏の群が立っては飛び、疲れては翼《はね》を休める岸近くの捨て小舟は――。

「他じゃあねえが、あすこにああ何時《いつ》も勘三郎がいますのかえ？」

「いいえ、ほんのこの二三日」

と聞くより藤吉はおみつを促して、悠々と階下へ降りて行った。

台所の板敷きに若い男が平伏《ひれふ》している。

裏通りの風呂屋の三助で、名は幸七、出来て間もないおみつの隠し男であった。肌の流しが取り持つ縁で二人は何時しか割りない仲となり、久松留守の札で良人の不在を知らせては、幸七を忍ばせて、おみつは不義の快楽《けらく》に耽っていたのだったが、昨夜も昨夜とて――。

「今朝早く帰る心算《つもり》でいますと」と幸七は額を板へ擦り付けて、「夜の明ける前にあの騒ぎなんで。表には小僧衆、裏へ出れば人がいるので、お神さんの智慧で今までこの揚げ覆の下に這入っていました。旦那に代わってお斬りになる分には文句もありませんが、人殺しだけは露覚えのないこと――」

おみつも並んで手を突いた。二人は泣き声で申し開いた。密通の段は重々恐れ入るが、孫右衛門殺しは夢にも知らない。こう口を揃えて二人は交々《こもごも》陳弁に努めた。

味噌松が二人を調べていた。藤吉は黙って見ていた。彦兵衛を呼んで何事か囁いた。彦兵衛は愕《おどろ》いて訊き返した。藤吉が白眼んだ。

「承知しやした」

行こうとする彦兵衛を、それとなく藤吉は呼び停めて、

「在ったら口を割って来いよ。いいか、口だぞ」

と、それから、荒々しく、

「包み隠さず申し立てれあお上《かみ》へ慈悲を願っても遣る。何？　やいやい、まだ知らぬ存ぜぬ

と吐《ほざ》きやがるか」

と二人の前へ立ち塞《はだ》かったが、

「野郎、尻尾を出せ！」

と喚きざま、突然《いきなり》足を上げて幸七の顔を堂《どう》っと蹴った。おみつが庇おうとする。おみつを打とうと藤吉が腕《て》を振り上げると、

「親分、奴《やっこ》はもう白状したも同然、失礼ながらお手が過ぎやせんか」

味噌松が出張った。

「そうか」と藤吉は手持ち不沙汰に、「勘、お前はこの二人に付いてろい。——ええ、そこで松さん、これあこれでよいとして、ちょっくら裏へ出てみようじゃごわせんか」

言いながら不審気《いぶかしげ》な味噌松を先に、藤吉はがらりと勝手の腰高を開けた。

四

「松さん、これあどうだ」

やにわに藤吉は蔵の前の小溝へ立った。素足に砕けて玉と散る水。味噌松はぽかんと眺めていた。

「この溝は横町から坂本町へ出ている、なんてお前さん、好く御存じだのう」

溝の中から藤吉は続ける。

「付かねえことを訊くようだが、お前さん何貫ある？」

「え?」

「目方のことよ。十八貫はあろう?」

「それがどうした」

「どうもしねえ。ただ、八州屋は小男だ、十二貫もあったかしら——。松さん、足駄の跡を見ろい。十二貫にしちゃあ深えのう」

「——」

四つの眼が礑《はた》と会う。

「十八貫にしたところでまだ深え」

「——」

「二つ寄せて三十貫! はっはっは、まるで競売《せり》だ。どうだ、松さん、買うか」

無言。水の音。

「お前さっき異《い》なことを言ったのう」と藤吉は溝を出て、「何だと? お神さんにあの鉞は持てめえだと? あの鉞たあどの鉞だ?」

「うーーん」

「野郎、唸ったな。え、こうっ、よく鉞へ気が付いたのう」

二人の男は面と向かって立つ。

「顫えるこたあねえや。なあ、松」藤吉は柔らかに、「お前、手先の分際《ぶんぜえ》で三尋半《とりなわ》を持ってるってえ噂だが、真個《ほんと》か」

味噌松はちらと背後を見た。藤吉は押っ覆《かぶ》せる。

「箱崎辺りで待ち伏せして旦那の首を縄で締め仏の足の物を穿《へ》いて屍骸を蔵へ運び入れ鉞で脳天を潰したのは、松公、どこの誰だ？」

「お、俺じゃあねえ」

「現場に血が飛んでねえのは死《めえ》ってる奴を斬った証拠」

「お、俺じゃあねえ」

「傷が真上に載ってるのも、倒れてる所《とこ》を切《や》れあこそああだ」

「俺じゃねえってのに！」

「も一つ言って聞かしょうか。八州屋の頸にあ麻糸屑が残ってた。しかも、お前、三州宝蔵寺の捕縄麻だっ！」

「――じゃ、ど、どこを通って逃げたってえんだ？　あ、足形が一つも無えじゃねえかっ」

「溝！」

「わあっ！」

と叫んで走り出した味噌松、折から帰って来た彦兵衛に衝突《ぶっか》れば、両方が引っ繰り返る。跳ね上がった松、彦に足を取られて、た、た、た、た、と鷺跳びのまま機《はず》みと居合とで逆手に抜いた九寸五分。隙《す》かさず下から彦が払う。獲物は――と言いたいが拾って来たらしい水だらけの傘一本。

「勘！」

藤吉が呶鳴った。

「おう」

と飛んで出た御家人崩れの勘弁勘次、苦もなく利き腕取ってむんずと伏せる。味噌松は赤ん坊のような泣き声を揚げた。彦兵衛は起き上がって、

「親分、これ」

と傘を出す。

「どうだった？」と藤吉。

「へえ、ありやした。確かにあった。あれじゃあ幾ら涜《され》えても掛からねえはずだて」

「水ん中の船底にぴったり貼り着いてたろう、どうだ？」

「仰せの通り」

葬式彦兵衛は二つ三つ続けさまに眼瞬《まばた》きをした。

烏の群から怪しいと見た藤吉が、鎧の渡しへ彦兵衛を遣って一番多く烏の下りている小舟の下を突つかせると、果して締め殺された女隠居の屍体が水腫《むく》み返って浮かんで来た。舟底には奇妙な引力があって幅のある物ならしばらく吸い付けて置くこと、並びにその舟が久しく使われていないこと、まずこれらへ着眼したのが藤吉の器量と冥利とであった。

屍骸は河原へ上げて非人を付けてある、と聞き終わった藤吉、

「口を覗いたか」

「へえ、麻屑を少し噛んでやした。それから、木綿糸も。浴衣の地かな――？」

皆まで聞かずに、勘次の押さえている味噌松の両袖を、何思ったか藤吉はめりめりと毟り取った。と、裸の右腕に黒痣《あざ》のような前歯の跡。

「やい、松、往生しろ」

「糞を食らえ！」

と味噌松は土の上へ座り込んでしまった。

兼々《かねがね》おみつに横恋慕していた味噌松は、まず邪魔になる孫右衛門の母お定を絞め殺して河中《かちゆう》に捨て、次に、誰かは知らずおみつに情夫のあることを感付いて眼が眩み、一挙にして男二人を葬っておみつを我が物にしようと、長らく企み抜いた末が、昨夜のあの孫右衛門殺しとなったのだった。

気が付くと、おみつ、幸七、小僧と、それに近所の弥次馬が加わって、勝手元から両傍《わき》の小路まで人の垣根が出来ていた。

「色男、痛かったか」

と藤吉は幸七を引き出して、

「桜馬場の駒蔵さんが見えたら、釘抜からの進物でげすって、この味噌松と屍骸二つをくれて遣れ。おうっ、誰か松を押さえていようって者あねえか」

鳶の若い者が二三人出て、勘次の手から味噌松の身柄を受け取った。

「ほい、うっかり忘れる所《とこ》だった」と藤吉はおみつへ近付いて、

「この傘は旦那が持ってたもの。松公が河下《しも》へ投げ込んだんだが、それが、お内儀、不思議なこともあるもんさのう、川を上ってお定婆さんの手に引っ掛かってたってえから、何と強《きつ》い執念じゃあごわせんか。いや、怖やの恐やの！」

耐《こら》え切れずに、声を張り上げておみつは哭《な》き崩れる。泥の中で味噌松が呻いた。人々は呼吸《いき》を呑んだ。

「行くべえ」

藤吉は歩き出した。

「帰って朝湯だ。彦、勘、大儀《てえぎ》だったのう」

群集は道を開く。釘抜のように脚の曲がった小男を先頭に、五尺八寸の勘弁勘次と貧弱そのもののような葬式彦とが、視線の織るなかを練って行く。

今は高々と昇った陽に、迷う鳥の二羽三羽。その影が地を辷った。

「親分、早《はえ》えところを遣っ付けやしたのう」

「え、ああ。うん、そうさの」

と藤吉はもう他のことを考えていた。

酔漢《よいどれ》のように呶鳴る味噌松の声が、まだここまで聞こえて来る。ぴしゃりというあの音は、
鳶の一人が頬でも張ったか――。

「それあそうと上天気で、神田の祭あ運が好《え》えのう」

言いながら掛かる露路口、出会い頭に小僧を伴れて息せき切って来る桜馬場の駒蔵親分。

「おう、これあ」

「おう、これあ」

槍祭夏の夜話

一

土蔵破《むすめやぶ》りで江戸中を騒がし長い草鞋《わらじ》を穿いていた卍《まんじ》の富五郎という荒事の稼ぎ人、相州鎌倉は扇が谷《やつ》在の刀鍛冶不動坊祐貞《すけさだ》方へ押し入って召し捕られ、伝馬町へ差し立てということになったのが、それが鶴見の夜泊まりで獄口を蹴って軍鶏籠《とうまる》抜《ぬ》けという早業を見せ、宿役人の三人も殺《あや》めた後、どうやらまたぞろお膝下《ひざもと》へ舞い戻ったらしいとの噂とりどり。

その風評《うわさ》がいよいよ事実となって現れ、八百八町に散らばる御用の者が椽に潜り屋根を剝がさんばかりの探索を始めてから全《まる》一月、天を翔《か》けるか地に這うか、確かに江戸の水を使っているとの目安以外、富五郎の所在《ありか》はそれこそ天狗の巣のように皆目見当《あたり》が立たなかった。

人心噪然としてただささえ物議の多い世の様、あらぬ流言蜚語を逞しゅうする者の尾に随《つ》いて脅迫《ゆすり》押込み家尻切《やじりき》りが市井を横行する今日この頃、卍の富五郎の突き留めには一層の力を致すようにと、八丁堀合点長屋へも吟味与力後藤達馬から特に差し状が回っていた。それかあらぬか、ここしばらくは、釘抜藤吉の角の海老床《えびどこ》の足すら抜いて、勘次彦兵衛の二人を放ち刻々拾って来るその聞き込みを台に一つの推量を付けようと、例《いつ》になく焦る日が続いていたが――。

夕陽を避けて壁際に大の字形《じなり》に仰臥した藤吉、そばに畏まる葬式彦《とむらいひこ》とともに、いささか出鼻を挫かれた心持ちでに組の頭《かしら》常吉の言葉にさっきから耳を傾けている。

家路を急ぐ鳥追いの破れ三味線、早い夕餉の支度でもあろうか、くさや焼く香がどこからともなく漂っていた。

三川島の浄正寺門前、田甫《たんぼ》の中の俗に言う竹屋敷に卍の富五郎が女房と一緒に潜んでいることを嗅ぎ出したのが浅草馬道の眼明かし影坊子の三吉、昨夜子《ね》の刻から丑へ掛けて、足拵えも厳重に同勢七人、関を作って踏ん込《ご》んだまではいいが、奥の一間に、富五郎の屍骸《なきがら》に折り重なってよよとばかりに哭《な》き崩れる女房を見出しては、さすがに気の立った三吉一味もこのところ尠《すくな》からず拍子抜けの体《てい》だったという。

実以て容易ならぬ常吉のまた聞き話。三吉が捕方《とりかた》に向かう六時《むとき》も前、午《ひる》過ぎの九つ半に、富五郎は卒中ですでに鬼籍に入っていたのだとのこと。その十畳には死人の首途《かどで》が早万端調って、三吉が御用の声諸共襖を蹴倒した時には、線香の煙が縷々《るる》として流れるなかに、女房一人が身も世もなく涙に咽んでいるばかり、肝心の富五郎は氷のように冷たく石のように固くなって、北を枕に息を引き取った後だった。

捕吏《とりて》の中には三吉はじめ富五郎の顔を見知った者も多かったから、紛れもなくお探《たず》ね者の卍の遺骸《むくろ》とは皆が一眼で看て取ったものの、残念ながら天命とあっては致し方がない。色々と身体を調べたが確かに死んでいる。幾ら生前が凶状持ちでも仏を罪するわけには行かない。それに夜明けにも間がないので、富五郎の屍体はひとまずそのまま女房へ預けて置き、朝、係り役人を案内して表向き首実験に供えた後、今日の内にも小塚原《こづかっぱら》辺りへ打捨《うっちゃり》になり、江戸お構えの女房の拾いで遅くも夕方までには隠亡《おんぼう》小屋の煙になろうとの手筈——だったのが、それがどうだ！

「ささ、ここだて親分」常吉は一人で嗾《はしゃ》いで、「これで梟《けり》が付けあ、三尺高《たけ》え木の空がお縄知らずに眼え瞑ったんだからお天道様あ無《ね》えも同然。ところがそれ、古いやつだがよくしたもんで、そうは問屋じゃ卸さねえ」

今朝、旦那衆の供をして改めて富五郎の死に顔を見届けに出向いた影坊子三吉は、昨夜の家が藻脱《もぬ》けの空《から》の伽藍洞、入れて置いた早桶ぐるみ死人も女房も影を消しているのに、二度びっくりの蒸し返しを味わった。住人《すみて》は元より何一つ遺っていず、綺麗に掃除してあったとのこと。

「仏を背負《しょ》って風食らったのか」

藤吉はむっくり起き上がった。

「へえ、死んでもお上《かみ》にあ渡さねえてんで」

「なるほどな、ありそうなこった」

つくねんと腕組みした藤吉、

「だがしかし家財道具まで引《し》っ泼《され》えてのどろんたあ――?」

「ちと腑に落ちやせんね」彦兵衛が引き取る。「何ぼ朱総《しゅぶさ》が嫌《きれ》えだって言わば蟬の脱け殻だ、そいつを担いで突っ走るがものもあるめえに」

「のう常さん」藤吉はにやりと笑って、「死んだと見せて実の所《とこ》、なんて寸法じゃあるめえのう、え、おう?」

が、相応巧者な三吉が腕利きの乾児《こぶん》を励まして裏返したり小突いたり、長いこと心の臓に耳を当てたりした揚句、とど遺骸と見極めたのだから、よもやそこらに抜かりはあるまい、常吉はこう言い張った。

「姐御《あねご》ってのが食わせ物さね。しかし親分、好い女だったたってますぜ」と見て来たように、

「お前さんの前《めえ》だが、沈魚落雁閉月羞花、へっへ、卍って野郎も考えてみれあ悪党冥利の果報者——ほい、豪《えら》く油あ売りやした」

饒舌《しゃべ》るだけ饒舌《しゃべ》ってしまうと、何ぞ用事でも思い出したか、ぴょこりと一つお低頭《じぎ》をしてに組はさっさと座を立った。

後に残った藤吉、彦兵衛と顔が合うと苦り切って呟いた。

「死《くたば》っても世話の焼ける畜生だのう」

何か彦兵衛が言おうとする時、紅葉湯へ行っていた勘弁勘次が、常吉と入れ違いに濡れ手拭いを提げて這入《はい》って来た。

「親分え」

と立ったままで、

「変なことがありやすぜ」

「何だ?」

「今日は十一日でがしょう?」

「うん」

「明日は王子の槍祭」

「それがどうした?」

「あっしの友達に小太郎ってえ小物師がいてね——」

「まあさ、据われよ、勘」

勘次は座った。すぐに続ける。

「神田の伯母ん許《とこ》での相識《しりえい》だから親分も知るめえが、今そこでその小太郎に遭ったんだ」

「何も異《い》なこたあねえじゃねえか。小物師だろとぼくだろと、二本脚があれあ出て歩かあな」

ちょっと膨れた勘次は狼狽《あわ》てて説明に掛かった。この先の五丁目次郎兵衛店《じろべえだな》に同じく小物渡世で与惣次《よそうじ》という四二《やく》近い男鰥《おとこやもめ》が住んでいて、大して別懇でこそなけれ、藤吉も彦兵衛も勘次も朝夕顔を見れば天気の挨拶ぐらいは交わす仲だった。

土地から蠟燭代を貰って景気を助《す》けに出る棟梁株《あたま》の縁日商人に五種あって、これが小物、三寸、転び、ぼく、引っ張りとする。小物とは大傘を拡げ掛けてその下で駄菓子飴細工の類を売る者、三寸とは組立て屋台を引いて来て帰りには畳んで行く者、転びとは大道へ蓙《ござ》を敷いて商品を並べるもの、ぼくというのは植木屋、引っ張りとあるは香具師《やし》のことである。与惣次はこの小物師であった。

今のさき、湯帰りの勘次がこの与惣次の家の前を通ると、神田の小太郎が頻りに雨戸を叩いている。立ち話ながら訊いてみると、明日の王子神社の槍祭を当て込み、今日の暮れ方に発足して夜通し徒歩《てく》ろうという約束があって、仲間同志の好《よし》みから回り道して誘いに寄ったという。見ると板戸は閉《た》て切ってあるものの内側《うち》から心張りが掛かっている様子が満更無人とは思われない。朝ならともかく午下がりも老いた頃、ついぞないことなばかりか、用意洩れなく準《ととの》えて待ち受けていべきはずの与惣次が――? 小太郎は首を捻って、勘次共どもまた激しく戸を打ったが、何の応《いら》えもない。業を煮やした小太郎は舌打ちして行ってしまった。ただこれだけの事件ではあるが、居そうで開けないのを不審と白眼《にら》めば臭くもある。

「ついそこだ、親分、ちょっくら出張って検《み》て遣っておくんなせえ。あっしあやに気になってね、どういうもんだか居ても立ってもいられねえんだ」

「莫迦っ」藤吉が呶鳴った。「寝込んででもいるべえさ。が、奴《やつこ》、待てよ」と思い返したらしく、「どこでも叩《はた》けあ少《ち》ったあ埃が立とうというもの。何も胸晴らしだ、勘の字、われも来るか」

勘弁勘次と並んでぶらりと合点小路を立ち出でた釘抜藤吉、先日来の富五郎捜しで元乾分《こぶん》の影坊子三吉に今度ばかりは先手を打たれたこと、おまけに途端場《どたんば》へ来て死人に足でも生えたかして、またしても御用筋が思わぬどじを踏んだこと、これらが種となって、一脈の穏やかならぬものがその胸底を往来していたのも無理ではなかった。

稲荷の小橋を右手に見て先が幸水谷町《さいわいみずたに》、その手前の八丁堀五丁目を河岸縁《かしつぷち》へ切れて次郎兵衛店、小物師与惣次の家の前に立つと、ちゃあんと格子が開いて人のいる気勢《けはい》。藤吉が振り返ると勘次は眼をぱちくりさせて頭を掻いた。

来たものだから念のため。

「御免なせえ、与惣《よさ》さん宅《うち》かえ?」

「――」

「与惣さん」

「は、はい」

という籠もった返事。藤吉は勘次を白眼む。

「そら見ろ」

勘次はまた頭を掻いた。と、

「何誰《どなた》ですい？」と家内《なか》から。

「あっしだ、合点長屋だ。どうしたえ？」

「へ？　へえ」

「瘧《おこり》か」

「へえ、いえ、その、何です――」

「何だ。上がるぜ」

「さ、ま、何卒《どうぞ》」

ずいと通った藤吉、見回すまでもなく一間《まき》限りの部屋に、油染みた煎餅蒲団を被って与惣次が寝ている。

「おうっ、この暑さに何だってそう潜ってるんだ？」

近寄って見下ろす枕もと、夜着の下からちらちらと覗いたは、これはまた青々とした坊主頭！

「ややっ、与惣、丸めたな、お前」

聞くより早く搔巻《かいまき》を蹴って起き上がった小物師与惣次、床の上から乗り出して藤吉の膝を抱かんばかりに、

「だ、旦那、聞いてくだせえ！」

「なな何だ、何だよう？」

「聞いてくだせえ」

と叫びざま、眼の色変えた与惣次は押さえるような手付きをした。

「落ち着け。何だ」

戸外《そと》を背にして早口に話し出す与惣次、その前面《まえ》に胡座を掻いた藤吉親分、暮れ遣らぬ表の色を眺めながら、上がり框に腰掛けた勘弁勘次は、掌《て》へ吹いた火玉を無心一心に転がしていた。

二

成田の祇園会《ぎおんえ》を八日で切り上げ九日を大手住《おおてずみ》の宿《しゅく》の親類方で遊び呆けた小物師の与惣次が、商売道具を振り分けにして掃部《かもん》の宿へ掛かったのは昨十日のそぼそぼ暮れ、丑紅のような夕焼けが見渡す限りの田の面《も》に映えて、くっきりと黒い影を投げる往還筋の松の梢に、油蟬の音が白雨《ゆうだち》のようだった。

朝までには八丁堀へ帰り着き中一日骨を休め、十一日にはまた家を出て十二日の王子の槍祭に何としても一儲けしなくてはと、与惣次はひたすら路を急いでいた。

河原を過ぎて大川、山王権現の森を左に望む頃から、一人の若い女が後になり前《さき》になり自分を尾《つ》けているのに、与惣次は気が付いたのである。町家《ちょうか》の新造のような、それでいて寺侍《てらざむらい》の内所《ないしょ》のような、ちょっと会体《えたい》の知れない風俗《つくり》だったが、どっちにしてもあまり裕福な生活《くらし》の者とは踏めなかった。それが、さして気にも留めずに歩いていた与惣次も、中村町へ這入ろうとする月桂寺の前で背後《うしろ》から呼ぶ声に振り向いた時には、世にも稀なその女の美貌にまず驚いたのだった。

女は道に迷っていた。三川島へ出る近道を小腰を屈めて訊く白い襟足、軽い浮気心も手伝ってか、与惣次はきさくに呑み込んで、

「ようがす。送って進ぜやしょう」

とばかり、天王の生垣に沿うて金杉下町、真光寺の横から町屋村の方へ、彼は女を伴《つ》れて九十九折《つづらおり》に曲がって行った。

水田続きに寮まがいの控え屋敷が多い。石川日向様《ひゅうがさま》は横に長くて、この一構えが通りを距《へだ》てて宗対馬守《そうつしまのかみ》と大関信濃守《おおぜきしなののかみ》の二棟に当たる。出外れると加藤大蔵、それから先は畦のような一本路が観音浄正の二山へ走って、三川島村の空遠く道灌山《どうかんやま》の杉が夜の幕《とばり》にこんもりと——。

野菊、夏菊、月見草、足に掛かる早露を踏みしだいて、二人は黙って歩を拾った。

こうして肩を並べて行くところ、落人染《おちうどめい》た芝居気に与惣次は好い心持ちにしんみりしてしまったが、掃部《かもん》へ用達しに行った帰途《かえり》だとの他、女は口を緘《とざ》して語らなかった。内気らしいその横顔見れば見るほどぞっとするような美しさに、独り身の与惣次、吾になく身顫いを禁じ得なかった。

浄正寺門前へ出ていた。

「三川島はこの裏でさあ」

与惣次は女を返り見た。影も形もない。今の今までそこにいた女が、掻き消すように失《な》くなったのである。

「おや！」

何かを落としでもしたように、与惣次は足許を見回した。が、ぶるっと一つ身体を振って、

「狐か。悪戯《わるさ》をしやあがる」

と元来た道へ取って返そうとした。その時、霧を通して見るようなほの赤い江戸の夜空に、

大砲《おおづつ》のように鳴り渡る遠雷《とおなり》の響を聞いたことだけを与惣次は判然《はっきり》記憶《おぼ》えている。気を喪《うしな》った与惣次の身柄は覆面の男とさっきの女の手によって、竹藪深く一軒家の奥座敷へと運び込まれた。

くどくどと述べる女の言葉で与惣次はわれに返った。古びた十畳の間に、汚れてはいるが本麻の夜具を着て寝ている。枕許の鉄網行灯《かなあみあんどん》の灯影に他ならないあの女、道案内の礼事やら、悪漢《わるもの》に襲われて倒れたところを折よく良人《おっと》が来合わせて此家《ここ》へ助け入れた仔細《いきさつ》を繰り返しくり返し語り続ける。その良人というのも出て来て何くれと懇切に見てくれた。確かにどこかで見たような顔、そんなような気がするだけで、どこの誰か、果して真個《ほんと》に会ったことのある仁《ひと》か、与惣次は一向思い出せなかった。咽喉《のど》が痙攣《ひっつ》って物を言おうにも口が開かなかった。口は開いても声を発《だ》す術《すべ》を忘れ果てていた。身体は鉛のように重かった。手の指一本が、とても与惣次には動かせないほどだった。

今夜は泊まってゆっくり休んで行くようにと、男も女も口を揃えて言っているらしかったが、その声音がまるで水の底からでも聞こえて来るようだった。こう大儀じゃ夜道どころか寝返り一つ打てやしめえし、と与惣次は肚を据えた、まあ何家《どこ》でもいいや、今晩はここに厄介《やっけえ》になれ――。

「わしはいささか薬事の心得があります。今、水薬を調じて上げるほどに、そいつを服してまずお気を鎮められい。よっく眠れることで御座ろう」

主人《あるじ》は変な言葉遣いをした。どこかで見覚えのある顔、与惣次は頻りに考えたが、漸時にその力がなくなった。譬えば雪が解けるように、頭脳《あたま》の働きが鈍くなって来たのである。それでも、主人の手が自分の口を割って冷え茶のような水物を流し込んでくれたまでは、ぼんやりながら薄眼で見ていた。

与惣次は眠った。夏の夜の更け行くままに、昏々として彼は眠り続けた。底無しの泥沼へ沈むような、自力ではどうすることもできない熟睡《うまい》であった。

暗黒《やみ》の中に凝然《じいっ》としているような心持ちだった。時々人声がした。枕頭《まくらもと》を歩き回る跫音《あしおと》も聞こえた。眼も少しは見えるようだった。と、そのうちに、泡が浮かんで破《こわ》れるように、与惣次はぽっかりと気が付いた。

真夜中である。

油を吸う灯心の音、与惣次は首を回《めぐ》らした。身の自由も今は幾らか返ったらしい。が、起き上がることはできなかった。枕から見渡す畳の上、羽虫の影が点々としている下に、倒屏風《さかさびょうぶ》が立ててあるのが、第一に与惣次の眼に入った。寝ている敷物は何時《いつ》しか荒莚《あらむしろ》に変わっている。瞳を凝らしてなおも窺えば、枕へ近い小机に樒《しきみ》が立ち、香を焚き、そばには守り刀さえ置いてあり、すこし離れて、これは真新しい早桶、紙で作った六道銭形まで揃っている工合。

「これあひょっとすると知らねえうちに俺あ死んだのかな」

与惣次は思った。「それにしても嫌に手回しが早《はえ》えこったが——」

唐紙が開いて女が這入って来た。与惣次を見て愕《おどろ》いている。手を上げて何かの合図。続いて主人が現れた。湯呑みを持っている。そして突然《いきなり》、馬乗りに股がったかと思うと、手早く煎薬のような物を与惣次の口へ注《つ》ぎ込んだ。

氷である。

氷の山、氷の原、氷の谷、空々莫々たる氷の野を、与惣次は目的《めあて》もなく漂泊《さすら》い出した。時として多勢の人声がした。荒々しい物音もした。簀巻きのように転がされている感じがした。穴へ這入るような感じもした。ただそれだけだった。

森である。林である。緑である。

氷が解けるとたちまち鬱蒼たる樹木だ。冬から真夏へ飛んだ気持ち、与惣次は草を分けて進んだ。木の間を縫って歩いた。行っても行っても一色のみどり、尽きずの森、果てしない草原、与惣次は悲しくなった。泣きながら駈け出した。子供のように涙が頬を伝わった。拭いても拭いても留め途なく流れた。溜まって溢れて淀んで、そこに一筋の川となった。泪の河である。

満々たる大河だ。

向こう岸に茅葺きの家が立っている。よく見ると小田原在の生家だ。三年前に死んだ白髪の母が立っている。小手を翳して招いている。弟もいる。妹もいる。幼馴染みもいる。みんなで与惣次を呼んでいる。

与惣次は答えようとした。声が出なかった。自分と自分が哀れになって、彼は根限り哭き喚いた。後からあとからと大粒な涙がこみ上げて来た。それが河へ落ちた。水量《みずかさ》が増した。浪となってひたひたと与惣次の足を洗った。思い切って与惣次は跳び込んだ。

流れた。流れた。ただ流れた。

笹舟のように、落ち葉のように、与惣次は水面《みなも》を押し流された。どこまでもどこまでも流れて行った。

仰向きに見る空は青かった。運命、そういったようなものを考えて、与惣次は水に身体を任せていた。

右手の岸には巍峨《ぎが》たる氷山が聳えている。左は駘蕩《たいとう》たる晩春初夏の景色、冷たい風と生暖かい温気《うんき》とが交々《こもごも》河づらを撫でる。川の水も真ん中で二つに分かれて、左は湯のように熱く、右寄りは雪解けのようにひややかだった。その中央の一線に乗って、与惣次は矢のように走り下った。

早い、早い。早い人筏である。

やがて左岸の土手に彼《あ》の女が立ち出でた。笑いながら綱を抛った。端が与惣次の首に絡んだ。与惣次は引き揚げられた。

女の姿は見えない。森の向こうがぼうっと赤らんでいる。それを眼当てに与惣次は急いだ。近付くにつれ明るさは増して来る。与惣次は遮二無二突き進んだ。何時しか光の中へ包まれた。

黎明《よあけ》だ！

椽の障子に朝日が踊る――と思った与惣次は、身の回りの騒がしさにふと人心付いたのである。

商家の並ぶ街道に彼はひとり立っていた。眼隠しされていたものと見えて、足許に古手拭いが落ちている。衣類荷物身体の工合、何の異状もない。

魚売り担ぎ八百屋、仕事に出るらしい大工左官、近所の女子供からさては店屋の番頭小僧まで、総出の形で遠く近く与惣次を取り巻いていた。

鳥越へ一伸しという山谷の町であった。皆口々に囁き合って、与惣次の頭部《あたま》を指して笑っていた。手を遣ってみると頭は栗々坊主だった。一夜のうちに綺麗に剃られていた。

恥ずかしくなった与惣次がやにわに駈け出そうとすると、重い袱紗《ふくさ》包みが懐中《ふところ》から抜け落ちた。拾って開けると小判が五両に添え手紙一封。狂気《きちがい》のように真一文字に自家《いえ》へ帰った与惣次、何が何やら判らぬうちにも怪我と失せ物のないのを悦び、金子《きんす》と手紙は枕の下へ押し込んで、今度こそは真実《ほんと》に死んだようにぐっすり眠り、ちょうど今眼が覚めて表戸を開けたところだという――。

与惣次は仮名すら読めなかった。

「旦那、ここにあります。金五両に件《くだん》の状、へえ、この通り」

長話を済ました与惣次は、こう言って藤吉の前へ袱紗包みを投げ出した。戸口から洩れて来る夕陽の名残へ手紙を向けて、藤吉は口の中で読み出した。

「与惣さん」勘次が上がり框から声を掛ける。「さっき小太郎が見えてね、戸が締まって居ねえようだかららって先へ行きやしたよ」

「あ、眠ってたもんだから、つい――」

「お前さん槍祭あ素っぽかしけえ？」

「へ？」

「槍祭よ。明日あ王子の槍祭じゃねえか。どうした、出ねえのかよ？」

「へえ――あそうそう、なに、これからでも遅かあげえせん。では一つ――」

与惣次は腰を浮かした。すぐにも小太郎の跡を追う気と見える。その膝の上へ手を置いて、釘抜藤吉は冷やかに言った。

「まあさ、与惣公、待ちねえってことよ。これ、大枚《てえめい》の謝礼を受けたに、そう慌てくさって稼ぐがものもなかろうじゃねえか。おう、それよりあこの手紙だ、読んで遣るから、さ、しっかり聞きな」

三

「この文御覧の頃はわたしども夫婦はおしりに帆上げたあとと思《おぼ》し召し下されたく以下御不審を晴らさむとてかいつまみ申し述べ候。大手住にてお前さんをお見掛け申しあまり夫と生きうつしなるまま夫の窮場を救わんとて一芝居打ちお前さんをくわえこみ夫の手をかりて妖薬をあたえかみの毛をあたって死んだと見せ夫の身代わりに相立て申し候段重々相済まずとは存じ候《そうら》えどもこれひとえに夫なる卍《まんじ》の富五郎を落としやらんわたしのこんたん必ず必ずおうらみ下されまじくただただ合掌願い上げ奉り候金子些少には候えども一夜の悪夢の代として何卒《なにとぞ》お納め下されたくなお当夜あたりお手入れのあるべきことはわたしどもの先刻承知女房のわたしでさえ取り違えそうなお前さんへお引き合わせ下すった日頃信ずる五衛門《ごえもん》さまのれいけん夫の悪運のつよいところ今頃探したとて六日の菖蒲《あやめ》十日の菊無用無用わたしゃ夫とふたり手に手をとりが鳴く吾妻のそらをあとにして種明かしはよって件のごとしお前さんも生々《しょうじょう》無事息災に世渡りするよう昨夜のことを忘れずに末永く夫ともども祈り上げ申し候あらあらかしく――卍女房巴《ともえ》のお若より」

読み終わった藤吉、片膝立てて与惣次を見上げ、

「合点が行ったか。お前は卍にそっくりだてんで、昨夜傀儡《よんべけえれい》に使われたんだ」

「えっ！」

与惣次は眼を真ん円《まる》にして、

「どこかで見た面《つら》だたあ感ずりましたが、言われてみれあ正に然《しか》り、なるほどあいつの雁首はあっしと瓜二つだった。して、旦那、昨夜あの家にお手入れでもありましたのかえ」

「それあお前がいっち御存知――」

「へ？　そう言えあ騒々しい音がしたのを夢か現《うつつ》に聞きましたが」

「与惣さん、お前その五両のうちから常さんの借銭を返《けえ》したらどうだ？」

「へえ、早速そういうことに致しましょう」

「勘！」

と戸口へ向いた藤吉は、

「大立ち回《めえ》りだ、手強《てごえ》えぞ」

一言吐いて与惣次を見据え、太い低声《こごえ》で、

「与惣、丸坊主たあ化けたのう？」

「へ？」

「いやさ、富さん、卍の富、うまく遣ったぜ、おう」

「旦那――」

「待った！　その旦那がいけねえ。真《しん》の与惣なら俺を知ってるはず。こうっ、素っ堅気じゃあるめえし、皆さん俺《おいら》を親分とこそ呼べ、旦那なんて糞面《くそおも》ひろくもねえ。えこう、種あ割れたんだ、富、年貢を納めろっ、野郎っ、どうだっ！」

「だ、だ、誰だ手前は？」

「唐天竺の馬の骨」

「う——む」

面色蒼褪めた富五郎、壁を背負って仁王立ち。

「卍の富五郎」にやりと笑った藤吉、「釘抜だ、藤吉だ、神妙に頂戴《ちょうでえ》するか」

ぱっと昇《あが》った灰神楽、富五郎が蹴った煙草盆を逃げて跳《おど》り上がった釘抜藤吉、足の開きがそのまま適ってお玉が池免許直伝は車返しの構え。

「洒落臭《しゃらくせ》え」

「うぬ！」

どこに隠し持ったか、西京達磨の名許《なばか》り正宗、富五郎の手にぎらり鞘を走る。

「抜いたな」

「おうさ」

呼吸《いき》と呼吸、眼配りと眼配り——面倒と見た勘弁勘次、物を打《ぶ》つければ中間《なか》へ飛んで邪魔になるから、兼ねての心得、空拳《からて》を振って抛る真似。逆上《あが》っているから耐まらない、卍の富五郎法を忘れて切って掛かる。掻い潜った藤吉、

「御用だっ！」

と一声、懐深く呑んだ十手が発矢《はっし》と唸って肩を撃つ。蹣跚《よろめ》く富、畳に刺さった斬先《きっさき》を立て直そうとする間一髪、物をも言わず噛《かぶ》り付いた鉄火の勘次、游《およ》ぐ体を取って腰を撥ねるのは関口流の岩石落としだ、卍の富五郎そこへ長くなってしまった。

長屋中の弥次馬の波を分けて、橋詰のお番屋へ富五郎を縛引《しょつび》いた藤吉と勘次、佃に掛かる新月の影を踏んで早くも今は合点小路へのその帰るさ。

「割り方脆《もれ》え玉さのう」

先へ立った藤吉が言う。追い付いた勘次、

「だが親分、器用な細工《せえく》じゃごわせんか。あっしなんか切れへ来るまで与惣公とばかり思い込んでた」

「九仞《きゅうじん》の功を一簣《いっき》に虧《か》く。なあ、そのままずらかれあ怪我あねえのに、凝っては思案に何とやら、与惣と化け込んで一二日日和見すべえと洒落たのが破滅の因《もと》、のう勘、匹夫の浅智慧、はっはっは、われから火に入る夏の虫だあな」

「夏の虫あ好いが、真《まこと》の与惣あどうなりましたえ？」

「はあてね、大川筋から隅田の淀でも今頃あせっせと流れていべえが、ぶるるっ、酷《むげ》えこった、それにしても小物師どん、常日口が軽過ぎるわさ」

万事が富五郎の白状で判然した。

卍の富五郎に似も似たところから女に眼を付けられたのが百年目、誘われるままその隠れ家《が》へ行った与惣次は、酒に破目を外して散々自身のことを饒舌《しゃべ》った後、一服盛られて宵の内にあの世へ逝ったのだった。従って、影坊子三吉が検めた新仏《しんぼとけ》は言うまでもなく代え玉の与惣次であった。これで悪党夫婦が逐電してしまえば富五郎の屍骸が見えずなったというだけのことで一件は忘れられたかも知れないが、そこは虎の尾を踏みたい妙な心持ちと、一つには与惣次失踪から足の付くことを懼《おそ》れて、与惣次の内輪話を資本《もとで》に、頭を剃って夢物語に箔を付け、女房の一筆と高飛びの路銀を持って余熱《ほとぼり》の冷める両三日をと次郎兵衛店へ寝に来たところを、その坊主頭と旦那旦那という呼び言葉と、絶えず光を背にしようとした心遣い、最後に常吉への借銭《かり》云々《うんぬん》の鎌掛けでさすがの悪《わる》も釘抜親分の八方睨みに見事見破られたのであった。

家財を纏めて熊谷在の知り人方に良人を待っていた女房のお若も間もなく御用の声を聞いた。

翌《あく》る十二日の槍祭、お米蔵《こめぐら》は三吉《みよし》の渡し、松前志磨殿の切立《きったて》石垣に、青坊主の水死人が、それこそ落ち葉のように笹舟のように、人筏のように、流れ流れて寄ったという。

後の祭に花が咲いても、それは詮ない与惣の変わり果てた姿であった。

お茶漬音頭

一

「はいっ」

「はいっ」

「ほら来た！」

「よいとこら！」

「はっ」

「はっ」

庄屋よ狐よ猟師よと拳《けん》にさざめく夕涼み。本八丁堀三丁目、海老床《えびどこ》の椽台では、今宵、後の月を賞《ほ》めるほどの風雅《みやび》はなくとも、お定例《きまり》の芋、栗、枝豆、薄《すすき》の類の供物を中に近処の若い衆が寄り合って、秋立つ夜の露っぽく早四つ過ぎたのさえ忘れていた。

親分藤吉をはじめいつもは早寝の合点長屋の二人までが、こう気を揃えてこの群に潜んでいるのも、何がなし珍と言えば珍だったが、残暑の寝苦しさはまた格別、これも御用筋を離れての徒然《つれづれ》と見れば、そこに涼意も沸こうというもの。夢のような夜気に行灯の灯が流れて、三助奴《さんすけやっこ》を呼ぶ紅葉湯の拍子木が手に取るよう――。

軒下の竹台に釘抜きのように曲がった両脚を投げ出した眼明かし藤吉、蚊遣りの煙を団扇で追いながら、さっきから、それとなく聞き耳を立てている。天水桶の陰に蹲踞《しゃが》んで、指先で何か頬りに地面へ書いているのは、頬冠りでよくは判らないが乾児《こぶん》の勘弁勘次。十三夜の月は出でて間もない。

どっと起こる笑い。髪床《かみどこ》の親方甚八とに組の頭《かしら》常吉との向かい拳で、甚八が鉄砲と庄屋の構えを取り違えたという。それが可笑しいとあってやんやと囃す。その騒ぎの鎮まった頃、片岡町の方から、あるかなしかの風に乗って不思議な唄声が聞こえて来た。銀の延板《のべ》をびいどろの棒で叩くような、それは現世《このよ》のものとも思えない女の咽喉《のど》。拳の連中は気が付かないが、藤吉はぐいと一つ頤《あご》を掬《しゃく》って、

「来たな！」

という意《こころ》。勘次は頷首《うなず》く。

「彦の野郎旨く遣ってくれれあ好《え》えがのう」乗り出す藤吉の足許から、

「なあに親分」勘次が答えた。「彦のこった、大丈夫《でえじょうぶ》鐘の脇差し――即《つ》かず離れず見え隠れ、通う千鳥の淡路島、忍ぶこの身は――」

「しいっ！」

声は近付いて来る。唄の文句は明瞭《はっきり》とは聞き取れないが、狂女お艶から出てこの界隈では近頃誰でも承知の狂気節《きちがいぶし》はお茶漬け音頭、文政末年都々逸《どどいつ》坊仙歌が都々逸を作出《あみだ》すまでのその前身よしこの節の直流を受けて、摺り竹の振り面白い江戸の遊びであった。歌詞《ことば》に棘があると言えばあるものの、根が気違い女の口ずさむ俗曲、聞く人々も笑いこそすれ、別に気に留める者とてはなかった。

片岡町を左へ松屋町へ出たと見えて、お艶の美音は正覚橋の辺りから、転がるように途切れ

途切れて尾を引いて来る——。

「うらみ数え日
家蔵《いえくら》とられた
仇敵《かたき》におうみや
薬かゆすりか
気ぐすりや知らねど
あたきや窶《やつ》れてゆくわいな
　あれ、よしこの何だえ
　お茶漬けさらさら」

一つ文句のこの小唄、明け暮れこれを歌いながら、お艶は今も夜の巷《まち》を行く。白じらとした月明かりに罩《こ》もって、それはさながら冥府の妓女《うたひめ》の座興のよう——藤吉勘次は思わず顔を見合わせた。拳にも倦《あ》きてか、もう椽台の人影も何時《いつ》とはなしに薄れていた。

お江戸京橋は亀島町を中心《なか》にして、狂女のお艶が姿を現したのはこの年も春の初め、まだ門松が取れたか取れない頃だった。鳥追笠《とりおいがさ》を紅緒で締めて荒い黄八に緋鹿子《ひがのこ》の猫じゃらしという思い切った扮装《いでたち》も、狂気《きちがい》なりゃこそそれで通って、往きずりの人もちと調子の外れた門付けだわいと振り返るまでのこと、当座は大して物見評判の的にもならずに過ぎたのだったが、或る好奇家《ものずき》がひょいいと笠の下を覗き込んで、「稀代の逸品でげす、拝むだけで眼の保養でげす」などと大仰に頭を叩いてからというものは、お艶の名はその唄うお茶漬け音頭とともに売り出して、こんな莫迦騒ぎの好きな下町の人々の間に、声を聞かざるは三代の恥、姿を見ざるは七代の不運なぞと言い囃され、美人番付の小結どころに挙げられるほどの持て方となった。

正月の或る夕ぐれ、ふらっと亀島町の薬種問屋近江《おうみ》屋の前に立って、鈴を振るような声で例のよしこのくずしを唄い出したというだけで、果してどこから来てどこへ帰るのか、またはどういう身分の女が何が動機《もと》でこうも浅間しく気が狂ったのか、それらのことは一切判らなかった。判らないから謎とされ、謎となっては頼まれもしないに解いて見せようという者の飛び出して来るのは、これは当然《あたりまえ》。それかあらぬか、地の女好きにこの探索《さぐり》の心が手伝って、町内の若い者が三四人、毎夜のように交替《かわりあ》って近江屋の前からお艶の後を尾《つ》けつけしたが、本八丁堀を戌亥《いぬい》へ突っ切った正覚橋を渡り終わると、先へ行くお艶の姿が掻き消すように消えて失《な》くなるという怪談じみた報告《しらせ》を齎《もたら》して、皆しょんぼり空手で帰るのが落ちだった。

するとまた、あの正覚橋の彼方《むこう》詰めには寝呆け稲荷という祠があるから、殊によると彼《あ》のお艶という女は眷属様《けんぞくさま》のお一人が仮に人体を採ってお徒歩《しのび》に出られるのではあるまいかなどと物識り顔に並べ立てる者も出て来て、この説はかなりに有力になり、今までき印だのきの字だのと呼んでいたものが急に膝を正してお艶様々と奉る始末。何のことはない、裏京橋の一帯が今日日《きょうび》はお茶漬けお艶の話で持ち切りの形であった。

お艶が名高くなるにつけ、一層困り出したのが亀島町の近江屋であった。

風に混じって粉雪の踊る一月から、鐘に桜花《さくら》の散る弥生、青葉若葉の早月《さつき》も過ぎて鰹の走る梅雨晴れ時、夏に入って夏も老い、九月も今日で十三日という声を聞いては、永いようで短いのが蜉蝣《かげろう》の命と暑さ盛り、戸一重まで秋は湿やかに這い寄っているが、半歳にも余るこの期間《あいだ》、降っても照っても近江屋の前にお艶の姿を見ない日はなかった。陽もそぼそぼと暮れ方になると、どこからともなく蹣跚《よろわ》い出て来るお艶は、毎日決まって近江屋の門《かど》近く立って、さて、天の成せる音声《のど》に習練の枯れを見せて、往きし昔日《むかし》の節珍しく声高々と唄い出でる。

「うらみ数え日
家蔵とられた
仇敵におうみや
くすりかゆすりか
気ぐすりや知らねど
あたきや窶れてゆくわいな
　あれ、よしこのなんだえ
　お茶漬けさらさら」

あれ、よしこの何だえ、お茶漬けさらさら——浮いた調子の弾むにつれて、お艶の頰に紅も上れば道行く人の足も停まる。近江屋は実に気が気でなかった。

「家蔵取られた仇敵におうみや」の近江屋は、権現様《ごんげんさま》と一緒に近江の国から東下して十三代、亀島町に伝わる歴《れつき》とした生薬《きぐすり》の老舗《しにせ》である。高がいささか破目の緩んだ流し者風情の小唄、取り上げてかれこれ言うがものもあるまいと、近江屋では初めのうちは相手にならずに居はいたもののこっちはこれで済むとしても、それでは済まないという理由《わけ》はそこに世間の口の端《は》と申す五月蠅《うるさ》い扉無《となな》しの関所がある。近江屋は狼狽《あわ》て出した。

慌てて追っても去りはしない、お捻《ひね》りを献ずればじろりと流し眄《め》に見るばかり、また一段と声張り上げて、

「うらみ数え日
　家蔵とられた
　仇敵に近江屋――
　　あれ、よしこの何だえ
　　お茶漬けさらさら」

近江屋はほとほと困《こう》じ果ててしまった。

これが毎日のことだった。お艶の唄うのはお茶漬け音頭のこの文句に極《き》まっていた。立つところは近江屋の前に限られていた。それが物の十月《とつき》近くも続いたのである。そして、上がり込んで動かないというのでもないし、それに狂気女《きちがいおんな》の根無し言だから表沙汰にするのも大人気ないとあって、近江屋は出るところへも出られず、見て見ぬ振り聞いて聞かぬ心で持て余しているうちに、お艶は誰彼の差別なく行人の袂を押さえてはこんなことを口走るようになった。

「あれ、見しゃんせ。この近江屋さんは妾《あたき》の店で御座んす。なに、証文？　そんな物は知りんせんが、家屋敷なら三つ並ぶ土蔵の構え、暖簾《のれん》から地所まで全部《そつくり》抜いて奪《と》られました。はあ、妾の爺様の代に此店《ここ》の先代という人にうまうま一杯欺《は》められて――ああ口惜《くや》しい、口惜しい！　お返し！　お寄越し！　盗人！　詐偽師《かたり》っ！　お返しったらお返し！　お店からお顧客《とくい》までそのままつけて返すがいいのさ。あれ、よしこの何だえ、お茶漬けさらさら、ほほほほほ」

後は朗らかな唄声に変わって、うらみ数え日、とまたも始める――。

こうなると抛擲《うつちゃ》っては置かれない。まず最初《まつさき》に騒ぎ出したのが、お艶の話に出て来る当の先代なる近江屋の隠居であった。散々考え厭《あぐ》んだ末生易しい兵法ではいけないと見て、お艶の影を認め次第飛礫《つぶて》の雨を降らせるようにと番頭小僧へ厳命を下して置いたが、その結果は、小石の集まる真ん中でお艶をして唯一得意の「お茶漬けさらさら」を遣らせるに止まり、顕の見えないことおびただしかった。

近江屋にしたところで商売仇もあれば憎み手もある。この、根も葉もない狂女の言い草にさえ、火のない処に煙は立たぬとか何とか取り立てて、早くもけちを付けにかからんず模様、さらぬだに口性《くちさが》無い江戸の雀、近江屋は躍起になり出したが、それにも増してお艶は腕、いや、口に縒《よ》りを掛けてあらぬ鬱憤を洩らし始めるという、茲元片《ここもとかた》や近江屋片やお艶のまたとない取り組みとなった或る日のこと——。

その或る日、湯島の方へ用達に行った帰途《かえり》を近江屋の前へ差し掛かったのが、八丁堀に朱総《しゅぶさ》を預かる合点長屋の釘抜藤吉、突然《いきなり》横合いから飛び出して藍微塵の袖を摑んだのは、言わずと知れたお茶漬け音頭で時めくお艶、

「あれ見しゃんせ。この近江屋さんは妾の店で御座んす——」

言いかけたお艶の顔を、藤吉は笠を撥ね上げて凝然《じいっ》と見据えた。と、どうしたものかお艶は後を濁して藤吉の袖を離すと、折から来かかったお店者《たなもの》らしい一人へ歩を寄せて、

「あれ、見しゃんせ——」

と始めたが、このことあって以来、藤吉親分はお艶の狂気ぶりへそれとなく眼を光らせるようになって行った。

あれから旬日、その間に勘弁勘次に葬式《とむらい》彦兵衛の二人の乾児が尾けたり巻かれたり叩いたり、

洗えるだけのことは洗って来たが、今宵の名月を機《しお》に今度こそは居所なりと突き留めようと、さてこそ、彦兵衛が奥の手は「お後嗅ぎ嗅ぎ」流の忍びの尾行となったのだった。

明けを急ぐか、夏の夜は早く更ける。お茶漬け音頭の流しも消えて、どこかの軒に入れ忘れた風鈴が鳴る頃、河を距《へだ》てた寝呆け稲荷の方に当たってけんとん売りの呼び声が微風《そよかぜ》に靡いていた。

「親分え――お、勘兄哥《あにい》もか」

彦兵衛が帰って来た。椽台を離れて藤吉も溝板《どぶいた》の上に蹲踞《うずくま》った。三人首を鳩《あつ》めて低声《こごえ》の話に移った。その話が済んだ時、

「遣るべえ！」

藤吉が立ち上がった。

「おうさ、当たるだけ当たって見やしょう」

二人も起《た》った。十三夜は満ちて間もない。その月が澄めば澄むほど、物の陰は暗くもなろう。真っ黒な三つの塊が川の字形に跡を踏んで丑寅《うしとら》の角へ動いて行ったのは、あれで、かれこれ九つに近かった。

「通う千鳥の淡路島、忍ぶこの身の夜を込めて――」

背《うしろ》の影が唸った。前なる影が振り向いた。

「勘、われあ常から口が多いぞ」

「へい」

二

鮨町を細川越中の下屋敷へ抜けようとする一廓が神田代地、そこに如何にも富限者らしい造作《つくり》があって近所の人は一口に因業御殿と呼んでいるが、これこそ因業家主が通り名の大家久兵衛《きゅうべえ》が住宅《すまい》。此家《ここ》へお茶漬けお艶が、近江屋を虐《いた》めた帰りに毎夜のように立ち回ることを見極めたのは、確かに葬式彦兵衛が紙屑買いの拾い物であった。だから、因業が祟っていまだに独り身の五十男久兵衛が、女の狂っているのを好いことにして、それこそお茶漬け一杯で釣って置き、明日にも自分が表から乗り込んで行って近江屋の身上を取り返して遣ると言いながら、あわよくばお艶の肉体《からだ》を物にしようと企んでいることは、八丁堀には疾《と》うの昔に判っていた。この久兵衛とお艶とどういう関係にあるのか、などと改めて四角張るのは野暮の骨頂で、片方が気違いのことだ、順序も系統もあったものではない。ただ、近江屋攻めに油の乗り出した二月《ふたつき》ほど前に、近江屋の門口に現れた時と同じようにお艶のほうからぶらりと因業御殿へ舞い込んだというだけのこと。

有名な美人の狂女がこう思いがけなく飛びこんで来たばかりか、あなたの口から近江屋へ全資産引き渡しの件を交渉《かけあ》ってくれと泣いて頼んで動かないのだから、因業久兵衛、食指むらむらと動いて悦に入ってしまった。二つ返事で承知《うけが》ってお茶漬けを出すと実によく食べた。その後で手を出すと、どっこいこの方はそう容易《たやす》くは参らなかった。が、逃げられるほど追いたくなるのがこの道の人情とやら、殊には何しろきの字のこと、まあ急《せ》いては事を仕損じる、気永に待って取締《とっち》めようと、それからというもの、久兵衛は毎晩お艶を引き入れてお茶漬けを食わせて口説いてみるが、お艶は近江屋のことを頼む一方、狂気ながらも途端場《どたんば》へ来ると旨くさらりと掻い潜るのが例《つね》だった。

「いけねえ。久てきまだお預けを食ってやがらあ」

神田代地の忍びから帰って来ると、彦兵衛はこう言って舌を出した。鼻の頭《さき》を下から擦って勘次は我が事のように焦慮《やきもき》していた。

お艶の身元については二つの論があった。あれあお前、番町のさる旗本の一のお妾《てかけ》さんだが、殿の乱行を苦に病んでああもお痛わしく気が触れなすったなどと真実《まこと》しやかに言い立てる者もあれば、何さ、札の辻辺りの煙草屋の看板娘が情夫《おとこ》に瞞《だま》された揚句の果てでげす、世の娘にはいい見せしめでげす、なんかと斜めに片付けて納まり返る識ったか振りもあったが、そんな詮議は二の次としても、何からどうして近江屋へこんな因縁を付けるようになったのか、これも狂気の気紛れと断じてしまえばそれまでだが、事実《まこと》近江屋には背《うしろ》めたい筋合いは一つも無いのだから、狂女の妄念と言うの他はないものの、それにしてもこう執念《しゅうね》く立たれては仏の顔も三度まで、第一客足にも障ろうというもの——海老床の腰高《こしだか》障子へ隠居が蝦《えび》の跳ねている図を絵《か》いてから、合点長屋と近江屋とは髪結い甚八を通して相当昵懇の仲、そこで近江屋から使者《つかい》が立って、藤吉親分へ事を分けての願掛けとなった次第、頼まれなくてもここは一つ釘抜きの出幕だ、親分早速、

「ようがす。ほまちに白眼《にら》んどきやしょう」

と大きく頷首いて、お艶をはじめ因業家主の身辺には、それから一入《ひとしお》黒い影が付き纏うこと

となったのである。

相も変わらず近江屋の前でお艶は唄う。唄いながら行人の袖を惹く。袖を惹いてはこの頃ではこんなことを言う。

「妾《あたき》には立派な背後《うしろ》立てがありますから、この近江屋を今に根こそぎ貰い返してくれますとさ。まま大きな眼で御覧《ごろう》じろ——」

この背後立てが大家久兵衛であることは、誰からともなく一時にぱっと拡がった。広い世間を狭く渡る身の上とはいえ、久兵衛の迷惑言わずもがなである。が、乗りかけた船、後へは引かれない。久兵衛、その代わり前へ進んで一気に思いを遂げようとした。お茶漬けを食べてひらりひらりと鉾先を交わし、お艶はなおも近江屋一件を頼み込んで帰る。元来《もとより》証文も何もない夢のような話、色に絡んで煽動《おだて》てみたものの、自業自得の久兵衛、飛んだお荷物を背負《しょ》い込んだ工合で今更引っ込みも付かず、ただこの上は遮二無二言うことを聞かせようと胸を擦《さす》って此《こ》夜《よい》を待っていた今日というこの十三日——待てば海路の何とやらで、これはまたど豪《えら》い儲け口が、棚から牡丹餅に転げ込んで来た溢《こぼ》れ果報。

昼のうち、それとなく因業御殿に張り込んでいた勘弁勘次は、何を聞いたか何を見たか、何時になく狼狽てふためいて合点長屋へ駈け戻ったが、それに何かの拠り所でもあったかして、この夜の彦兵衛の仕事にはぐっと念が入り、あの通り近江屋から神田代地、そこから正覚橋の向こうへまでお艶を尾けて、引き続き藤吉を先頭に、かくも闇黒《やみ》を蹴っての釘抜部屋の総策動となったのだった。

町医らしい駕籠が一挺、青物町を指して急ぐ。供の持つぶら提灯、その灯が小さく呆けて行くのは、さては狭霧《さぎり》が下りたと見える。左手《ゆんで》に聳える大屋根を望んで、藤吉は肩越しに囁いた。

「三つ巴《どもえ》の金瓦、九鬼様だ。野郎ども、近《ちけ》えぞ」随《したが》う二つの黒法師、二つの頭が同時にぴょこりと前方《まえ》へ動いた。

三

水のような月の面《おもて》に雲が懸かって、子《ね》の刻の闇は墨よりも濃い。鎧扉《よろいど》を下ろして謐然《ひっそり》寝鎮まった近江屋の前、そこまで来て三つの人影が三つに散った。犬の唸り、低く叱る勘次の声、続いて石を抛る音、後はまたことりともしない。八百八町の無韻の鼾《いびき》が、耳に痛いほどの静寂《しずけさ》であった。

この時、軒下伝いに来かかった一人の男、忍びやかに寄って近江屋の戸を叩いた。一つ、二つ、また三つ四つ——何の返事もない。時刻が時刻、これは返事がないはずだ。男は焦立《いらだ》つ。戸を打つ音が大きくなる。

「近江屋さん、ええもし、近江屋さんえ」

近辺《あたり》構わず板戸を揺すぶったのがこの時初めて利いたとみえて、

「誰だい？　何だい今頃」

と内部《なか》から不服らしい小僧の寝呆け声。

「わしだ。約束だ、開けてくれ」

「約束？　約束なんかあるわけはないよ」

戸を距てての押し問答。

「お前じゃ判らない。御主人と約束があるんだ。待ってなさるだろ、奥へそ言って此戸《ここ》開けてくれ」

「駄目だよ、世間様が物騒だから閉《た》てたが最後大戸だけは火事があっても開けちゃあいけないって、今夜も寝る前に大番頭さんに言われたんだ。何てったって開けるこっちゃないよ。お帰り。朝おいで、へん、一昨日《おととい》おいでだ！　誰だい一体お前さんは？」

「誰でもいい。御主人か大番頭に会えあ解るこった。お前は小僧だろう、ただ取り次ぎゃいいんだ」

「馬鹿にしてやがる。お前は小僧だろってやがらあ。へへへのへん、だ。誰が取り次ぐもんか」

小僧頻りに家の中で威張っていると、

「何だ、騒々しい、何だ？」

と番頭でも起きて来た様子。

「あ、大番頭さんだ」と小僧はたちまち閉口《へこ》んで、「だって、い、い、いとも怪しの野郎が襲って来てここを開けろ、開けなきゃどんどん――」

「八釜《やかま》しい。怪しの野郎とは何です。お前は彼方《あっち》へ引っ込んでなさい――はいはい、ええ、何誰様《どなたさま》かまた何の御用か存じませぬが、この通り夜更けで御座いますから明朝改めて御来店《おいで》願いたいんで、へい」

「あんたは大番頭の元七《げんしち》さん――」

戸外《そと》の男の息は喘ぐ。

「へえ、左様で。して、貴所様《あなた》は？」

「いや、今日はわざわざお越し下されて恐れ入りましたわい。で、早速ながら彼《か》の一件物のこってすがの、今晩先方へこれこれこうと話を付けましたが、あんたの前だがわしも豪く骨を折らされましたて。が、まあ、とどのつまり、お申し入れの一札《いっさつ》を書かせましてな、はい、これこの通りお約言の子《ね》に持って参じましたから──ま、ちょっくらこの戸をお開けなすって」

「何で御座いますか手前どもには一向お話が判りませんですが──」

「え？」

「何のことやら皆目、へい」

「げ、元七どん、知らばくれちゃいけませんよ。老人《としより》は真にする。冗談は抜きだ」

「ええ念のため申し上げます。当家《こちら》は生薬《きぐすり》の近江屋で御座い──」

「ささ、その近江屋さんから今日の午下《ひる》がりに大番頭の元七さんが見えて──」

「元七と言えば手前で御座いますが、お店《たな》には唐から着き荷があって、今日は手前、朝から一歩も屋外《おもて》へは踏み出しませんが」

「えっ、それでは、あの──」

「何かのお考え違いでは御座いませんか」

「あっ！」

と叫んで、男が地団太踏んだその刹那、ほど近い闇黒の奥から太い声がした。

「元どん、開けて遣んな」

「だ、誰だっ?」

内と外から番頭と男の声が重なる。

「何誰《どなた》?」

「八丁堀だ」と出て来た藤吉、「釘抜だよ。元さん、お前《めえ》が面《つら》あ出さずば納まりや着くめえ。俺《おいら》が居るんだ、安心打《ぶ》って、入れて遣れってことよ」

この言葉が終わらないうちに、男は何思ったかやにわに逃げ出した。こんなこともあろうかと待ち伏せしていた勘弁勘次、退路を取って抱き竦め、忌応《いやおう》なしに引き戻せば、男はじたばた暴れながら、

「わしはただ、頼まれただけ、両方に泣きつかれて板挟みになったばかり、苦しい、痛いっ、これさ、何をする!」

「合点長屋の親分さんで?」と中からは元七が戸を引きひき、

「どうもこの節は御浪人衆のお働きがいっち強《きつ》うごわすから、戸を開ける一拍子に、これ町人、身共は尊王の志を立てて資金調達に腐心致す者じゃが、なんてことになっちゃあ実《じつ》以てお耐まり小法師《こぼし》もありませんので、つい失礼——さあ、開《あ》きました。さ、ま、何卒《どうぞ》これへ」

早速の機転で小僧が点けて出す裸蠟燭、その光を正面《まとも》に食って、勘次に押さえられた因業家主の大家久兵衛、眼をぱちくりさせて我鳴り出した。

「違う、異《ちが》う、この元七とは元七が違う!」

「何が何だか手前には解りませんが、私は確かに近江屋の元七——」

と言いかける番頭を手で黙らした藤吉は、一歩進んで久兵衛を睨《ね》めつけ、

「応さ、違わなくてか。お前さん許《とこ》へ出向いた元七は、寸の伸びた顔に切れ長の細《ほせ》え眼――」

「大柄で色の黒い――」

「それだ、それだ！」

勘次と彦兵衛が背から合わせる。藤吉は莞爾《にっこり》笑って、

「まあさ、好えやな、それよりあ久兵衛さん、その証文てのをお出しなせえ」

「でも、これと引き換えに七百両――」

「やいやい、まだ眼が覚めねえか。さ、出せと言ったら綺麗に出しな」

出し渋るところを引っ奪《たく》った藤吉、灯に透かして眺めれば、これは見事なお家流の女文字。

「ええと」と藤吉は読み上げた。「一札入れ申し候証文の事、私儀御当家様とは何の縁びきもこれ無く、爾今《じこん》門立ち小唄その他御迷惑と相なるべき一切のこと堅く御遠慮申し上げ候、もし破約においては御公儀へ出訴なされ候も夢々お恨み申す間敷く、後日のため覚書の事よって件《くだん》のごとし、近江屋さま、つや――とある。ふうん」

久兵衛は死人のよう。思わず差し出す元七の掌《て》へ藤吉は証文を押し付けて、

「穿鑿《せんさく》無用！　久兵衛さんはこれを届けに来なすったんだ。のう元さん、お前の方じゃあ文句はあるめえ。隠居へよろしく。締まりを忘れめえぞ」

言い捨てて矢のように走り出した。久兵衛を引き立てて勘次彦兵衛がそれに続く。小僧と元七、放心《ぼんやり》後を見送っていた。

その日の正午《ひる》過ぎ、近江屋の大番頭元七と名乗る男が因業御殿を訪れて、狂女お艶へ七百両与《や》るから縁切り状を引き換えに取ってくれと主人の言葉として伝えたことは、勘次の駈け込み

によって逸早《いちはや》く判っていたが、これで、俄に色から慾へ鞍更《くらが》えした久兵衛は、急遽自分で、家作を担保《かた》に五百両の現金《なま》を生み出し、夕方立ち寄ったお艶にその金を握らせて無理に「一札入れ申し候証文の事」を書かせ、ここで二百両撥ねようと約束通り世間を忍んで子の刻に、証文を渡して七百両受け取るべく喜び勇んで近江屋へ来てみるとこの有り様。猫婆どころか資《もと》も利《こ》もない。

「これからその敵討ち」松村町を飛びながら藤吉が呻いた。「久兵衛さん、お前は心掛けがよくねえから、このぐれえの痛事はけえって気付けかも知れねえが、当方《こちとら》あその贋元《にせげん》にちょっくら心当たりがあろうというもの――」

「親分、ここだ！」

彦兵衛が立ち停まった。三十間《けん》堀へ出ようとする紀の国橋の畔《ほとり》、なるほど、寝呆け稲荷の裏に当たって、見る影もない三軒長屋、端の流し元から損《こわ》れ行灯の灯がちらちらと――。

御用の声が間もなく近隣の熟睡《うまい》を破った。やがて月光の下《もと》に引き出された男女二人、男は浪人者の居合抜き唐簑《とうみの》嘉十郎、額部《ひたい》へ受けた十手の傷から血が滴って、これが久兵衛に突き合わされた時、さすがの因業親爺、顫え上がって元七に化けた男に相違御座りませぬと証言した。女は嘉十郎妻お高、というよりはお茶漬け音頭で先刻馴染みの狂女お艶、足拵えも厳重に今や二人は高飛びの間際であった。五百両は全部《そっくり》そのまま久兵衛の手に返った。

「お茶漬けさらさらか。でも旨く巧《たく》んだもんさのう」

番屋へ揚げてから、藤吉はこう言ってお艶、いや、お高の顔を覗き込んだ。

「ほほほほ、まあ、親分さんのお人の悪い！」

お高は笑った。嘉十郎は苦い顔して黙りこくっていた。

さても長い芝居ではあった。見込まれた近江屋と因業久兵衛の弱り目はさることながら、狂気の真似をし通したお高の根気、役者も下座も粒の揃った納涼《すずみ》狂言、十両からは笠の台が飛ぶと言われたその当時、九個月あまりに五百両は、もし最終《どんじり》まで漕ぎ付け得たら、瘠《や》せ浪人の書き下ろし、何はさて措き、近頃見物の大舞台であった。

月は落ちて明けの七つ。

伊達若狭守殿《だてわかさのかみどの》の控え邸について、帰路《かえり》を急ぐ親分乾児、早い一番鶏の声が軽子河岸《かるこがし》の朝焼けに吸われて行った。

突然、葬式彦《とむらいひこ》が嗄れ声上げて唄い出した。

「女だてらに
お茶漬け一杯《べえ》
浮世さらさら
流そとしたが
お尻《けつ》が割れては
茶漬けどころじゃないわいな」

先へ立つ釘抜藤吉、その顔が笑みに崩れた。と、途徹もない勘次の銅鑼声が彦兵衛に和して、朝の街を揺るがすばかりに響き渡った。

「あれ、よしこの何だえ
お茶漬けさらさら」

巷説《こうせつ》蒲鉾《かまぼこ》供養《くよう》

一

「それ謹み敬いて申し奉る、上《かみ》は梵天帝釈《ぼんてんたいしゃく》四大天王、下《しも》は閻魔《えんま》法王五道冥官、天の神地の神、家の内には井《いど》の神竈の神、伊勢の国には天照皇大《てんしょうこうたい》神宮、外宮《げぐう》には四十末社、内宮《ないぐう》には八十末社、雨の宮風の宮、月読日読《つきよみひよみ》の大御神《おおみかみ》、当国の霊社には日本六十余州の国、すべての神の政所《まんどころ》、出雲の国の大社《おおやしろ》、神の数は九万八千七社の御神《おんかみ》、仏の数は一万三千四百箇の霊場、冥道を驚かしここに降《くだ》し奉る、おそれありや。この時によろずのことを残りなく教えてたべや、梓の神、うからやからの諸精霊、弓と箙《えびら》とのつがいの親、一郎どのより三郎どの、人もかわれ、水もかわれ、かわらぬものは五尺の弓、一打ちうてば寺々の仏壇に響くめり、穴とうとしや、おおそれありや――」

　足許の地面から拾い上げた巻紙の片《きれ》に、拙《へた》な薄墨の字が野路の村雨のように横に走っているのを、こう低声《こごえ》に読み終わった八丁堀藤吉部屋の岡っ引き葬式《とむらい》彦兵衛は、鶏《とり》のようにちょっと小首を傾げた後、元の通り丹念にその紙切れを畳んで丼の底へ押し込むと、今度は素裸《すはだ》の背中へ手を回して肩から掛けた鉄砲笊《ざる》をぐいと一つ揺り上げざま、事もなげに堀江町を辰巳へ取って歩き出した。藤倉草履に砂埃が立って、後から小さな旋風《つむじかぜ》が、馬の糞を捲き上げては消え、消えては捲き上げていた。

　文久辛《かのと》の酉年は八月の朔日《ついたち》、焼き付くような九つ半の陽差しに日本橋もこの界隈はさながら禁裡のように静かだった。白っぽい街路《みち》の上に瓦の照り返しが蒸れて、行人の影も疎らに、角のところ天屋《てんや》の幟が夕待ち顔にだらりと下がっているばかり――。

当時鳴らした八丁堀合点《がってん》長屋の御用聞き釘抜藤吉《くぎぬきとうきち》の乾児《こぶん》葬式彦兵衛は、ただこうやって日永一日屑物を買ったり拾ったりしてお江戸の街を放付《ほうつ》き回るのが癖だった。どたんばたんの捕物には白無垢鉄火の勘弁勘次がなくてならないように、小さなねたを揚げたり網の糸口を手繰《たぐ》って来たりする点で、彦兵衛は実に一流の才を見せていた。もちろんそれには千里利きと言われた彦の嗅覚が与《あずか》って力あることは言うまでもないと同時に、明けても暮れても八百八町を足に任せてうろ付くところから自然と彦兵衛が有《も》っている東西南北町名生き番付といったような知識と、屑と一緒に挟んで来る端《はした》の聞き込みとが、地道な探索の筋合でまたなく彦を重宝にしていた事実《こと》も否定できない。それはいいとして、困ることは、時々病気の猫の子などを大事そうに抱えて来るのと、早急の要にどこに居るか判らないことだったが、好くしたもので、不思議にもそんな場合彦兵衛はぶらりと海老床《えびどこ》の露路へ立ち戻るのが常だった。

で、その日も、腹掛け一つの下から男世帯の六尺を覗かせたまま、愛玩の籠を煮締めたような手拭いで背中へ吊るし、手にした竹箸で雪駄《せった》の切れ緒でもお女中紙でも巧者に摘んでは肩越しに投げ入れながら、合点小路の長屋を後に、日陰を撰《よ》ってここら辺まで流れて来ていたのだった。

奇妙な文句を書いたさっきの紙片《かみきれ》は、瀬戸物町を小舟町二丁目へ出ようとする角で拾ったもの。溝板《どぶいた》の端に引っ掛かっていたのを何気なく取り上げて読んでみたに過ぎないが、ただそのまま他の紙屑と一緒にしてしまうのが惜しいような気がして、これだけは腹掛けの奥へ仕舞い込んだ。

「一郎どのより三郎どの、水もかわれ、人もかわれ——か」

その一節を思い出しては口ずさみながら、彦兵衛は旅籠町の庄助屋敷の前を通り掛かっていた。

雨晒しの高札《こうさつ》が立っている。見慣れてはいるが何ということなしに眼に留まった。

申上候一札之事
町内居住婦女《ちょうないすまいのおんな》頻々《ひんぴんとして》行方不知相成候《ゆくがたしれずにあいなりそうろう》段近頃覚奇怪候《だんちかごろきつかいにおぼえそろ》
之御《これお》膝下《ひざもとの》天狗並降魔神業存候《てんぐならびにこうまじんのわざとぞんじそろもじ》爾来如斯悪戯付一切無用《らいかくのごときわるさはいっせつむよう》
左様被度承知置候事畢依之《につきさようしょうちおかれたくそうろうことおわり》
於上所払被仰出候前早々退散諸州遠山江分山可有之候《かみにおいてところばらいおおせいだされそうろうぜんそうそうたいさんしょしゅうのえんざんへぶんざんこれあるべくそうろう》
文久元酉年夏至　町年寄一同
大小天狗中
降魔神　中

彦兵衛はにやりと笑った。五月末頃から江戸中を脅かしているこの一円の神隠し騒ぎ、腕自慢の眼開かしや好奇《ものずき》半分の若い衆が夜を日に継いでの穿鑿も絶って効無いばかりか、引き続いて湲われる者が後を絶たないので、町組一統寄り合いの上色々と談合の末が、これはどうしても天狗か魔神の仕行《しわざ》に相違ないとあって、さて、事ごとしくも押っ樹《た》てたのがこの「申上候一札」であった。この方角へはよく立ち回るので、木札の立ったのが七月中旬《なかば》であったことも彦兵衛は知っていた。それからここへ来るたびに、雨風に打たれて木肌の目《もく》が灰色に消えて行くのを睹《み》こそすれ、不思議に因《もと》が洗われたという話は聞かず、新しい犠牲《いけにえ》の名が毎まい人の口の端《は》に上るばかりであった。四五日前にも二人、昨日も昨日とて赤ん坊が一人地に呑まれるように見えずなったという――。

葬式彦兵衛はまたにやりとした。笑いながら歩き出そうとした。その時だった。

「屑屋あい、摑めえろようっ！」

「屑屋さあん、そけへ行く犬ころを押せえてくだせえ」

という遽《あわ》だしい叫び声を先にしてどっと数人の近付く跫音《あしおと》がした。彦兵衛は振り返った。悪戯らしい白犬を追って近所の人達が駈けて来る。犬は何か肉片《にくきれ》のような物を銜《くわ》えて、一目算に走り過ぎようとした。生魚《なま》の盤台から切身でも盗んだか――彦兵衛はむしろ微笑もうとした。それにしても、続く人々の真剣さが一層彼には可笑しかった。

「屑屋っ！　捕《つら》めえろっ！」

只事ではあるまい、と彦兵衛は思ったので、持っていた長箸を抛《ほ》った。それが宙を切って犬の足に絡んだ。一声高く鳴いて犬は横丁へ逃げ込んだ。後には一片の肉が転がっている。拾い上げた彦兵衛、見るみる顔色が変わった。きっとなった。そして振り向いて折から走り寄った追手の顔を見回した。

「お前《めえ》さん方、何しにあの狗《いぬ》を追って来なすった？」

「てこ変な物を銜えてやがったからよ」

一人が答えた。そのてこ変な物を、彦兵衛は突然《いきなり》自分の丼へ押し込んで、さっさと歩き出そうとした。他の一人が立ち塞がった。

「やいやい、屑屋、拾った物を出せ。犬の野郎が置いてった物を、手前、出せよ」

が、彦兵衛は黙って突き退けた。二三人が追い縋る。

「伺《うかげ》えやしょう」と彦兵衛は開き直って、「犬が何を銜えて来たか、皆の衆、定めし御存じでごわしょうの？」

「知るけえ！　ただ異様な物と見たばかりに俺達あこうして後を――」と一人。

「屑屋渡世のお前なんざあ知るめえがこの頃この辺りあ厳しい御詮議――」とまた一人。

それを遮って彦兵衛は高札を指さした。

「あれけえ？」

「それほど承知ならなおのこと、隠した物をこれへ出しな」

返事の代わりに彦兵衛は訊き返した。

「あの犬あどっから来ましたえ？」

「辰う、発見《めっけ》たなあお前だなあ？」

「うん」辰と呼ばれた男は息を弾ませて、「うん、小舟町の方から来やあがった」

「小舟町？」

「うん。で、何だか妙竹林《みょうちきりん》な物を口っ端《べた》へぶら下げてやがるから、俺《おい》らあ声上げて追っ駈けたんさ。するてえと――」

「するてえと、ここに居なさる衆が突ん出て来て、たちまち犬狩りがおっ始まったってえわけですかえ――や、大けに」

くるりと回り右した彦兵衛は何思ったかすたすた歩き出した。

人々は狼狽《あわ》てた。

「おい、そいつを持ってどこへ行くんだ？」

「何だか出して見せろ！」

「こん畜生、怪しいぞ」

「構うこたあねえ。こいつから先に遣っちめえ！」

「それっ！」

こんな声を背後《うしろ》にすると彦兵衛はやにわに走り出した。町内の者も一度に跡を踏んだ。が、無益《むやく》なことに気が付くとすぐ立ち停まり、長谷川町を跳《おど》りながら段だん小さくなっていく竹籠を言い合わしたように黙って凝視《みつ》めていた。

韋駄天《いだてん》の彦、脚も空に考えた。

「御用筋が忙しくて他町の騒動《さわぎ》を外《よそ》にしていた親分もこれじゃあ如何さま出張《でば》らにゃなるめえ。ほい来た奴《やっこ》、そら急げ！　三度に一度あ転《こ》けざあなるめえ！」

背中で籠が拍子を取る。彦兵衛は腹掛けを押さえた。その中に、丼の底に、巻紙の文状《もんじょう》と一緒に揺れているのは、耳一つと毛髪《かみのけ》とかくっ付いた確かにそれは——人間の片頬であった。

二

「仲の町はさぞかし賑わうこってげしょう」

次の間から勘弁勘次が柄になく通めいた口を利いた。椽《えん》に立って、軒に下げた葵の懸涯《けんがい》を放心《ぼんやり》眺めていた釘抜藤吉。

「葵の余徳よ。なあ、新吉原の花魁《おいらん》が揃《それ》えの白小袖で繰り出すんだ。慶長五年の今月今日、恐れ多くも東照宮様におかせられ、られ、られ、られ――ちっ、舌が回らねえや――られては、初めて西御丸へ御入城に相成った。やい、勘、手前なんざあ文字の学が無《ね》えから何にも知るめえ、はっはっは」

「勘弁ならねえが、こちとら無筆が看板さ」

梯子売りの梯子の影が七つ近い陽脚を見せて、裏向こうの御小間物金座屋の白壁に映って行く。槍を担いだ仲間《ちゅうげん》の話し声、後から小者の下駄の音。どこか遠くで刀鍛冶の槌の冴えが、夢のように長閑《のどか》に響いていた。

「親分え」

戸口で大声がした。と思うと、葬式彦兵衛がもう奥の間へ通って来た。崩れるように据わったその眼の光、これは何か大物の屑が引っ掛かったらしいとは、藤吉勘次が期せずして看て取ったところ。親分乾児が膝を並べる。

簀戸《すど》へ凭れて大胡座の藤吉、下帯一本の膝っ小僧をきちんと揃えた勘弁勘次が、肩高だかと聳やかして親分大事と背後から扇ぐ。早くも一通り語り終わった彦兵衛、珍しく伝法な調子で、

「さあ、親分、これがその神掛かりのお墨付き――それからこいつが」と苦しそうに腹かけを探って、「犬からお貰《もれ》いした土産物、ま、とっくりと検分なすって下せえやし」

投げ出した紙切《かみ》と肉一片――毛髪の生えた皮肌《はだ》の表に下にふっくらとした耳が付いて、裏は柘榴《ざくろ》のような血肉の団《かたま》りだ。暑苦しい屋根の下にさっと一道の冷気が流れる。藤吉も勘次も我

になく首を竦めた。

「――」

藤吉は手を延ばした。が、取り上げたのは紙の方だった。素早く眼を通して、

「彦、どこで拾った、この呪文を？」

「小舟町二丁目と瀬戸物町の曲がりっ角で、へえ」

「その頬《ほ》っぺたは？」

「へ！　すれあ、やっぱりこれあ頬っぺた――」

「はあて彦《しこ》としたことが、一眼見れあ判らあな。それあお前、女子《おなご》の左頬だ。髪の付け根と言い死肌の色と言い、待ちな、耳朶の形と言い、こうっと、ま、三十にあ大分釣銭《つり》も来ようって寸法かな――どこで押せえた、犬ころをよ？」

「へえ、庄助屋敷の前で」

「なに？」藤吉は乗り出した。「庄助屋敷の前？」

「へえ」

「彦、あすこにあお前、お笑え草の高札が――」

「へえ、その高札の下なんで」

「彦」藤吉の声は鋭かった。「何時ぞやお前が話した申上候一札の文言《もんごん》、あれに違《ちげ》えはあるめえのう？」

彦兵衛は子供のように頷《うなず》いたが、ふと思い出したように早口に

「その高札の一件でがすが、四日前にも娘っこが二人、昨日も一人赤児《あかご》がふっと消えて失く

なったとのこと」

「またか」

と藤吉が眉根を寄せる。両腕を組んで考え込む。重おもしい沈黙《しじま》が辺りを罩《こ》めた。

「彦、お前、その頰っぺたを洗っちゃ来めえのう？」

藪から棒に藤吉が訊いた。

「洗った跡でも御座《ごぜ》えますかえ？」

「なにさ、無えこともねえのさ――して、どっから銜え出いたもんだろのう？」

「犬でげすけえ？」

「うん」

「どっから銜えて来たもんかそいつあ闇雲判らねえが、発見《めっけ》た野郎の口っ振りじゃあ何でも小舟町――」

「小舟町？」

「へえ」

「この御呪文も小舟町――」

と言い掛けた藤吉の言葉に、他の四つの眼もぎらりと光る。彦兵衛は片身をぐっと前へのめらして下から藤吉を見上げながら、

「親分、この二つに何ぞ聯結《つながり》でも、いやさ、あると言うんで御座えますかえ？」

眼を瞑《つぶ》ったまま藤吉は答えない。団扇持つ勘次の手も何時しか肘張って動かなかった。

小舟町三丁目、俗に言う照降町《てりふりちょう》の磯屋の新造でおりんという二十五になる女が二月程前に

行衛《ゆくえ》知れずになった。それからこっち後を引いてか、当才から若年増、それも揃いも揃って女ばかりがすでに七人もこの神隠しの犠牲《にえ》に上がって来たのであった。

近頃の新身御供《あらみごくう》は四日前に二人。安針町の大工の出戻り娘お滝と本船町三寸師の娘お久美。お滝は伝通院そばへ用達しに行った帰途を伝馬町で見掛けた知人があるという限《き》り、お久美坊は酒買いに出たまんま頓《とん》と行き方が知れない。お滝は二十五、お久美は十三だった。

昨日浚われた嬰児《あかご》はお鈴と言って、土用の入りに生まれたばかり、子守を付けて伊勢町河岸の材木場へ遊びに出しておいたのが、物の小半時もして子守独りが呆然《ぼんやり》帰って来たから不審に思って訊き質すと、ちょっと赤児を積み材の上へ寝かし河岸で小用を足して帰って見るともうなかったと言うので直ちに大騒ぎして捜したが元よりそこらに転がって居べき道理もない。

これらの話を安針町裏店《うらだな》の井戸端で聞き込んで来たと彦兵衛が言った時、藤吉は、

「井戸?」

と何か気になるような様子だったが、

「二十五に二十五に十三に一つ――か」としばらく考え込んで、「女の頰にこの呪文――お、それあそうと、あの高札のこったがの、あんなべら棒な物を立てやがった張本人は一体どこの何誰様《どなた》だか、彦、御苦労だがお前ちょっくら嗅《け》いで来てくんろ」

「へえ。だが何でも町年寄だと――」

「おおさ、その年寄に俺らあ少《ちっ》とべえ知りてえことがあるんだ」

彦兵衛は腰を浮かせた。

「勘」と藤吉は振り向きもせずに「われも行け」

「ようがす」

と、

「惑信《わくしん》!」

呻くように藤吉が言った。

「え?」

二人は振り返る。またしても、

「惑信!」

「何とかおっしぇえましたかえ?」

「うんにゃ、よくあるやつよ。これあどうも惑信沙汰に違えねえて」と半ば独語《ひとりごと》のように藤吉は撫然として、「今日は酉だのう?」

「へえ――山の神には海の神、おおそれありや。へん、忝《かたじけね》えや、だ」

「それだってことよ彦! あの界隈《けえうえい》に巫女《いちこ》あ居ねえか」

「い、い、いちこ?」

「口寄せよ」

「知りやせん」

「物あついでだ、当たって来《こ》べえぞ」

「へい。精々小突いて参《めえ》りやしょう」

「うん。日暮《しぐ》れ前にゃ俺らも面あ出すから、眼鼻が付いても帰《けえ》って来るな――勘、われもちったあ身を入れろい、何だ、大飯ばかり喰《くれ》えやがって」

三

「二十五に二十五に十三に一つ――当歳から若年増」

藤吉は庭へ唾を吐いた。畳に転がっている女の頬を見たからである。

摘み上げて嗅いでみたが、臭気《におい》もしない。額半分から左頬へかけての皮膚、ふっくらした耳、頭髪《かみのけ》と小鬢が申し訳ほど付いている。その裏には肉少しと凝り血がぶら下がっているだけで、古い新しいの見当も立たなければ何でどうして切ったものか、それさえ全然《からきし》判らない。洗ったように綺麗で、砂一つ付いていない。古い物なら腐ってもいようし、色も少しは変わっていよう。新《あら》なら新でまたその徴があるはず。とにかく、犬奴《め》が土中から掘り出したものではあるまい、とすれば――？

藤吉は寒気を感じた。衣桁から単衣《ひとえ》を外して三尺を伊達に結ぶと、名ばかりの仏壇へ頬片《ほほきれ》を供えて灯打《ひう》ちを切ってお灯明を上げた。折れた線香からも結構煙は昇る。

藤吉は茶の間へ座った。

「閻魔法王五道冥官、天の神地の神、家の内には――」

と膝の上の巫女の文をここまで読み下して、藤吉は鼻を擦った。畳のけばを毟った。深く勘考する時の習癖《くせ》である。

惑信と言えばまず家の方位だ。その凶は暗剣殺《あんけんさつ》で未申《ひつじさる》――西南――の方、これを本命二黒土星で見れば未申は八白の土星に当たるから坤《こん》となる。卦《けい》から言うと坤為《こんい》レ地《ち》といってこの坤という字は土である。家の暗剣殺の土とは、門の西南の地面という意《こころ》であろう。坤はまた乾坤《けんこん》の坤で、陰のあらわれすなわち婦女《おんな》という義になるから、ここで門内西南の地に女ありと考えなければならない。

今日は酉年の酉の日だ。日柄は仏滅定《ぶつめつさだん》。六曜星が仏滅でこれは万《よろず》大凶を示しているが、十二直の定《さだん》はすべて決着《きまり》を付くるに吉とある。家を護る土公神《どこうじん》はというと、春は竈、夏は門、秋は井《いど》、冬は庭にありと言うから、夏から秋口へ向かうこの頃のこと、まず門と井戸とに見当《あたり》を付けておきたい。これで家に門と井戸とがあって、その門の西南に女がいるということになった。

近頃めっきり白髪の殖えた材木屋風の髷《まげ》を藤吉は頻りに捻る。

嬰児お鈴は今年生まれたのだからもちろん酉だ。お久美の十三も嘉永二年の出生で己酉《つちのととり》。磯屋のおりんとお滝は二十五の同《おな》い年で天保八年の生まれだが、天保八年は——これもまた丁《ひのと》の酉！

年齢干支《かんし》九星早見の弁。こうだ。

お鈴——文久元年、かのとのとり、四緑、木星、柘榴木《じゃくろぼく》。

お久美——嘉永二年、つちのととり、五黄、土星、大駅土。

おりんお滝——天保八年、ひのとのとり、一白、水星、山中火。

ひとしくとりで星は土木水を表している。今一層詳しくこれを案じて見るに、お鈴は辛、辛《しん》は総じて種子《たね》であって樹木の生々を意味するから四緑の柘榴木とすべて木で出ている。お久美はつちのとの大駅土とこれも星の土《ど》に合っているが、ただ、おりんお滝のみは水星にも係わらずひのと山中火と水を排して反性の火を採っている。これは穏当ではない。おりんお滝は恨むことを知る年齢に達していたから、星の水を藉《か》りて満々と拡ごり恨み、また納音《のういん》山中火の音と響いては火と化して炎々《えんえん》と燃え盛っているのではあるまいか。土水木各々をその納音で見れば、お久美は大駅土、大く土に駅《とど》まる。お鈴は柘榴木、石榴の古木は、挽いて井桁に張れば汚物は吸わず水を透《す》ますとか。おりんお滝は山中火《やまなかのひ》、山は土の埋高《うずたか》き形、言い換えれば坤だ。土だ。火はすなわち烈しき心。壊《やぶ》り毀《そこ》う物の陽気盛んなれど、水の配あらばたちまち陰々として衰え、その状《さま》さながら恨むに似たりと。

土と木と水——土中に木があって水がある、いや、水があるところに火がある、激しい遺恨《うらみ》が残っている——土中に柘榴の材が張り渡って、水のあるべき個処《ところ》に水がないとは？——井戸、古井戸！

門から西南の土に古井戸があろう。その底に女の気がする、酉年生まれの女の星が飛び去り得ずして迷っている！

「家の内には井の神——おう、惑信！」夕闇のなかで藤吉は小膝を打った。「だが待てよ、あの高札が惑信の本尊じゃあねえかな。と、彼札《あれ》あ誰が建てた？　それに、それに、この御呪文は女筆《おなごて》だぞ。ううむ、恨むか、燃えるか、執念の業火だ、いや、これあ如何さま無理もねえて」

日北上の極とは言え、涼風《すずかぜ》と緒《とも》に物の怪の立つ黄昏時、呼吸《いき》するたびに揺れでもするか、薬師縁日の風鈴が早《はや》秋の夜寒を偲ばせて、軒の端高く消《け》ぬがにも鳴る。

置物のように藤吉は動かなかった。心の迷いか五臓の疲れか、人っ子一人いないはずの仏壇の前に当たってざざっと畳を擦る音がする。立ち上がって覗いた藤吉、

「あっ――」

と驚いたことのない釘抜もこの時ばかりはその口から怖れと愕《おどろ》きの声を揚げた。無理もあるまい。線香の香の微かに漂い、灯明の燃え切った夕ぐれの部屋、仏壇前の畳に、日向の猫の欠伸のように山の字形《じなり》に蠢きながら青白く光っているのは、さっき確かに四尺は高い供壇へ祭って置いたあの女の頬の肉ではないか。海月《くらげ》みたいに盛り上がっては動くその耳を見ると、釘抜き形に彎《まが》った藤吉の脚が、まず自ずと顫え出して、気が付いた時、本八丁堀を日本橋指して藤吉は転ぶように急いでいた。

四

往昔《むかし》まだ吉原が住吉町、和泉町、高砂町、浪花町の一廓にあった頃、親父橋から荒布橋《あらめ》へかけて小舟町三丁目の通りに、晴れの日には雪駄、雨には唐傘と、すべて嫖客《ひょうきゃく》の便を計って陰陽の気の物を鬻《ひさ》ぐ店が櫛比《しっぴ》していたところから、江戸も文久と老いてさえ、この辺りは俗に照降町と呼ばれていた。

その照降町は小舟町三丁目に、端物ながらも食通を唸らせる磯屋平兵衛という蒲鉾の老舗があった。

明暦大火のすぐ後、浅草金竜山で、茶飯、豆腐汁、煮締め、豆類などを一人前五分ずつで売り出した者があったが、これを奈良茶と言って大いに重宝し、間もなく江戸中に拡まって、そのなかでも駒形の檜物屋《ひもの》、目黒の柏屋、堺町の祇園屋などが殊に有名であった。また同じく金竜山から二汁五菜の五匁《もんめ》料理の仕出しも出て、時の嗜好に投じてか、一頃には流行を極めたものだったが、この奈良茶や五匁の上所《じょうどころ》へ蒲鉾を納めて名を売ったのが、伊予宇和島から出て来た初代の磯屋平兵衛であった。

当代の平兵衛は四代目で、先代に嗣子《よつぎ》がなかったところから、子飼いの職人から直されて暖簾と娘おりんを一度に貰って家業を継いだのだったが、材料《たね》の吟味に鑑識《めきき》が足りない故《せい》か、それとも釜の仕込みか叩きの工合か、ともかく、伝来の味がぐっと劣《お》ちてお江戸名物が一つ減ったとは、山葵《わさび》醤油で首を捻り家仲間での一般の評判であった。

客足がなくなって殖えるのは借銭《しゃくせん》ばかり、こうなると平兵衛も狼狽て出した。が、傾いた屋台骨は一朝では直らない。直らないどころか、家が大きければ大きいほどそれだけ倒れも早いというもの。殊に、可愛い女房がこの夏の初めに天狗の餌に上がってからというものは、平兵衛は別人のようにげっそり瘠せ衰《こ》けて、家の名一つで立てられている町内年寄の勤めにも自ら進んであの高札を出した他、あまり以前《まえ》ほどの気乗りも見せず、大勢の雇人にも暇をくれてこの頃はもっぱら引っ込み勝ちだという。

家運衰退の因にも、蒲鉾不持ての訳にも、本人としては何か心当たりでもあるかして、生来の担ぎ屋が、女房の失踪後は、万事《よろず》に付けてまた一層の縁起ずくめ。それかあらぬか、お告げ者らしい白衣《びゃくえ》の女が夜な夜な磯屋の戸口を訪れるなぞという噂の尾に尾が生えて、神隠し事件と言い何といい、例《いつ》もならそぞろ歩きに賑わうはずのこの町筋も、一刻千金の涼味を捨てて商家は早くも鎧戸を閉《た》て初《そ》め、人っ子ひとり影を見せない。

月の出にも間があろう。軒を掠めてつういと飛ぶあれは蝙蝠。

おりんが居なくなってからの平兵衛の変わり様、そこには愛妻を失った悩み以外に何物かが蟠《わだかま》っていはしないか。それから、不思議と言えばもう一つ。他でもない、あれからめっきり蒲鉾の味が好くなって、これが通な人々の間に喧伝され、そろそろ売り上げも多くなり、今日《きょう》日《び》はどうやら片息吐《つ》いているから、この分で往けば日ならずして店の調子も立て直ろうとの取り沙汰。実際、磯屋平兵衛は、稼業にだけは異常な熱と励みをもって没頭しているらしかった。

高札の下で勘次彦兵衛と落ち合った釘抜藤吉、これだけ洗い上げて来た二人の話を交《かた》みに聞きながら磯屋の前まで来て見ると、門でもないがなるほど横手に柴折戸《しおりど》がある。そこから暗剣殺は未申の方角、背戸口の暗黒《やみ》に勘次を忍ばせておいて、藤吉は彦を引き具し、案内も乞わずに這入《はい》り込んだ。

土間の広い仕事場、框《かまち》の高い店、それから奥の居間から小座敷と、互いに不意の襲撃を警《いまし》めあいながら一巡《ひとまわ》りしたが、仕事場も住居《すまい》家も綺麗に片付いて人の居る様子もない。蒲鉾だけは拵えた跡も見えたが、何もかも洗い潔められて、一日の業の終わったことを語っていた。

「ちえっ、ずらかったか」

彦が歯を噛んだ。

「そうさの――や、あれあ何だ、あの音！」家の横手に当たって軽く地を踏むひびき。

「勘兄哥《あにい》じゃねえかしら」

「勘が持場あ外すわけあねえ」

古枯《こが》らしに鳴る落ち葉と言おうか、家路を急ぐ瞽女《ごぜ》の杖といおうか、例えば身軽な賊の忍ぶような――。

「開けて見べえ」

内にも忍ぶ二人、抜き足差し足椽側へ出て、不浄場近い一枚をそうっと引いた。

「灯《し》を消せ」

真の暗黒。

透かして見る。夜は、下から見上げるようにすれば空明かりに浮かび出て物の姿《かたち》が判然《はっきり》する。

「犬だ！　お、白《しれ》え犬だぞ！」

「ややっ、昼間の野良犬、頬を銜えた――」

「しいっ！」

と低声。なおも凝視める。

犬は、白犬は、垣に付いて土を嗅ぎ嗅ぎ、裏へ回って小庭の隅を掘り出した。心得た場所と見えて逡巡《ためらい》もしない。

潮時を計った藤吉、

「彦！」

「わあっ！」

と、犬を脅かすため、大声揚げて飛び出した。消しとぶように犬は逃げる。その跡に立った二人、犬の穿《ほ》った穴をじいっと睨んで頓《とみ》には声も出なかった。

穴の周囲《まわり》一尺ほどの土を埋めて、水雲《もずく》のように這い繁っているのは、星を受けて紫に光る他なし漆の黒髪！

「――」藤吉。

「――」彦兵衛。

と、この刹那、怪魂《けたたま》しい勘次の声が闇黒を衝いて背戸口から、

「お、親分、出た、出た、出た!」

五

「あれか」

勘次の指す背戸口に地底から洩れる青白い光が、土塊《つちくれ》を隈取ってぼうっと霞んで、心なしか地面が少し盛り上がっている。藤吉はつかつかと進んでその上に立った。足から膝まで光線《ひかり》に浸って、着ている物の柄さえ読める。あたりを罩める射干玉《うばたま》の夜陰に、何のことはない、まこと悪夢の一場面であった。

「おうっ、彦、勘、手を貸せ」

藤吉の声に人心付いた二人、両手と両足を一時に使って光る土を蹴散らす。万遍なく二三寸も掘り下げると、出て来たのが延銅《のべがね》のような一枚の石。その下の土中から光が差している。

「待て!」

耳を透ます。人の呻き。どうやら足の下かららしい。思わず飛び退いて、三人力を合わせて石を持ち上げる。紙のように軽い。機《はず》みを食らって背後へ下がる。途端にはっと一条の光の柱が白布のように立ち昇った、地底から、穴から――古井戸から。

六つの手を継ぎ合わして、六つの眼が穴を覗く。二三秒、暗黒に慣れた瞳が眩んだ。やがて

のこと、青白い燿《ひか》りに照らし出された井戸の底に、水はなくて焰《ひ》が燃え、人の形の微かに動いているのが、八丁堀三人の視線を捉えた。呻き声は絶え入りそうに縺れて上がる。井戸の壁と起こした石とに熠々乎《しょうしょうこ》として燠火《おきび》が炫《かがや》いていた。

無言のうちに事が運ばれた。

逸早《いちはや》く彦兵衛が捜して来た物乾竿の先に、御用十手が千段巻きに捲き付けられて、足場を固めて立ちはだかった強力《ごうりき》勘次、見るみる内に竿の鍵の手へ引っ掛けて猫の子みたいに男一人を釣り上げた。

磯屋平兵衛が虫の息で三人の足許に長くなった。顔から着物から四肢《てあし》から、うっすらと蒼い光がさしていた。

井戸の底には昨日浚われた赤児お鈴の屍骸が、まるで生きているように横たわっていた。

「鬼火だの――燐だのう」

誰にともなく藤吉が言った。その声を聞き付けたものか、平兵衛はううと唸った。彦が支えた。藤吉は居ざり寄る。

「お、お、親分か――よ、黄泉《よみじ》の障りだ、き、聞いてくれ――」

片息ながらも平兵衛の話した一伍一什《いちぶしじゅう》。

世の中のことはすべて落ち目になる時は仕方のないもので、あれほど仲の好かった女房のおりんとも何かにつけ衝突《ぶつか》る日が多かったが、五月末《すえ》季の或る夕ぐれ、商売上の些細なことから犬も食わない立ち回りの揚句、打ちどころでも悪かったものか、おりんは平兵衛の振り上げた仕事用の砧《きぬた》の下に、まだ生きていたい現世《このよ》に心のこして去ったのだった。

驚き慌てた平兵衛、哭《な》き悲しんでみたが、さてどうにもならない。それが、おりんの死体の処理という現実の問題に直面して、彼は一層困《こう》じ果てたのである。

この時、思い出したのが背戸の古井戸。

一体、平兵衛の代になってから色いろの災厄が磯屋の家へ振り掛かって来た所以のものは、一に、先代の死後間もなく彼が誤って掘らしめた暗剣殺に当たる背戸口の井戸にあると、自分では固く信じていた。だから方位が悪いと気が付くや否や、大部分出来上がった工事を中止させて、家のそばの小路《こみち》端にあった道六神の石塔を、自身担いで来て穴を塞ぎ、その上から土を被せてようやく安心したくらいであった。

ところが、世間の思惑と葬式の資金に困った平兵衛は、気も顚倒していたものとみえて、普段あれほど恐れ戦いていたこの水無し井戸へ、おりんの屍《むくろ》を投げ込もうと決心したのである。

夜密かに土を掘り石を除いた平兵衛を、そこに一つの怪異が待ち構えていた。道六神の石標が六に準《なぞら》えた六角形の自然石、赤黄色を帯びて多分に燐を含む俗に言う鬼火石であることに平兵衛は気が付かなかった。また、その岩質が非常に脆く、永年土中に在って雨水異物を吸って表面がぼろぼろに朽ち果てたところから、井戸一帯に燐の粉が零れて、それに鬱気を生じ、井戸の中、覆《ふた》の石、周りの土までが夜眼には皓然《こうぜん》と輝き渡っていたその理を、彼は不幸にも弁えなかったのだ。

平兵衛は胆を潰した。無我夢中で屍骸を抛り込むと、元の通りに石と土とで井戸を蔽って、その夜は眠られぬままに顫えて明かし、翌日からおりん失綜の件をいと真実《まこと》しやかに触れて歩いた。

初七日は丁度精霊迎えだった。その暮れ方のことだった。釜の火を落としていた平兵衛が背後に人気を感じて何心なく振り返ると死んだ女房、古井戸の底に丸くなっているはずのおりんが、額へ三角の紙を当てて、そっくり白の装束で何時の間にか甲斐がいしく鮫魚《さめ》の延べ棒を洗っていた。

平兵衛は、恐ろしいというよりも嬉しかった。衣類《きもの》こそ変われおりんは全く生きているおりんであった。お前さん一人を置いてはどこへも行けない、あたしゃもう怒るどころかふつふつ喧嘩をしない心願を立てた、その証には、二人で精々稼業を励もうと、これ、こうやって途中から引き返して来たではないか――おりんは言った。平兵衛はただ身に染みて有り難かった。手を取って泪を流して喜び合った。

おりんが変なことを言い出した。伴《つ》れの亡者から聞いたことだが、人肉は非常に香ばしくて歯切れがよいからこれを少しずつ蒲鉾へ混ぜたら、というのである。それも酉年生まれの若い女の肉を酉の日に煮るに限る、幸いあたしは天保八年の酉、あたしの骸《むくろ》はまだあの井戸の底にあるはずだから、後日《のち》とは言わず即刻《いま》にも引き上げて明日の酉の日の分に入れてみようじゃないか――と。

平兵衛は疑った。人肉云々《うんぬん》よりも井戸の中に屍体があるということを疑ったのである。が、この新しいおりんにはどこかに冒し難い怪しい気が立ち迷っているので、逆らうこともできず、平兵衛は黙っておりんに随《つ》いて戸外《そと》へ出た。

おりんの屍体は平兵衛が投げ入れた通りになっていた。平兵衛はもう驚かなかった。当然《あたりまえ》のことのようにしか思えなかった。新しいおりんの命ずるがままに、古いおりんを引き上げて仕事場に運ぶことにすら、彼はかえって異様な歓喜を感じただけであった。おりんも手伝った。二人は、おりんの屍骸の臀部から少量《すこし》の肉を切り取って明日の捏ねに混ぜることにした。自分自身の一部を手に下げておりんはほほほと笑った。燐薬の作用《はたらき》で、一週《ひとまわ》りを経ている死人がまるで生きているように新鮮《あざやか》だったことなぞも、平兵衛は頭《てん》から気に留めなかったが、庭の隅を掘って屍の残部《のこり》を埋めるだけの用心は忘れなかった。

翌日の蒲鉾には初めて磯屋の持ち味が出た。平兵衛自身一切れ試食して何年になく晴れ晴れとした。その日も夜とともにおりんが来た。

毎晩おりんはどこからともなく遣って来た。来るたびに近処の酉年生《とり》まれの女の名を報《しら》した。酉年の女が頻繁に姿を隠し出したのはその頃からであった。涹って来た女を、平兵衛は井戸へ入れて殺し、燐薬の生気の中に漬けて置いては酉の日を待っておりんと二人で料って、臀肉を蒲鉾へ入れいれしていた。古井戸の底には、何時も一人や二人の若い女の屍体が転がっていないことはなかった。庭の土からは埋めた頭髪が現れて、雨風に叩かれていた。

天狗の業、神隠し、こうした言葉が盛んに行われ始めたのも町年寄の一人たる磯屋平兵衛がその流言の元締めだったことは言うまでもないが、これも、卒先して庄助屋敷前にあの高札を建てて人心を眩まそうとした。画策も皆おりんの指し金であった。

磯屋の品は好評を博した。それにつれて、天狗の横行も甚だしくなった。が、一人ではああも多勢掠められるわけがない。実際、平兵衛が街上《まち》や露路の奥で女を押さえようとする時には、風のようにおりんの姿が立ち現れて金剛力を藉したという。或いはそれは平兵衛にだけ見える幻であったかも知れない。犠牲の数が重なるに従い、此紙《これ》を始終懐中《ふところ》にして供養の呪文を口誦するようにと、おりんは平兵衛へ「一郎どのより三郎どの、おそれありや」のあの文言を書き与えたのであるという。

で、今日はかのとの酉の日。

四日前に入れた二つの屍だけを井戸から釣り上げて置いて、平兵衛は朝早く青山の方へ用達しに行った。その帰途《かえり》、近処の町組詰所へ立ち寄って、異な物を銜えた宿無し犬のことを聞き、もしやと思って急いで帰宅《かえ》って見ると、案の条、出掛ける前に茹で上げて置いた屍の一つ――多分お滝の――から頬の肉が失くなっていた。のみならず、狼狽てて詰所を出た時か、大切なおりんの呪縛《まじない》の紙を紛失しているのに気が付いた。

落ち着かない心持ちで夜を待ったが、夜になってもおりんが来ないので、平兵衛は気が気でなかった。それでも、予定通りに三つの釜の蒲鉾を仕上げて、極秘の混入物《まぜもの》をすることも怠らなかった。おりんは今夜とうとう姿を見せなかった。呆然自失した平兵衛は、おりんを探すところで蹣《よろめ》くように背戸口へ出たが――。ところで、石と土の被せてある井戸の穴へどうして平兵衛が堕ち込んだか。またどうしてそのあとへ石と土とが直ったか。誰が手を下したか。謎である。永劫に解けない、これらは謎である。その謎の鍵を握っていたかも知れない地上唯一の人間磯屋平兵衛も、この時はもう他界していた。おりんの呼び声でも聞いたとみえて、「おう、そこに居たか。今行く」

と一こと明瞭《はっきり》言った平兵衛は、ごくっと一つ唾を呑んで、これを末期《まつご》の水代わりに大往生を遂げたのだった。

声もなく立ち上がった三人、言わず語らずの裡に胸から胸へと同じ思いが走った。仏滅定、そうだ、暗《やみ》から闇へ——。

裾を下ろして襟を正し形を改めた親分乾児は、むくろを徐《しず》かにしずかに井戸の底へ返した。藤吉の手が最初に一掬いの土を落とした。勘次と彦兵衛が狂気《きちがい》のように急いで穴を埋めた。道六神の鬼火石が早速の墓を作った。

「お手のもんだ、彦、経を上げて遣れよ」

藤吉が言った。

「生得因果」

一言呟いて葬式彦はくすっと笑った。

庭の隅にも土饅頭を盛って相前後して足を払い、三人が町へ出た時、照降町の空高く白じらと天の河が流れていた。

素人八卦は当たったのか吾ながら不思議なくらいだが、幽明の境を弁えぬ凝り性の一念迷執、真偽虚実を外《よそ》に、これはありそうなことだと藤吉は思った。帰り着いたのは短夜の引き明けだった。勘次が先に這入って二人の頭から浪の花を見舞った。ここに最後の不思議と言えば、燐の凝り気が灯明の熱に解けて自然《ひとりで》に伸び縮みして動き出したあの片煩と、猫板の上に遺して行ったおりんの墨跡とが、搔き消すように失くなっていたことだった。

磯屋の物と言わずすべて蒲鉾を口にした覚えのある江戸中の人の気を察して、藤吉は二人の乾児に堅く口外を戒めた。平兵衛の行衛不明は、もう一つの、そしてこれが終いの、日本橋の神隠しとして風評《うわさ》のうちに日が経って行った。磯屋跡の背戸口に、時折堅気に拵《つく》った八丁堀の三人がひそかに誰かの冥福を祈っている図は、絶えて人の眼に付かなかったらしい。しかし、何時どこから洩れたものか、何事も茶にして済まそうとする江戸っ子気質、古本江戸異物牒に左の地口《じぐち》が散見している。

　照り降りをしりつつしんじょの月が浮く磯平の釜は湯地獄の釜

い、しりは臀部《しり》に掛けたもの、しんじょは糝薯《しんじょ》であって半平《はんぺん》の類、真如の月に通ずる。

　食らわしょと打つや磯屋の人砧

玉川の衣打つ槌と違ってこれはこらしょっと叩く磯屋の砧、市井丸出しの洒落のうちに、いわゆる人を食ったやつの寝覚めの悪さをも遺憾なく諷している。月並みなだけ、次の句はまず無難であろう。

　磯鉾はこてえられねえと鬼がいい

怨霊首人形

一

がらり、紅葉湯の市松格子が滑ると、角の髪結い海老床《えびどこ》の親方甚八、蒼白い顔を氷雨に濡らして覗き込んだ。

「おうっ、親分は来てやしねえかえ。釘抜の親分は居ねえかよ」

濛々と湯気の罩《こ》もった柘榴口から、勘弁勘次が中っ腹に我鳴り返した。

「何でえ、いけ騒々しい。迷子《めえご》の迷子の三太郎じゃあるめえし——勘弁ならねえ」

「や、そう言う声は勘さん」甚八は奥の湯槽《ゆぶね》を透かし見ながら「へえ、藤吉親分に御注進、朝風呂なんかの沙汰じゃあげえせん。変事だ、変事だ、大変事だ！」

「藪から棒に変事たあ何でえ」

言いさす勘次を、

「勘、われあすっ込んでろ」

と睨《ね》めつけた藤吉、

「変事とは変わった事、何ですい？」

首きり湯に漬かったまんま、出て来ようともしないから、表戸《おもて》の甚八、独りで狼狽《あわ》てた。

「見たか聞いたか金山地獄で、ここじゃあ話にならねえのさ。岡崎町の桔梗屋《ききよう》の前《めえ》だ。親分、精々急いでおくんなせえ」

「あいよ」藤吉はうだった声。「人殺しか、物盗りか、脅迫《ゆすり》か詐欺《かたり》か、犬の喧嘩か、まさか猫のお産じゃあるめえの。え、こう、口上を述べねえな、口上をよ」

「桔梗屋の前だ。あっしあ帰《けえ》って待ってますぜ」

格子戸を閉《た》て切ると、折からの風、絆纏を横に靡かせて、甚八、早くも姿を消した。

「あっ、勘弁ならねえ。行っちめえやがった」

こう呟いて勘次が振り返った時、藤吉はもう上がり場に仁王立ちに起《た》って、釘抜きと異名を取った彎曲《まが》った脚をそそくさと拭いていた。

「烏の行水、勘、早《はえ》えが勝ちだぞ」

「おう、親分、お上がりで御座《ござ》えますかえ」

「うん。ああ言って来たんだ。出張《でば》らざなるめえ」

顔見識りの朝湯仲間、彼方此方《あちこち》から声を掛けるなかを黙りこくった八丁堀合点長屋の眼開かし釘抜藤吉、対の古渡り唐桟《とうざん》に巾の狭い献上博多をきゅと締めて、乾児《こぶん》の勘弁勘次と促し、傘も斜めに間もなく紅葉湯を後にした。

「冷てえ雨だの」

「あい。嫌《や》な物が落ちやす」

慶応二年の春とは名だけ、細い雨脚が針と光って今にも白く固まろうとする朝寒、雪意頻りに催せば暁天まさに昏《くら》しとでも言いたいたたずまい、正月事納めの日というから二月の八日であった。遅起きの商家で、小僧がはっはっと白い息を吐きながら大戸を繰っていたり、とある家の物乾しには入れ忘れた襁褓《むつき》が水を含んでだらりと下がって、それでも思い出したように時々しおたれ気に翩翻《はため》いていたりした。

京の紅染めの向こうを張って「鴨川の水でもいけぬ色があり」と当時江戸っ児が鼻を高くしていた式部好みは江戸紫、この紫染めを一枚看板にする紺屋を一般にむらさき屋と呼んで石町、中橋上槇町、芝の片門前なぞ方々にあったものだが、中でも老舗として立てられて商売も間口も手広くやっていたのが岡崎町も八丁堀二丁目へ寄った桔梗屋八郎兵衛、これは日頃藤吉も親しくしている家、合点小路から海老床へ抜けるとつい眼の先だ、虫の報せか藤吉勘次、近づくにつれて自然と足の運びが早くなった。

通りへ出た。

と見る、桔梗屋の店頭《みせさき》、一団の群衆《ひとだかり》が円陣を画《えが》いて申し合わせたように軒の端《は》を見上げている。出入りの鳶らしいのや店の者が家と往来を行きつ戻りつして、如何さま事ありげ——。

今は小走りに駈けながら、人々の視線を追ってその集まる一点へ眇《すがめ》を凝らした八丁堀、何しろ府内に名だたる毎度の捕親《とりおや》だ、あらゆる妖異変怪《よういへんげ》に慣れ切って愕《おどろ》くという情《こころ》を忘れたはずなのが、この時ばかりは慄然《ぎょっ》とした瞬間、前へ出る脚が徒に高く上がって、親分藤吉、思わず一つ地面で足踏みした。

「勘の字、見ろ！」

「何ですい、彼物《あれ》あ？」

立ち停まった二人を眼智《めざと》く発見《みっ》けた海老床甚八とい組の頭《かしら》常吉、人を分けて飛んで出た。

「親分、早速の御足労、あたじけねえ」

「お出でを待ってね、あれ、あの通り、何一つ手を付けねえで放っときやした。八丁堀を前に控《ひけ》えてこの手口、なんと親分、てえっ、惨《むげ》えことを遣らかしたもんじゃごわせんか」

が、慌てて開いた衆中《ひとなか》に立った釘抜藤吉、返事の代わりにううと唸って見る間に唇を歪めたが、桔梗屋の軒高く仰いで無言。

十二月と二月の八日はそれぞれに事納めの儀とあって、前夜から、家々に笊目籠を竿の頭《さき》へ付けて檐《のき》へ押し立てて、いとこ煮を食するのがその頃の習慣《しきたり》だった。なるほど今町の左右を見れば、軒並みに竹竿が立って、その尖端《さき》の笊に雨の点滴《したたり》が光っている。だから、桔梗屋の庇下左寄りの隅にも、天水桶と門柱《かどばしら》との間に根元を押し込んで、中ほどを紐で釘に結わえて、高さ一丈《じょう》ばかりの青竹が立っているのは、これは少しも異とするには足らないが、その竹の先に、南瓜のように蒼黒く凍《かじか》んで載っかっている一個《ひとつ》の物、それは笊ではなくて、斬り口鮮やかな——男の生首だった。

甚八と常吉とが一緒に口を開こうとした。言葉が衝突《ぶつか》って、双方、愕いて声を呑んだ。周囲《まわり》の群衆は呼吸《いき》を凝らして、竹の上の首と藤吉を交互《かたみ》に見詰めている。がっしりと腕組みした藤吉が、音一つ立てずに薄眼を開いて放心《ぼんやり》首を眺めていると、首は青竹に突き刺さって佇細あり気な顰《しか》めっ面、顔一面に血糊が凝って流れて灰色の雲低い空を背景に藤吉を見下ろしているところ、あまりに唐突と怪異が過ぎて、凄惨とか無残とかと言うよりも、場面に一脈の洒落気が加わり、そこには家なく町なく人も無く、あるのはただ首と藤吉とを一線に結ぶ禅味だけ、今にも首が大口あいてわっはっはと咽喉《のど》の奥まで見せやしまいかと怪しまれる——。

押し潰したような静寂《しじま》。傘を打つ霙《みぞれ》。

と、つかつかと進んだ藤吉、天水桶のこっちから手を伸ばして竹を掴んだかと思うと、社前で鈴でも振るように二三度揺すぶった。前屈み、左に傾いでいた生首が髪振り乱して合点合点をするようにゆさゆさと動いて、背後《うしろ》に反った。思わずあっと叫んで人々は逃げ散る。無花果《いちじく》のような頤《あご》の下の肉、白い脂肪《あぶら》、断面《きりくち》露わに首は危うく竹の尖頭《さき》に留まっている。

「甚さん」

藤吉が振り返った。

「発見《めっ》けたなあ誰だね」

「あっしだ」常吉が答える、「半時ほど前だから卯の上刻だ、親分も知ってなさるだろうが采《うね》女《め》の馬場の小屋敷ね、あすこの西尾様お長屋の普請場へ面出しすべえと、こちとら早出だ、すたすた来掛かってふいと見るてえとこの獄門じゃあねえか、いや、親分の前だが、これにああっしも胆を潰したね」

「何のこたあねえ、首人形だ」

勘弁勘次が口を出した。すると野次馬の中から、

「違《ちげ》えねえや。京名物は首人形と御座い」

と言う声がした。藤吉が見ると、色の浅黒い、遊び人風俗の見馴れない男が立っていた。

藤吉、別に気にも留めないといった様子。

「誰でえ、首は？」

「さあ、それがさ」と常吉は耳の背《うし》ろを掻いて、「桔梗屋さんと関係《かかりえい》があろうはずもねえし、どこの誰だか、からきし人別が付かねえ。もっともね、こう下から白眼《にら》めてるだけじゃあ熟《よ》く相格《そうごう》も判らねえが——」

「おうっ」見物の遊び人がまたしても茶利を入れる。「おっ、誰かこの近辺に首を失くした者あねえかとよ」

じろりと藤吉が男を見遣る。勘次が囁いた。

「親分、あの野郎勘弁ならねえ」

「まあま、ええってことよ」藤吉は笑った。「それよりや桔梗屋だ、いや、この首だ」と常吉を振り返って、

「のう、晒しても置けめえ。常さん、下ろして遣んな。功徳になるぜ。勘、われも手伝え」

「あい」

常吉と勘次、直ちに竹を外しに掛かる。藤吉はずいと桔梗屋の店へ通った。

二

主人八郎兵衛と番頭、度を失って挨拶も忘れたものか、蒼褪めた顔色《かおいろ》も空虚《うつろ》に端近の唐金《から》の手焙りを心もち押し出したばかり――。

女子《おなご》ども、と言ったところで内儀は先年死んでお糸という独り娘、固いというもっぱらの噂、これと下女と飯焚き婆の三人は奥で顫えてでもいるとみえて、店には、他に小僧が一人と染めの職人が一人、土間の隅に蹲踞《しゃが》んで何かひそひそ話し合っているだけ。

「ま、御免なせえ。春早々縁起でもねえ物を背負《しょ》い込まされて、飛んだ災難《せえなん》で御座えす。が、こちとらの訊くだけのこたあ底を割っておもれいしてえんだ。なあ、俺《おい》らも不浄が稼業《しょうべえ》でね、

根掘り葉掘り嫌なことを言い出すかも知れねえが、気に障《さえ》ねえでおくんなせえよ。乙に匿《かく》したり絡んだりされるてえと事あ面倒だ。一つ直に談合しようじゃごわせんか」

　腰を下ろした藤吉、それから硬く軟らかく表から裏から四人の男を詮議して試《み》たが、要するに無駄だった。四つの口は、首には全然見覚えのないこと、昨夜は確かに笊を挟んで置いたのが今朝常吉に起こされて見たらどこの何者とも知れないあの首が掛かっていた、したがって何が何やら一切解せないとの一点張り、何ら探索の手懸かりとも観るべきものは獲られなかった。

「悪戯《わるさ》じゃあるめえ」遠いところを見るような眼で、独り言のように藤吉は続ける。「一夜《ひとよ》さに、竹の先の笊目籠が生首に変わった。ふうむ、何かえ桔梗屋さん、他人《しと》に意趣返《げえ》しをされるような心当たりでもありやすかえ？　いやね、俺らあ考えるんだが、どうもこいつああんまり江戸じゃあ流行《はや》らねえ悪戯だからのう」

　物堅い桔梗屋八郎兵衛、四角く畏まった。

「意趣返しなぞとは思いも寄りません。何一つ含まれるようなことは御座いませんで、へえ」

「お糸さんは幾歳《いくつ》だったけのう？」

「取って十七で御座います」

「式部小町、評判だぜ」

「お蔭様で彼娘《あれ》も確固者《しつかりもの》――」

「岡目八目、こうっ、大丈夫《でえじょうぶ》けえ？」

「ええええ、その方はもう――実はまだ祝言前ですからお披露目《ひろめ》も致しませんが、許婚《いいなずけ》の婿も決まって居りまするようなわけで、へえ」

「婿？　耳寄りだな。誰ですい？」

「自家《うち》の弥吉で御座います。職人並みに年期を入れさせて居りますが、あれは死《な》くなった家内の甥で――」

「うん、うん、弥吉どん、あの、色の白《しれ》え、背《せい》の高《たけ》え――そう言えば見えねえが、他行かえ」

「へえ、十日ほど前に、浦和の実家へ仏事に遣りましたが、もう今日明日は戻る時分と――」

言っているところへ、

「旦那様、ただいま！」

倉皇《あわただ》しく駈け込んで来た若い男。手甲脚絆に草鞋に合羽、振り分けの小荷物が薄汚れて、月代《さかやき》の伸び案配も長旅の終わりと読める。肩で息して手を振りながら、

「お店の前――な、何がありましたえ？　く、首とか何とか――私もちらと見ましたが、ど、ど、どうした訳で御座んす一体？」

「おう、弥吉、よう早う帰りました。今もな、八丁堀の親分と、お前の噂をしていた矢先」

「弥吉どん、お戻り」

「弥吉どん、お戻り」

「はいはい、豪《えら》くお世話になりました――これはこれは親分さま、いらっしゃいまし――旦那さま、浦和からくれぐれもよろしくと申しました。これは浦和名産五家宝粔籹《おこし》、気は心でございます。お糸様は？」

「おうお、何から何までよく届きます。糸かい、首の騒ぎで気色を悪うしてな、頭痛がするとか言うて奥に臥せっとりますわい」

「お糸さんは」藤吉が口を出した。「首を見たのけえ？」

「いいえ親分、見るどころか、それと聞いたら気味悪がってもう半病人、娘ごころ、気の弱いのに無理は御座んすまい」

「そうよなあ」

呆然《つくねん》とした藤吉の耳へ、勘次の声が戸外《おもて》から。

「親分、一件を下ろしたぜ」

「そうか。よし」

皆が一度に弥吉に首の仔什《いきさつ》を話す声、それを背中に聞いて、藤吉、往来へ出た。

桔梗屋の青竹獄門、ぱっと拡がったから耐らない。雨の日の無為《しょうことなし》、物見高い江戸っ児の群が噪《さわ》いで人集《ひとだか》りは増す一方、甘酒屋が荷を下ろしていたが実際相当稼ぎになるほどの大人気。

「いよう、合点長屋あっ！」

「大釘抜きっ！」

「親分千両！」

藤吉の姿に色んな声が掛かる。見渡したところ、早さっきの遊び人は立ち去ったらしかった。

「ちっ、閑人が多過ぎらぁな」

呟いた藤吉、勘次の手から竹付きの首を受け取ったものの、顔面《かお》に千六本の刀痕《かたなきず》、血に塗れ雨に打たれて人相も証拠も見られないと識るや、二三寸刺さった青竹を物をも言わず引き抜いて、ざぶり、首を天水桶へ突っ込んだ。並み居る一同生きたこころもない。に組の常吉、海老床甚八、それに番頭と、旅装束のままの弥吉とが、力を協《あわ》せて押し返す群衆を制している。

手早く洗って引き揚げた首、勘次の差し掛ける傘に隠れて、藤吉が検する。

「や、白髪じゃねえか」呻いた藤吉、ぐいと濡れ髪を扱《しご》いてみながら、「うむ、若白髪だな、勘、見ろい、これ、手に、墨が落ちるぜ、ふうん、染めてやがったか。や、や、眉毛が無《ね》えぞ。だが、顔付《そっぽ》は皆目《まるきり》判らねえ。よくもこう切り細裂《こまぜ》いたもんよなあ。怨恨だ、なあ勘、われに訊くが男の恨みでいっち根深《ぶけ》えのあ――?」

「はあて、知れたこと。女《おなご》出入りさ」

「おう、そこいらだんべ。この界隈《けえうええ》に行き方知れずは?」

「あれあ耳に這《へ》入《え》るはず」

「だが勘、昨夜《よんべ》の今朝だぞ」

「これだけの人立ちだ、心当たりの者あ自身突ん出て来やしょう」

「うん。それも無え所《とこ》見れあこの首あ遠国の者かな――が、江戸も広《ひれ》えや、のう」

「あいさ、斬り口あ?」

「鈍刀《どす》だ、腕もねえ――さ、口中だ。歯並び、舌の引《し》っ釣り、勢《せい》があるぞ」

「若《わけ》えな」

「うん。二十二三――四五、とは出めえ。細頸――小男だな。勘、聞け、好《え》えか、二十二三の若白髪、優型で眉毛の無え――これが首の主だ、どうでえ、野郎、ぴんと来るか」

「一向来やせんね」

「だらしがねえな」薄笑いが藤吉の口尻に浮かぶ。「首はええ。が、胴体はどうした?」

「どこにどうしてござろうやら、さ」

「そのことよ。俺らにも見得《けんとく》が立たねえ。犯人《ほし》は？」

「へっ、真闇黒《まつくらがり》。勘弁ならねえや」

「はっはっは、御同様だ。勘、掘じくれ」

突如藤吉の指さす方、天水桶のそばに、紫の煎出し殻を四角な箱から開けたまま強飯《こわめし》みたいに積み上げてある江戸紫屋自慢の看板。

が、掘じくるまではなかった。何か出て来るかも知れないと勘次が上部《うえ》へ指を入れると、触った物があるから引き出した。紫縮緬女持ちの香袋《においぶくろ》、吾妻屋と縫いがしてある。

「堅気じゃねえな」

にやりとした藤吉、に組に首を持たしてひとまず番所へ預けに遣った後、殻を払った香袋を懐中《ふところ》にしてまた桔梗屋へ這入って行き、事納めに竿の代わりに青竹を立てた仔細を胡散臭《うさんくさ》く白眼んだらしく、それとなく訊き質してみたが、ただこの家の吉例だとのこと。

弥造を肩へ立てて、藤吉、勘次を引き具して店に付いて裏へ回った。

何人とも解らない首が縁も所故《ゆかり》もない家の軒に懸かっていた。こんなことがあり得ようか。

顔を滅多斬りにしたのは果して遺恨だけか、または首の身許の知れるのを懼れてか。

竹を外し、笊を取り、首を刺してまた竹を立てて置いたものであろうが、それなら、その笊はどこにある？　首のない屍骸はどうした？　ここで切ったのか、外《よそ》から持って来たものか。吾妻屋とある香袋は、首の主と引っ懸かりがあるか。庇の下で細工をする時、犯人の身内から辷《ず》れて紫殻の中へ落ち込んだのか、或いは故意《わざ》と隠したのか。いたずらか、脅しか、恨みか。

犯人に眼星は――？

雨がすべての跡を消して、軒下の模様からは何ものも摑めなかった。八丁堀合点長屋を前に挑みかかるようなこの凶状、藤吉、自身の名に対しても心《しん》から犯人を憎いと思った。己れ、揚げずに置かいでか——決意が、深い皺となって釘抜親分の額部を刻んだ。潜り潜って真相《まこと》の底へ到るのが、藤吉の役目でもあり、また興でもある。今度とて抜かってなろうか、藤吉、石のように口を噤んで、歩を拾った。

裏の染め場、その陰に空地、向こうに一棟、小さな物置が建っている。

審《しら》べ厭《あぐ》み、回り回ってこの小屋へ来た藤吉、年久しく使いもしないと見えて朽ちた板戸に赤錆びた錠が下りている。開きそうもない。が、何も試み——と手を掛けると、不思議や、錠は案山子、するするとひらいた。

「勘、きな臭《くせ》えぞ」

「さては、火元が近《ちけ》えかな」

踏み込んだ二人の鼻を、埃の気がむっと打つ。見まわす土間、狭いから一眼だ。古い道具やら空き箱の類が積んである奥に、小窓を洩れる薄陽の縞を受けて二つ並んだ染料《そめりよう》の大甕、何を思ったか藤吉、転がるように走り寄って覗き込んだ。

甕の底に俵や菰が敷いてある。撥《は》ね退けると何やらばらばらと飛び出た。

「やっ！　梅干の種だ！」

這うようになおも辺りを見れば、飯粒の乾枯らびたの、鰹節の破片《かけら》などが、染め甕の内外に、些少《すこし》だが散らばっている。釘抜藤吉、突然《いきなり》上を向いて狂人《きちがい》のように笑い出した。と、

「親分、ちょっくら！」

入口の勘次、声を忍ばせた。はっとした藤吉、狼狽てて笑いを引っ込めると、扉《と》の陰に駈け寄って勘次の肩越し、戸外《そと》を窺った。

人眼が怖いか裏口から、横丁へ抜ける細道伝いに娘お糸が今しも自家《いえ》を出るところ。町家にしては伊達者めいた艶姿《あですがた》、さすが小町の名を取っただけ、容色《いろかたち》着付けの好み、遠眼ながら水際立って見えた。勘次はあんぐり口を開けて、

「好い女子だなあ――勘弁ならねえ」

と独語《ひとりご》つその背中を、そっと突いた藤吉、

「勘、尾《つ》けろ」

「へ？　彼娘《あれ》を？」

「そうよ。とちるめえぞ」

「へっへ、言うにや及ぶ。糸桜、てんだ」

「何をっ⁉」

「糸ざくら蕾も雨に濡れにけり、かね」

「ちゃん茶羅《ちゃら》可笑しいや。抜かるな」

「合点承知之助《がってんしょうちのすけ》」

勘弁勘次、風のようにお糸の跡を踏んだ。

合点長屋へ帰ろうとして、藤吉がふと見ると、縁起直しの心算《つもり》であろう、弥吉と小僧が尻を紮《から》げて、清水で桔梗屋の前構えをせっせと洗っていた。

陽が水溜まりに映えて、その頃から晴れになった。

三

　ちょうど二月、守田座には本所の師匠の書き卸し「船打込橋間白浪《ふねにうちこむはしまのしらなみ》」が掛かって、これから百余日も打ち通そうという大入り続き。小団次の鋳《い》かけ松、菊次郎のお咲、梵字の真五郎と佐五兵衛の二役は関三十郎が買って出て、刀屋宗次郎は訥升《とつしょう》、三津五郎《やまとや》の芸者お組が殊の外の人気だった。

　この舞台《いた》に端役ながらも綺麗首を見せていた上方下りの嵐翫之丞《あらしかんのじょう》という女形《おやま》、昨夜閉《は》ねて座《こや》を出たきり今日の出幕になっても楽屋へ姿を見せないので、どうやら穴だけはちょっと埋めて間に合ったものの、納まり兼ねるのが親方の肚、何でも木挽町三四丁目采女の馬場あたりに泊込《しけこ》みの家があるらしいというところから、下回りや座方の衆がわいわい噪《さわ》いでさっきもやたらにそこらを歩いていた——という彦兵衛の話。

　早朝から道楽の紙屑拾いに出て行った藤吉部屋二の乾児の葬式《とむらい》彦兵衛が、愛用の竹籠を背に諏訪稲葉守様《すわいなばのかみさま》の屋敷前を馬場へかかると、露路や門口を面白ずくに覗き回っている河原者らしい一隊に出遇った。後になり前《さき》になり、聞くともなしに饒舌《しゃべ》り散らすのを聞いて行くと今いったような騒ぎ。何の足しにもなるまいが小耳に挟んで来た、藤吉より一足先に帰宅《かえ》っていた彦兵衛は、こう言って伸びをした。

　ふんと鼻で笑った藤吉、そうかとも言わずに退屈そうな手枕、深々と炬燵に潜って、やがて鬱気も無げな高鼾が洩れるばかり——。

「お、親分え、大事《おおごと》だ。勘弁ならねえ」

露路の中途から呶鳴って、勘弁勘次が毬のように転げ込んで来たのは、それから小一時《とき》ほど後だった。

お糸のあとを慕った勘次、岡崎町の桔梗屋を出で、堀長門《ほりながと》から素袍橋《すほうばし》、采女の馬場へかかったかと思うと、西尾隠岐《おき》小屋敷へ近い木挽町三丁目の或る露路口の素人家《しもたや》、これへお糸が這入るのを見届けたからさり気なく前を通り総ると、お糸の声で、

「婆や、あの人は？」

と言うのが聞こえた。すると内部《なか》から障子が開いて、白髪の老婆が首を出し、

「あら、お糸さま、昨夜お会いなすったばかりなのに、ほほほほ――あの人が今頃此家《ここ》においでなさるもんですかねえ。まあ、お上がりなさいましよ」

訳識り顔の挨拶だ。

往き過ぎた勘次、四五軒向こうの八里半丸焼きの店へ寄って訊いてみると、老婆の名はおりき、若い頃から永らく桔梗屋に奉公していたお糸の乳母だとある。さてこそと独り胸に頷首《うなず》いて、勘次はすこし離れた個処《ところ》に立っておりきの家を張り込もうと考えたが、見付けられては面白くない、身を隠す塀もがなとあたりを見回すと、幸いおりき方の細格子と向かい合って西尾お長屋の普請場、雨上がりだから仕事は休みで職人も居ない。足場をくぐって這入り込んだ勘次、生壁の陰に潜んで専心《ひたすら》おりき婆の戸口を見守った。

「何時まで経っても婆あも娘も出て来ねえ。あっしもつい緩怠しやしてね、何ごころなく眼の前の壁を見たと思いなせえ」

座りざま背後《うしろ》へ撥ねた裾前、二つきちんと並んだ裸の膝小僧へ両手を置いて、勘次はここで声を落とした。

壁と言ったところでほんの粗壁、竹張りの骨へ葦《よし》を渡して土を投《ぶ》つけただけでまだ下塗りさえ往っていないのだが、武家長屋の外壁だから分《ぶ》は厚い。それが雨に崩れて、勘次の立っている端のほうは土が落ちかけていた。おりきの家から眼を離した勘次、何気なく鼻先の荒壁を見て、さて、仰天した。

土の中から人間の指が出ていたのである。

紫いろの拇指《おやゆび》が普請場の壁から覗いていたのだから、勘次は慌てた。もうおりきやお糸どころの騒ぎではない。お長屋頭《がしら》へ駈け込んで人手を借りて濡れた壁土を剥いでみると、なかから出て来たのは縮緬ぞっきの粋作り、小柄な男の屍骸《むくろ》で――首がなかった。

そこへに組の常吉が普請の用で来合わせたので、共々調べて訊いてみたところが、どうも昨日はここまで土を塗ってなかったという。してみると、ゆうべのうちに殺《や》っておいて首と胴とを切り離し、胴は壁へ塗り込んで、さて、首は――最早言わずと知れた細工であった。

「常さんがお長屋に居残って屍体《たま》の番、あっしあひとまず飛んで帰ったわけだが、親分、すぐにも出向いておくんなせえ」

「勘兄哥《あにい》、それあお前、采女の馬場だと?」黙っていた彦がこの時眼を光らせた。「縮緬ずくめの装束? ふうん」

「ふうんも無えや。知れたことよ。殺《ば》らされたのあその芝居者《こや》だ。眉毛のねえのも女形なりやこそ。何てったけのう、え、彦」

「嵐翫之丞」

「嵐家なら、屋号は？」

「岡島屋、豊島《てしま》屋、葉村屋、伊丹屋に――」

「うん？」

「吾妻屋」

「それ見ろ」

彦兵衛は眼をぱちくり、首の件を知らないから呑み込めずにいると、役者のことは初耳ながらも、勘次はなるほどと小手を叩いて、

「首の出所《でどこ》は知れやした。が、親分、犯人《ほし》は？」と思わず乗り出す。

釘抜藤吉は哄笑した。

狭い棟割が揺れるほどの大声だった。そして、やっぱり寝たままで、

「ほしあお前、勘の前だが、日が暮れれあ出べえさ」

と突っ離すように言い捨てたが、ちょっと真顔になって、

「勘、お糸は？」

「あい、まだおりきの家に」

「そうけえ」と藤吉は眼を閉《つぶ》って、「俺らあ一寝入りやらかすとしょう。こうっ、四つ打ったら起こしてくんな。そいから何だぞ野郎ども、好えか、その時雁首揃えて待ってろよ――」

四

夜に入って冴え渡った寒空、濃い闇黒《やみ》が街を一彩《ひといろ》に刷《は》き潰して、晴夜《はれ》とともに一入《ひとしお》の寒気《さむさ》、降るようにとまでは往かなくとも、星屑が銀砂子を撒き散らしたよう、青白い光が漂ってはいるが地上へは届かないから、中天《なかぞら》に霞んで下は烏羽玉《うばたま》。そんなような千夜のうちの一夜だった。

四つ半頃、岡崎町の桔梗屋の表戸を偸《ぬす》むようにほとほとと叩く者があった。店を仕舞っていた弥吉が細目に潜りを開けて見ると、雲突くばかりの大男が頬冠《ほおかむ》りをして立っていた。が、見掛けによらず声は優しかった。言うところを聴くと、采女の馬場おりきさんの家で当家のお糸さまが腹痛《はらいた》で苦しんでいる。男手がないから頼まれて来たのだが、誰かひとりしっかりした人に迎えに来てもらいたいという。

乳母おりきは暇を取って一軒持った後までも繁々桔梗屋へ出入りを続けていたし、お糸とは気心も合うかして、母親のない淋しさからお糸がおりき方に寝泊まりして来ることも珍しくないどころか、事実、お糸は、月のうちを半々に岡崎町と采女の馬場に宿分《ねわけ》していて昨夜も更けてから帰ったくらいだから、今夜も、朝の首にでも気を腐らしておりきの家に泊まって来ることと思い、桔梗屋では、別にお糸を案じもせずに一同早寝の支度を急いでいる最中へこの急使の迎いの者に誰彼の選議は無用、奥へ通じて提灯へ灯《ひ》を入れる間も焦慮《もどか》しく、許婚の弥吉が、先に立って夜道を走った。

「おお、寒《さ》ぶ！」

肩を窄《すぼ》めて弥吉は男を振り返った。

「雪になるかも知れませんね」

男はだんまり、猫背を丸めて随《つ》いて来る。

「雪になるかも知れませんね」

弥吉は繰り返した。

采女の馬場、左がおりきの住居《すまい》、右手は西尾長屋の普請場、人通りもぱったり絶えて、高い足場の陰だから鼻を摘まれても判らないほどの暗さ。石川屋敷の方角で消え入るような犬の遠吠え——。

と、この時、

「う、う、う、う——う」

普請場の闇黒《やみ》から、低い呻き。

弥吉の足がその場に停まった。追い付いた男、

「や、あ、あれは！」

惣毛立った嗄《かす》れ声。沈黙。間《ま》。

「う、ううう」

と今度は一段高く、確かに壁の中からだ。

呼吸《いき》弾ませて立ち竦んでいた弥吉、

「ひゃあっ！」

と喚いて走り出そうとする。押さえた男、弥吉の顔を壁へ捻じ向ける。途端に、荒壁の上下

左右に火玉が飛んだ、と見えたも瞬間、めりめりと壁を破って両腕を突き出した人間《ひと》の立ち姿！　それが、

「ひとごろしいっ！」

と細く尾を引いて、

「う、恨むぞ――取り殺さいでか――」

陰に罩もった含み声。弥吉は力なく地面《じべた》に据わった。

「ゆうべお前に殺された嵐翫之丞の亡霊だ」壁土のなかから言う。「よくも、よくも、私を、わたしの首を――うう、怨めしやあ！」

「あっ！　後免なさい」

弥吉、そこへぴったり手を突いた。

傍らの闇黒が動いた。藤吉親分が起っていた。

「彦」と壁へ向かって、「出て来い。上出来だ。首の無え幽霊が、それだけ口利けあ世話あねえやな――のう、弥吉どん」

「あっ！」

「これさ、弥吉どん、お前のような人鬼《しとおに》でも怖《こお》えてえことがあると見えるの」

「――」

平伏した弥吉を取り巻いて、桔梗屋へ迎えに行った大男勘次と、今ごそごそ壁の中から出て来た亡者役の彦兵衛とが、むっつり見下ろしている。藤吉は蹲踞《うずくま》った。

「弥吉どん。やい、弥吉、われあ何だな、お糸と役者の乳繰り合《え》えを嫉妬《やっか》んで、よんべおり

きん許《とこ》から出て来る役者を、ここらで待ってばっさり殺り、えこう、豪《えれ》え手の組んだ狂言《からくり》を巧みやがったのう。やいやい、小僧、どうでえ、音《ね》を立てろっ」

「親分さま」弥吉が白い顔を上げた。「ま、何ということをおっしゃります。あなた様も御存じの通り、私はこの十日ほどお店を明けて、浦和へ帰って居りました。戻ったのが今朝のこと、何で昨夜江戸のここでその役者とやらを殺し得ましょう。親分様としたことが飛んでもないお眼力《めがね》違い、この上もねえ迷惑で御座んす」

「うん、そうか。こいつあ俺らが悪かったな。だがの、弥吉どん、何だってお前は詫びたんだ?」

「詫びたとは?」

「詫びたじゃねえか。つい今し方、壁ん中の彦っぺに、御免なさい、って手え突いたじゃあねえか。よ、あれあ一体《いってえ》どういう訳合《わけえ》いで御座んすえ?」

「そんなこと、申しましたかしら――」

「何をっ! こう、手前俺を誰だと思ってるんだ、合点長屋の藤吉だぞ」

「よっく存じて居ります」

「存じていたら手数かけずと申し上げろっ」

「しかし親分、そ、それあ御無理というもの、まったく私は浦和のほうに――」

「そうよ」藤吉はにやりと笑って、「十日前に浦和へ行って、四五日前に帰って来た」

「えっ!」

「土産物担いで帰って来た。が、お店へは這入《へえ》らねえで、裏の空き小屋へ忍び込んだ」

「だ、誰が、ど、どうしてそんなことが⁉」

「まあさ、黙って聞けってことよ。用意の冷飯、梅干、鰹節を噛って、手前、小屋に寝起きしてたな」

「――」

「江戸にあ居ねえと見せかけて、これ、女仇敵《めがたき》を狙ってたな」

「――」

「店頭《みせさき》の紫殻から、こう、吾妻屋の香袋が出たぜ」

「あっ！」

一声叫んだ弥吉、逃げられるだけは逃げるつもり、両手を振って躍り上がった。が、斯くあるべしと待っていた勘次、丸太ん棒のような腕を伸ばして襟髪取ってぐっと押さえた大盤石《だいばんじやく》、弥吉、元の土に尻餅突いて、やにわにげらげら笑い出した。

「どうだ」覗き込んだ藤吉、「はっはっは、土性っ骨あ据わったか」

「恐れ入りました――ついては親分、今度は私から訊かして下せえまし」

「おう、何なと訊きな」

「最初《はな》どうして親分は私に疑いをかけましたね？」

「それはな」と藤吉も今は砕けて、「お前が今朝帰って来た時、俺らという言わば客人がいるにも係わらず、碌すっぽ仁義も済まねえうちから、へえ、お土産って荷を出《で》いた。なあ、浦和名物五家宝粔籹、結構だが些《ち》っとべえぷんと来らあな。頭《てん》でそいじゃああめりはりってものが合わねえじゃねえか。まるで俺らを横眼で白眼んで、あっしあ、これこの通り、正に全く真実真銘、浦和から今来たもんで御座んすと言わねえばっかり、へん、背ろ暗《ぐれ》えな、とあすこで俺らあ感ずったんだ、正直の話がよ」

「なるほど、一言《いちごん》も御座いません」

「あとから小屋の籠城っぷり、はっはっは、種ああれで揃ったというものさ」

「お引き立てを願います」

往生際の綺麗さは賞《ほ》めてやってもよかった。

芝居茶屋で見染め合ったお糸翫之丞の浮いた仲、金に転んで宿を貸していた乳母のおりき、嗅ぎつけて嫉妬の業火に燃え立ったのが片恋の許婚弥吉であった。その行動《うごき》は掌を指すように藤吉が言い当てていた。浦和からの戻るさ、立場《たてば》立場の茶屋で拵えさせた握り飯を兵糧に、四日というもの物置に忍んで、昨夜翫之丞を手に懸け遂《おお》せたものの、あまりと言えば細工が過ぎた。お糸を懲らす心算の青竹獄門も、屍骸の遣り場に困《こう》じての壁才覚も、結局《つまり》は釘抜一座の幽霊仕掛けに乗って、徒に発覚を早めただけの自縄自縛《みからでたさび》に終わった。

証拠の品はことごとく自分の懐中へ移したのが、香袋だけは、竹へ首を刺して立てる時に、抜け落ちて、紫殻の中に塡《はま》ったのだった。抱きついて首を掻いた大出刃、血泥に染《まみ》れた衣裳、竹の先に懸かっていた笊目籠などは、纏めて馬場わきの溝《どぶ》へ押し込んであった。

聞いてみれば満更無理からぬ心中だが、凶事は凶事、大罪人に用いる上柄流本縄の秘伝、小刀か笄《こうがい》で親指の関節《ふし》に切れ目を入れ、両の親指の背を合わせて切れ目へ糸を食わして三段に巻いて結ぶという、これが熊谷家口述《くじゅつ》の紫縄。何故紫縄というかと言えば、紫という字は割って読めば此《この》糸、意《こころ》は何かそこらにあり合わせの「此の糸」でも痛みに喰い入るから本縄としての役目は結構足りるというところから来ているとの説もあるし、血が糸に浸《にじ》んでむらさき色を呈するから斯く称するとも言われている。

紫縄の弥吉、撫然として前後を固める合点長屋の親分乾児立ち去ろうとするそのあとに、鬼火を利かした小道具、灯芯やら油を含んだ綿やらが、普請場の壁下に風に吹かれて散らかっていた。

歩き出した弥吉、振り向いて、血を吐くように叫んだ。

「お糸さまあっ！」

五

おりきの家の格子戸が勢よく開いて、何も知らずに、永久《とわ》に来ぬ可愛い男を待ち侘びている娘お糸、通りの上下の闇黒を透かして、

「だって、ほほほ、いけ好かない婆や、今呼ぶ声がしたんだもの——あら、嫌だねえ、空耳かしら」

無明《むみよう》の夜

一

「あっ！　こ、こいつあ勘弁ならねえ」

いの一番に傘を奪《と》られた勘弁勘次、続いて何か叫んだが、咆える風、篠突く雨、雲低く轟き渡る雷《らい》に消されて、二三間《げん》先を往く藤吉にさえ聞き取れない。が、

「傘あ荷厄介《やつけえ》だ」

こう藤吉が思った瞬間、一陣の渦巻き風が下から煽って、七分に窄《すぼ》めて後生大事に獅嚙《しが》みついていた藤吉の大奴《おおやつこ》を、物の見事に漏斗形《じょうご》に逆さに吹き上げた。面倒だから手を離した。傘は苧殻《おがら》のように背後《うしろ》へ飛んだ。あとから勘次が来る、と閃くように気が付いた藤吉、足踏み締めて振り返りざま精一杯に喚いた。

「勘！　傘が行くぞっ。危ねえっ！」

「あい来た！」

ひらり引っ外《はず》した勘次の頭を掠めて、白魚屋敷の練塀に真一文字、微塵に砕けた傘は、それなり蠑螈《いもり》のように貼り付いて落ちもしなければ、動きもしない。蒼白い稲妻に照らし出されて刹那に消える家並みの姿、普段見慣れている町だけに、それは実に高熱の幻に浮かぶ水底《みなそこ》地獄の絵巻そのまま。

桐油合羽《とうゆがっぱ》でしっくり提灯を包んだ葬式《とむらい》彦兵衛、滝なす地流れを蹴立てつつ、甚右衛門《じんえもん》の導く

がままに真福寺橋を渡り切って大富町の通りへ出た。電光《いなびかり》のたびにちらりと見える甚右衛門の影と、互いに前後に呼び合う声とを頼りに、八丁堀合点長屋をさっき出た藤吉勘次彦兵衛の三人は、風と雨と神鳴りとが三拍子揃って狂う丑満《うしみつ》の夜陰《やみ》を衝いて、いま大富町から本田主膳正《ほんだしゅぜんのしょう》御上屋敷の横を、媾曳《あいびき》橋へと急いでいる。

天地の終わりも斯くやとばかり、もの凄い暴風雨《あらし》の夜。

はじめ、甚右衛門に随《つ》いて戸外《そと》へ出た時、親分乾児《こぶん》は一つになって庇い合いながら道路《みち》を拾ったのだったが、そのうちまず第一に藤吉と勘次の提灯が吹き消される、傘は持って行かれる、間もなく三人は散りぢりばらばらになって、もう他人《ひと》のことなぞ構ってはいられない、銘々くの字型《じなり》に身を屈めて、濡れ放題の自暴自棄《やぶれかぶれ》、何時しか履物もすっ飛んで尻端折《しりっぱしょ》りに空臑裸足《からすねはだし》、勘次は藤吉を、藤吉は彦兵衛を、彦は甚右衛門をと専心《ひたすら》前方《まえ》を往く一際黒い固体《かたまり》を望んで、吹き抜けの河岸っ縁、うっかりすると飛ばされそうになるのを、意地も見得も荒風に這わんばかりの雁行を続けて行くことになったのだ。

真夜中。人通りはない。礫《つぶて》のような雨が頬を打って、見上げる邸中の大木が梢小枝を揺り動かして絶え入るように踠《もが》くところ、さながら狂女の断末魔——時折、甚右衛門の声が闇黒《やみ》を裂いて伝わって来る。

葬式彦は一生懸命、合羽《かっぱ》をつぶに引っ掛けて身軽に扮《つく》っているとは言うものの、甚右衛門は足が早い。ともすれば見失いそうになる。これにはぐれては嵐を冒してまでわざわざ出張《でば》って来た甲斐がないし、さりとてあまり進み過ぎては後につづく藤吉勘次が目標《めじるし》をなくして道に迷う。つまり、甚右衛門と親分との中間《あいだ》に立って鎖の役を勧めようという、これは昼日中でさえ相当の難事なのに、かてて加えてこの闇《くら》さ、この吹き降り。彦兵衛、同時に前後《あとさき》に気を使いながら突風に逆らって行くのだが、なかなか容易な業ではない。が、そこはよくしたもので、甚右衛門は絶えず音を立てているから、それを知る辺に方向が定《き》められる。また、彦兵衛が少し遅れると、甚右衛門は角かどに立ち停まって待っていてくれた。実際、弾正橋《だんじょう》から白魚橋へ曲がろうとする地形の複雑《こみい》った場所なぞでは、一度ならず二度三度、甚右衛門は駈け戻って来て、氷のように冷たい鼻頭《はながしら》を彦の脚へ擦りつけたり、邪魔になるほど、踏み出す爪先に纏《まつ》わり立ったりしておいて、再び案内顔に走り抜けたくらい。

甚右衛門は犬である。鋳《い》かけ屋佐平次の唯一の伴侶《とも》、利口者として飼い主よりも名の高い、甚右衛門は犢《こうし》のような土佐犬であった。

その犬に先達されて、藤吉部屋の三人、転《こ》けつまろびつ御門跡《ごもんせき》の裏手を今は備前橋へ掛かった。雨風は募る一方、彦兵衛はよほどさきへ行っているとみえて、

「おう——い」

と呼んでも返事がない。橋の上で藤吉は着物を掻殴《かなぐ》り捨てるなり、欲しがる風にくれて遣った。元結がきれて、濡れ髪をばっさり被った勘弁勘次が、泥を摑んで追い付いた。

「勘か」

「おう、親分」

相方《そうほう》何か言っているらしいが相方ともに聞こえない。途端にぴかりっ、一時、辺りが白じらと明るくなる。

「お、あすこに彦！　勘、来い」

「参《めえ》りやしょうぜ」

身体を斜《はす》に風の当たりを弱めながら小笠原長門守《おがさわらながとのかみ》様前を突っ切ると、次の一廓が松平修理大夫《まつだいらしゆりだいふ》と和気行蔵《わけこうぞう》の二構え、お長屋門の傍から松が一本往来へ枝を張っている。その下に彦兵衛が立ち、彦の足許に、名犬甚右衛門が蹲踞《うずくま》っていた。

裸体《はだか》の親分を見るより早く、彦兵衛は己《おの》が合羽を脱いで着せる。ついでに忌ま忌ましそうに、「こん畜生め」と甚右衛門を蹴って、「親分、この犬あきの字でさあ。ちっ、目的《あて》もなしに吠え立てやがったに違《ちげ》えねえ。真に受けて飛び出《で》いて来たわしらこそ好《え》え面の皮だ。機《とき》もあろうにこの荒れん中を――」

生樹の悲鳴、建物の呻き。地を叩く雨声、空に転がる雷《いかずち》、耳へ口を寄せても根《こん》限り呶鳴らなければ通じない。と、この時、ううと唸ってまたぞろ甚右衛門が走り出した。まるで、大自然のまえに無気力な人間どもを、仕方がねえから今まで待ち合わせてやったものの、さ、顔が揃ったら徐《そろ》そろ出掛けましょうぜ、とでも言いたげに。

「乗りかけた船だ、突き留めねえことにゃあ気が済まねえや」藤吉は合羽の紐を結びながら、

「勘的、われ、先発」

「あいしょ」

あれから大川寄り、南飯田町うらは町家つづきだ、寒さ橋と袂から右に切れて、痛いほどの土砂降りを物ともせず、勘弁勘次を頭《さき》に釘抜藤吉に葬式彦兵衛、甚右衛門を追って遮二無二に突き進んだ。

上柳原へ出ようとする少し手前に、そこだけ河へ食い込んでいるところから俗に張り出し代

地と呼ばれる埋め立てがあって、奥は秋本荀龍《じゅんりゅう》の邸になっているが、前はちょっとした丘で雑草の繁るに任せ、岸近くには枝垂れ柳が二三本、上り下りの屋形船とともに晩霞煙雨《ばんかえんう》にはそれでも何やら捨て難い趣を添えていたもの。もとより山とは言うべくもないが、高い個処《ところ》なら猫の額でも山という名を付けたがるのが万事《よろず》に大袈裟な江戸者の癖で、御他聞に洩れず半ば塵埃《ごみ》捨場《すてば》のこの小丘も、どうやら見ようによってはそうも見えるというので、一般には木槌山《さいづちやま》として通っていた。

ここへ差しかかった土佐犬甚右衛門、背《うし》ろの三人を呼ぶように、さてはまた誰かに合図でもするかのように、一声高だかと遠吠えしたかと思うと、木槌の柄を作《な》して二三間突き出ている土手の陰へ走り込んだ。すると、草の間に提灯の灯が動いて、蹲んでいたらしい人影が、すっくと起《た》ち立った。闇黒に染《にじ》む濡れた光の中央《まんなか》に、頤《あご》から上を照らされて奇しく隈取った佐平次の顔が、赤く小さく浮かび出た。その顔が、掌《て》を口辺《くちばた》へ輪筒にして、怪魂《けたたま》しく呼ばわっていた。

「釘抜きの衆けえ。ここ、ここ、ここでがすよ。俺《おら》あ何です、痺れを切らして待ってやしたがね、まま何せかにせ、ど豪《えれ》え騒ぎ――ようこそお早く――へえ。え？　いや、実はね、あっしが甚右を使《つけ》えに出したんで――お寝《よ》りしなを何ともはや――だが、これあ途方もねえことが起こりましたよ。さ、ここです。ちょいとこちらへ――」

二

八丁堀海老床《えびどこ》の露路の奥、気の早い江戸っ児のなかでもいいなせを誇る連中が集まっている合点長屋、その一棟に朱総《しゅぶさ》を預かる名代の岡っ引き釘抜藤吉、乾児《こぶん》勘弁勘次に葬式《とむらい》彦兵衛、この三人が今夜の暴風雨を衝いて犬を追い慕って張り出し埋め地は木槌山まで出向いて来たについては、そこにただならぬ曰くがあるはず。他でもない――。

あれで、九つ近かったか、それとも回っていたか。

御用筋が閑散なので例《いつも》の通り海老床の梳場《すきば》で晩《おそ》くまでとぐろを巻いていた三人が、さすがにもう莫迦話にも飽きが来て巣へ帰って程ない頃、勘次は親分の床を敷き、彦は何かぶつぶつ口の中で呟きながら表の板戸を閉《た》てようとしていた時、その彦兵衛の足を掬わんばかりに突然《いきなり》一匹の大きな四つ足が飛び込んで来た。見ると、よくこの界隈にも迂路付いている土佐犬で、飼い主の佐平次は毒にも薬にもならない鋳掛け渡世の小堅人《こかたじん》だが、どうしてどうして犬だけは大したもの、提灯に釣り鐘じゃ、いや、猫に小判じゃ、などともっぱら評判の甚右衛門だったが、それが、何としたことか土間に立って水気を振るい落とすと、彦兵衛の顔を見上げて世にも悲しげな声を絞って吠え出したのだった。

驚いて出て来た勘次が、彦兵衛と力を協《あわ》せて追い出そうとしても、犬は故あるらしくますます鳴くばかり、果ては、口を利けないのが焦《もど》かしいのか、濡れ毛を人へ摺りつけておいては二三歩戸外へ躍り出て、通りの方を白眼《にら》んで吠えに吠える、また家内《なか》へ引き返して来て促すように長なきする。雨の音、風の響きに混じって、消えそうにして尾を引く甚右衛門の遠吠えは、この場合、下手な人間の舌以上に雄弁であった。それは、始めは何がなし莫然《ぼんやり》した恐怖、つぎに戦慄に似た不吉な予感、それから、これあこうしちゃあいられねえといったような感じを冷水のように釘抜部屋の三人の背骨へ流し込むことができたからである。鮎肥る梅雨明けの陽気とは言え、車軸を流さんばかりの豪雨と、今にも屋根を剝がしそうな大風の夜に、いとも哀れに泣き止まぬ犬の声は、犬が賢い名を取っているだけに、一層凄惨な余韻を罩《こ》めて、如何さま人の死にそうな晩だ、この濃い黒闇々《こくあんあん》のそこにどれだけ多くのたましいがさ迷っていることか——あらぬことまで思わせるのだった。

が、犬は要するに犬である。その吠えるのは畢竟《つまり》勝手に吠えるのである。勘次が甚右衛門を抱いて抛り出した後は三人安らかに夢路に就こうとした。

「甚右衛門犬、戸惑いしやあがって、いい世話あ焼かせやがったの」

釘抜は蒲団から手を延ばして煙草を吸いつけながら、こんなことを言って笑っていた。が、その言葉の終わらないうちに、何者か割れそうに雨戸の根に衝突《ぶつか》る音がした。つづいて咬みつくような甚右衛門の声がした。それが家の周囲《まわり》を駈け回《めぐ》って火のつくように吼え立てたのだから、義理にも真似にも小鬢が枕についてはいない。かっとした勘次が薪雑棒を引っ摑んで飛び出そうとすると、藤吉はそれを押し止めて、起きてゆっくり帯を締め直した。そして彦兵衛に戸を開けさせたが、猛り狂った甚右衛門は、血を吐くような鳴き声を揚げて、からくり仕懸けみたいに格子の敷居を境に、跳び込んだり躍り出たり、眼に哀訴嘆願の色を見せて戸外へ人を誘おうとする。最早一刻も猶予はならないと、藤吉は尻を紮《から》げた。

「おっ、野郎ども、仕度しろ」

「え？　お出ましで御座《ござ》えますか」

「うん」

「どちらへ」

「はて、そいつあ甚右衛門に訊いてくんねえ」

「だが親分、高が犬ころが逆上《あが》ってるだけ、それにこの大暴風雨《おおあらし》、悪《わり》いこたあ申しませんぜ、お止めなすっちゃ如何ですい」

「こう、乙に理解《りけえ》をつけやがったのう。俺《おい》らあな、虫の報せがあるんだ。あらしが何でえ、何で、なあんでえ！　へん、紙子細工や張子の虎じゃあるめえし、べら棒め、濡れて落ちるよな箔じゃあねえや。柄にもねえ分別するねえ」

親分藤吉一流の手だ、こう真正面《まとも》にどやしつけられては、江戸っ子の手前勘次と彦兵衛、即座に仏頂面を忘れて、勇みに勇んで駈け出さざるを得ない。彦の合羽の裾を銜《くわ》えて、甚右衛門が先に立った。

しかし、いざ出て来てみると藤吉も内心ちょっと後悔した。思った以上の嵐《あれ》である。それに、何を言うにも相手は犬のこと、当てが外れても文句の持って行きどころがない。と言って、今さら帰るわけにはなおさら往かない。釘抜藤吉、無理にも最初《はな》の見得《けんとく》を守《も》り立てて、乾児を励ましてここまで来た木槌山。牛に引かれて善光寺詣り、ではない、犬にひかれて眼明かし奉公、果してそこに、しかも釘抜き自身の縄張り内に、恐ろしい凶事が潜んでいたのである。

小谷間《あい》の、些か風雨を避《よ》けた地点《ところ》に、白髪頭を土に滅《め》り込まして、草加屋伊兵衛の血だらけの屍骸《むくろ》が、仰向けに倒れていた。甚右衛門の飼い主鋳かけ屋佐平次が、弱気らしい顔を蒼くして怖さにわなわな顫えながら、それでも固く、甚右衛門が八丁堀を起こして来ることを信じて、張り番していてくれた。藤吉は乾児を従えて、雨に重い草を分けた。

「甚右が発見《めっ》けて、甚右が親分を呼びに行ったので御座います。賞《ほ》めてやって下せえまし。

なあ、甚公――」

そばの甚右衛門を顧みて、得意そうに佐平次が言った。藤吉は黙ったまま、彦兵衛の手から提灯を引っ奪《たく》り、何時もの通り手紙でも読むように、眼を細くして足許の死人を覗き込んだ。無言。一しきり雷鳴。灌木の繁みや草の葉から、大粒な水玉が音を立てて霰《あられ》と散る。藤吉は寝呆けたような顔を上げた。

「佐平次どん――てったけのう、お前《めえ》さんは」

「へえ佐平次で御座います鋳掛け屋の佐平次でございますへえ」

「犬が見《め》っけたてなあどういう訳ですい」

「へえ。あっしが此犬《こいつ》を伴《つ》れてこの前面《まえ》の往来を通りかかりますてえと――」

藤吉はつと手を振って佐平次を黙らせた。

「俺達が来るまでお前このわたりに何一つ手を付けやしめえの」

佐平次は領首《うなず》いた。屍体の上へ馬乗りに股がって、藤吉は灯を近づける。

草加屋伊兵衛は胸に一本の折矢《がれや》を立てて、板のように硬張って死んでいた。傷は一つ、左襟下を貫いているその太短い矢だけだが、おびただしい血が雨合羽の上半身と辺りの土や草を染めて、深く心の臓を徹っていることを語っていた。香《におい》を利くように藤吉が顔を寄せて、矢と傷痕を白眼んでいると、佐平次は話を続ける。勘次と彦兵衛、右大臣左大臣のように左右に分かれて、静かに屍《ほとけ》を見守っていた。

「金春《こんぱる》屋敷《やしき》の知人《しりえい》の許《とこ》で話が持てましてね、あっしが甚右を連れて此町《ここ》を通ったのは四つ過ぎてましたよ。このお山の向こうっ側まで来るてえと、甚右のやつ、きゃんと鳴いてここへ飛び込んだ限《き》り呼んでも賺《すか》しても出て来ねえんで——何時にねえこったが変だなあ、と不審打《ぶ》って来て見るてえと、この状《ざま》じゃごわせんか。いや、親分さんの前だがあっしも仰天敗亡《びっくりはいもう》しやしてね、係り合《え》いにされちゃ始まらねえから——」

「お前さん、店《たな》は？」

「へえ、この先、明石町の宗十郎店でございます、へえ。——それでその、係り合いになっちゃあ詰まらねえから、不実なようだが見て見ねえ態《ふり》をすべえ、とあっしあこう考えたんでやすが、甚公の野郎が承服しません。どうあってもこの場を動かねえんで——で、あっしも観念しやしてね、甚公は八丁堀はよくお邪魔に上がって可愛がられているようで御座いますから、親分さんをお迎え申して来い、とまあ言い含めて出してやった次第《わけ》なんで——お騒がせして、相済みません、へえ」

「何の。よく報せて下すった」

「親分」

佐平次がきっとなった。藤吉は顔を振り向ける。

「思い切って申し上げますが」と佐平次は少し逡巡《ためら》って、「あっしが駈けつけた時あまだ息の根が通ってましてね、灯を差し向けると一言判然《はっきり》口走りましたよ」

「おお、な、何と、何と言ったえ」

「へえ。俺にあ判ってる、と口早にね、それだけは聞こえましたが——」

「なに？　俺にあ判ってる？」

「へえ。俺にあ判ってる——して親分、ああして手で何か指さしながらがっくりなりましたよ。あああ、嫌な物を見ちまいました」

なるほど、死人が草の上に延ばした右手人差し指の先、そこに畳み提灯がぶらのまんま抛り出されて、筆太に八百駒《やおこま》と読める。

三

「弓を射たたあ親分、大時代《おおじでえ》な殺しで御座えすの」

勘次が口を出した。が、藤吉は答えもしないで、

「矢が、これ、折れてやがる。中ほどからぽっきり――はてな」

と独語《ひとりご》ちながら、その矢をぐいと引き抜いた。割りに短い。と見ていると、矢羽の下に、勧進縒《かんじんよ》りが結んである。濡れて破けそうなのを丹念に解《ほど》いて、拡げた。案の条、矢文である。天誅と二字、達者な手だ。

「弓矢と言い、この文句といい、素町人《すちようにん》じゃあねえな」

親分の肩越しに葬式彦が首を捻った。

「あいさ、いっそ難物だあね」

同ずる勘次。藤吉、頻りに髷《まげ》をがくつかせていた。

鬼草《おにそう》というのが、今宵人手に懸かって非業の死を遂げた草加屋伊兵衛の綽名《あだな》だった。鬼というくらいだから、その稼業《しようばい》も人柄もおおよそは推量が付こうと言うもの。草加屋は実に非道を極めた、貧乏人泣かせの高息《こうそく》の金貸しであった。一両三両、五両十両と到るところへ親切ごか

しに貸し付けておいては、割高の利息を貪る。これが草加屋の遣り口だった。貸す時の地蔵顔に取り立てる時の閻魔面《えんま》、一朱一分でも草加屋に回してもらったが最後、働き人なら爪を擦り切らしても追っ付かないし、商人《あきんど》は夜逃げか鞦韆《ぶらんこ》がとどの結着《つまり》。全く、鬼草に痛めつけられている借人《かりにん》は、この界隈だけでも生易しい数ではない、と言う人の噂。

「血も涙もねえ獣《けだもの》でさあ。あっしあ何時か人助けのためにあの野郎を叩っ殺してやるんだ。いい功徳になるぜ」

「あん畜生、生かしちゃおけねえ」

「鬼の眼にも泪と申す。草加屋伊兵衛は鬼でもないわ。豚じゃ、豚じゃ、山吹色の豚じゃ。已れ、そのうち、伝家一刀の銹にしてくれる」

「月のねえ夜もありやす。一つ器用にさばきやしょう」

瘠せ浪人、遊び人、そんじょそこらの長屋の衆、口ぐちに私語《ささや》き合うのが、早くから釘抜連の耳にも這入《はい》っていた。だから、もっともらしく顰《しか》めた伊兵衛の死に顔を見た時、藤吉は、はは あ、とうとう誰かが遣ったな、という頭がぴいんと来て、格別愕《おどろ》かなかったわけである。しかし、考えに止まっているうちはともかく、眼と鼻の間でこう鮮やかに手を下されてみると、仮に仏の生前がどうあろうと、また事の起こりは一種の公憤にしろ、藤吉の務めはお上向きに対しても自ずから別な活動《はたらき》を示さなければならなくなる。ところで、草加屋殺しの探索は、やさしいようでむずかしい。藤吉は考える。

何事もそうだが、すべて人殺しには因由《いわれ》に意《こころ》が見えるものだ。殺さなければならないほどの強いつよい悪因縁、それを籠める犯人《ほし》のこころもち、これにぶつかれば謎はもう半ば以上解けたも同じことである。この人殺しのこころを藤吉は常から五つに分けていた。国事《おおやけ》に関する暗《やみ》撃《う》ち果たし合いや、新刀《あらもの》試し辻斬りの類を除《ぬ》かした士民人情の縺れから来る凶行の因《もと》に五つある。物盗り、恐怖《おそれ》、貪慾、嫉妬《やきもち》、それから意趣返しと。伊兵衛の場合は明瞭《あきらか》に物盗りではない。現にぎっしり詰まった鬱金木綿《うこんもめん》の財布の紐を首から下げて死んでいるのでも目的《あて》が鳥目《ちょうもく》でないことは知れる。恐怖というのは途端場《どたんば》での命の遣り取りをさすものだが、伊兵衛を誰が襲ったとも考えられない。嫉妬と言ったところで、これには髱《たぼ》がなければ話にもならない。然らば貪慾か、というに、これはその人を亡くすることによって利を獲るとの義だが、草加屋伊兵衛は独り身を通した一酷な老爺《おやじ》、後継《あととり》は元より親戚縁辺《みよりよるべ》もない、いや、たった一人、あるにはある。甥が槍屋町に住んで八百駒という青物担ぎ売りを営んでいるが、これとても出入りは愚か節季紋日の挨拶さえなかったらしい。とは言え、そこにある八百駒と字の入った小田原提灯が、今となっては藤吉いささか気にならないでもないが——まず、何と言っても踏み外しのないところが、第五の意趣返しであろう。そうだ、意趣返しに相違ない、といったんは景気付いてもみるが、次の刹那、藤吉はまた手の着け場所のない無明の闇黒に堕《お》ちるのだった。

今日は六月末日、年の半期である。伊兵衛め、例によって元利耳を揃えろの、せめて利息だけは入れろの、さもなければ証文の書き換えじゃのと、さんざ一日虐《いじ》め抜いて歩き回ったことだろうが、してみるとこれは、そのいじめられた一人の仕業と決めて掛かったところで、ここで困ることには、独り者の伊兵衛、普段から商売向きには人の手を借りたこともなければ藉《か》したやつもないから、どこどこに貸金《かし》があって証文がどうなっているのか、今日はどっちを回ったのか、肝心の本人がこうなってみるとそこらのことが一切判らない。殊に、異志を挟んでいた者が浜の真砂のそれならなくに目当てばかりたくさんあって星のなかからほしを指せと言うのと同一轍《てつ》、洒落にはなろうが、さて骨だ。夜更けて帰宅《かえ》る金貸し老爺、何しに町筋を外《そ》れて木槌山のかげへ立ち寄ったろう？　他所《ほか》で射殺《いころ》してここへ運んだものか。それにしては提灯などが落ちているのが呑み込めない。それよりも、呑み込めないと言えば、そもそも何のために古めかしい飛び道具なぞを持ち出したものか。それに、矢は二つに折れている。のみならず矢文の文字の天誅、これをそのまま受け入れていいか――。

抜いた矢を右手《めて》に、傷口を検めていた釘抜藤吉、つぎに、七転八倒を思わせる伊兵衛の死相を凝視《みつ》めながら、何思ったか急にからから笑い出した。甚右衛門がぎょっとして唸ったほど、折が折だけ、それは不気味な笑いであった。

「親分、臭《くせ》えぜ。これ」

勘次と二人でさっきから草を分けていた彦兵衛が、こう言って高下駄を拾って来た。安物のせんの木の台、小倉《こくら》の緒、麗々しく八百駒と焼印してある。藤吉はじっと見ていたが、やがて誰にともなく、

「紛失物《なくなりもん》は無《ね》えかな――こう、なくなり物《もん》はよう――」

勘次が答える。

「爺《おやじ》あよく杖をついて歩いてるのを見かけやしたが――」

「そうそう」佐平次が応じた。「あの鬼草の金棒は曲がり木の杖、評判でさあ。知らねえ者あ御座いません。そう言えばあれが見えませんね」

話し声を背後に聞いて、藤吉は四五間《けん》離れた河岸、しだれ柳の下へ出た。彦兵衛が追って来

て、耳近く囁く。

「天誅とは大上段《でえじょうだん》、やっぱり、武士《りゃんこ》てえお見込みで？」

「まあ、そこいらよなあ」

藤吉は微笑んだ。が、眼だけは笑いに加わらなかった。笑わないどころか、眈々《たんたん》として辺りを睨《ね》め回していた。

柳の根方に草が折れ敷いて、地に丸く跡を見せている——いかにも人が腰を下ろしていたような。と、その手前の土には、待つ間の徒然《すさび》に手だけが動いて、知らず識らず同じ個処《ところ》を何度も掻いたような三角の図形《えがた》。そこからは丘の裾を越して表の通りも窺われる。雨に首垂《うなだ》れた鬼百合の花が、さもここだけを所得顔《ところえがお》に、一面に咲き乱れていた。

「彦、この百合を一つ残らず引っ捥《ちぎ》って河へ叩っ込め」

藤吉、変なことを言う。彦はぽかんとして藤吉の顔を見た。

「えこう、早くしろ！」

厳命だ。不審《いぶかし》みながらも彦兵衛、嫌応《いやおう》はない、百合を折っては河へ捨てた。黒い水に白い大輪が浮かんで、次つぎに流れて行った。

百合の花がすっかり無くなった頃、勘次と佐平次がやって来た。甚右衛門は柳の下の尻跡を嗅いでは漂々と遠吠えしている。人間四人、それを囲んで期せずしてだんまり。

「親分」佐平次が沈黙《しじま》を破った。「此犬《こいつ》あ今夜癇が高《たけ》えようです。一つ、犯人の跡を尾《つ》けさせてみようじゃ御座いませんか。もっとも畜類のこと、当たるも当たらねえも感次第でやすがね」

「うむ。面白かんべ。そこの根っこあ誰かが据わって草加屋を待ち伏せしたとこ、とまあ俺らあ踏みてえんだが——嗅がせろ」

佐平次が甚右衛門の首を摑んで、その地点へ鼻を擦りつけると、犬は万事承知して歩き出した。四人それに続いて山を出た。往来へ来ると、大声に藤吉が言った。

「彦、われあ八百駒を白眼んで来い。勘、手前はな、番所叩《た》えて人数を貰え、仏の始末だ。俺か、おいらあ甚右様々の供奴《ともやっこ》。ええか、二人とも御苦労だが頼んだぜ。うん、落ち合う所か——こうっと、待てよ」

「手前のお邸、へへへへ、大したお屋敷で。九尺二間、ついそこです。明石町橋詰の宗十郎店、へえ」

「そうか。そいつあ済まねえのう。何も御難と諦めてくんな。じゃ、借りるぜ——おうっ、勘、彦、用が済んだら佐平次どん方へ——待ってるぜ。彦、如才あるめえが八百駒あやんわりな」

言うあいだにも遠ざかる親分乾児、裸体の二人は東西へ、藤吉佐平次は犬を追って、暴風雨《あらし》のなかを三手《みて》に別れた。

四

御軍艦操練所に寄った肴店のと或る露路、一軒の前まで来ると、甚右衛門は動かない。佐平次は顔色を変えた。藤吉が訊く。

「何人《だれ》の住居《すめえ》ですい？」

「お心易く願っている御浪人で、へえ、何でも以前はお旗下《はたもと》の御家来だとか――こわあい方で、いや、これあ大変なことになりましたわい」

「名は?」

「御家新《ごけしん》。逸見流《へんみりゅう》の弓の名人だそうで、へえ」

「なに、弓の名人? 御家新? ふうむ、遣るな」

藤吉は壺を伏せる手付きをした。合点《うなず》く佐平次を、甚右衛門と緒《とも》に先へ帰らせておいて、藤吉、戸を叩いて案内を求めた。二間《ま》きりらしい荒れ果てた家、すぐに御家人くずれの博奕こき、あぶれ者の御家新が起きて来た。やたらに天誅ぐらいやり兼ねないような、如何さままだ侍の角が落ち切れないところが見える。藤吉は気を配った。

「誰だ、何だ今頃」

気さくに開けたが、御用提灯を見ると、固くなった。藤吉は早速下手《したで》に出て、まず宵から今までの動きを訊いてみたが、御家新、口唇《くちびる》を白くして語らない。

いよいよ怪しい――弓一筋の家からぐれ出た小悪人、そう言えば矢文の筆つきも武張《ぶば》っていた。藤吉、抜いた時の要心をしながら、なおも一つ問いを重ねて行った。すると御家新、苦しくなってか、こう申し立てた。

「今夜は友達の家へ行っていま帰ったところ、その友達は鋳かけ屋で、明石町宗十郎店に住む佐平次という者だが、何の用でそんなことを訊くのだ」

見え透いた虚言《うそ》、藤吉はにっこりした。そして馴れなれしく、一本ずいと突っ込んだ。

「弓がおありかね?」

御家新はまた黙り込んだ。一筋縄では往かない、こう観念した藤吉、驚いている御家新を残して、急ぎ帰路についた。

出鱈目を吐いた以上、明朝《あす》と言わず今すぐに佐平次方へ口を合わしてくれと頼みに出掛けるであろう、と思った藤吉、途中うしろを振り返って行くと、明石町の手前、さむさ橋の際へ来た時、果して後に、御家新の姿が見えた。と、闇黒の奥で弦音《つるおと》、途端に矢風、藤吉とっさに泥に寝た。間一髪、矢はそばの小石を散らしてかちりと鳴る。呼吸《いき》を潜めた藤吉の前へ、首尾を案じて男の影が、弓を片手に現れた。充分仕留めたつもりらしい、頭上に立って、今や止めを刺そうとする。白刃一閃、そこを藤吉、足を上げて蹴る、起きる、暗いから所在《ありか》もよくは解らないが、猛然と跳《おど》りかかったら、運好く確《しっ》かと抱きついた。と思ったも束の間、敵もさる者、声も立てず顔の形にも触らせずにするりと振り切る。倒れながらも藤吉、袖口を握った。走り出す男。小兵の藤吉、礫のように引き擦られた。が、手が滑って、指のかかりが抜けて、闇黒から出た男は一目算に闇黒へ消えた。泥に染《まみ》れた藤吉、伊兵衛を殺したのと同じ拵えの太短い矢を拾っては、今更のように身顫いを禁じ得なかった。

「彼男《あれ》だ、俺にあもう判ってる！」

会心の笑みが、泥だらけの藤吉の顔を綻ばせた。

五

「や、親分、どうしましたえ」

佐平次が飛んで出た。

「転んだ。白痴《こけ》の一人相撲。面目ねえ」

鉄瓶の湯がちんちん沸いて、佐平次の心尽くし、座蒲団が三つ並んでいた。洗足《すすぎ》をとった藤吉、気易に上がり込んだ。宗十郎店は佐平次の住居《すまい》。勘次彦兵衛はまだ来ていない。

「どうでした、御家新恐れ入りましたか」

「口を開かねえ。が、俺らにゃもう判ってる」

「左様《さい》で御座いましょうとも」

言っているところへ勘次が帰って、屍骸は番屋へ引き取らせたと復命した。間もなく彦も顔を見せたが、これは豪《えら》く意気込んでいた。

「八百駒あ他行だったが――」

「他行？」藤吉が聞き咎めた。「この荒れの夜中にか」

「あい。それで土間を覗くてえと、親分、驚いたね、草加屋の杖がころがってた」

「ふうむ」

「どうもこれあ八百駒の仕事に違えねえ。同勢四人、揃えで乗り込んで待ちやしょうか」

「まあ、待て」

「だが、逃《ずら》かる」

「なあに、ずらかりやしねえ」

「ははは」佐平次が笑い出した。「彦さん、犯人は先刻こっちへ割れてますよ。ねえ親分」

「え？　ほんとでげすか」

「勘弁ならねえ」

勘と彦とが同時に藤吉を見詰める。

「虚《うそ》をつくけえ！」藤吉は嘯《うそぶ》いた。

「逸見流弓術の名人、御家新。甚右衛門が嗅ぎ当てました」と佐平次。

「そのことよ」と藤吉しばらく瞑目していたが、「佐平次どん、筆を三本、紙が三枚、何でもいい、あったら出して筆にたっぷり墨を含ませて、銘々に筆と紙を渡してやんな。お前さんも筆を取って」

三人、膝に紙を伸べて、筆を持って、不思議そうに控えた。藤吉は手枕、横になっている。

「さ、みんな俺らの言うことを書くんだぞ」

「勘弁ならねえが」と勘弁勘次、「こちとら無筆だ」

「勘、黙ってろ」

「へえ」筆の穂を舐めて三人は待っている。ところが藤吉、ぐうとすうとも言わない。いや、そのうちぐうすう言い出した。高鼾である。

三人が三人とも、やがて持て余す退屈。

とうとう彦が、我慢し切れずに声を掛けた。

「親分え、もし、親分え」

勘次も和した。

「御家新とやらを押せえに出張ろうじゃごわせんか」

大欠伸と一緒に身を起こした藤吉、仮寝《うたたね》していたにしては、眼の光が強過ぎた。胡座を揺るがせながら、縷々として始める。

「矢文の天誅は欺《まやか》しだ。なあ、真正《まこと》の犯人が何でわざわざ己が字《て》を残すもんけえ。土台《どでえ》、あの矢が弓で射たもんなら、ああ着物を破いちゃあ身へ届くわけが無え。それに、弓ならあんなに汚く血が出やしねえや。顔《そっぽ》だって、も些《ちっ》と綺麗に、歪んじゃいねえはず。あれあお前、弓矢じゃねえぜ、うんにゃ、矢は矢だが、背後から抱き竦めて手で抉《こじ》りせえたもんだ。その証拠を言おうか。仰向けの胸に直に立った矢が、見事二つに折れてたじゃあねえか。手で無理をしねえ限り、矢が折れるってえ道あねえ」

「しかし親分」と彦兵衛、「その御家新は逸見流の――」

「逸見流の矢は、もそっと長《なげ》え」藤吉は眼を閉《つぶ》ったまま、「関の六蔵一安《かずやす》三十三間堂射抜の矢、あれだ。嫌に太短えもんなあ」

「へえい！　するてえと？」

「往来で殺《や》って彼処《あすこ》へ引いてった。すれやこそ、提灯も履物も八百駒の物ばかりで、草加屋のは一つも無え」

「その理《わけ》は？」

「決まってらあな。伊兵衛は八百駒へ行ってて先で嵐《あれ》になって借りて来たんだ。杖は荷になると見て預けて出た――どうでえ」藤吉は続ける。「人間にあ変《ひょん》な気性があっての、三つ四つから物を画《か》く。形に成らねえ物をかく。三つ児の魂百までだ、それが抜けねえ。ええか、もっとも十人十色、形《かた》あ違う。が、なくて七癖あって四十八癖、放然《ぼんやり》してる時あお互《たげ》えによく会体《えてえ》の知れねえ図面や模様を塗たくるものよ。のう、さきからお前達に筆を預けて、俺らあ寝た風《ふり》をしてたが、勘、われあ何を書《け》えた?」

「蚯蚓の行列、はっはっは、だらしがねえや」

「彦は?」

「屑の籠の目でがしょう、自身にも判然しやせん」

「佐平次どん、お前さんは?」

佐平次、丸めて捨てようとした。逸早《いちはや》く藤吉が奪った。見ると、墨黒ぐろと三角の形!

「木槌山の柳の下に、矢尻で掘ったこの印があったけのう」

「それがどうとかしましたかえ」

「や!」藤吉は佐平次の裾を指さした。赤い染点《しみ》が付いている。「それあ何だ、それあ?」

「これか」がらり巽上《たつみあ》がりに変わった佐平次、「血じゃあねえから心配するな」

「血じゃあねえと? おう、血なら水に落ちべえさ」

「見てろ。よしか」

水差しの水を染《し》みへ垂らして、佐平次、手で揉んだ。落ちない。

「見やあがれ。血じゃあねえや」

「ほう、何だ?」

「百合だ、百合の蘂《しべ》だ」

「なるほど、百合の蘂なら洗ってもおちめえ。が、その百合あどこでつけた?」

「爺《とっ》つあん、耄碌しっこなしにしようぜ。木槌山の柳の下に、五万何ぼと咲《せ》えてたじゃねえか。嫌だぜ、おい」

「うん。そうか。だがの、百合あお前が来る前に、彦がそっくり河へ捨てたはず。そいつをお前、どうして知ってる？」

「――」

眼配せ。勘が背ろへ回る。彦兵衛は上がり框《がまち》に立った。

「やい、何とか音《ね》え出せ」

「――」

佐平次の手が鉄瓶を探る。が、彦が疾《と》っくに下ろしてある。

「佐平次っ！」藤吉の拳、佐平次の鬢に飛んだ。「眼が覚めたか、どうだっ！」

「御用！」

一声、勘次はどっかと佐平次を組み敷いていた。

押入れを捜すと、さっき藤吉を襲った弓矢が出て来た。それが佐平次の口を開いた。

浅草奥山の揚弓場《ようきゅうば》女に迷った末、佐平次が伊兵衛の高息の金に苦しんでいると、女に情夫《いろ》のあることが知れた。探って見ると、それが賭場で顔見知りの御家新なので、一鳥二石と出かけて今夜草加屋殺しを演じ、犬を使って疑いの矢を恋仇敵《こいがたき》へ向けようとしたのだった。伊兵衛が死に際に何か言ったというのも、その指先の地《つち》へ八百駒の提灯を置いておいたのも、すべて彼の、事を入り組ませようとした肚に他ならない。犬を尾けるどころか、自分が犬を動かして御家新の家まで行ったのだが、何となく浮雲《あぶな》く思って、人もあろうに釘抜藤吉を亡き者にしようとし、そして、すぐに帰って何食わぬ顔をしていた。

引っ立てられて、佐平次が腰を上げると、土間に居た甚右衛門、泣くような瞳《め》で主人を凝視めた。この時、表戸がほとほと鳴って、声がした。藤吉慌てて佐平次の口を押さえた。

「おうっ、鋳かけ屋、居るか。俺だ、新だ。手慰《てあす》びも危ねえぜ。今し方好かねえのが来てな、どこへ行ったと言うのだ。場へ手が這入《へえ》っちゃあ遣り切れねえから、お前んとこにいたと言っといたぞ。うまく合わしてくれ」

家内では三人、首引っ込めて舌を出す。彦が答えた。

「あいよ、合点」

宙に浮く屍骸

一

空はすでに朝。

地はまだ夜。

物売りの声も流れて来ない。

深淵を逆さに覗くような、紺碧のふかい波形雲——きょう一日の小春日を約束して、早暁《あかつき》の微風は羽毛のごとく香ぐわしい。

明け六刻《むつ》頃だった。朝の早い町家並びでも、正月いっぱいは何といっても遊戯《あそび》心地、休み半分、年期小僧も飯炊きも、そう早くから叩き起こされもしないから、夜が明けたといっても東の色だけで、江戸の巷《まち》まちには、まだ蒼茫たる暗黒《やみ》のにおいが漂い残っていた。

昼から夜になろうとする誰《た》そや彼、たそがれの頃を、俗に逢魔が刻《どき》といって、物の怪《け》が立つ、通り魔が走るなどと謂い作《な》しているが、それよりも一層不気味な時刻は、むしろこの、夜から昼に変わろうとする江戸の朝ぼらけ——大江戸という甍の海が新しい一日の生活《くらし》にその十二時《とき》の喜怒哀楽に眼覚めんとする今、それは、眠っていた巨人が揺るぎ起きようとする姿にも似て、巷都《まち》を圧《お》す静寂《しじま》の奥に、しんしんとした底唸りを孕んでいるかに思われる。謂わば、長夜の臥床《ふしど》からさめようとする直前、一段深く熟睡《うまい》に落ち込む瞬間がある。そうした払暁《あさ》の一ときだった。

この耳に蠟を注《つ》ぎ込んだようなしずけさを破って、

「桜見よとて名をつけて、まず朝ざくら夕ざくら――」例の勘弁勘次の胴間声が、合点長屋の露路に沸いた。「えい、えい、どうなと首尾して逢わしゃんせ、と来らあ。畜生め！　勘弁ならねえ」

綽名《あだな》の由来の「勘弁ならねえ」を呶鳴り散らしている勘弁勘次――神田の伯母から歳暮《くれ》に貰った、というと人聞きが好いが、じつは無断借用といったところが真実らしい、浅黄に紺の、味噌漉し縞縮緬《ちりめん》の女物の綿入れを素膚《すはだ》に、これだけは人柄な摑み絞りの三尺、亀島町の薬種問屋近江屋がお年玉に配った新《あら》の手拭いを首に結んで、ここ合点小路の目明かし親分、釘抜藤吉身内の勘次は、いつもの通り、こうして朝っぱらから大元気だった。

好い気もちそうに、しきりに声高に唄いつづけている。

「可愛がられた竹の子も、いまは抜かれて割られて、桶の箍《たが》に掛けて締められた――ってのはどうでえ。勘弁ならねえや。ざまあ見やがれ」

起き出たばかりの勘次である。まだ眠っている露路うち、自宅の軒下に立って、こう独りで威張りながら、せっせと松注連《しめ》飾りを除《と》り外しているのだった。

嘉永二年、一月十五日。この日、はじめて無事の越年を祝って、家々の門松、しめ縄を払い、削り掛けを下げる。元日からきょうまでを松のうち、或いは注連の内と称したわけで、また、この朝早くそれらのかざり物を焼き捨てる。二日の書き初めを燃やす。これは往古《むかし》、漢土から爆竹の風《ふう》が伝わって、左長儀《さちょうぎ》と言って代々《よよ》行われた土俗が遺っているのである。おなじく十五日、貴賤小豆粥を炊くのは、平安の世のいわゆる餅粥の節供《せっく》で、同時に粥杖をもって女の腰を打つしきたりも、江戸をはじめ諸国に見られた。が、この本八丁堀三丁目をちょっと横に切れた合点長屋の藤吉部屋は、親分乾児《こぶん》の男三人、女気抜きの世帯だから、小豆粥は煮ても、杖でたたく柳の腰は持ち合わせがない。それでも、世間なみに松かざりだけは焼いて置こうと、さてこそ珍しく勘次の早起きとなったのだが――「勘弁ならねえ」の喧嘩口調で、毟《むし》るように取った型ばかりの門松や注連縄を、溝板《どぶ》を避けて露路の真ん中へ積み上げた勘次が、六尺近い身体を窮屈そうに蹲踞《しゃが》ませて、舌打ちとともに燧石《ひうち》の火を移そうとしていると――角の海老床《えびどこ》、おもて通りの御小間物金座屋、あちこちで雨戸を繰る音。

小蛇の舌のような炎が群立《むらだ》って、白いけむりが、人の居ない露路を罩《こ》める。と、その時である。あわただしい跫音《あしおと》が合点小路へ駈け込んで来て、頭顱《あたま》のてっぺんから噴き出すような声が、勘弁勘次の耳を打った。

「てって、大変《てえへん》だ、大変だ！　おっ、親分在宿《うち》かえ？」

二

江戸っ児《こ》のなかでも気の早い、いい、いなせな渡世の寄り合っている八丁堀合点小路の奥の一棟――その頃八丁堀合点長屋の釘抜藤吉といえば、広い八百八町にも二人と肩を並べる者のない凄腕の目明かしであった。さる御家人の次男坊と生まれた彼は、お定《き》まりどおり放蕩に身を持ち崩した揚句の果てが、七世までの勘当となり、しばらく草鞋《わらじ》を穿いて雲水の托鉢僧と洒落のめし日本全国津々浦々を放浪していたが、やがてお江戸へ舞い戻って気負いの群からあたまを擡《もた》げ、今では押しも押されもしない十手捕縄の大親分——朱総《しゆぶさ》仲間の日の下開山とまでなっているのであった。脚が釘抜きのように曲がっているところから、釘抜藤吉という異名を取っていたが、じっさいその顔のどこかに釘抜きのように正確な、執拗な力強さが現れていた。小柄な、貧弱な体格の所有主《もちぬし》であったが、腕にだけ不思議な金剛力があって、柱の釘をぐいと引いて抜くという江戸中一般の取り沙汰であった。これが彼を釘抜きと呼ばしめた真個《ほんとう》の原因であったかも知れないが、本人の藤吉は、その名をひそかに誇りにしているらしく、身内の者どもは、藤吉の鳩尾《みぞおち》に松葉のような、小さな釘抜きの刺青《ほりもの》のあることを知っていた。現代《いま》の言葉でいえば、異常に推理力の発達した男で、当時人心を寒からしめた壱岐殿坂《いきどのさか》の三人殺しや、浅草仲店の片腕事件などを綺麗に洗って名を売り出したばかりか、当時江戸中に散っていた大小の眼あかし岡っ引きの連中は、大概一度は藤吉部屋で釜の下を吹いた覚えのある者で、また彼らの社会では、そうした経験が何よりの誇りであり、頭と腕に対するひとつの保証でもあった。で、縄張りの厳格な約束にもかかわらず、藤吉だけはどこの問題へでも無条件に口を出すことが暗黙のうちに許されていた。が、自分から進んで出て行くようなことは決してなかった。その代わり頼まれれば何時《いつ》でも一肌脱いで、寝食を忘れるのがつねであった。次からつぎと各方面から難物が持ち込まれた。それらを多くの場合推理一つで、快刀乱麻の解決を与えて来ていた。お堀の水に松の影が映らない日はあっても、釘抜きの親分の白眼《にら》んだ犯人《ほし》に外れはないと、江戸の町まちに流行《はや》りの唄となって、無心の子守女さえお手玉の合の手に口ずさむほどの人気であった。

——「八丁堀合点長屋店人《たなにん》釘抜藤吉捕物覚書」という題で遺っている、大福帳のような体裁の、半紙を長く二つ折りにした横綴じの写本がある。筆者は不明だが、釘抜藤吉の事件帖である。その筆初め「のの字の刀痕《かたなきず》のこと」の項に、親分藤吉の人物と名声をこう説明してあるのだ。それは以前、藤吉第一話のなかに書いたことだが、いまこうして、もう一度くり返して置くことも、あながち無駄ではあるまい。

大声を上げて飛び込んで来たのは、町火消しに組の頭《かしら》常吉だった。

竹片《たけきれ》を突き刺して火の通りをよくしていた勘弁勘次は、その竹を焚火のなかへ投げすてて、びっくり腰を伸ばした。

「何でえ。大《で》けえ声をしやあがって――おお、頭じゃあねえか。てえへんとは大いに変わると書く。滅多に大変などと言うめえぞ。勘弁ならねえ」

「勘さんか」とに組は肩で呼吸《いき》をして、「や、豪《えれ》えことになった。大鍋《だいなべ》のお美野さんがお前《めえ》――」

言いかけたとき、立てつけの悪い藤吉方の格子戸を内部《なか》からがたぴし開けて、何ともいいようのない不思議な、眠そうな声が、水を撒くように冷たく、低く聞こえて来た。

「かんかんのう、きうのれす、きうはきうれんれん、にいくわんさん、いんぴんたいたい、しいくわんさん、ぴいほう、ひいほう」

文化の末、大坂堀江の荒木座で道楽者の素人芝居があって、その時人気を呼んだ唐人唄と称する与太ものなのだが、これが江戸へも這入《はい》ってまだちょいちょい流行《はや》っている。それはいいが、今その唐歌をお経のように厳かに唱えながら現れたのは、藤吉第二の乾児――といっても二人きりなのだが、その二の乾児のとむらい彦、葬式《とむらい》彦兵衛だった。

勘次が飽くまで鉄火肌なのに引きかえて、この下っ引き葬式彦兵衛は、まるで絵に描《か》いた幽霊のような存在で、始終何かしらこの唐人唄のようなことを、ぶつくさ口の中でつぶやいているのみか、紙屑籠を肩に毎日江戸の巷を風に吹かれて歩くのが持ち前の道楽、有名な無口家《だまりや》で、大概の用はにやりと笑って済まして置くが、そのかわり物を言う時には必要以上に大きな声を発《だ》して辺りの人をびっくりさせた。そして、超人間的に嗅覚の発達した男だった。朝も晩も鉄砲笊を肩に、足に任せて放《ほ》っつき回っているので、大路小路の町名、露路抜け裏、江戸の地理にはことごとく通じていた。こうして屑拾いになり済まして種《ねた》を上げる。犯人を尾《つ》ける。役得でもないが色いろの落としものを拾って来る。時には善根顔に、病気の仔猫などを大事そうに抱えこんでくる。親分の釘抜藤吉をはじめ、勘弁ならねえの勘弁勘次、この葬式彦兵衛、まことに変物揃いの合点長屋であった。

「大変とは大いに変わる。こりゃあ理窟だ」

唐人唄を中止した彦兵衛、きょうも早朝から紙屑拾いに出かける気か、笊を背に、長い竹箸を手に、ぶらりと出て来て、こう常吉と勘次へ半々に、挨拶でもなく、茶化すでもなく、いつもの無表情な顔でしきりに感心して見せているところで、やにわに家のなかから藤吉の声がした。

「大鍋のお美野さんがどうかしましたかい」

渋い太い、咽喉《のど》のかすれた巻き舌である。釘抜藤吉、起きて聴いていたのだ。

三

宗右衛門橋から比丘尼《びくに》橋、いわゆる大根河岸に沿った一画を白魚屋敷といって、ここに一般に大鍋と呼ばれている鍋屋という大きな旅籠《はたご》がある。

訴訟用で諸国から出府する者のための公事《くじ》宿と、普通の商人宿を兼ねていて、間口も広く、格式も相当高く、まず界隈での老舗《しにせ》だったが三年前に亭主が故《な》くなって今は女主人お美野、これは、もと柳橋で鳴らした妓《おんな》で、今年三十一二の年増ざかり、美人も美人だしそれに、決して人を外《そ》らさないなかなかの腕っこき、女ひとりでこれだけの大屋台を背負《しょ》って立って小揺るぎもさせないどころか、鍋屋は、このお美野の代になってからかえって発展したくらいだという。非常に身長《せい》の高い女で、好く言えばすらりとした、悪くいえば半鐘泥棒式の、しかし、前身が前身だけにいまだに凄いような婀娜者《あだもの》だったが、このお美野に限って、若後家にもかかわらず、またこうした人出入りの激しい客稼業《しょうばい》にも似合わず、浮いたうわさなぞついぞ立ったことがないのだった。

前夜、十四日の真夜中、丑《うし》の下刻《とき》とあるから八つ半、いまで言う午前三時ごろだった。

この大鍋の階下《した》の一室《ま》に宿泊していた、武州小金井の穀屋の番頭で初太郎というのが、何かしらほとほとと雨戸を叩く音で眼を覚ました——。

と、言いさして、に組の頭常吉は、まだ薄暗い合点長屋の土間口に押し並んだ藤吉、勘次、彦兵衛の顔を、探るように見回している。事件出来《しゅったい》とみて、紙屑拾いに出かけようとしていた葬式彦《とむらいひこ》も引き留められ、勘次は、あわてふためいている常吉を案内して広くもない玄関《いりぐち》へ通すと、破れ絆纏《はんてん》をひっかけた藤吉親分が、鳩尾の釘抜きの文身《ほりもの》をちらちらさせて、上がり框に蹲踞んでいたのだった。片手に荒塩を盛って房楊子を使いながら、

「朝あ結構冷えるのう」と藤吉はじろりに組を見上げて、「のう常さん、知っての通り、おらあ気が短《みじけ》えんだ。長話は願い下げよ。何ですい、その、大鍋の泊まり客で武州小金井の穀屋の番頭初太郎てえのが、夜中にひょっこり起き上がって、戸惑いでもしたってえのかい」

勘次も彦兵衛も、にやりと顔を笑わせたが、に組の常吉は、冗談どころではないといったふうに大仰に手を振って、

「何の、何の――」ちょっと声を低めた。「親分、愕《おどろ》きなさんなよ、戸惑いは戸惑いでも、お美野さんが彼《あ》の世へ戸惑いをしなすった――」

えっ！　とでも驚くかと思いのほか、藤吉の表情《かお》は依然として石のようである。大声を揚げたのは勘次だった。

「何っ？　お美野さんが――そ、そいつあ勘弁ならねえ。彼の世へ戸惑いといいえあ自害《じげえ》だろうが、してまた何の理由《わけ》あって自害なんど――」

「さ、それがよ、なに、戸惑いとは言ったものの、勘さんの前だが、自害ではねえのだ」

「なにを言やあがる。勘弁ならねえ。あの弁天様のようなお美野さんを手に掛けるやつが、日本じゅうにあるはずはねえんだ」

とむらい彦が、いつになく馬鹿叮嚀に口を挟んで、

「ま、お美野さんがお故くなりになったとすりゃあ、ちょっくら蔵前へ走らせたで御座《ごぜ》えや

しょうな。常磐津《ときわづ》の名取で文字若《もじわか》さんてえ女《ひと》が、お美野さんの妹さんでね、三好代地に稽古屋の看板を上げていなさるのだが――」

「いや、人を遣るもやらねえもねえ」に組は、思い出したように新たに狼狽しながら、「運よくその師匠の文字若さんが、四五日前から鍋屋さんに泊まり込みでね、あっしあ今の先、大鍋さんの若え者に叩《もん》き起こされて駈けつけたんだが、文字若さんの命令《いいつけ》で、すぐ、こちらの親分をお迎えにこうしてすっ飛んで来やしたのさ。素人のあっしなんか、どうにも勘考《かんがえ》のつけようのねえ不思議な死に様《よう》だあね。何て言ったってお前、お美野さんの屍骸《しげえ》がよ、その初太郎てえ野郎の眼の前で、こう宙乗りをやらかしたんでごわすからなあ――うえっ！　これだけあ釘抜きの親分でも、どうやら手を焼きやあしねえかと、ま、こいつああっしの、余計な心配《しんぺえ》かも知れねえが――」

すっくと起《た》ち上がった釘抜藤吉だった。五尺そこそこの矮軀に一枚引っかけた紺の褪めた盲目縞《めくら》長ばんてん、刀の下げ緒のような真田紐を帯代わりにちょっきり結んで、なるほど両脚が釘抜きのように内側へ曲がっている。いわゆるがに股というなかで、最も猛烈な部に属する。欲目にも風彩が上がっているなどと言えないばかりか、正直のところ、まず珍々妙々なる老爺《おやじ》であった。

藤吉は、鷲摑みにした手拭いをはだけた懐から覗かせて、ちょこちょこと土間に降り立った。話し半ばだから、驚いたのはに組だった。出口を塞ぐように立ちはだかって、

「親分、どちらへ――」

言いかけた彼は、二度びっくりしなければならなかった。つと振り向いた藤吉の顔である。

別人のような活気が漲って、獲物を嗅ぎつけた猟犬の鋭さが、その眇《すがめ》の気味のある双眼に凝って、躍動して、放射している。その瞬間、に組の頭常吉は、この藤吉の眼の光に、柄にもなく現世で一番美しい、そして一番恐ろしい物を見たような気がした。それは、人間の意力が高潮に達した時に発する、一種の火花のようなものかも知れなかった。

四

「どこへ行く？　べら棒め！　知れたこっちゃあねえか。大鍋へ出張って、ちっと掘じくってみべえか――勘、汝《われ》も来い」

「あい」

「彦、手前《てめえ》も気になるようなら随《つ》いてくるがいいや」

「へえ。お供させて戴きやす」

「頭あ、ことの次第《しでえ》は途《みち》みち承るとしよう」

勘次が、戸前の焚き火に水をぶっかけて、そのまま合点小路を立ち出でた何とも奇妙な同行四人である。真正《まとも》な恰好をしているのは常吉だけで、取られつづけの博奕打ちのような藤吉親分、真っ黒な瘠《や》せ脛で味噌漉し縞縮緬の女物の裾を蹴散らかして行く勘次兄哥《あにい》、どんな時も商売を忘れないで、紙屑、鼻緒、木ぎれ、さては襤褸《ぼろ》でござれ何でござれ、歩きながら器用に長箸で挟んでは肩越しに竹籠へ抛り込んでゆく葬式彦兵衛――何のことはない、さながら判じ物のような百鬼朝行が、本八丁堀三丁目、二丁目、一丁目とまっすぐに、松屋町宗印屋敷を左手に弾正橋を渡ると、本材木町八丁目、竹川岸から大根河岸までは、京橋を越えてほんの一足だ。炭町、具足町の家々の庇を朱いろの矢のような陽線が躍り染めて、冬の朝靄のなかに白く呼吸《いき》づく江戸の騒音が、聞こえ出していた。

藤吉は途中に組と並んで、ゆうべ白魚屋敷の大鍋こと鍋屋で行われた女将《おかみ》お美野殺しの一件を、聴いているのかいないのか、それでも時どき合槌を打ちながら、片裾を摑み上げて足早に急いでいる。

小夜《さよ》嵐？――しきりに雨戸が鳴る音で眼をさました初太郎は、しばらく床の中でじっと耳を澄ました。確かに風も出ているようで、隙を洩る空気の揺らぎで枕行灯の灯が小忙《こぜわ》しく明暗の色を投げる。皿の底の残りすくなの油を吸う音が、どうかすると虫の声のように聞こえて、初太郎は、時刻を忘れて妙にしんみり秋だなあと思ったりした。

小金井宿の穀屋の番頭初太郎は、その朝江戸へ出て来たばかりだった。卸し先に店仕舞いをする家があって、そのほうの掛け金の整理と二三心当たりのある新しい顧客《とくい》を開拓するために、一月は滞在の予定だった。で、江戸へ着くとすぐ、定宿《じょうやど》の大鍋に草鞋を脱いだのだが、二三日は寝て暮らして旅の疲れを休めるつもりで、その晩はすこし早目に枕に就いたのだった。

それが、大分眠ったと思う頃、ぽっかりと眼が覚めたので、初太郎は、もう朝になったのではないかという気がした。そう思うと、雨戸を鳴らす風も暁風《あさかぜ》のように考えられるし、何となく室内に白い光が動いているらしくもある。それにしては、世間が死のように静かなのが――初太郎はむっくり起き上がった。宿のどてらを羽織って、小首を傾《かし》げながら縁側へ出た。

縁側へ出た拍子に、がたんと大きく、雨戸が鳴った。端寄りの一枚である。どうしても風ではない。その雨戸の真ん中辺へ何か固い物が外部《そと》からぶつかった音に相違ないのだ。初太郎は手早く桟を下ろして、雨戸を引いた。途端に、湿気を含んだ濃い闇黒《やみ》が、どっと音して吹き込む。初太郎はぶるると身震いをしながら、庭の奥を見定めようとするように、軒下の闇黒に首を突き出した。が、遠くを見るまでもなかった。その、戸外《そと》へ伸ばした初太郎の鼻っ先に、だらりと二階から下がっている人間——屍骸——女らしい。そうだ。女の屍体だ。風に吹かれている。大きく揺れている。小刻みにふるえている。庇越しに、階上《うえ》から細引きで垂れ下がっているのだ。

「あおっ！」

と、出そうとしても出ない声を出して、初太郎は風に突き飛ばされるように一瞬に部屋へ転げ込んでいた。無意識だった。あたまから蒲団を被って、もう一度叫ぼうとした。声を成さなかった。初太郎の聞いたものは、自分の歯の細かくかち合う音だった。そしてそれは、まるで鍛冶屋の乱打のように、耳いっぱいに響いた。

五

悪夢？——しかし夢ではない。初太郎は怖ごわ床《とこ》のうえに起き上がって見ると、紛れもない女の屍骸が、雨戸のすぐ外に宙乗りして、一段黒く闇を遮っているのだ。風を受けて、前後左右にしずかに揺れている。そればかりか、凝視《みつ》めているうちに屍骸は、すう、すうと上から誰かが引き上げるように、五寸ぐらいずつ釣りあがって往くではないか——。

初太郎は、眼を擦った。見直すまでもなく、女だ。女の屍骸だ。この鍋屋のお美野だ。
「うわあっ！」と、両手を頭のうえに振り回して、初太郎は、弾《ば》ね仕掛けのように躍り上がっていた。「お女将《かみ》さんだあ――！」

　ここは大鍋の別棟で、母家とは庭つづき、客が立て混まない限り、普段は内うちの者の寝泊まりするところになっているのだが、その晩は混んでもいたし、それに、小金井の初太郎は以前《まえまえ》からの定客《じようきやく》なので、半ば内輪あつかいにその部屋を当てがわれたのだ。で、初太郎の真二階《まうえ》は、女将お美野の寝所になっている。だからお美野は、じぶんの寝間の縁側から、細引きで、階下の初太郎の縁のそとへ吊り下がっているわけで、屍骸は、初太郎のほうへ背中を向けているのだが、そのお美野の着ている荒い滝縞の丹前《たんぜん》に、初太郎は覚えがあった。宵の口から風邪気味だといって、お美野はさっき帳場でもその丹前を羽織っていたことを、かれは思い出した。屍骸の髪は、手拭いをぐるぐる巻きに結い込んでいる、俗にいういぼじり巻きである。頸に細引きが掛かって、それでぶら下がっているのだろうが、綱は、暗くて見えなかった。屍骸は見るみる競《せ》り上がるように、のし上がるように、軒の下をまっすぐ棒のように揺れ昇って往く。丹前の裾から覗いている足は、裸足だった。はだしの足が、二つ並んでぶらぶらして、それが雨戸に当たってああして音を立てたのだった。

　呆然と見守っていた初太郎は、気がつくと同時に廊下へ駈け出して、向こう側の部屋へ跳び込んでいた。寝る前に風呂場でちょっと顔が合っただけの、全然識らない人だったが、そんなことは言っていられなかった。突っ走るような初太郎の声で、四十余りのでっぷりした男が、すぐ蒲団を蹴って起きて来た。これは仙台様へ人足を入れている堺屋小三郎の小頭《こがしら》で宇之吉という、しじゅう国許《くにもと》と江戸表を往復している鳶の者だった。初太郎が飽っ気にとられている宇之吉を、無言で自分の部屋へ引っ張って来て、雨戸の外に吊り上がって行く屍骸を見せると、宇之吉も顔いろを変えた。

「お！　これは女将さんじゃあねえか。どうしたというんですい」

「どうもこうも――」初太郎は、口が利けなかった。「ふっと眼が覚めたら、あれが――あんなものがぶら下がってるんで」

「はてな、何にしても大変事《たいへんごと》だが、自分で縊《くび》れ死んだものなら屍骸が釣り上がって行くという法はねえ」宇之吉は考えて、「この二階《うえ》が女将さんの寝間でごわしたな。上がってみよう」

初太郎の部屋のすぐ外が、中廊下の往き止まりになっていて、そこに、二階へ上がるただ一つの梯子段がある。上がるにも降りるにも、此段《ここ》を通らなければならないのだ。二人は、息急き切って二段ずつ一股ぎに駈け上がった。二階も同じ造りである。切り込みの角行灯が、ぽつんと人影のない長廊下を照らして、どの部屋も眠っているらしく、しいんとしている。取っつきのお美野の寝間には、有明《ありあけ》行灯の灯がぼうっと障子に滲んで、何の異状もありそうに思えない。が、時を移さず踏み込んだ二人は、室内の様子を一眼見るより、二度ぎょっとして立ちすくんでしまった。今のいま外にぶら下がっていたお美野が部屋の真ん中に寝乱れた床のそばに、仰向けに倒れている。闇黒に揺れていた荒い滝縞の丹前を踏みはだけて、白い膝がしらを覗かせ、裸足の足に苦悶の力が罩もって、指がのけ反っているのだ。首に巻いた細引きが、蛇のように畳の上を這って、一端は、違い棚の小柱に固く結んであった。室《へや》には、ほかに誰も人は居ないのである。

初太郎と宇之吉は、屍骸をそのままに、申し合わせたように縁の欄干《てすり》へ駈け寄って下を覗いた。階下と同じ場所の雨戸が一枚繰られてあるほか、つい今し方までそこに垂れ下がっていたお美野の屍体は、二人が駈け上がって来る間に、何者かの手によってこうして室内の中央《まんなか》に引き上げられて、下に見えるものは、初太郎の部屋から、開いている雨戸一枚の幅に黄色く流れ出て庭上《にわ》に倒れている行灯の灯影《ほかげ》だけである。何ごともなかったように、夜は深沈と朝への歩みをつづけるばかり——。

検めるまでもなく、お美野は縊死している。或いは絞殺されている。どっちにしろ、屍体がひとりでに宙に浮いて、綱を引いて上がって来ることは考えられない。お美野のからだは、宇之吉と初太郎が階段を飛び昇って来る短時間——ほんの秒刻のあいだに、急ぎ誰かが室内《ここ》へ引っ張り上げたものに相違ないが——すると、その人間はどこへ行ったか?

階下で宙に垂れ下がっている屍骸を見て、それから階段を一足跳びに上がって来る時、この部屋を開けて出る物音もせず、長い廊下に人っ子ひとり居なかった一事は、初太郎も宇之吉も、太鼓のような判を押すことができる。他にどこも消えるところはないのだから、それなら、屍骸はやはり自力で引き上がって来たのだろうか——。

それとも、またこの室内《へや》に何者か潜んでいて——無言で顔を見合っていた宇之吉と初太郎は、はっとわれに返ったように、互いに警戒し合いながら、押入れの奥、念のために寝床の中まで覗き回ってみたが、広くもない部屋、ほかに隠れ場所はない。どこにも、お美野のほか人の居た気配さえないのである。

その時、ふたりの動きで夢を破られたお美野の妹の文字若が何ごとが起こったのかと睡そうな顔で二階へ上がって来た。

六

「へえ、ただいま申し上げたような、そういうわけで御座います、へえ」

語り終わって、ぴょこりと頭を低《さ》げた小金井穀屋の番頭初太郎を、釘抜藤吉の針のような視線が、凝《じつ》と見据えていた。

大根河岸は、露を載せた青物の荷足《にたり》とその場で売り買いする市場とで、ようやく喧嘩のようにざわめき出していた。その人混みを割って旅籠屋《はたごや》の大鍋へ着いた藤吉の一行は、すぐ、屍体の引き摺り上げられた階上のお美野の寝所へ通って、初太郎、宇之吉、文字若の証言《はなし》を、こうして藤吉は、さっきから黙りこくって聞いていたのだった。

迎えに来たに組頭常吉のはなし半ばに鍋屋へ到着したので、中途から、発見者たる初太郎自身が後を引き継いで、この一伍一什《いちぶしじゅう》を話したのである。

釘抜藤吉は、それが沈思する時の習癖《くせ》で、ちょこなんと胡座を組んで眼を開けたり瞑《つぶ》ったりしながら、しきりに畳の毛波《けば》を毟っている。何か全くほかのことを考えているような様子だった。勘弁勘次も神妙に口を噤んで、若いだけに殺された姉よりも美しい文字若の顔を、お得意の「勘弁ならねえ」も忘れ果てて嫌にうっとり眺め入っている。葬式彦だけはけろり閑《かん》とこれだけは片時《しばらく》も離さない屑籠を背に小縁のてすりに腰かけてはだけたお美野の裾前を覗き込むように、例の「かんかんのう、きうのれす——」でも低声《こごえ》に唄っているのだろう。小さく、口が動いていた。

　人気第一の客稼業である。女将が妙な死に方をしたなどと知れ渡って宿泊人を騒がせても面白くないし、客足にも関わる。そこは気丈夫な文字若がとっさに適宜の采配を揮って、まだ一切厳秘にしてあるのだが、口さがない女中どもの舌だけは制《と》めようがなく、もういい加減拡まったとみえて近所の人々、泊まり客などの愕いた顔が、遠くの庭隅、廊下のあちこちに群れ集まってこそこそ私語《ささや》き合っているのを、に組の常吉が青竹を持った若い者を引き伴《つ》れて物々しく食い止めている。陽はすでに高く母家の屋根から顔を出して、今日も正月正月した、麗らかなお江戸の一日であろう。消え残りの朝霧か、霜囲いした松の梢に引っかかっているように思われて、騒然たる河岸のどよめき、畳町、五郎兵衛町あたりを流して行く呼び売りの声々、漂って来る味噌汁の香、清《すが》すがしい朝の風物《たたずまい》のなかに、ここ大鍋のお美野の寝間にだけは、解きようもない不可思議を挟んで不気味な沈黙が、冷たく罩め渡っていた。

　と、この場合、奇妙なことが起こった。釘抜藤吉が、大きな欠伸をしたのだ。

「ああうぁ」と彼は、後頭部《うしろあたま》を叩いて傍若無人に伸びをしながら、「旦那衆はどうしたい。べらぼうに遅いじゃあねえか」

「ほんとに、お役人様は、どうなすったので御座いましょう。遅う御座いますねえ」

　不時の姉の死に、取り乱すだけ取り乱した後の、脱けたような放心状態にいる文字若だった。鈴のような眼を真っ赤に泣き腫らして、屍骸《ほとけ》のそばに座っていた。撥《ばち》だこの見える細い指で、死人の顔を覆った白布を直しながら応えた。まくら頭《もと》に供えた茶碗の水に線香の煙がほのかに這ってくの字を続けたように揺らいでいる――。

「いっそ気が揉めますでございますよ。でも、町内の自身番から、お届け願ったのでございますから、すこし手間取れましょうが、追っつけお見えになりましょう」

藤吉は、文字若へにっこりした。

「師匠、凶死だからのう、おめえも諦めが悪かろうが、ものは考えよう一つだってことよ、まあ、それがお美野さんの定命《じょうみょう》だったと、思いなせえ。あんまり嘆いて、ひょっとお前が寝つきでもしようもんなら、姉妹《きょうでえ》ふたりで他に見る者のねえこの大鍋の身上《しんじょう》は、それこそ大変《こと》だからのう」

「はい。御親切に有り難う存じます。あたしゃこの階下の宇之吉さんの向こう隣の部屋に寝《やす》んでいたのでございますが、何ですか、あんまり二階の姉の部屋で跫音が致しますので、変に思って上がって来て見ますと、まあ、親分さん、姉がこの有り様――どうぞ、仇敵《かたき》を――姉ひとり妹一人の大事な人でありましたものを、ほんとに親分さん、お力で仇敵を取って下さいますよう、お願い申し上げます」

「うむ」藤吉は首肯《うなず》いて初太郎へ、「お前ら二人とも、この外の軒先に、お美野さんが吊る下がってるのを見たてえのだな。それが、ふたりが二階《けえ》へ上がって来る間に、部屋の真ん中に引き上げられていた――」

「その通りで御座います」

初太郎と宇之吉が、ごくりと生唾を飲み込んで、一緒に合点合点をすると、藤吉の笑い声が、やにわに彦兵衛へ向けられた。

「やい、彦。屍骸《ほとけ》が自力で、綱を伝わって上がったとよ。あんまり聞かねえ話さのう」

七

「げっ！　面白くもねえ。大方二階から、綱を手繰《たぐ》ったやつがあるだんべ」

「定《き》まってらあな」勘弁勘次が口を尖らせて、「引っ張り上げて置いて、縁から庭へ飛んで逃亡《ずら》かったんですぜ、ねえ親分」

「ま一度ちょっくら、仏を拝ませておくんなせえ」

藤吉はそう言って、お美野の屍体のそばに躙《にじ》り寄ると、はじめ一応検《み》た時と同じように、ちょっと申し訳にちらと頸筋を覗いて手をやってみたのち、それから、屍体の首に結んであった細引きを両手に扱《しご》きながら、何か、考えていたことを確かめ得たものか急に藤吉、水を噴くように上を向いて笑い出した。晴ればれとした、小児《こども》のような哄笑《わらい》である。何時までも笑い続けているから、一同が呆気に取られていると、藤吉は、

「けちな小細工《こぜえく》だなあ。世話あねえ。綺麗に露《ば》れやがった。いま犯人を揚げて見せる。みんな随いて来い」

と、やにわに起ち上がるや否、戸外に面した縁側の欄干に腰掛けている彦兵衛へ駈け寄って、いきなり耳を摑んだ。

「彦っ！」

「お、痛《いて》えや、親分。他人《ひと》の所有《もの》だと思って――」

「ここを見ろ」指さす欄干の一点に細引きでこすったような微かな跡がある。しかも、その

下の縁に、麻の擦りきれたものらしい白い埃状の糸屑が、ほんのすこし落ち散っているのだ。

「黙って聞け」

耳を引っ張って、藤吉は何ごとか吹き込む。にやり微笑《わら》って委細承知した彦兵衛、一足先に部屋を出て、急ぎ梯子段を下りて行く音。

「さあ、そこの番つく初太郎どんに宇之吉さんとやら。御足労かけて済まねえが、なに、係り合《え》いだ。ちょっくら階下の初太郎どんの部屋まで降りてもらいますべえか」と藤吉は文字若を顧みて、「師匠、仇敵が取れるぜ」

「あれ、親分さん、ほんとで御座いますか」文字若はもう顔色を変えている。「お嬲《なぶ》りなすっては嫌でございますよ」

「うふふ、せっかく、狂言《しべえ》の尻《けつ》の割れるところだ。面白えから付いて来なせえ」

おろおろしている宇之吉初太郎の両人を、六尺近い腕力家の勘弁勘次に守らせ、それに、今すぐ姉の下手人の判ると聞いて恨みと憎悪に顔色を蒼くしながら悦ばし気にいそいそ起って来る文字若――四人を伴れて、藤吉は、その真下の初太郎の部屋へ降りて来た。

部屋へ這入ると同時に、急な変化が藤吉の態度に現れた。その釘抜きのような脚で大股に、かれは縁の外側の敷居――雨戸の敷居――の戸袋寄りのところ、ゆうべ初太郎がそこを開けてお美野の屍体が宙乗りしているのを見たという、その一枚分の敷居へ、つかつかと進むと、もう藤吉は、一分前とは別人のように、笑いの影など顔のどこにも見られなかった。

四人の眼前で、藤吉、不思議なことをはじめている。

最初は指で、敷居の溝をしきりに擦って見ている。

次に、敷居のそばにぴったり座り込んで、今度はふところから一二枚の懐紙を取り出してそれで溝を拭き出したのだ。

何が何だか訳が判らないで、四人はぼんやり凝視めていると敷居の溝を拭いた紙が黄色く染まって光っているのを、藤吉は兎見角《とみこ》う見したのち鼻へ持って行って、

「ふむ、胡麻だな――」文字若を振り返った、「まだ新しいところを見ると、昨日あたり、この敷居へ胡麻油を引かなかったか、師匠、お前は知らねえかえ」

「そう言えば、古い家で建て付けが狂っているので戸滑りが悪いとか言って、きのう姉が、じぶんで油壺を持ち歩いて方々の敷居に落として回っていたようですよ」

「違《ちげ》えねえ」

呻いた藤吉は、ちらと勘次に眼配せして退路の障子ぎわを断たせると、ずいと三人の前に立ちはだかって、冷徹な低声だった。

「おうっ、三人とも足を見せてくんな、足をよ」

唐突《だしぬけ》にこの奇抜な注文――びっくりしているところ、藤吉はすぐに畳みかけて、

「宙乗りしていた屍骸の足は、確かに裸足だったのう。間違《まちげ》えあるめえのう」

「飛んでもない！　見間違いなど、決してそんなことは御座いません。はい、わたしもこの宇之吉さんも、はっきり見たんで御座いますから――へえ、裸足でございました。立派にはだしで御座いました、へえ」

「そうけえ。その裸足の件で、おいらあちっとべえ不審を打《ぶ》ったことがあるんだ。おお、揃って裸足になってみな」

「裸足になるんで御座いますか、私ども三人が」

怖《お》ずおず訊き返した初太郎を、藤吉は噛みつくように呶鳴って、

「執拗《くで》えや！　足袋を脱げ！」

「あつしゃあこの通り、初めから足袋なんか穿いていやせんが」宇之吉はまごまごしながら、

「この裸足を、一てえどうするんで御座えます」

「まあ、待っていなせえ――おう、師匠、序だ。お前の足も一つ拝ませてもらおうじゃあねえか」

「ひょんな親分さん！　こんな汚い足でおよろしければ、お安い御用でございますよ。いくらでも御覧なすって――」

「どうしてどうして、勘の言い草じゃあねえが、弁財天といわれる師匠の足だ。滅多に拝見できるもんじゃあねえ。これも岡っ引きの役徳で、稼業冥利《しょうべえ》よなあ、師匠」

「あれ、あんなことを。たんとお弄《からか》いなさいましよ」

裾を押さえて蹲踞んだ文字若は、恥じるように笑いながら、足袋を脱いだ。初太郎も、先に足袋を脱いで控えている。

藤吉は座って、自分の前を示《さ》した。

「三人並んで、ここへ足を投げ出しておくんなせえ。おいらあちょっと考えることがあって、足の裏を見てえんだ」

八

文字若を中に、初太郎と宇之吉が左右に、三人は言われる通り畳に腰を下ろして、行儀の悪い子供のように、素足を揃えて長く藤吉の方へ突き出した。

「こうで御座えやすか」

「何ですか、よっぽど変な御探索でございますねえ」

実際それは、如何にも奇異な光景だった。大の男ふたりと若い女が、どうなることかと恐ろしそうに並んで、畳に足を投げ出している。文字若の裾からは湯文字が溢《こぼ》れて、葱を剥いたような膚《はだ》、象牙細工のような指、ほんのり紅をさした爪の色——恥じらいを含んで足さきをすぼめた文字若は、絶えず微笑み続けていた。

犬のように両手を突いた藤吉である。初太郎と宇之吉の足は略《ざっ》と見たばかりで、かれの眼は、吸われるように文字若の足の裏に据わって、動かない。舐めんばかりに顔を寄せて見入っている。文字若は、嬌態《しな》を作って、足を引っ込めようとした。

「あれさ、嫌ですよ、親分さん」

「まあ、待て」その足首に藤吉の手が懸かった。「変てこれんじゃあねえか。え、こう、弁天様の足のうらにゃ、胡麻の油が付いてるものけえ」

さっ！——と、文字若の顔から血の気が引いて、藤吉の手を蹴り解《ほど》いて踠《もが》き起とうとした刹那、

「親分、おっしゃった通りありやしたよ」

のそりと彦兵衛が這入って来た。手に、お美野が着て死んでいたのと同じ荒い滝縞の丹前と、一連の細引きを持って――

「彦、そいつあ、師匠の部屋から捜し出して来たか。出来《でか》したぞ――これさ師匠、もう駄目だぜ。種あ上がった。直に申し上げりゃあ、お上に御慈悲もあろうてえもんだ」

くるり絆纏の尻を捲くって蹲踞み込もうとする藤吉から、文字若は、白紙のような顔になって飛び退《すさ》っていた。

ばた、ばた、ばた！――と二三歩、裾を翻して障子に手が掛かる。廊下へ、文字若、本性の鉄火肌を顕して逃げ伸びようとする。そこを、待ち構えていたように勘次が両腕の中にさらえ込んだ。

「放して！　放せったら放しやがれ！」

「好いってことよ。勘弁ならねえ。じっとしていなせえ」

巨《おお》きな勘次が、しっかりと――多分必要以上に確固《しつかり》と――嫋《なよ》なよした文字若のからだを抱き締めて、妙ににやにや立っている。途端に、障子の外に多勢の跫音が来て、に組の常吉の声がした。

「お役人様がお見えになりやした」

「そら、勘的」藤吉は笑って、「惜しかろうが旦那衆にお渡し申せ」

間もなく、出張の同心加藤紋之丞の一行に文字若の身柄を引き渡した藤吉は、勘次彦兵衛の二人を伴れて、元来た道を八丁堀合点長屋への帰路にあった。

門松、注連縄を焼く煙が紫いろに辻々を色採って、初春《はる》らしい風が、掛けつらねた紺の暖簾に戯れる。長閑な江戸街上《がいじょう》、今の鍋屋の陰惨な事件をそっくり忘れたかのように、釘抜藤吉は、のんびりとした表情だった。

「豪《えら》く企んだものですね」急ぎ足に追いつきながら、葬式彦が言った。「いずれ、たった一人の姉を殺《ば》らして、身代を乗っ取ろうてえくれえの女《あま》だから――」

「うむ」藤吉はもう興味もなさそうに、「なにさ、屍骸が自力で動くわけあ無《ね》えからの」

勘次が、感心した。

「なるほどね」

「それが自力で釣り上がったってえからにゃあ、屍骸は屍骸でねえはずだ。不審な事件《たま》ほど、手がけてみりゃあお茶の子さいさいよ。なあ彦」

「大きに左様《そう》でげす」

「おらあに組の話を聞いただけで、現場へ行き着く前から、まずこの辺と当たりを付けていたんだ。それがお前、お美野さんの頸部《くび》を見りゃあ案の条、ありゃあ細引きで縊れたもんじゃあねえ。もっと巾のある、こうっと、手拭いででも締めたもんだ。手口は一眼で判らあな。常から反りの合わねえ姉妹だ。それにあの師匠は淫乱よのう。男に貢ぐ金に支《つけ》えて、お美野さんへ毎度の無心と来る。拒《は》ねつけられて害心《げえしん》を起こすのは、ま、あの女ならありそうなこった」

「するてえと」勘弁勘次は、首を捻りひねり、「お美野さんが眠《ね》てるところへ忍び込んで、手拭いで締めて、首に細引きを結んで、その端を違い棚へゆわいつけて――」

「そうよ。いいか、二階の欄干の綱の跡と麻屑を考え合わせてみろ」

藤吉の説明は――姉を締め殺した文字若は、それだけ細工を施した屍体をそのままに、自分は両肩に綱を回し、その上から、前もって用意して置いた、姉と同じ丹前を羽織って姉の屍骸になり済まし、二階のてすりを潜らした綱の一端を手に、軒下にぶら下がって――。

「そこで、足で雨戸を蹴って初太郎を起こしたんだ」

「ははあ、髪まで同じいぼじり巻きだから、これあ誰でもお美野さんだと――」

「面《つら》を見せねえように、うしろ向きに下がってたってえことを忘れちゃいけねえ。おまけに、綱を手繰って屍骸がのし上げると見せかける。初太郎と宇之吉が胆をつぶして二階へ駈け上がっている間に、悪才《わるざい》の利く阿魔じゃあねえか。おのれは、すとんと初太郎の部屋の縁へ降り立って、綱を解いてよ、二階の欄干に長く二本に掛けてあるやつをするする引き下ろしてこっそり自室《へや》へ飛び帰ったに違《ちげ》えねえ。この通り泥を吐くから見ていな――すっかり衣裳をあらためて、初太郎宇之吉が姉の屍骸を見つけた頃合いを見計らい、眠呆《ねぼ》けづらを装《つく》って二階へ上がって行ったのよ。だが、階下の縁へ飛び下りた拍子に、足の裏に敷居の胡麻油が付こうたあ、はっはっは、彦、この落ちあどうでえ、これこそ真実《ほんと》に、飛んだことから足がついたってもんだぜ」

雪の初午《はつうま》

一

「昨夜から明け方へかけて、厳《きつ》い寒さだったからのう」

釘抜藤吉は、算崩《たまくず》し唐桟《とうざん》の絆纏《はんてん》の襟に首を崩《うず》めて、立ったまま凝《じっ》と足許の屍骸に見入っていた。

そして、いま改めてその寒さに気がついたように、ぶるると身顫いをしながら、誰にともなく続けた。

「こうして往来にぶっ倒れていた日にゃあ、凍え死にするに不思議はねえのさ」

「それに親分、この雪だ――」

並んで、横ちょに傘を差し掛けていた勘弁勘次が口を入れて、

「悪いものが落ちやしたよ。三寸、いや、それとも四寸も積もりましたかね。江戸じゅう真っ白だ。こいつあどうあっても勘弁ならねえ」

と白い息を吐き吐き、まっ赤に冷縮《かじか》んだ足の指先に力を入れて、雪に埋まった足駄を交わる代わる動かす。そうでもしなければ、しんしんと痺れるようなつめたさ――冷たさを通り越した痛さが爪さきから這い上がって来て、とても立っていられないのである。

全く、江戸には珍しい寒い日だった。

二月の一日、初午《はつうま》。

三日、節分。冬去って春が訪れる日。

四日、立春。万物更生、緑の影の萌え初《そ》める節。

などと暦の上ではこうなっているが、その年の二月一日は嘘のような大雪で、雲母のように小さくきらきら固まった雪、一番冷たいやつ、あれが、筑波颪《おろし》と言って北から来る風に吹き捲くられて江戸一帯、六花紛々《ふんぷん》、晒布《さらし》で包み込んだような白妙の世界である。

雪見に転ぶところまで——の風流人も、この寒さでは手も足も出ない。身を斬られるような酷寒の明け六つ半、卯の下刻《げこく》だった。

猿若町一丁目、中村座の前である。

雪を被った屍骸がひとつ、菰《こも》を抛り出したように倒れているのだ。

勘弁勘次が貧乏揺るぎをして、傘を持つ手が震えると、小さな雪崩れが傘から滑り落ちて藤吉親分の襟元を打つ。

藤吉は、頸を竦めて呻いた。

「ううむ、勘の字。気を付けろい。おいらあまだ生身だ」

しかし、戯談事《じょうだんごと》ではないのである。

その、昨真夜中から降り積もった大雪は、先刻忘れたように止んだものの、道路、家々の屋根、庇、見渡す限り白い綿を載せて、今で言えば零下何度というのだろう、寒気《さむさ》は一層厳しい。

向こうの藪の内の大通りには、早出の車の轍の跡が数条、雪を割いて黒く見えていたが、この狭い猿若の横丁には、藤吉、勘次と、来合わせた葛西屋《かさいや》という酒屋の樽拾いと、この偶然落ち合った三人の発見者の足跡が、屍体の周囲《まわり》に点々と乱れているだけで、他に、まだひとりも人の通った形跡はない——。

雪の日やあれも人の子樽ひろい——素草鞋《すわらじ》に雪を踏んで、その樽拾いの小僧は見るからに寒そうである。葛西屋と染め抜いた肩揚げのある古印絆纏《ふるしるしばんてん》の袖の奥に両手を引っ込めて、係り合いになることを怖れてか、泣き出しそうな顔で、藤吉と勘次を交互《かたみ》に見上げている。藤吉が一つ頤《あご》をしゃくって、行ってもいいというのを待ち構えているのだ。

「あっしはこっちからくる。お前さん達はむこうから来かかる。出合ったところにこの死人が転がっていたんで」

小僧はそう言って、三人に囲まれている屍骸へ、再《ま》た眼を落とした。

死んでいるのは、男である。全身に満遍なく雪が降り積もっているが、髷の形で見ると五十近い年配の町人だ。雪に濡れた着衣《きもの》が凍って、板のようになっている。藤吉は無言で小僧へ頷首《うなず》いた後、ちょっと勘次に眼配せした。

俯伏《うつぶ》せに倒れているのである。

勘次が蹲踞《しゃが》んで、静かに、屍体の頭部の雪を払って顔を現すと、皮膚は赤く黒く、紫色に変わっていて、額部《ひたい》に一個所、瘤のように腫れ上がったところがある。打撲傷《うちきず》らしい。小さく口が開いて、雪と泥に汚れているのだが、血は見られなかった。

「これだ。額《ここ》を打《ぶ》つけて死《くた》ばりやがった」

と勘次はしたり顔に、高下駄の歯で雪を掻き分けて、下の、鏡のように氷った地面を指さしながら、

「親分、この通りだ。いや、滑るの滑らねえのって、気の毒だが、これじゃあ世話あねえや

な。奴《やっこ》さん、ここまで来て、すってんころり、辷りころびやがって、その拍子に地べたに額を打つけて気を失い、上から雪が降り積んでまるで氷詰めで御座《ござ》えやす。曲も無《ね》え凍え死にさ」

「するてえと」藤吉は、勘次のきびきびした口調に会心らしく微笑して、

「下手人は、雪か」

「左様《さい》でげす」勘次も、手の雪を払って腰を伸ばす。「勘弁ならねえが、犯人《ほし》は雪で御座えす」

「どこの御仁《ごじん》か知らねえが、大きに、飛んだ災難よなあ――勘、暇取った。行くべえか」

「あい。参《めえ》りやしょう」

雪はやんだが、降雪《ふり》以上の寒さ避けに、親分《こぶん》乾児の相合い傘、勘次がさしかけて歩き出そうとすると、凍死人の顔を覗いていた葛西屋の樽拾いが、その時、頓狂な大声を上げて二人の出足を停めた。

「お！　権《ごん》さんじゃあねえか。何だか見たことのある顔だと思ったら、豪《えれ》えことになったもんだ。これあ権さん――木戸権《きどごん》さんだよ！」

二

白梅の一枝は花を付け、蕗の薹の青さ。

が、二月の春は名ばかり、一日は宵の口から凛烈たる霜の気配だった。

初午――稲荷祭りである。

武家地、市中を問わず稲荷を勧請するのは、当時江戸の一風俗だった。一口に江戸の名物を

挙げて、喧嘩、稲荷に犬の糞と言ったくらいで、お稲荷さんの数は枚挙に遑《いとま》がない。それがこの二月一日の初午には、夜宮から一斉に、提灯、地口行灯、或いは種々趣向を凝らした飾り物を懸け連ねて、露路奥などの小さな社《やしろ》でもなかなかの壮観だ。

日本橋四日市の東の真ん中辺に、一筋の狭い小路がある。ここに旧来《むかし》から稲荷の小祠《しようし》があって、名も聞こえなかったのが、何時《いつ》如何なる霊顕があったというのか、近頃翁稲荷と呼んで、その名都下に響き、雪の日も雨の夜も参詣の鈴の音の絶える暇のないのは、「翁の御名に相応しく、霊威もさてこそ知られつれ」などと物の本にも出ている。

ゆうべ夜中である。

初午だというので、日本橋の四日市なら、八丁堀からさして遠くはない。お詣りを思い立った合点長屋の釘抜藤吉が、勘弁勘次を供に、葬式《とむらい》彦兵衛を留守に残して合点小路を立ち出でた時、暗い風が空に唸って、折おり落ちる雪片《ゆき》が闇黒《やみ》に浮かんで飛白《かすり》のように眺められたが、まだそれほど大降りにはなっていなかった。

翁稲荷を拝んだだけで、すぐ帰る心算《つもり》だったのだ。ところが、言い出したのは、勘弁勘次である。

「親分、あんまり暖《あつた》けえ晩ではねえが、結構な初午で御座えやす。どうです、足序《あしついで》てえのもお稲荷さんに済まねえわけだが、気の向いた方をぐるっと回って、稲荷回りをしては——」

一度家を出たら最後、糸の切れた奴凧同然、どこへどうすっ飛ぶか判らないかれ勘次の思いつきそうなことだ。

「この寒さに朝まで歩こうてえのか」

と藤吉は、はじめあまり進まない顔付きだったが、

「なあに、稲荷なんざあ小一刻《とき》も回りゃあ種が尽きまさあ。それに親分、寒詣りと言って、さむい時節《とき》を選んでお詣りするじゃあ御座んせんか。悪いこたあ言いませんぜ。こんな晩に拝んで置けあずんと御利益《ごりやく》が違いますよ」

しきりに奨めるので、藤吉もその気になる。が、ほんの一刻か一とき半で帰宅《かえ》ることになるだろうと思ったのが、どうしてどうして、名高い稲荷だけ拾って歩いても、関八州《かんはっしゅう》稲荷の司という王子金輪寺の稲荷はさて置き、烏森稲荷、八官町の穀豊《こくほう》稲荷、新材木町へ飛んで杉の森稲荷、鉄砲州の隅の稲荷、浮世小路の福徳稲荷、本銀町《ほんしろがねちょう》一丁目では白旗稲荷、柳原の柳稲荷、駿河台の太田姫稲荷、狐に化かされないお守りで有名な湯島の妻恋稲荷、上野下では穴の稲荷、浅草へ伸して八軒寺町本法寺の熊が谷稲荷、浅草寺の地主神で西の宮稲荷、田町の袖すり稲荷、谷中の三崎《さんさき》稲荷——とこう並べただけでも草臥《くたび》れる。これを、足に任せて歴訪したのだから、夜更けとともに寒さは激し、藤吉親分すっかりへた張ってしまって、

「勘、汝《われ》あよくもおれをこんな非道《ひで》え目に合わせやがったな」

不平《こぼ》しこぼし、牛に引かれて善光寺参り、がさつ者の合点長屋にしては大変な信心である。もっとも、普段神仏に御無沙汰しているので、こういう機会《おり》にかためて拝んで置こうという、誠に勝手な気持ちも、半分は手伝っていたに相違ない。乗り掛けた船とばかり瘠《や》せ脛に鞭をくれる勘次に伴われるまま、折からの大雪を冒し、おでん燗酒の赤い屋台提灯や、起きている蕎麦屋を見つける度に飛び込んで熱いやつを注《つ》ぎ足しながら、もう一社もう一社と慾張っているうちに、とうとう向島まで渡って、雪映えに白い東の色に朝を知ったのだった。

合点長屋の連中らしい、何とも出鱈目な千社詣りで――。

夕立や田を三めぐりの神ならば。

その三囲《みめぐ》り稲荷をざっと拝んで一番の渡船《わたし》で橋場へわたる。酒井雅楽頭《さかいうたのかみ》の屋敷隣の真崎《まつさき》稲荷、鏡が池を左に田圃の奥へ進むと、音に聞こえる玉姫稲荷、その時候には、水鶏《くいな》の名所である。

ここまで来たものだからというので、新吉原の九郎助稲荷を打ち止めに、山谷堀に沿ってやっと帰路に就いた藤吉と勘次だった。

足駄が潜るほどの積雪《ゆき》に、五体は冷え切って感覚を失い、まるで他人《ひと》のからだを借りて来ているような気持ちだが、勘弁勘次は負け惜しみの総本山だ。

日本堤をぶらぶら歩きながら、

「雪の夜歩きもちょいと乙《おつ》りきじゃあ御座んせんか」

その拍子に、途轍もなく大きな嚔《くしゃみ》を一つ。

「ばあくしょいっ！　おお涼しい！　べら棒に涼しいや」

三

諸事粋ぶりたいのがこの勘弁勘次の病、嚔の余韻をそのまま唄に、精ぜい渋い心算の咽喉《のど》を聞かせる気、初午に因んで稲荷尽くしを詠み込んだ紀伊の国を一くさり、ところ柄、さながら朝帰りの心意気で、勘次独りで好い気持ちそう。

「紀伊の国は、音無川の水上に、立たせたまうは船玉山《せんぎょくざん》、ふな霊《だま》十二社大明神、さて東国に到りては、玉姫稲荷が三囲りへ、狐の嫁入りお荷物を、担ぐは強力《ごうりき》いなり様、頼めば田町の袖摺りか、差し詰め今宵は待ち女郎、仲人《なこうど》は真っ崎まっ黒の、九郎助稲荷につままれて、子まで生《な》したる信田《しのだ》妻――」

「勘的！」藤吉は叱りつけた。「薄みっともねえ声を出す無え。世間様あまだお寝《やす》みだぞ」

こうして、お詣りとは言いながら酔興に夜っぴて歩き回った藤吉と勘次は、御苦労様にへとへとになって、この明け六《むっ》つの頃に砂利場から北新道《きたしんみち》、やがて芝居で知られた猿若町の通りに差しかかったのだった。

猿若町三丁目、二丁目、一丁目と逆に来て、川原崎座、市村、結城、中村、薩摩の総五座が軒を列ねて、満都の人気を湧かしている初春《はる》狂言、昼間《ひる》ならば盛装の婦女子に道路《みち》一杯艶めかしく賑わうのだが、この大雪の早暁《あさ》だから深山《みやま》の奥のように寂然と静まり返って、人眼を惹いて競い立つ極彩色の絵看板も雪の一いろ、冬枯れの雑木林のように味気なく黒ずんで見える。藤吉と勘次が初めての通行人《ひとどおり》らしく、まだ足跡のない雪の街路《みち》が、華やかな場所だけに妙に不気味に、遠く白じらと続いていた。

その、雪を蹴って進む足先に、危うく屍骸を踏みつけそうにして立ち停まったのは、猿若町で出外れようとする中村座と薩摩座の間、そこの一層狭まった往来の中村座に寄った地点《ところ》だった。

真っ白に雪を着て、酔漢《よいどれ》が寝込んだように、路上に長くなっていたのだ。

最初に発見《みつ》けたのは藤吉と勘次だったが、ちょうどそのとき彼方《むこう》の藪の内の角からこの葛西屋の樽拾いが曲がって来て、これも屍骸を踏みそうにそばまできてぎょっとして歩を止めた。

そして、出会い頭《がしら》に横死体を中に、八丁堀と葛西屋の小僧と、向かい合って立ったのである。

倒れている男は、死んだことを冷たくなったと言うなら、これはまた見事に冷たくなっている。凍死である。勘次の説明を俟《ま》つまでもなく、氷った土に足を滑らし、転んだ機《はず》みに額部《ひたい》を打ちつけて一時気を失い、こうして地面を抱《いだ》くように俯伏《うつぷ》している内に、全身に雪が積もって敢えなくなったものであろう。あの雪だ。通り掛かる人もなく、救助《すくい》の手に逢わずに、朝を待たないで凍え死んだのに不思議はない。鬢や着物など鉄板のように固く氷結《こお》って、膚《はだ》一面に薄い氷が張っていた。最早かなり前に絳切《こと き》れていて、どうにも手の下しようがない――。

間違いなく、自分の過失《あやまち》で死んだものである。幾ら釘抜きの大親分でも、ここらは謂わば縄張り外なのだ。死因が明白《あきらか》なのに、わざわざ他町の岡っ引きが口を利くがものはない。どうせ近所の人が起き出れば騒ぎになって、顔見識りの者なら自宅《うち》へなり、自身番へなり担ぎ込むことだろう――それに、夜明けに降雪《ゆき》が止むと同時《とも》に一層《ひとしお》加わった寒さに閉口して、幾分家路《かえり》を急いでもいた。で、藤吉はその凍死体を残して、勘次を促して立ち去ろうとしたのだが、今の、

「おう！　これあ木戸権さんじゃあねえか」

と、叫ぶように言った葛西屋の小僧の言葉に、何かしらちょっと気になるものが感じられて、それが藤吉を振り向かせた。ずいと元の屍骸の傍らまで引き返しながら、

「この死人《ほとけ》あお前《めえ》の知り人かえ？」

「なに、おいらの知り人てえわけでもねえが」と小僧は、俄に口を尖らせて、「ちょっ！　お前さんらこの猿若へ来て、木戸権さんを知らねえのか」

話せないと言ったように舌打ちすると、藤吉はちらと、勘次と苦笑を交わして、小僧の前に

下手に出た。

「おいらはこの通りの野暮天で、芝居には縁がねえのだ。お前の口振りでは、豪《えら》く顔の売れていなさる仁《ひと》らしいが、一体《てえ》この木戸権さんてえのは何人《なん》ですい？」

四

川原崎座の木戸番で権九郎、悪御家人みたような名前だが、界隈では木戸権と称《よ》ぶのが通り名になっていて、猿若町の主《ぬし》のように自他ともに許している、この芝居小路では古い人間だった。

若い頃は呑む打つ買うの相当な極道者だったそうだが、四十過ぎから別人のように堅くなって、近ごろは、固いのを通り越して有名な吝嗇坊《しみったれ》だったと言う。木戸番くらいでどうしてそんなに金が溜まるのかと思うほどしこたま蓄《た》め込んで、小綺麗《こざっぱり》した家作の二三軒も有《も》ちながら、自分は、死んだ女房との間の二十五になる伝次という息子と二人、いまだに川原崎座の楽屋裏に、蝙蝠《こうもり》のような変わった生活《くらし》をしていた。とにかく木戸権さんと言えば、この猿若町の付近で誰一人知らないもののない、けちん坊の偏屈人だった。

葛西屋の小僧の口からそれだけ聴き取った藤吉は、こう判然《はっきり》どこの何者とわかってみると、職掌柄、もう打ち棄てて行くわけに往かないので屍骸のそばに勘次を張り番させて小僧を案内に、間もなく彼は、今通って来た三丁目へ引っ返して、とん、とん、とん。

「お頼み申します。急用で御座います」

頻りに川原崎座の楽屋口を叩いていた。

八丁堀合点長屋の岡っ引き釘抜藤吉の不愛想は、各町の朱総《しゅぶさ》仲間はもちろん、御組屋敷から南北奉行手付の同心にまで聞こえた、天下御免の苦虫である。何か御用筋の件で心に考えごとを持っている時はなお非道《ひど》く、平常の不機嫌に輪を掛けて、勘弁勘次、とむらい彦兵衛の二人の身内の者は先刻心得ているものの、傍《はた》からはよほど気に入らないことがあって憤《おこ》っているとしか見えなかった。これを釘抜藤吉公許の八つ当たりといって、今がそれである。葛西屋の小僧は、劇場《こや》の裏口まで藤吉に跟《つ》いて来たが、油を売ったと思われて主人に叱られるのが怖いらしく、何時の間にか姿を消して、まだ寝ている近処への手前、音を忍ばせて板戸を打ちながら、

「ええ、いそぎの要なんで——ちょっくら此扉《ここ》をお開けなすって。もし、何誰《どなた》も居ねえんですかい」

段だん焦《いら》いらして来る様子だが、それでも低声《こごえ》に呼び続けているのは、藤吉親分ひとりである。

人は怒ると、ふっと腹の底を覗かせるものだ。どんな人間でも、怒りの感情は、或る程度までその性格や特徴を赤裸《はだか》にして見せる。つまり、相手をおこらせることは、その人物を見極める何よりの捷径《はやみち》なのである。釘抜藤吉が殊に初対面《はじめて》の者に、時として乱暴なほど無作法な態度に出るのは、かれ藤吉、岡っ引きという対人関係の表裏を主にした長い間の生活経験から、無意識のうちに、そうした一種の背面攻撃といった独特の手法を体得しているのかも知れない。

その証拠には、藤吉親分と知らずに初めて会う者は、大概注文通りに二言三ことで怒らせられてしまうのである。そしてその結果は、ははあ、此人《これ》はこれだけの人間、これはこういう

性質《たち》と、即座に腸《はらわた》を読み取られるのだ。

この場合がそうで、実際また、釘抜藤吉の面相は、理由《わけ》なく対者《あいて》を不愉快にするに足る充分の条件を備えてもいるのである。第一、眇《すがめ》で、獅子っ鼻で、乱杭歯で、全体が、言い様《よう》もない仏頂面なのだ。そのうえ小男で、肩上がりで、釘抜きと綽名《あだな》されるほど脚が彎曲《まが》っていて、服装振《なりふ》り構わないから何時会っても昨日焼け出されたと言ったように奇抜な格好をしている。この人相と風体だ。これが名だたる合点長屋と思って見ればこそ、畏敬の念も沸き親しみの心も起こるが、知らない者は、どこの三下奴《さんしたやっこ》が何の難癖を付けに来たかと、顔を見たばかりで思わずむかむかさせられて、不覚にも親分の手に乗り、洗いざらい人柄を掴まれてしまうということになるのである。藤吉の識る識らぬに係わらず、かれという存在が既にそう、都合好く人を怒らせるように出来ているのだろう。頭から相手を呑んで、何時も嫌に横柄な口調だ。

やっと聞きつけて起きて来たらしく、頭部《あたま》でも寒いのか、手拭いで頬被りをして、垢染みた長絆纏を引っ掛けた若い男が、内部《なか》から細目に開けた戸の間へ、不精無精《ふしょうぶしょう》に眠そうな顔を現すと、藤吉はすぐ咬みつくように、

「やい！　手前《てめえ》の耳あ金《かな》つんぼか。穴あるか。掘じくってみろ」

と、寝呆け面《づら》へ出し抜けで、鳩が豆鉄砲を食らったように、飽気《あっけ》に取られているところへ、叩き付けるように続ける。

「こちとらあさっきから呼んでるじゃあねえか。何故すぐ起きて来ねえ。木戸権の伜で伝次てえやくざあ手前か」

これで怒らなければ、怒らないほうがどうかしている。やにわに暴な口を利くやつだが、何

者？　と伝次が、眼を擦って見直すと、五尺そこそこの、あぶれた駕籠舁《かごか》きのようなけちな老爺《おやじ》が、矢鱈《やたら》にぽんぽんした口をきいて、独りで威張っているから、一時ぽんやりしていた伝次も、急にわれに返ったように、なかなか負けていない。

「何をっ！　こう、日待ちの伝次てえ兄さんはおいらだが、それがどうしたってんでえ」

若い者だけに、たんかも威勢が好いが、日待ちの伝次――さては二つ名の奴かと、藤吉は早くも伝次という人間の大部分を看破したのだった。

「どうもしねえよ」藤吉は肩先へ立てた弥蔵《やぞう》で鼻の頭を擦り上げながら、「若《わけ》えの、ここを開けな。這入《へえ》って話があるんだ」

「おうっ、仁義はどうした」戸の隙間から伝次が呻いた。「どこの馬の骨だ、手前は」

藤吉は、だらしなくあいた鳩尾《みぞおち》の辺りに、松葉のように見える釘抜きの文身《ほりもの》を覗かせながら、にやりとして、

「日待ちの――と言ったな。爺《とっ》つぁんはどうしたい、木戸権のとっつぁんは」

すると伝次の顔に、見るみる憎悪と恐怖の色が漲って来たのを、藤吉は眼を凝らして本を読むように看取していた。

五

「ま、ここじゃあ話もできねえ」藤吉は、矮小《ちいさ》な身体を斜《はす》にして、扉《と》の隙間から割り込みながら、「迷惑だろうが、なあに、手間暇は取らせねえ。入れてもらおうぜ」

凍死者木戸権の息子の伝次――日待ちの伝次は、この時はもう、大方藤吉をお役筋の人間と踏んだのだろう。不精無精に戸を開けて土間へ案内すると、黒光りのする割り板敷きへ片膝突いて、急に神妙に、頭の手拭いを脱《と》って畏まった。

「へえ、親爺《おやじ》のことで何か――」

その伝次の前へ、ぽんと、絆纏の裾を後ろへ撥ねて、着物で膝小僧を包み込むように蹲踞んだ藤吉親分は、相手と鼻を密着《くっつ》けるように、じっと白眼《にら》んだまま、しばらく無言だった。明け放れた雪のひかりがどこからともなく冷やかに射しこんで、この、取り散らかした楽屋口の景色を、白じらと儚く、浮き出して見せている。

藤吉が黙って、伝次の眼を凝視《みつ》めているので、何時の間にかそれは、奇妙な睨み合いのかたちになっていた。

と、何故か日待ちの伝次が、恐れ入ったと言ったように、不意に視線を伏せたのである。

素早い微笑が、藤吉の口辺を走り過ぎた。

「気の毒だったのう。慾を言えあ限《き》りがねえが、まあ、定命《じょうみょう》だったと諦めが肝心だってことよ」

「え？」伝次が、狼狽した顔を上げた。「おやじがどうかしましたかい。第一《でえ》、お前さんは――」

「おれか。おらあ合点長屋だ」

「あの、合点長屋――てえと、八丁堀の」伝次はきょとんと、

「釘抜の親分さんで――？」

「なあに、親分などと、人に立てられる身分じゃあねえ。不浄稼業の憎まれ者よ」

するとの伝次は、うわっ！　とそこへ、べったり腰を落として、

「や！　こいつあどうも、飛んでもねえ御無礼を。ついお見それ申しやして――」

と、這い突く張ろうとするのを制する意味で、藤吉は一つ、釣り上げるような手つきをした。

「伝次さんえ」ふいと優しい声音なのである。「飛んだことだったなあ。おらあ悔やみを言いに顔出ししたんだ」

が、伝次はなおも不思議そうに、

「親分さん、弄《からか》いっこなしに願いますぜ。さっきから親爺がどうのこうのと変なことをおっしゃるようだが、あっしにゃあさっぱり判らねえ。おやじは、宵の口から食らい酔って――」

「この先の中村座の前で行き倒れだ。雪を被ってよ、綺麗に凍え死んでらあな」

こう藤吉が一息に言うと、伝次は、地面が盛れ上がったように突っ起《た》って、虚ろな眼で、うしろの小暗い部屋のほうをおろおろと見返った。

「御冗談を！　悪い冗談で御座いますよ親分さん。おやじはあっしの隣の部屋に――」

藤吉も、続いて立ち上がっていた。

「すると何か、お前達父子《おやこ》は、一つ部屋に寝泊まりしているんじゃあねえのか」

「へえ」蒼く変わった伝次の顔だ。「真実《ほんと》でげすか親分。あっしゃあ父親《おやじ》のやつ、例夜《いつも》の通り、隣の部屋に眠《ね》ているものとばっかり――」

あわてふためいた伝次は、身を躍らせるように父親の木戸権の寝間を開けて覗いたが、すぐ、のけ反らんばかりに引っ返して来て、

「居ねえ！」沈痛な独り言のうちに、眼が血走って来ていた。

「藻抜けの殻だ。夕方出たっきり、帰《けえ》らなかったのだ。やっぱり、この雪に足を取られて——ちっ！　雪ん中でお陀仏たあ、もうどう手を尽くしても、呼吸《いき》を吹っ返《けえ》す見込みは無えんですかい。親分さん！　あんな父親でも、おやじはおやじでげす。こりゃあこうしちゃあいられねえ」

戸外《おもて》の方へ駈け出そうとした。一応、二つ並んでいる父子の室《へや》へ顔を入れて審《しら》べていた藤吉が、急いで、その伝次の帯を摑んだ。

「まあ、待て。屍骸《ほとけ》にゃあ俺《おいら》ん所《とこ》の野郎をひとり付けてある。おめえがいま飛んで行ったところで、死んだ者が生きけえるわけもねえやな。これ、伝次どん、いいから待ちなってことよ」

「それかと言って」藤吉の手に帯を預けたまま、伝次は幾分大仰に見えるほど焦りながら、

「そこの往来におやじが死んでるというものを——」

藤吉は、ぷっと噴飯《ふきだ》した。

「日待ちの！　芝居者《こやもの》だけに、舞台《いた》に着いた愁嘆場《しゅうたんば》だのう」

突っ離されて、たたたと蹣跚《よろけ》た伝次は、土間の端《はな》に踏みとどまって、

「へ？」

ぽかんと、振り向いた。そこを藤吉が、手拍子を打つように畳み込むのだ。

「夜中過ぎから降り積もった雪だ。おめえは昨夜《よんべ》、晩《おそ》くなって帰宅《けえ》って来たのう」

上がり際《はな》に脱ぎ捨てられた、伝次のらしい一足の高下駄の歯が雪に濡れて深く汚れているのに、藤吉の眇《すがめ》は、射るように据わっていて動かない——。

その藤吉の視線を追って、伝次は何故か、はっと立ち竦んでいる。

木戸権の屍体が人を集めて、近処の騒ぎになり出したらしい。わらわらと雪を踏む乱れたあし音が、怪魂《けたたま》しく叫び交わす人声とともに、その、川原崎座の露路を猿若の表通りのほうへ、後からあとからと流れては、遠のいて往った。

六

何をどう考えているのか、藤吉は、その場で日待ちの伝次を追い詰めようとはしなかった。追いつめた結果、父親木戸権の死に関して、果してかれの口から何が飛び出すか——釘抜藤吉はそれを承知のうえで、合点長屋独特の手段《てだて》で別の方面から手繰《たぐ》って行く気らしかった。

それは、必ず底に何かある——ただしきりとそんな、声のない言葉が、風のように釘抜の耳に私語《ささや》かれているだけのことかも知れない。

ぶつかった以上、自分とじぶんに得心が往くまで、殻を叩き破って底を覗いてみるのが、かれ合点長屋《くぎぬき》の岡っ引きとして当然の任務《つとめ》——とまで、この場合はっきり目的《まと》の定《き》まったものではなくても、まず単に、趣味であってもいいのだった。

伝次をまえに、藤吉は俄ににこにこしていた。

「今おいらが起こすまで、おめえは、父《とっ》つぁんはずうっと隣室《となり》に寝ているものと思っていなすったと言うんですね」

「へえ。左様で御座います。実はゆうべあっしゃあ他行しておりやして、おっしゃるとおり、夜中を回って雪が降り出すと間もなく帰って参りやしたが、この、おやじの部屋の障子が閉まって真っ暗だったもんで、先に帰宅《けえ》って寝たものとばっかり――」

「おっと、待った！　先に帰ったと思ったと今言いなすったようだが、すると何かえ、とっつぁんもどっかへ他出していたことを、おめえは知っていたわけかえ」

「なにね、日暮れから藪の内の萩の湯へ出向いて、伊三公《いさこう》のやつと話し込むつもりだと言っていやしたが、あっしゃあ出掛けたのも知らねえし、まして帰ったのは――」

「帰ったのは――？」

「ただ、そんなに晩くなることはあるめえ。あっしの先に帰ってることと考えやしたんで」

藪の内の萩の湯――藤吉は、ふむ、ふむと頷首きながら聞き流して、

「おめえは帰宅《けえり》に、どの道を通んなすった。中村座の前を通って、おやじの屍骸を踏んづけやしなかったろうのう」

「中村座のめえは通りやしたが、そん時おやじが倒れていれば気が付くはずで――」

「大きにそうさの。するてえと、おめえが通った時分にゃあ、父つぁんはまだ転がっていなかったてえのかえ」

「はい。どうもそのようで。何しろ、もうかなり白いものが積もっておりやしたから、確かでは御座えやせんが、さして広い路幅ではなし人間一匹たおれていたら、何としても眼に這入《はい》らねえ理由《わけ》あねえと思いますんで」

「行き倒れの凍え死にと分明《ぶんみよう》してるからにゃあ、何もおれが、悪く感ぐるがものもねえけれど、それも稼業《しょうべえ》でのう。ま、訊くだけのこたあ訊いてみたのよ。報せに来て、手間あ欠かして、

自分ながら気の利かねえ唐変木《とうへんぼく》よなあ――日待ちの、済まなかったぜ」

こうしてざっと伝次を洗って、ぷいと、川原崎座の楽屋口を飛び出した藤吉だった。

その時ようやく口ぐちに喚きながら、伝次を迎いに駈けつけた付近の者、座方の若い衆などを掻き分けて、入れ違いに戸外《そと》へ出た釘抜藤吉は、すぐその、中村座の前の人集《ひとだか》りへ取って返すと、もう自身番から人も来て、何かと立ち騒いでいる町内の世話役らしい顔もちらほら見えるから、藤吉としては、何もいま公式に口を出すこともあるまいと、これはこれで一段落、群集の上に頭だけ見えている、張り番に待たして置いた背高《のっぽ》の勘弁勘次を、人の背後《うしろ》から黙って魘《さしまね》いて、再《また》、八丁堀への家路、肩を揃えて親分乾分《こぶん》が、ぶらり歩き出そうとすると、近くの野次馬のなかに声がして、何がなし、ふと藤吉の関心を捉えた。

江戸っ子は、詰まらない話にも声が大きい。

「やいやい、鉄、降りやがったじゃねえか、碌でもねえ物がよ」

職人同士の、朝の挨拶である。

七

左官ででもあろう。鉄と呼ばれた、それこそ鉄のように色の黒い男《の》が、

「何を！　碌でもねえものたあ何でえ」まるで喧嘩だ。「やい、八。お前なんざあ、可哀そうに、風流の気ってものがねえから全然《まるきり》話にならねえ」

「そうかなあ」八は、ちょっと悄気《しょげ》たように、「雪を有り難がら、がら、がら――」

「何をがらがら言やんでえ」

「まあさ、そうぽんぽんいいっこ無しにしようぜ。自慢じゃあねえが、舌が回らねえんだ——そこで、何だ、この雪を有り難がら、がら——」

「ちっ、また始めやがった。好い加減にしやがれ」

「——がらねえと、その、風流心てえのが無えことになるわけかい」

「やれやれ、情けねえ野郎だ。当たり前よ。雪月花といって、雪は風流の随一じゃあねえか」

「なるほどね。昔から雪のことを八つの花というからな」

「うふっ、笑わせやがらあ。何ぼ名前《なめえ》が八公でも、八つの花じゃあねえ。六つの花だ。六花といってな、六つの花だよ。手前のは二つ多いや」

「二つぐれえどうでもいいや。おまけだ、遠慮せずと、取って置きな」

「あははは、まるで夜店の叩き売りだ。無茶を言うぜ」

朝湯にでも出掛けるところとみえて、二人とも手拭いをぶら下げている。遠巻きにしていた木戸権の屍体が、戸板に載せられて、川原崎座のほうへ運ばれて往くのを、二人はぼんやり見送りながら、八が、

「木戸権のとっつぁんも、嫌な死《くた》ばり方をしたもんよなあ」

鉄はしみじみと、

「これで猿若の名物も一つ減ったぜ」

「しかし、鉄兄哥《あにい》の前だが、二月だてえのに、この凄まじい大雪はどうしたってえのだ。よく飽きずに、一晩にこんなに積もりやがったじゃあねえか」

話し合って、ぶらぶら藪の内のほうへ歩いて行く。藤吉は無言で、一二間《けん》遅れてこの職人ふたりを尾《つ》けるともなく尾けているので、勘次がそっと、親分の肘を突ついた。

「何か今の行き倒れに御不審でもおありなんで――この、前を往く二人が可怪《おか》しけりゃあ、ちょっと引っぱたいて吐かせてみやしょうか」

「叱《し》っ！」何時になく藤吉は、鋭い低声だった。「馬鹿野郎！　黙って歩け」先を行く鉄が、こんなことを言っているのだ。雪の話の続きである。

「まず、江戸にはついぞ聞かねえことだな――夜中の子《ね》の刻から明けの寅、七つ半まで、しっきりなしに降って五寸積もったぜ。二刻《とき》半に五寸だから、半刻に一寸の割だあな」

と言うのが藤吉の耳に這入ったが、かれはこの時に妙に細かい勘定をするやつだなと思ったばかりで、べつに気に留めなかったのだった。

猿若の往来を出外れると、突き当たりの町家並びが俗に謂う藪の内の一画である。

浅黄に白で「男女、ゆ」と染め抜いた木綿の小旗が、竹竿の先にぶら下がって、通る人のあたまの上につき出ている、その表入口の暖簾《のれん》に、大きく萩の湯とあるのが、釘抜藤吉の視線を強く惹いた。

鉄と八公の職人ふたりは、その萩の湯の暖簾を頭で分けて、何か威勢よく笑い散らしながら這入って行く。

道路の真ん中に立ち停まった藤吉は、懐中《ふところ》の手を胸襟《むね》の開きから出して、しきりに頤の不精髭を撫でている――まるで何か、飛んでもない大事な忘れ物を思い出したといった具合に。

頭脳《あたま》をかすめたことがあるのだ――さっき木戸権の息子日待ちの伝次が、おやじは昨夜、藪の内の萩の湯へ出掛けて伊三公と話しこみ、何時帰ったか知らない、と言った、これがその、藪の内の萩の湯である。

前を通った序《ついで》だ。叩いてみたところで、どうせ大した埃も立つまいが、もし木戸権の凍死に腑に落ちない点があるとすれば、一応この伊三公という人物に会って置くことも、この際満更不必要ではあるまい。藤吉はそう考えて、さっきから急に親分が黙り込んだのでぽかんとして控えている勘弁勘次へ、つと不機嫌な顔を振り向けた。

「勘、雪あ止んだが、結構心《しん》が冷えるのう」

「あい。雪は、降っている時より、後が御難でげす。これでまた、解けはじめると、今度あ汁粉だ。勘弁ならねえや」

「巣まであかなりの途《みち》のりだ。湯屋があるぜ。どうだ勘、ざあっと一っ風呂――」

「悪かあごわせんな。これでこの、雪の朝に、熱い湯へ跳び込みの、指の先まで茹で章魚《だこ》のいいほかほかなんざあ、勘弁ならねえ」

「そのことよ。ちっと煖《あつた》まって行くべえ」

親分乾児は、前後してその萩の湯の入口を潜った。

八

表ぐちが二つ並んで、向かって右が女湯、左が男湯。

這入ると、境界《さかい》に番台があって湯番がすわり、男女の浴室は羽目板で遮断し、流し場の真ん中に岡湯、すなわち上がり湯と水槽《みずぶね》を備え、これは男女両方から汲み出すようになっている。その他、入口の土間から上がった板の間の脱衣場に、着物を入れる戸棚が壁いっぱいに取り付けてあることなど、ほぼ今日の銭湯と同じ造りである。ただむかしは、湯槽《ゆぶね》の出入り口に欄間のようなものが設《しつら》えてあって、湯気が濛々と罩《こ》もり、浴槽の中は人の顔がよく見えないくらいだった。これを柘榴口と謂って、一種の装飾だから、木目の見事な槻《つき》の板に、或いは韓信股潜りの絵を描き、または金箔、真鍮の金具を施すなど、相当凝ったもので、その上部は、多くは鳥居づくり——若い男が鯱魚張《しゃちほこば》って番台に据わっている。此男《これ》が、伝次の口から出た、昨夜木戸権が話しに来たという伊三公だろう。藤吉はそう思って、ちらと横眼に見ながら、板の間へ上がって着物を脱いだ。相識《しりあい》の木戸権の変死はまだ知らないらしく、伊三公はのんびりした顔で、右と左に、男湯と女湯を片方ずつの眼で見回している恰好だ。藤吉と勘次は、その伊三公から銘めい手拭いを借りて、江戸名物の焼けるような湯へ飛び込んで行く。朝湯である。近所の常連であろう、起き抜けに駈けこんで来るいいなせな連中で、流し場は賑やかなのを通り越して大変な騒ぎ。

てんでんに浄瑠璃洗う風呂の中、湯で語る太夫は桝で水を飲み——蒲鉾のように板を背負《しょ》って、顎まで湯に漬かり、忍術を使うように立てた指の先を、一本いっぽん叮嚀に擦っている。場所柄だけに、巧者な声色が湯気と一緒に立ち昇る。知った同士が、大声に雪の挨拶をし合う。木戸権が死んだという報知《しらせ》はあの鉄と八が持ち込んで来たのだ。なるほど猿若の名物男だったらしく、顔も広く、生前色んな話題《はなし》の種を播いていて、木戸権の噂は人々のあいだに尽きない。藤吉は、湯槽の縁に項《うなじ》を載せて、その一つも聞き洩らすまいと耳を立てている。が、海老のように真っ赤にうだったのが、湯が熱いと言って羽目板をとんとん叩いて、五六杯入れろと呶鳴ったり、それに応えて、焚き口から、三助が、返辞の代わりにさい槌で敲《たた》きかえしたり――騒々しくて、ところどころ話声《はなし》が消えるのだ。よく聞き取れないのである。

咽喉自慢、刺青《ほりもの》天狗、小鬢を出した本多髷、番台に大小を預けて裸体《はだか》になる浅黄裏、見返り柳の下でたった今後朝《きぬぎぬ》の別れを惜しんで来た吉原《なか》帰りのお店者《たなもの》、物ものしい総髪は姥が池権現《ごんげん》の修法者《すほうじゃ》、そうかと思うと奴《やっこ》、鳶の者、隠居、それに鉄、八、熊、辰などの大工、左官、火消し、これに紛れて、通り掛かりの合点長屋の藤吉と勘次――江戸の朝湯は呑気な景色だ。湯銭、大人八文《もん》、子供六文、乳飲み児四文、糠代四文――。

脱衣場に、湯屋行事の定め書が貼り出してある。

一、火の元要心大切に仕るべく候事。

一、男女入り込み御停止候事。

一、喧嘩口論堅く無用。

一、風烈の節何時《いつ》に限らず相仕舞い申すべく候。

等、など、など――柘榴口を出たり這入ったり、好い加減あったたまった藤吉と勘次は、濡れた身体をざっと拭いて、着物を抱えたまま、表方の二階へ上がって行った。

碁、将棋盤が散らかって、湯女《ゆな》の名残のどこか仇っぽい若い女が、朝っぱらから片隅に箱入りの菓子を並べ、客待ち顔に茶の用意をしている。

六尺の前を三角に挟んだ藤吉は、その前にどっかり胡座を搔いた。

「姐《ねえ》さん、寒いね」

「ほんとに、嫌なものが積もりまして御座います。さ、ま、上がり花をおひとつ。こちらの親方もどうぞ——」

親方と呼ばれて、勘次は擽《くすぐ》ったそうである。照れ隠しに、そこに出ているおこしを一つ摘んで、ぐいと番茶をあおった。

藤吉は知らぬ顔に、

「鋏を貸してもらいてえね」

そして、女が、火鉢の引きだしから出して渡した鈴の付いた鋏で、不器用な手付きで足の爪を切りながら、

「いま、湯で話してるのを聞いたんだが、木戸権は、あの丈夫な身体で、雪の中に倒れて凍え死にするとは、馬鹿あ見たもんさのう」

「そうですってねえ。まあ」女は、程良く調子を合わせて、「ほんとに、人間どこに災難が転がっているか判りませんですよ。でも、いくら達者な人でも、一晩雪に埋まっていちゃあ耐まりませんね。この寒さですもの」

「なあに」藤吉は薄笑いした。「木戸権にゃあ災難《せえなん》に違《ちげ》えねえが、お紋ちゃんにゃああんまり災難なこたあるめえ」

女はびっくりして、茶を注いでいた土瓶の手を停めた。

「あれ、どうしてあたしの名を御存じですの？　親方は、ついぞこの辺でお見掛けしないお方ですのに——」

「あははは、実あこれも、今の先、階下《した》の湯で誰かが話してるのを耳に挟んだんだが、なあ、

お前さんは、お紋ちゃんといって、此湯《ここ》の番台《ばんでえ》の伊三郎さんの妹だってえじゃねえか」

藤吉は、鋏を休めて、顔を上げた。お紋の表情の小さな影をも見逃すまいと、思わず眼に光を増して、だが、口だけは更気《さりげ》なく、

「争われねえ。似てらあそう言えば」と後は勘次へ、「お紋ちゃんは、番台の伊三公に酷似《そつくり》だなあ」

何だか判らないが、とにかく藤吉親分に思惑があるらしいので、勘次は狼狽《あわ》てて頻りに頷首く。

「似ているの、似てねえのって、誰が何と言ったって瓜二つ――」

嫌に力瘤を入れて、四角くなって力んだが、藤吉は、この勘次の言葉の中途から、また世間ばなしの態《てい》でお紋へ話しかけていた。

「何だってえじゃあねえか、お紋ちゃん。木戸権は、年甲斐もなく、お紋ちゃんの後を追っかけて、ずいぶんと伊三公に難題を吹っかけた――なんて、みんな、口の五月蠅《うるせ》えのが言ってるぜ。え、おう、お紋ちゃん、嘘かい」

お紋は、恐ろしいことに触れられたように、不意と口を噤んだ。俯向《うつむ》いて、火鉢の灰を掻き鳴らし出した。

その身体付きや座り方を、藤吉はそれとなく、兎見角《とみこ》う見している。

九

伊三郎だことの、その妹のお紋だことの、それから、死んだ木戸権がこのお紋を追い回して

いたなどと、何れは今、階下の風呂場で、藤吉親分の地獄耳に飛び込んだのだろうが、それにしても、あのがやがや言うだけで、自分には何も聞こえない話し声の中から、どうしてこれだけのことを拾い上げ得たろう。何時もの例《こと》ながら、さても素走《すばし》っこい親分の聞きこみだ――勘次がしきりと感心しながら、藤吉とお紋を較べるように放心《ぼんやり》眺めていると、こうして湯屋の二階に顔を曝して、自分を張りに来る町内の狼連を相手に茶を汲んでいる女ながらも、お紋は割に初心《うぶ》なところの見える娘である。黒襟の掛かった大柄な矢絣《やがすり》の肩をがっくり落として、何時までも白い襟足を見せて黙っているので、藤吉は、結局無駄な事件柄《ことがら》で残酷な穿鑿《せんさく》をしているのではないかしら――そんな気がして来て、柄になく、可憐《いじら》しいといった感じが、その、鉄火を一枚看板の釘抜きの文身《ほりもの》をした胸に、萌し始めた。

たかが往き倒れの凍死人だ。

ここらで打ち切ったほうが賢いかも知れない、とも思うのである。

が、しかし、死者《ほとけ》の息子で日待ちの伝次、あの野郎の言動《ようす》には確かに臭いところがないとは言わさぬ。それで、まずこの辺と見込みをつけて、こうして手繰って来たのだが、考えてみると、何も判然と、木戸権の死に疑惑を抱いているわけでもないのだ。

ただ、何となく――そうだ、ただ何となく――藤吉は、意味の不明瞭な独り笑いを洩らして、爪を切り終わった鋏を、ぽいと畳の上に抛り出した。

ちり、りん！　と鈴が鳴る。

お紋は、その機みに、何事か決心したような、蒼白い額部《ひたい》越しに上眼を使って、ちらと藤吉を見ながら、

「はい」さっきの質問《とい》の答えである。「何ですか木戸権さんは、あたしに、嫌らしいことばっかりおっしゃって——それに、兄さんが木戸権さんからお金を借りていますので、あたしも、あんまり木で鼻を縛《くく》ったような挨拶もできず、親方さんの前で御座いますけれど、ほんとに困っておりました」

如何にも困ったらしい、悄気返ったお紋の態度だ。

釘抜藤吉は何気無さそうに、そこらに転がっていた長煙管《きせる》を拾い上げて、遠くの煙草盆を、その雁首に掛けて引き寄せている。金魚の欠伸のように、紫のけむりがぷかりとかれの口を逃げる。眼にでも染痛《しみ》たのか、顔中皺だらけにして煙を避《よ》けたが、その間に、勘次と素早い視線を交わして、すぐまた、凝然《じっ》とお紋へ瞳《め》を返した。

「だからよ、おらあ昨夜の雪あ、木戸権にゃあ大厄《でえやく》も大厄、命取りだったが、お紋ちゃんにゃあ救いの神、悪霊退散のお祓《はれ》えだったってえのあ、そこんところを言うんだ」

がらり、煙管を捨てて起ち上がった藤吉は、湯冷めの来た裸体に袖を通して、きょっきり前に結んだ三尺を、ぐるりっと横ちょに回しながら——思う。

お紋の兄伊三郎——階下入口の番台に座っていた、妹に似て色の白い、若い男——がこの萩の湯の主人《あるじ》であることは言うまでもない。その伊三郎、伊三公は、問題の凍死人、川原崎座の木戸番、木戸権から、相当纏《まと》まった資金の通達を受けていたと言う。これも、さっき湯槽で、人の話を小耳に挟んだことだが、今お紋の口で一層確かめられたというものである。してみると、因業で通り者の木戸権が、矢のような督促で返金を迫ると同時に、一方では、それと棒引きにするからと片手を出して執拗にお紋を所望したであろうことは、少しの不自然もなく想像できる。借金の帳消しに妹を寄越せとの、毎日夜ごとの膝詰め談判だ。困《こう》じ果てた兄の伊三公、悶え抜いた妹のお紋——兄妹《ふたり》の思案投げ首の様が眼に見えるようである。

かれらは何人《なんびと》かに、その苦境を訴えて私《ひそ》かに救いを求めはしなかったか。

誰かが兄妹《きようだい》に同情して、何らかの方法で恐るべき最後の手段に出たのではなかろうか。

勘弁勘次を促して帰宅《かえり》仕度をしながら、軽い調子で藤吉が言っていた。

「お紋ちゃんも罪作りだぜ。確か伝次兄哥《あにい》と言ったな。木戸権の伜の日待ちの伝次よ。彼男《あれ》もお紋ちゃんに首ったけだってえじゃあねえか。父子で恋の鞘当てなんざあ、ちっとべえ乙り過ぎらあ。なあ、勘」

と、あわてて伏せたお紋の顔色《かお》に、激しい動揺が走り閃いたのを、藤吉は見落とさなかった。探りの一当て——矢は正に金的を射抜いたのだ。

面白くなった。とともに、面白く無くなった。

種は割れた——とまでは往かないが、割れたも同然である。

縺《もつ》れ絡んだ糸玉がばらばらと解《ほぐ》れるように、全事件の経過が藤吉の心眼裡に展開された。かれは、見た。伝法《でんぽう》な伝次の首が獄門台に載っているのを。親殺しは引き回しの上曝し首なのだ。が、ほんとに藤吉は、これを伝次の仕事と決めているのだろうか。

疑いもなく、伝次が、父親の木戸権を——しかし、一体どういう殺《や》り方で？——それは自ずから第二の問題である。

もう興味の半分を失った藤吉親分は、若い伝次のために、人間的な憐れみといったようなものがこみ上げて来るのを感じながら、

「勘、さあまた一伸しだ。お紋ちゃん、あばよ」

ざらざらと小粒を残して梯子段を降りかけると、朱を塗ったように茹だった鉄と八が、相変わらず莫迦話に笑いさざめいて上がって来るところだった。

十

凍死した木戸権は、凍死したのではない。凍死させられたのだ。息子日待ちの伝次の手に掛かって、何らかの方法で凍死させられたものに相違ない。と、虚か実か、藤吉はそう観ている。が、その、生きている木戸権を最後に見た者は、昨夜遅くまで木戸権と話し込んだという、伊三郎一人である。

何れゆうべも、借金の弁済にお紋を、の論判だったのだろうが、ともかく、前後の模様を訊いてだけは置こうと、萩の湯を出がけにこの番台の前に立った藤吉は、相手が、現代《いま》の言語《ことば》で言えば単に参考人の程度なので、始めから身分を明かして穏やかに切り出している。


「伊三郎さんと言ったね」

「はい」何となく白兎を想わせる、細面の優しい男だ。「伊三郎は手前で御座います。何ぞ御用で――?」

「後で浪の花を撒くなり何なり勝手だが、嫌がらねえで下せえよ。ちょいとお上《かみ》の筋合いで尋ねるんだが――」

「浪の花などと滅相もない! これはこれは、親分様で御座んしたか。御苦労さまでございます。あの、木戸権さんのことででも——」

「屍骸《しげえ》を見に行きやしたかえ」

「いえ。さっき聞いたばかりなんで。早速駈けつけなけりゃならないので御座いますが、何分番台を明けられませんので——しかし、愕《おどろ》きました。誠に夢のようで、何だか儚い気が致します。ゆうべ遅くまでここで話し合って元気に帰って行った人が、滑って転んだくらいで——よほど打ちどころでも悪かったので御座いましょうね」

「額部《ひてえ》を非道く打《や》ったらしく、大《でっ》けえ瘤が出来てるが、顔中紫いろに腫れて、二た眼と見られねえ死に様よ。何も因果だろうが、聞けあお前さんとは、金の貸し借りまであった仲だってえじゃあねえか。ま、気が向いたら、念仏の一つも上げてやんな」

「はい。そりゃあもうおっしゃるまでもなく——」伊三郎は素直に、「今だから申し上げますが、少しの金を融通して戴いたばっかりに、いや、木戸権さんには、毎度泣かされまして御座いますすよ。恥を申し上げげませんことにはお解りになりませんが、お金の担保《かた》に、手前の妹を、とか何とか——それをまた、浅間しいことには、木戸権さんの実の息子で伝次さんという人が、張り合いの形になりましてねえ。いやはや、揩《す》った揉《も》んだで、往生致しました。こう申しちゃ何ですが、正直のところ、助かりまして御座いますよ」

ふうむ、大体狙った通りだが、これでみると、伝次は、伊三郎兄妹には関係なく、自分だけの意思《こころ》で決行したものらしい——。

藤吉は、役目柄五月蠅《うるさ》いことを訊くが、といった調子に微苦笑して、

「そりゃあそうと、伊三さん。昨夜木戸権は、何刻《なんどき》ごろ当家を出て行きましたい」

「左様《さい》で御座いますね。判然とは記憶《おぼ》えておりませんが、何でも、四刻《よつ》半大分過ぎてから――かれこれ九つで御座いましたろうか」

「九刻《ここのつ》、と」ちょっと藤吉は、首を捻った。「はてな、この萩の湯から川原崎座までは――」

「ほんの一足で御座います」

「四つ半大分《でえぶ》過ぎてから、かれこれ九つ――つまり子の刻の九つ前《めえ》に出たものなら、一っ走りで、九つには立派に帰り着いているはずだて――それが、てこ変なことにゃあ、伝次が九刻ちょっと過ぎに中村座の前を通ったてんだが、そん時あそこに、木戸権にしろ何にしろ、屍骸なんぞ転がっちゃあいなかった、とまあ伝の野郎は申し立てているんだが――」

「伝さんで御座いますか。こう言っちゃ悪う御座いますが、どうも伝さんの言うことは――」

「だがよ、仮に伝次が実を吐いたとすると、ちと時刻が食い違ってるようじゃあねえか。ここを出て、中村座の前で滑り転ぶまで、木戸権はどこかに寄り道していたてえ勘定になりゃあしねえかのう」

「それもそうで御座いますが、あの時刻に木戸権さんが立ち回る家《ところ》といっては、ちょいと思い当たりません。名打ての吝嗇坊《しわんぼう》でしたから、どんなに寒くても、晩起《おそお》きの食べ物屋の暖簾を潜るという人ではなし――それより、伝さんが九つ少し回った頃に中村座の前を通ったなんて、それこそ当てになりませんよ。いや、木戸権さんがそこに倒れていても、伝さんは皆目気が付かなかったに相違御座いません。それどころか、見は見ても、丸たん棒ぐらいに思って、狭い往来《みち》なので、蹴って通ったかも知れません。伝さんと来ると、毎晩その時分にはへべれけですから――日待ちのという綽名つきの小博奕打《あそびにん》で、おやじどんの若い時そっくり、呑む、打つ

「――」

「皆言うが、木戸権の父子あ、常日《じょうじつ》反りが合わなかったってのう」

「よく仲の悪いのを例えて、犬と猿とか申しますが、まあ、そんなところで御座いました」

初めて川原崎座の楽屋口へ伝次を呼び出した折、彼が、父親の名を訊いただけで、憎悪と恐怖に似た激情を、隠しようもなく顔に見せたことを思い出した藤吉は、にやりと眼を笑わせて、

「だがのう、伊三さん。それも、因《もと》を質《ただ》せあ父子の間に、お紋ちゃんてえものがあるからじゃあねえのかえ」

伊三郎は、お紋の兄として面目無さそうに、頭を掻きながら、黙って首垂《うなだ》れた。

十一

が、すぐ伊三郎は、番台に座ったまま、静かな顔を藤吉へ向けて、

「親分さんは、二階へお上がりのようでしたから、お紋を御覧なさったで御座いましょうが、彼娘《あれ》はあの通り、心が人擦れしておりませんので、色の恋のと、そんな浮いた気持ちはまだ少しもないらしいので御座います」

出入りの人の邪魔になるので、親分の背後につくねんと立っている勘次が、不思議に思うくらい、今朝の藤吉は珍しく他人の話に調子を合わせて、自分でも、かつて勘次が見たことのないほど、多弁だった。

番台の前にへばり付くように立った小柄な釘抜親分は、伊三郎を見上げ続けて、どっちから

ともなく次からつぎと饒舌《しゃべ》り合う。

釘抜きの釘づけ——何時まで経っても、動こうともしないのである。

「そりゃあ判らあな」藤吉は重おもしく合点《うなず》いて、「誰がどこから見たって、お紋ちゃんは堅えもんだ。あれだから、お前さんも安心して、あの娘《こ》に二階を預けて置けるのよ。好い妹を有《も》って、この兄貴、嫌に鼻が高《たけ》えぜ、あははははは。が、冗談じゃねえ。全く、感心もんだ」

「そうおっしゃられると痛み入りますが、それがねえ親分、世の中は、自分ばっかり善《よ》く遣っている心算でも、傍《はた》がそうでありませんから、何時の間にか自身の識らない、飛んでもない厄介事が起こりまして、そのため、豪い眼に合うもので御座いますよ。今度でつくづく覚りました。というのがねえ、親分——」

「うむ。その一件なら、おいらも満更聞かねえではねえのだ。そら、お前が木戸権から金を借りの、木戸権がお紋ちゃんと交換《とつかえ》っこにその証文を破こうの、そこへまた、日待ちの伝次が父親を恋敵に割り込みの——ってえお紋ちゃんを仲に三つ巴《どもえ》の紛糾《いざこざ》だろう」

「恐れ入りました。さすが親分さんのお眼はお高い。いや、お耳は早い。その通りで御座います」

「木戸権は、弁金よりも、お紋ちゃんを物にしようとて、やいのやいので攻め掛けたことだろうのう」

「はい。お察し下さいまし。幾らこんな、遣り繰り算段のしがない渡世をしておりましても、まさか、死んだ両親《おや》から任せられた、かけ更えのない妹を、あんな、まるでわたくしどものお祖父《じい》のような木戸権さんに——大概困り入りまして御座いますよ」

「なるほど、木戸権にゃあお前達兄妹も往生したろうが、日待ちの方はどうでえ、あの若造も、父《ちゃん》に負けずに、さぞぽっぽっと熱を上げやがったろうぜ」

「や、そのことで御座いますが、妹の兄としてこんなことを言いたくは御座いませんけれど、真実、木戸権さんに輪をかけた逆上《のぼ》せようなんで――」

「何ぼ湯屋稼業でも、そう上気《あが》られちゃあことだのう」

「わたくしはこれでも、浮世の垢を落とす清い家業を営んでおります気で御座いますが」

「その心掛けだってことよ。何によらず、己《おの》が手職《なりわい》を一番大切《いっち》と思わなくちゃあ、骨身を砕いて打ち込めるもんじゃあねえ」

「有り難う御座います」

「して、日待ちのは小粋な人体《にんてい》だ。お紋ちゃんは、野郎をどっちかと言えあ憎からず――こりゃあ物の理解《りけえ》だろうぜ」

「いえ、根があんな子供《ねんね》でございますですから、左様なこともないようで御座います」

親馬鹿――ではなくて、これは兄馬鹿か。

父子《おやこ》で一人の女を争って、女は当然、若い方の息子へ靡きかけたので、父親が一段と躍気になれば、子は子で、いっそう女に惹かれてそれだけ父を邪魔にする。そして、何とかしてその邪魔物を取り除きたい心に、知らず識らず落ち込んで往くことはあり得ないだろうか。

利口そうな萩の湯の伊三郎も、そこまでは思い到らないとみえる。

「ほい！　これあ大きに油あ売った。伊三さん、また来るぜ」

長会話《ながばなし》に退屈し切った勘次を随《したが》えた藤吉親分が、ずいと萩の湯の表口を出ようとしていると、江戸の銭湯では、松薪ばかりでなく、古材、朽ち木、芥塵場《ごみば》の竹類、流れ木、ふる家、その他、何でも燃える物は薪とするので、これらを集める役目に湯屋の木拾いと言って専門の下男が一人雇われている。その、男湯を通って奥から出て来た木ひろいの男が、ぶらりと番台へ寄って来て、伊三郎へ、

「これで、はあ、ちょっくら暇ができましただ。お、そうだ。三助どんが言ってるけれど、昨夜な、何とも早不思議なことがありましただよ」

十二

「夜中に、湯槽に新しく水う張って寝たのに、今朝見ると、どうした理由《わけ》か、その水が流し場に溢《こぼ》れて、白く乾いてるはずの板の間がちょうど人ひとり入浴《へえ》ったぐれえ濡れてるでねえか、そればかりで無えだ。その水の濡れ跡が、破目戸から釜の焚き口、それから裏の土間まで続いて、横の小路へ出て消えておりますだよ。あの寒さに、誰か、夜中に汲み置きの水槽へ漬かって、焚き場を通って裏ぐちから降雪《ゆき》ん中へ出て行った莫迦者でもあったんべえか——なあんて、はあ、三助どんが豪く不審べえ打《ぶ》ってなあ——」

聞くともなしに聞きながら、戸外《そと》の、藪の内の道路へ踏み出た藤吉と勘次の前方《まえ》を、今朝から影と形のように付いて回っている彼《あ》の鉄と八公である。一足先に萩の湯を出たとみえて、その二人の職人姿が、向こうの角を曲がって行こうとしている。降り止んだが、金色の朝陽を受けてまだ解け始めない積雪《ゆき》の上に、ふたりの影は眼を刺すほどくっきりと濃く、歩行運動《あるくしぐさ》につ

れてお道化《どけ》て映って見える。

鉄と八――この二人の背《うし》ろすがたが、先刻萩の湯へ行く途中で彼らのひとりの言ったことばを、水泡《みなわ》が揺れ上がって崩れるように藤吉に思い出させたのだ。

昨夜の子の刻から明けの七刻半《ななつ》まで、雪が五寸積もった。二刻《とき》半に五寸、半刻に一寸の割合――藤吉は、その時、背筋を電雷に撫でられたように、立ち停まっていた。

夜中の子の刻といえば、雪が降り出した頃である。しかも、日待ちの伝次を信ずるとすれば、その少し後で伝次《かれ》が現場を通り掛かった際には、木戸権はまだ倒れていなかったという。確かにそうだ。そのずっと後まで、木戸権はそこに倒れていなかったのだ。

何故、それが判るか。

藤吉は、屍体の上に蹲踞み込んで、はっきり記憶《おぼ》えている。勘次が、木戸権の頭部《あたま》や顔から雪を払った時の印象も、歴然《ありあり》とかれの眼に残っているのだ。

木戸権の被っていた雪は、約一寸の厚みだった――という一事《こと》である。

屍体を発見したのは、雪の霽《あが》った七つ半頃だった。半刻に一寸の降雪とすると、木戸権はその場にそうして約半刻しか転がっていなかった。つまり、やっと七つ刻時《どき》分から倒れていたに過ぎない。のみならず、伊三郎の言うように、木戸権が子の刻ちょっと前に萩の湯を出たことが確かなら、それから、この、雪の路上に冷たくなるまでざっと二刻というかなりの間を、一体かれはどこで何をして費やしたか。

額部の瘤と小さな裂傷は、藤吉は当初から、滑って路に打ちつけたものではないと直感していた。必ずや人の手によって、鈍器で加えられた打撲傷《うちきず》である、との判定を捨て得なかったのだ。

屍骸に降り積もっていた雪は一寸——この事実をもう一度考えてみる。如何に昨夜の寒さとはいえ、大の男が凍え死にするには、少なくとも一刻半から二刻は雪中に倒れていなければならない。然るに木戸権は、発見前たった小半刻の間に、一寸の厚みに雪を着ただけで、ああも見事に、着衣など板のように氷り皮膚は完全に変色して凍死していたのだ。

これは何を意味するか。

子の刻頃に額を強打されて意識を失った木戸権を、それから一刻半から二刻、極《ごく》寒冷な場所に放置して凍死せしめ、死後、改めて屍体を猿若町二丁目、中村座前の雪中へ運んで遺棄し、自分の過失で転んで打ちどころが悪く、そのまま雪に埋もれて、凍死するに到ったごとく装ったものではあるまいか。

何人《なんびと》の仕業か？　木戸権を凍死させたその寒い、冷たい場所というのは、差し詰めどこか——？

「勘、御苦労だが、川原崎座へ走って、日待ちの伝次てえ野郎をしょっ引いて今の萩の湯へひっ返してくれ」

「いよいよその木戸権の伜を挙げるんですかい。ようがす」

「うむ。おいらあ先に萩の湯へ行って待ってるからな」

が、間もなく勘次が、伝次を引き立てて萩の湯へ帰ってみると、湯屋は上を下への騒動で、その中で、釘抜藤吉が悠々と伊三郎夫婦を引き据えて縄を掛けようとしていた。

勘次の背ろから飽気に取られて覗いた伝次へ、藤吉は朗らかに笑いかけて、

「日待ちの、危ねえとこだったのう。うっかりお前が、親殺しの大罪《でえぜえ》を被るところだったぜ。えらく巧者に企《たく》んだ筋書よなあ」

藤吉がにっと微笑んで、伊三郎夫婦を——伊三郎とお紋を顧みると、並んでお縄を受けていた二人が、洒唖《しやあ》しゃあと伝次に挨拶した。

「伝さん、しばらくお眼にかかれませんねえ」

日待ちの伝次はぽかんと、伊三郎、お紋、藤吉、勘次と、それから、噪《さわ》ぎ立つ浴客の群に、急に白痴になったように瞳《め》を走らせているだけだった。

兄妹という触れ込みで、去年の夏からここにこの萩の湯を始めた二人は、夫婦だったのである。仕組んだ芝居だ。木戸権からたんまり借金《かり》た後、それとなくお紋の色風情で父と子を一緒に惹きつける。こうして仲違《たが》いさせて置いて、頃を見て伊三公が木戸権を殺《ばら》して往き倒れに作り、借りた金を有耶無耶に葬ってしまう。もしその凍死の狂言が露《ば》れても、あらゆる事情から、自然に息子の日待ちのへ嫌疑《うたがい》が向くように用意周到に拵えたのだった。

「お紋が人妻なこたあ、身体つきと座り方で知らあな」後で藤吉が勘次に言った。「どう据わるって、ちょっと言えねえが——初手からおよその当たりは付いていたものの、湯屋の木拾いの話を聞き込むまでは、おいらもちょっくら手が出なかった。うむ、あの、夜中に張った水で、流し場が濡れていたってえ一件よ。伊三のやつ、一つ眉間をがんとやって気を失ってる木戸権を一晩中水槽へ沈めて、凍えさしたんだ。それを抱《かけ》え出したもんだから、裏口まで水だらけで、死人の着物が板みてえに突っ張ってたのも、のう勘的、氷結《こお》る前にずぶり濡れたってえ証跡《あと》だろうじゃあねえか」

悲願百両

一

ひどい風だ。大川の流れが、闇黒《やみ》に、白く泡立っていた。

本所、一つ目の橋を渡り切った右手に、墓地のような、角石の立ち並んだ空き地が、半島状に、ほそ長く河に突き出ている。

柳が、枝を振り乱して、陰惨な夜景だった。三月も半ば過ぎだというのに、今夜は、莫迦に寒い。それに、雨を持っているらしく、濡れた空気なのだ。

その、往来からずっと離れて、水のなかへ出張っている岸に二階建ての小《ささ》やかな一軒家が、暴風に踏みこたえて、戸障子が悲鳴を上げていた。

腰高の油障子に、内部《なか》の灯がうつって、筆太の一行が瞬いて読める――「御石場番所」。

水戸様の石揚げ場なのである。

番所の階下《した》は、半分が土間、はんぶんが、六畳のたたみ敷きで、炉が切ってある。大川の寄り木がとろとろ燃えて、三人の顔を、赤く、黒く、明滅させている。大きな影坊子が、はらわたの覗いている壁に倒れて、けむりといっしょに、揺らいでいた。

番小屋のおやじ惣平次《そへいじ》と、ひとり息子の庄太郎とが、炉ばたで、将棋をさしているのだ。母親のおこうは、膝もと一ぱいに襤褸《ぼろ》を散らかして、つづくり物をしながら、

「年齢《とし》はとりたくないね。針のめどが見えやしない。鳥目かしら――」

ひとりごとを言いいい、糸のさきを噛んだ。

いきなり惣平次が、白髪あたまを振った。癇癪を起こしたのだ。盤をにらんで、ぴしりと、大きな音で、駒を置いた。

「豪《えれ》え風だ。吹きやあがる。吹きやあがる。風のまにまに――と来らあ。どうでえ庄太、この手は。面《つら》あるめえ」

「庄太、しょた、しょた、五人のなかで――」

庄太郎は、「酔うた、酔た、酔た」をもじって、低声《こごえ》に唄った。持ち駒を、四つ竹のように、掌《て》の中で鳴らした。

そして、炭のように黒いであろう戸外《そと》の闇を、ちょっと聴くような眼つきになって、

「なあに――」

「おっと！　これあ！　いや、風にも色いろあってな、吹けよ川風、上がれよ、すだれ、の風なんざあ粋だが――おい、庄太、手前《てめえ》、砂利舟は、しっかり舫《もや》ったろうな」

惣平次は、いま打った駒で、取り返しのつかなくなった盤面《ばん》を、庄太郎に気づかれまいとして、何げなく、ほかの話をしかけて注意を外らすのにいそがしかった。

が、庄太郎は、二十三の青年らしい、ほがらかな微笑をひろげていた。

「うふっ！　父《ちゃん》、済まねえが、おらあ勝ってるぜ」

ごろっと、後頭部へ両手をまくらに、引っくり返った。

「出直せ、出なおせ」

「この風だ。今夜はお見えになるまいて」

盤の駒をあつめながら、惣平次が、いった。

おこうが、

「久住《くずみ》さんかい」

針を休めて、訊くと、

「何ぼあの旦那が物好きでも、こんな大風の晩に出歩くこたあねえからな」惣平次は、将棋に負けたので、八つ当たり気味に、「おらあ好かねえよ。稼業たあ言い条、こんな石場の突っ鼻に住んでるなざあ、気の利かねえはなしだ。まるでお前《めえ》、何のこたあねえ。千川っぷちの渡し守みてえなもんじゃあねえか。御近所さまがあるじゃあなし、何があったって早速の間にあ合やしねえ。ああ嫌だ、嫌だ。この年齢になって石場の番人なんて、外聞《げえぶん》が悪くて、人に話しもできやしねえ——」

おこうは取り合わずに、

「また愚痴がはじまったね。まあ、いいじゃないか。もう一ぺん将棋をおさしよ。今度はお前さんが勝つだろうから、それで機嫌を直すんだね」

息子の庄太郎が、むっくり起き上がって、

「ほんとだ。父もおふくろも、もうすこし辛抱していてもれえてえ。おいらが一人前の瓦職になるまであ、ま、隠居仕事だと思って、この石場の番人をつとめていてくんねえよ。なあに、おいらだって、何時《いつ》までもこのまんまじゃあ居ねえつもりだ。追っつけ親方の引き立てで、相当の人区《にんく》を取るようになる。そうすれあ、父にもおふくろにも、うんと旨《うめ》えものを食わして、楽をさせてやらあ」

急にしんみりと、おこうは、涙ぐんで老夫《おっと》を見た。

「庄太が、まあ、あんな頼母《たのも》しい口をきくじゃあないか。いい若い者で、悪遊びに一つ出るじゃあなし——わたしゃ何だか、泣かされましたよ」

「やい、庄公」惣平次も気を取り直して、「これあおやじが悪かった。てめえのような評判の孝行息子を持ちながら、不平《こぼ》すなんてのは、有り難冥利に尽きるこった。いや、おいらの子だが、庄公は感心者《もん》だ。どこへ出しても恥ずかしくねえ、何と立派なもんじゃあねえか、なあ婆さん」

「だからさ、庄太ひとりを柱と頼んで、末をたのしみにこつこつやって行けばいいんだよ。何も愚図ぐず言うことはないじゃないか——ほんとに、よく飽きずに吹くねえ。屋根を持ってかれやしないかしら」

庄太郎が、小さく叫んで、腰を浮かした。

「あ、来たようだぜ、誰か——久住さんに違《ちげ》えねえ」

石のあいだを縫って、跫音《あしおと》が、近づいて来ていた。建て付けのわるい土間の戸が、外部《そと》から軋んで開《あ》いた。

「皆さん、御在宿かな?」

番小屋を訪れるにしては、鹿爪らしい声だ。しかも、武家の語調《ことばつき》なのである。

「久住さんだ——」

惣平次が、そそくさと起《た》って、迎えに出た。おこうは手早く縫いものを片付けて、庄太郎が、炉の火に、焚き木を加えているうちに、風といっしょに久住希十郎が這入《はい》ってきて、戸口で、

惣平次と挨拶を済ますと、色の変わった黒羽二重《くろはぶたえ》の裾を鳴らして六畳へ上がって来ながら、

「いや、吹くわ。吹くわ。それに、墨を流したような闇黒《やみ》じゃ——こんな晩にお邪魔に上がらんでも、と、大分これでも二の足を踏みましたが、またしばらく江戸を明けるでな、思い切って、出掛けて来ましたわい。おう、おう燃えとる。有り難い。戸外は、寒うての」

久住は、大小を脱《と》って傍《わき》へ置くと、きちんと炉ばたにすわって、手をかざした。

そして、激しく咳《せ》き入った。

二

この、水戸様の石揚げ場で、「お石場番所」を預かっているおやじ、惣平次夫婦は、若い頃江戸へ出て来たが、九州豊後《ぶんご》の国、笹の関港の生まれである。

笹の関は、中川修理太夫《しゅりだいふ》の領内で、したがって、藩士の久住希十郎とは、故郷許《くにもと》からの相識《みしり》だった。もっとも、しりあいといったところで、身分が違う。惣平次は漁師上がりで、久住は侍——が、しかし、これも、怪しいさむらいだった。笹の関からすこし離れた焼津《やいづ》の浜に、中川藩のお舟蔵があって、久住はそこの、お荷方下見回りという役の木っ葉武士なのだ。しじゅう船に乗って、豊後水道を上ったり下ったり、時には遠く朝鮮、琉球まで押し渡ったりする。これは、名は貿易だが、体のいい官許の海賊で、希十郎は、まず、その海賊船隊の小頭《こがしら》格だ。からだが明くと、休養かたがた江戸見物に呼ばれて来て、何個月もぶらぶらしている。そうかと思うと、ふっと帰国《かえ》されて、また焼津の浜から船へ乗り込んで、どこへとも知らず錨を上

げる。

海で育った惣平次とは、話が合うのだった。

今度は、割に長く江戸にとどまっていて、神田筋違御門《かんだすじかえごもん》ぎわの修理太夫の下屋敷から、こうして三日に上げず、この惣平次の番所へ遊びに来るのである。

いつも親子三人を前に、色いろ話しこんで行く。海の冒険談、そういったものが主で、江戸育ちの庄太郎には、珍しかった。

それが、急に、もうじき豊後へ帰郷《かえ》ることになったというので、庄太郎は、名残惜しそうに、

「また海へお出でになるので御座いましょうね。このたびは、どちらへ？　唐天竺《からてんじく》でございますか。それとも、南蛮とやら――」

「いや」久住は、首を傾《かし》げて、「南蛮まで伸すことは御座らぬが、しかし、それも判らぬ。どこへ参るのやら、船出した後までも、われわれ下役には、御沙汰のないのが常でな、頓《とん》と見当がつき申さぬよ」

木の瘤のような肩と、油気のない髪をゆすぶって、何時までも哄笑がひびいた。

潮焼けしたとでもいうのか、恐ろしい赤毛である。身長《せい》が高くて、板のような胸だ。そして、茶色の顔に、眼がまた、不思議に赤い。交際《つきあ》っていて、見慣れているから、惣平次一家の者は平気だが、誰でもはじめて会う人をちょっとぎょっとさせる、うす気味のわるい人間だった。が、気は、至極いい。穏和《おとな》しいのである。

風が、いきおいを増した。

おこうが、あり合わせの物に、燗をつけて出すと、久住は、惣平次と酒盃《さかずき》をかわしながら、

その、風のうなりに耳を傾けて、暗夜の海上――帆音を思い出すような眼つきをした。

例によって座談《はなし》が弾んで、久住の口から、遠い国々の港みなとの風景、荒くれた男たち、略奪、疫病、変わった人々の生活《くらし》ぶり、などが物語られる。

尽きない。

「何しろ、二十年も、焼津船にお乗りになっていなさるのだからな」惣平次が、おこうをかえり見た。「はじめてお舟蔵へ上がられた頃から、存じあげているのだが、いまの庄公より年下《した》の、二十歳《はたち》の少年衆《こどもしゆう》だったよ」

「まあ、それにしても、よく御無事でおつとめなすって――」

母親のことばを、庄太は、そばから奪うように、

「おいらも、琉球へ行ってみてえな。ぶらっと見物して来るんだ」

「話に聞けば、面白い土地のように思われるかも知れんが、なに、江戸に勝るところは御座らぬよ」

久住は、さかずきを置いて、俄に酒が苦くなったように、ちょっと眉を寄せた。

何か思い出して、惣平次が、膝を進めた。

「お！　そう言えば、何時かちょっとお話しなすった竜の手――竜手様《りんじゆさま》とか、あれは一たいどういうことでござります」

「竜の手、か。いや、何でもござらぬ」

顔の前で手を振って、炉のけむりを避《よ》けながら、

「何でも御座らぬ」

繰り返した。

おこうが、好奇気《ものずきげ》に、

「竜の手――？　何でございます」

「まあ、謂わば手品――手品でもないが、切支丹《きりしたん》の魔術とでも呼ぶべきものでござろうな。しかし、切支丹ではない」

聞き手の三人は、乗り出して、久住の顔を見た。黙って、久住は、杯を取り上げた。空なのを気がつかずに、口へ持って行って、また、黙って下へ置いた。

惣平次が、銚子を取り上げて、満たした。

「見たところは――」

と、言って、久住は、ふところへ手を入れた。

「ただの、細長い、魚の鰭《ひれ》のようなものでな、ま、斯様《かよう》な、こちこちの乾物じゃ」

何か取り出して、親子の眼の前へさし出した。おこうは、ぎょっとして、気味悪そうに反ったが、庄太郎が受け取って、掌の上で転がして凝視《みつ》めた。

「これがその竜の手――竜手さまですかい」

惣平次が、息子の手から取って、

「何の変哲もねえように見えるが、どういうんで御座いますね」

兎見角見《とみこうみ》して、火から遠い畳の上へ、置いた。

久住の、すこし嗄れた太い声が、言っていた。

「琉球《あちら》の、古い昔の聖人《ひじり》の息が、この竜の手に掛かっておりますんじゃ。先ざきのことまでずんと見通しの利く、世にも偉い御仁《ごじん》であったと申す。そのお方は、人の生命《いのち》を司る運命《さだめ》と、宿縁をないがしろにする者のかなしみとを、後代のものに示さんとおぼし召されて、これなる竜の手をお遺しなされた。三人の別べつの人間が、それぞれ三つの願望を祈って、それを、この竜手様が即座に達成《かな》えて下さるようになっておる」

久住の様子が、如何にも真面目なので、三人は、笑えなかった。口のまわりを硬張《こわば》らせて、くすぐったそうな表情《かお》をした。

真剣を装って、庄太郎が訊いた。

「竜の手って、ほんとに、あの、竜の手なんですかい」

「左様。竜手様は、竜の手で御座る」

「竜に、手があるかなあ――」

久住は、答えなかった。

庄太郎は、露骨に、冷笑《ひや》かすような口調を帯びて、

「一人につき三つだけ、何でも願い事をかなえて下さる。ふん、どうです、旦那は、何か三つ、お願いにならねえんですかい」

三

たしなめるような眼で、庄太郎を見据えた久住は、

「如何にもわしは、わしの分を、三つだけお願い申した――そして、かなえられました」

重おもしく答えて、白い額部《ひたい》になった。

「ほんとに、三つお願いになって、三つとも、聞き入れられたので御座りますか」

「左様」

「ほかに誰か、願った人は――？」

「拙者の以前《まえ》に持っておった者が、やはり三つの願を掛けて、それも三つとも応《かな》ったとか聞き及んでおるが――」

風が、渡って、沈黙のあいだをつないだ。大川の水音が、壁のすぐ向こうに、聞こえていた。

「ふうむ」惣平次は腕を組んで「三つしか願えぬなら、旦那には、もう用のない品で御座りますな。如何でございましょう。わたくしめに、お譲り下さりませんでしょうか」

久住は、その、不思議な形をした、牛蒡《ごぼう》とも見える、魚の乾物のようなものを、しばらく、指で挟んでぶら下げて、何かしきりに考えていたが、いきなり、ぽいと、火の中へ抛り込んで、

「焼いたがよい」

あわてた惣平次が、

「お捨てになるなら、戴いて置きましょう」

手で、素早く摑んで、じぶんの膝へ投げ取ると、久住は、じっと深い眼をして、その惣平次と竜手様を見較べながら、

「わしは、もう要らぬ。が、あんたも、お取りなさらぬがよい。悪いことは、言わぬ。お焼きなされ」

「願いごとをするには、どうすればよろしいので――」

惣平次が、訊いた。

「竜手様を、右手に、高く捧げて、大声に願を唱えるのじゃ——が、言うて置きますぞ。どんなことがあっても、拙者は、知らん」

もう一度、調べるように、手に竜手様を眺めている惣平次へ、久住はつづけて、

「願うなら、何か尋常な、分相応のことを願いなさるがよい。くれぐれも、滅茶を願うてはなりませぬぞ」

「お大名になりたいなどと——」

親子三人は、声を合わせて笑ったが、久住は、苦渋な顔で、自在鈎の鉄瓶から、徳利を摘み出して、じぶんで注《つ》いだ。

明朝《あさ》早く出発して、豊後への帰国の途につく——そういって、大小をうしろ気味に差した久住は、いつもよりすこし早めに、風に抗《さか》らってかえって行った。

送り出して、三人が炉ばたへ帰ると、

「父《ちゃん》！」庄太郎が、にやにやして、「好いものが手に這入ったぜ。さあ、これからおいらの家は、金持ちになる。おいらなんか、お絹《かいこ》ぐるみで、あっはっはっは——」

大の字に引っくり返って、爆笑《わら》った。

「竜手様と来らあ！　竜の手だとよ。うふっ、利いた風なことを言っても、田舎ざむれえなんて、下らねえ物を持ち回りやがって白痴《こけ》たもんだなあ」

惣平次は、懐中《ふところ》の竜手さまを取り出して、繁々《しげしげ》と見ていたが、

「こうっ、と。おいらは、何を願うべえかな」

巫山戯《ふざけ》半分の、わざと真面目な顔で、おこうを見た。

庄太郎が、代わって、

「百両！──父、百両《いつそく》の現金《げんなま》を祈りねえ」

惣平次は、照れたように微笑《わら》って、その、竜の手という、汚い乾物のようなものを、右手に高くさし上げた。

そして、おこうと庄太郎が、急に、謹んだような顔を並べている前で、大声に、怒鳴った。

「竜手様へ、何卒《どうぞ》わしに、百両の金を下せえまし。お願《ねげ》え申しやす──」

言い終わらぬうちに、惣平次は、竜手様を投げ捨てて、躍り上がって叫んだ。

「わあっ！　動いた！　うごいた！　竜手様が動いた！」

びっくり駈け寄った妻と息子へ、蒼くなった顔を向けて、

「おい、動いたぜ、おれの手の中で」

と、不気味げに、自分の手から、畳に転がっている竜手さまへ、眼を落とした。

「おれが願え事を唱えると、蛇みてえに曲がって、手に巻き付こうとしたんだ」

「だが、父、百両の金は、まだ湧いて来ねえじゃねえか」庄太郎は、どこまでも嘲笑的に、

「へん、こんなこって百両儲かりゃあ、世の中に貧乏するやつあねえや。畳の隙からでも、小判がぞろぞろ這い出すところを、見てえもんだ。竜の手などと、人を食ってるにもほどがあらあ」

「気の故《せい》ですよ、お爺さん。そんなからからの乾ものが、ひとりで動くわけがないじゃありませんか」

「まま、いいや」惣平次は、口びるまで白くしていた。「動くわけのねえ物がうごいたんで、ちょいとびっくりしたんだ。おいらの気のせいってことにして置くべえ」

夜が更けて、狭い家のなかに、斬るような寒気が、迫って来ていた。烈風《かぜ》は、一そう速度をあつめて、戸外に積み上げた石を撫でる柳《やなぎ》枝の音が、遠浪の崩れるように、おどろおどろしく聞こえていた。

三人は、消え掛かった炉の火を囲んで、暫時黙りこくっていたが、やがて、日常の家事のはなしになって竜手様のことは、忘れるともなく、忘れた。

要するに、一時の座興である。

寝《しん》に就くことになって、老夫婦は、二階へ上がる。庄太郎は、階下の炉ばたに、自分の床を敷き出す。

竜手様は、部屋の隅の、茶簞笥の上へ置いて。

野猿《やえん》梯子を上がって行く惣平次へ、庄太郎が、また揶揄《からかい》半分に、

「爺《ちゃん》よ、おめえの床ん中に、百両の金が温《あった》まってるだろうぜ、はははは」

惣平次は、妙にむっつりして、にこりともせずに二階へ消えた。

四

日光が、風を払って、翌朝は、けろりとした快晴だった。

藍甕《あいがめ》をぶちまけたような大川の水が、とろっと淀んで、羽毛《はね》のような微風と、櫓音と、人を

呼ぶ声とが、川面を刷《は》いていた。

お石場にも、朝から、陽がかんかん照りつけて、捨て置きの切り石の影は、むらさきだった。

雑草が、土のにおいに噎《む》せんで、春のあし音は、江戸のどこにでもあった。

そんな日だった。

前夜の、理由《わけ》のない恐怖と妖異感は、陽光が溶かし去っていた。階下の茶簞笥の上の竜手様は、金いろの朝日のなかで、むしろ滑稽に見えた。

手垢と埃塵《ごみ》によごれて、小さく固まっている竜の手——忘れられて、馬鹿ばかしく、ごろっと転がっていた。

朝飯の食卓だった。

庄太郎は、この一つ目からすぐそばの、弥勒寺《みろくじ》まえ、五間《けん》堀の逸見若狭守様《へんみわかさのかみさま》のお上屋敷へ、屋根の葺きかえに雇われていて、きょうは、仕上げの日だ。急ぐので、中腰に、飯を搔っこんでいた。

おこうが、味噌汁をよそいながら、

「次の仕事は、もう当たりがおつきかえ」

「親方のほうに、話して来ているようだ」

惣平次も、口いっぱいの飯の中から、

「庄公はまだ、瓦職とはいっても、下から瓦を運ぶ組だろう。なかなか屋根へは上げてくれめえ。もっとも、高《たけ》えところへ上がって、瓦を置くようになれあ一人前だが——」

「冗談いっちゃあいけねえ。今度の仕事から、どんどん上へあがって、瓦を並べていらあ。

あらあ何だとよ。手筋がいいとよ。親方が、そ言ってた」

「そうか。この野郎、そいつあ鼻が高えぞ。しかし、職人の中で、この瓦職なんざあ豪気なもんよな。殿様が下をお通りになっても、こう、上から見おろして——全く、家のてっぺんの仕事だからな。床柱を削《けず》る大工《でえく》といっしょに、昔から、まず、諸職の上座に置かれてらあ」

惣平次が、おこうを見ると、おこうは、誇らし気な眼を、庄太郎へやった。

「うんにゃ、おいらなんざあ、駈け出しだから——」

庄太郎は、得意に、微笑して、丈夫な音を立てて沢庵を噛んでいた。

おこうが、惣平次に、

「十日ばかり、ぱっとしない日が続いたねえ。お洗濯がたまって、きょうは大事《おおごと》だよ」

「手隙をみて、おれが乾してやろう」

もう起ち上がって、庄太郎は、法被《はっぴ》に袖を通した。突っかけ草履で、土間を戸口へ、

「父は、今日は、暇かえ」

「ひまでもねえが、この二三日、お石舟のお触れもねえから、揚げ石もあるめえと思うのだよ」

「まあ、石場で、日向ぼっこでもしていなせえ。晩、帰《けえ》りに、安房屋《あわや》の煮豆でもぶら提げて来らあ」

思い出して、おこうが言った。

「ゆうべのように風の強い晩などは、何でもないようでも、やっぱり、心持ちがどうかしているとみえるねえ。馬鹿らしいことを、ちょっと真に受けたりして——」

惣平次が、訊いた。

「何だ」

「竜の手さ。竜手さま、とか――」

「あははは、おらあ、すっかり忘れていた」茶箪笥を振り返って、「百両、百両――」

「そうだ」庄太郎も、半分戸ぐちを出ながら、「昨夜《よんべ》の百両は、まだ授からねえじゃねえか。今にも、ばらばらっ！　と、こう、天から降って来るかも知れねえぜ」

妻と息子と、二人にひやかされて、惣平次は、人の好さそうな微笑《わらい》を笑った。

「だが、この天気だ。久住さんも、およろこびで早発足《はやだち》なすったろう――百両か。なあに、おらあそのうちに、ひょっこり浮いて出ると思ってる。なるほどというような回り合わせで、手に這入《へえ》るんだ。それに違《ちげ》えねえ」

と、また、竜手様へ視線を向けると、庄太郎は、

「はははは、そのことよ。気長に待ちねえ。じゃ、行って来るぜ」

踊るように弾む若いからだだが、石場を通り抜けて、一つ目橋の袂から、往来へ出て行った。

おこうは食事のあと片付け、それから、家の中の細ごました女の仕事に、取り掛かる。一まわりお石場を掃いて来て、惣平次は、陽の射し込む土間に足を投げ出して、手網の繕いだ。

白昼《まひる》の一刻《ひととき》一ときが、寂然《しいん》と沈んで、経って往く。

もうあの、竜手様のことなど、老夫婦のあたまのどこにもなかった。

庄太郎は、弁当を持って行って、午飯《ひる》には帰らない。

正午だ。惣平次とおこうが、さし向かいで、茶漬けを流し込む。

食休みに、雑談になって、おこうが、

「お前さんはどう考えているか知らないけれど、庄太郎に、もうそろそろねえ——」

「嫁の心配《しんぺえ》かえ」

「早過ぎるってことはありませんよ。心掛けて置かなければ、ほかのことと違って、こればかりは、急に、おいそれとは、ねえ」

「そうだ——しかし、早《はえ》えもんだなあ。昨日蜻蛉《とんぼ》を釣っていたように思う庄公が、もう嫁の何のと、そのうちに初孫《ういまご》だ。婆さん、目出てえが、おれ達も、年齢を取ったなあ」

「ほんとにねえ。それにつけても、庄太郎は働き者だけに、一そう早く身を固めてやったほうがよくはないかと、わたしゃ思いますよ——おや！　何でしょう？」

突然、石場を飛んで来る二三人の乱れた跫音が、耳を打った。

ふり向く間もなかった。

開け放しの土間ぐちを、人影が埋めて、走りつづけて来たらしく、迫った呼吸が、家じゅうにひびいた。

庄太郎の親方の、瓦長、瓦師長五郎と、二三人の弟子だ。うしろから、用人らしい老人の侍が、割り込んで来ようとしていた。

呑みかけの茶碗をほうり出して、惣平次は、突っ立った。おこうも、上がり框へ居ざり出て、

「何で御座ります、何事が起こりました」

長五郎は、鉢巻きを脱って、ぐいと額の汗を拭いながら、やっと、声を調えた。

「何とも、誰の粗相《そそう》でもねえんで——運でごわす」

惣平次夫婦は、唾を飲んで、奇妙に無関心に、黙っていた。

弟子の一人が、興奮した声だ。

「おらあ見ていたんだが、足が辷って、真っ逆さまに落ちたもんだ。下にまた、間の悪いことにゃあ、そんな大《でっ》けえ飛び石が——」

おこうの眼が、一時に上吊った。

「あの、庄公が——庄太が——！」

「お気の毒で——」長五郎は、ぴょこりと頭を下げた。「何と言ったらいいか、挨拶が出ねえ——」

膝が折れて、惣平次は、がたがたと、そこの履物を掴んだ。

押し退《の》けて、駈け出そうとした。

長五郎の背《うし》ろから出て来た侍が、前に立った。

「察する、が、取り乱してはならぬ。これ、取り乱してはならぬ！」

「大怪我、大怪我、でござりますか、庄公は」

「うむ。まず、怪我は大きい」

惣平次の両手が、侍の袴を掻いた。

「苦しんで、おりますか、苦しんで」

「苦しんでは、おらぬ」

「ああよかった。それでは、大したことはないので——」

「もう、苦しんではおらぬ」静かに、「極楽——」

「ははあ――」と、意味が、はっきり頭へ来ると、惣平次は、上がり口に腰をおろした。宙を見詰めたまま、そっと、老妻の手を取った。

ふと、長いしずけさが落ちた。

「ひとり息子でした」惣平次の口唇《くちびる》が、動いた。「孝行者で――」

誰も、何とも言わなかった。

侍が、咳をして、

「わしは、逸見家の用人だが、屋敷の仕事中に亡くなったのじゃからと、上《かみ》より、特別の思し召しをもって、破格の葬金《とむらいきん》を下し置かれる。その使いに参った」

おこうと惣平次は、ぽかんと顔を見合っていた。

「一職人に対して、前例のないことじゃが」用人は、つづけて、「百両の香奠《こうでん》、有り難くお受けしまするように」

「え？」

惣平次が、訊き返した。

「爺《とつ》つぁん、百両だ。百両――」

長五郎が、口を添えると、

「百両！ ううむ、百両、か」

と、呻いて、突如、真っ黒な恐怖が、むずと惣平次を摑んだ。

咽喉《のど》の裂けるようなおこうの叫びが、惣平次には、聞こえなかった。かれは、気を失って、ぐったりと円く、土間へ崩れた。

五

水戸様お石場番所の番人の伜で、瓦職の庄太郎というのが、仕事先の、逸見若狭守お屋敷の屋根から、誤って滑り落ちて、飛び石で頭蓋《あたま》を砕いて死んだ――それはそれとして、その陰に、こんな面妖な話がある。

――と、風のように聞き込んだ八丁堀合点長屋の岡っ引き釘抜藤吉が、乾児《こぶん》の勘弁勘次にも葬《とむらい》式彦兵衛にも告げずに、たった一人で、その、本所一つ目の、岬のようになっているお石揚げ場の一軒家へ出掛けて行ったのは、ちょうど、庄太郎の初七日の晩だった。

如何にも、奇体な話だ。

ただ、直接老夫婦の口から、詳しく聴いて置きたいと、そう思ってやって来た藤吉だったが、

「御免なさい。あっしは、八丁堀の者ですが――」

戸を開けるとすぐ、異妖に悲痛な気持ちに打たれて、藤吉は、声を呑んでしまった。

あの晩と同じじに、炉に火が燃えて、煙の向こうから、別人のように窶《やつ》れた惣平次が、

「八丁堀のお方が、何しにお見えなすった」

虚ろな、咎めるような口調だ。

「実あ、ちょいと、見せてもらいてえ物がありやしてね。その――」

竜の手、とは言わなかったが、老人は、すぐそれと感づいたに違いない。嫌な顔をして、黙った。

藤吉は、構わず、上がり込んで、部屋の隅の壁に凭《もた》れて、座った。

仏壇に、新しい白木の位牌が飾ってある。灯明の灯が、隙間風に、横に長かった。

物平次とおこうは、炉を挟んで対座したまま、黙して、石のように動かない。勝手に上がり込んで、影のように壁ぎわに腕を組んでいる、見馴れない、不思議な客――いや、その藤吉親分を、ふしぎな客と感ずるよりも、藤吉の存在それ自身が、二人の意識に這入っていないらしいのだ。

「あの部屋で、三人じっと無言《だんまり》で居た時ほど、凄いと思ったことはねえよ」

後で藤吉が、述懐した。

本所の南、五本松の浄巌寺に、庄太郎の遺骸《なきがら》を埋めて、今は陰影《かげ》と静寂の深い家に、老夫婦は、こうして、ぼんやりすわって来たのだった。

あんまり急な出来事なので、庄太郎の死を、現実に受け取ることは、なかなかできなかった。いまにも、あの元気な顔で、最後の朝、出がけに言ったように、安房屋の煮豆でも提げて、ぶらぶら帰宅《かえ》って来そうな気がしてならない。

とにかく、これでお終いという法はない。これで、すべてが結末《おわ》ったのでは、自分達の老いた心に、あまりにも残酷過ぎる。こんなはずはないのだ――ふたりは、そう信じ切っているようだった。今に、何かきっと、好いことが起こる。何もかも、とど笑いばなしになるような、素晴らしい突発事が、近く待っていなければならない。

そして、庄公は帰宅ってくる。必ず、にこにこ笑って、かえって来る！

と、固く、思いこんでいる様子なのだ。

が、日を経《ふ》るにつれて、この、考えてみると根拠《よりどころ》のない期待は、薄らぐ一方だった。万一《もしや》の儚い希望が、しんしんと心を刻む痛さ、寒さに、置き代えられてきた。

おこうも惣平次も、言葉を交わさなかった。口を利かなかった。何も、いうことを有《も》たないのだった。日が、長かった。夜は、もっと長かった。

やがて、初七日の今夜だった。

通夜をするような心持ちで、壁を脊《せ》に、凝《じっ》然と座している藤吉に、細い、低い、押し潰れた声が、聞こえて来た。

また、おこうが、沸《すす》り泣いているのだった。

「寒い。二階《けえ》へ上がって、寝ろよ」

惣平次が、言った。

「つめたい石の下で、庄坊こそ、どんなに寒いことか――」

おこうは、こう言って、泣き声を新たにした。が、すぐに止んで、藤吉の見ているまえで、おこうの小さなからだが、すうっと伸びて起った。

「手じゃ！」人間の声らしくない声なのだ。「竜の手じゃ！　ほれ、ほれ、竜手様――」

藤吉よりも、惣平次が、慄《ぞっ》然としたらしかった。

「どこに、どこに竜手さまが――おこう、どうした」

炉を回って、老夫《おっと》の前へ進んで、

「貸して下さいよ、竜手様を」おこうは、もう平静にかえっていた。「棄てやしますまいね」

「押入れの奥に、投げ込んである。何故だ。どうするんだ」

泣き笑いが、おこうの全身を走り過ぎると、ふっと彼女は、不自然な、真面目な顔だった。

「思いついたことが、あるんですよ。なぜ早く、気がつかなかったろう——お前さんも、ぼんやりしてるじゃないか。嫌だよ、ちょいと！」

急に、若やいだ態度で、おこうは、娘のように、甘えた手を振り上げて、打《ぶ》つ真似をした。

ぎょっとして、惣平次が、一歩退《さ》がった。

「何を、なにを思いついたと——」

「あれ、もう二つの願いさ。三つ叶えてもらえるんだろう？　あと二つ残ってるじゃあないか」

「竜手様のことか。馬鹿な！　止せ！　あの一つで、おれは、おれは——もうたくさんだ」

「そうじゃないんだよ。判らない人だねえ」

おこうは、奇怪に、少女めいた声音になって、嬌媚垂《しなだ》れかかるように、

「もう一つだけ、願ってみようよ。よう、もう一つだけさ。早く、竜手様をお出し！　さ、庄公が、今すぐ立派に生き返りますようにって、ね、願うんですよ」

暗い隅から、藤吉は、光った眼を上げて、固唾を呑んだ。

ひっそりと、沈黙がつづいた。

「何をいう——気でも違ったのか」

「お出し！　竜手様をお出しってば！　しっかり、お願いするんだよ。たった今、庄太郎が生きかえって来ますように——」

惣平次は、手を、妻の肩へやって、優しく、

「寝な。な、寝なよ。二階へ上がって、よ」

おこうが、激しく振り切って、老夫婦は、二人で蹣跚《よろめ》いた。

「おこう、お前は、どうかしてるな」

「どうもしてやしませんよ。初めの願いが協《かな》ったのだから、二番目の願いも、聞き届けられるにきまってるじゃないか。竜手さまを持っておいでというのに、どうして持って来ない。ようし！　どうあっても、願わないか」

眼が、血走って来た。白髪が、顫えて、顔へかかった。

はじめて気がついたように、ちらと藤吉を見て、惣平次は、平らな声を出そうとつとめた。

「いいか。死んでから、何日経ったと思う――」

「お願いするんだよ。竜手様へお願いするんだよ。なぜ願わないか」

おこうは、惣平次へ武者振りついて、異常な力で、押入れのほうへ引き擦った。

二人の影が、縺《もつ》れて、天井に、壁に、大きく拡がって、揺れた。

老いた人々の、瘠《や》せ脛も、肋骨《あばら》も、露《あらわ》にしての抗争《あらそい》は、見ている藤吉に、地獄――という言葉を想わせた。

「惣平！　出せ！　出して、願うんだ」

思わず出た、藤吉の声だった。

六

偶然ではあろう。竜手様という、竜の手が、海蛇の乾物か、とにかく、伝説的な品ものを手に入れて、それに、いたずら半分の試しごころから、百両の金を祈った翌日、ちょっとした自分の不注意で、庄太郎があんなことになったのは、つまり、そういう巡り合わせだったのだろう。

その逸見《へんみ》家の香奠が、百両だったばっかりに、ちょうど、この願いが届くために、百両のたかに庄太郎の生命を奪《と》られたようなことになって、そこに、言いようのない怪異が生じるものの、所詮は、偶然——すべてが、再び、そういう回りあわせだったのだ、と、藤吉は、信じたかった。

不可思議——どうしても、人間の力で説明がつかないなどということは、この人間の世の中に、あり得ない。

一見、まことに不可思議な事件であっても、それはみな、一言《いちごん》の下《もと》に明らかにすることが可能《でき》る——「偶然事」という簡単な言語《ことば》で。

否、不可思議な出来事であれば、あるほど、その連鎖に、偶然の力が色濃く働いていて、一層解決は容易なのである。

釘抜藤吉は、莫然《ぼんやり》とだが、何時も、こんなようなことを考えていた。岡っ引き藤吉の、岡っ引きらしい、これが、唯一の持論だったと言っていい。

が、この竜手様の一件だけは、その最後まで考え合わせると、ただ単なる偶然として、片づけ去ることのできないものがあるように、思われてならない。

「薄っ気味の悪い不思議だて——」

後あとまで、藤吉はよくこう呟いて、首を捻ったと言う。不思議ということばを、釘抜藤吉は、はじめて口にしたのだった。

偶然を、藤吉親分は、巡り合わせと呼んでいたが、そのめぐりあわせだけでは説き得ない、割り切れないものが、藤吉の心《かれ》に残ったに相違なかった。

惣平次は、しなだれて、押入れを開けた。奥へ這い込むようにして、しばらく押入れ中をごそごそ言わせていたが、やがて、発見《みつ》け出した竜手様を、汚そうに、怖《おそろ》しそうに、指さきに挟んで、腰を伸ばした。

額部《ひたい》が、汗に冷たく、盲目《めくら》のように、空《くう》に両手を泳がせて、部屋の真ん中に立った。

おこうの顔も、米のように、白く変わっていた。いま何よりも惣平次の恐れている、何時ものおこうのようでない表情が、眉から眼の間に漂って、すっかり、相違《そうちが》いがしていた。

「願いなさい！」

強い声だ。おこうが、命令したのだ。藤吉も、吾知らず起って、炉の火の投げる光野《ひかり》のなかへ、這入って来ていた。

「莫迦ばかしい――」

惣平次が、呻くと、おこうは、蒼白く笑って、

「お前さんこそ、その馬鹿ばかしいことで、庄太郎を殺したんじゃないか。お前さんが、百両の代に殺した庄坊を、生き返らせるんですよ。さ、願いなさい！」

竜手様を持った惣平次の右手《めて》が、高く上がった。

「どうぞ、庄太郎が生きかえって来ますように――」

「今すぐ！」

「今すぐ！」

竜手様は、畳へ落ちて、小さくもんどりを打った。それを見つめながら、惣平次も、気が抜けたように、べたんと据わっていた。

おこうは、異様に燃える眼を、土間の戸口へ据えて、男のように、立ちはだかったままだった。

三人を包んで、深夜の静寂《しじま》が、犇《ひし》めいた。

つと、おこうが、確乎《しっかり》した足取りで、部屋を横切った。そして、石場に面した連子窓《れんじまど》の雨戸を開けて、戸外《そと》に見入った。

湿った闇黒《やみ》が、音を立てて流れ込んで来て、藤吉は、屋棟を過ぎる風の音を、聞いた。

何時の間にか、黒い風が出ていた。

七日前の晩と同じ、非道《ひど》い烈風《かぜ》だ。大川の水が、石場の岸に白く泡立っていた。柳が、枝を振り乱して、陰惨な夜景である。この番所の一軒家は、突風に踏みこたえて、戸障子が、悲鳴を上げているのだ。斬られるような、寒気だ。それが、河風に乗って迫って来た、積み石を撫でる柳枝の音が、遠浪のように、おどろおどろしく耳を嚙んだ。おこうは、窓のまえを動かない。

冷えた肩を硬張らせた惣平次は、その、老妻《つま》の背後《うしろ》すがたに眼を凝らして、ちょこなんと、据わったきりだ。

諦めたらしく、おこうが窓を締めて、炉ばたへ引っ返そうとした時である。

野猿梯子が、ぎしと軋んで、つづいて、壁の中を掠めて、鼠が騒いだ。行灯の油が足りなくなったのか、圧迫的なうす暗がりが、四隅から、絞って来ていた。

戸を、そとから叩く音がするのだ。三人の顔が、合った。一しょに、戸のほうを向いて、おこうが、

「何でしょう――」

惣平次は、ちら、ちらと、藤吉へ眼を走らせて、

「鼠だ」

戸を叩く音が、高くなった。

「庄太郎です！　庄公が来た、おう！　庄公が来た」

おこうが、叫んで、裸足で、土間へ駈け下りた。

「おうお、庄太かい。いま開けるよ。今あけるよ」

割れるように戸を叩く音が、家じゅうに響いた。すると、惣平次は、その怪しい場面が、たまらなくなって来たのだ。頭部《あたま》を砕いた庄太郎が、墓へ埋めたままの姿で、いまここへ這入って来ようとしている。竜手様に呼ばれて――惣平次は、わが子ながら、その妖怪庄太郎の帰宅が、恨めしかった。厭《いと》わしかった。入れてはならない。そんな気がして、また、藤吉を見やると、藤吉の視線も、いつになく戦いて、同じ意味を返事《かえ》して来た。

おこうの手が、戸に掛かって、がたぴし開こうとしている。そとに立って、戸を叩いている「物」の、白い着衣――経帷子《きようかたびら》が、風にひらひらして、見えるのだ。惣平次は、一直線に土間へ跳んで、おこうを押し退けようとした。が、おこうが、

「何をするの！　寒いお墓から来たんじゃないか。五本松の浄巌寺から――庄太郎なんだ

よ！　庄太が来てるんですよ！」

戸に獅噛《しが》みついて、また、一二寸引き開けた。同時に、どんと一つ、戸外から、大きく戸が叩かれた。

戸は、開こうとしている。惣平次は、六畳を這い回って、手探りに、竜手様を捜しているのだ。戸が開くまでに、右手に握りさえすれば――あった！　戸が、あいた。

「さあさ、庄太郎や、お這入り。寒かったろうねえ」

このおこうの声を消して、惣平次が、竜手様をかざして、三つめの、最後の願いを喚鳴った。

「庄太が元の墓場へ帰りますようにッ！」

藤吉は戸へ走って覗いたが、重い風が飛び込んで来て、炉の火を煽っただけで、そとには、誰も居なかった。

影人形

一

三十間《けん》堀の色物席柳江亭《りゆうこうてい》の軒に、懸け行灯が油紙に包まれて、雨に煙《けぶ》っていた。

珍しいものが掛かっていて、席亭は大入り満員なのだった。人息れとたばこで、むっとする空気の向こうに、高座《こうざ》の、ちょうど落語家《はなしか》の座る、左右に、脚の長い対《つい》の燭台の灯が、薄暗く揺れて、観客のぎっしり詰まった場内を、影の多いものに見せていた。

扇子を使いたい暑さだったが、誰も身動きするものもなかった。その年は夏が早いのか、五月だというのに、人の集まるところでは、もう、どうかすると、こうしてじっとしていても汗ばむくらいだった。

軍談、落語、音曲、操り人形、声色、物真似、浄瑠璃、八人芸、浮かれ節、影絵など、大もの揃いで、賑やかな席である。ことに、越後の山奥とかから出て来たという、力持ちの大石武右衛門《ぶえもん》が人気を呼んで、このところ柳江亭は連夜木戸打ち止めの盛況だった。

いま高座に出ているのは、若いが達者な、はなし家の浮世亭円枝である。刷毛目の立った微塵縞の膝に両手を重ねて、

「ええ、手前どものほうでたびたび申し上げますのがお道楽のおうわさで――」

はじめている。

客はみな、今に来る笑いを待ち構えるような顔で、円枝の口元を見詰めながら聞き入って

いた。

うしろのほうの通路に近く、柱を背負《しょ》ってすわっているのが、釘抜藤吉だった。万筋の唐桟《とうざん》のふところへ両腕を引っ込めて、だらしなくはだけた襟元から出した手で顎を支えて眠ってでもいるのか、それとも、何か他のことを考えているのかも知れない。固く眼をつぶってしきりに渋い顔を傾けているのである。

機嫌の悪い時は、苦虫を嚙みつぶしたように、何日も口を利かないのが藤吉親分の癖だった。乾児《こぶん》の勘弁勘次や葬式《とむらい》彦兵衛は、その辺のこつをよく心得ていて、いつも藤吉の口が重くなると触らぬ神に祟りなしとそばへも寄らないように、そっとして置くのだった。そして、そういう場合、藤吉は必ず誰にも知らせずに、大きな事件を手がけているので、始終何かひそかに考えごとをしているふうだった。勘次も彦兵衛も、長年の経験からそれを承知していて、いざ親分の思案が纏《まと》まって話があるまでは、何も訊かないことにしていた。

「彦、来い。寄席でも覗くべえ」

ただこう言って、彦兵衛ひとりを伴《とも》に雨の中を、ぶらりと、八丁堀の合点長屋を出て来た釘抜藤吉だった。もちろん木戸御免である。親分の顔にあわてた男衆が、人を分けて好い席へ案内しようとするのに、ここで結構と頤《あご》をしゃくって、さっさとその柱の根へ胡座を搔いたのだった。

それきり眼を閉じて、高座へはすこしの注意も払っていない様子だった。どうせ例の気まぐれだろうが、それにしても、何のためにわざわざ傘をさして寄席へ出掛けて来たのか、さっぱり判らないと彦兵衛は思った。

気のせいか、今夜は別して、いまにも何か変わったことが起こりそうに、藤吉親分が緊張して見えるのだった。ふだん赭黒《あかぐろ》い顔が蒼く締まって、死人のように、澄んで、沈んでいた。白髪交じりの細い髷を載せた、横へ広い大きな頭部《あたま》を捻って、黄色い、骨だらけの手で、じゃりじゃり音をさせて角張った頤の無精髯を撫で回している。金壺眼《かなつぼまなこ》、行儀の悪い鼻、釘抜きのようにがっしり飛び出た頬骨、無愛想にへの字を作っている口、今に始まったことではないが、どう見ても、あんまり人好きのする容貌ではなかった。

「日の本は、岩戸かぐらの昔より、女ならでは夜の明けぬ国」高座から、円枝の声が流れて来ている。「お色気のみなもとはてえと、御婦人だそうでげして――」

藤吉は、眼をひらいた。眇《すがめ》を光らせて、周囲《まわり》の人々を見た。苦笑とも欠伸ともつかず、口をあけた。煙草で染まった大きな乱杭歯が見える。

思い切ったように、とむらい彦兵衛が、

「親分、お眠そうじゃあごわせんか。帰《けえ》りやしょうか」

「なあに――」

「円枝は、若《わけ》えから無理もねえが、小五月蠅《こうるせ》え話し振りで御座《ごぜ》えますね」

「そうかの」

円枝が引っ込むと、一渡り鳴り物がざわめいて、評判の五人力、越後上りの大石武右衛門というのが、現れた。

葬式彦《とむらいひこ》は、自分が紙屑のような、貧弱な体格の所有主《もちぬし》なので、大男だの力持ちなどというと、人一倍興味を感ずるものとみえる。すぐに長く頸を伸ばして、高座に見入り出した。

普通人の掌ほどの紋のついた、柿色の肩衣《かたぎぬ》みたいなものを着て、高座いっぱいに見えるほど、山のように控えているのが、武右衛門である。が、この第一印象が去ってから、よく眺めると、角力《すもうとり》のちょっと大きいぐらいのもので、からだそれ自身は、そんなに驚くに当たらないのだった。

「武右衛門え、江戸見物に出て来ねえか、ちゅうことで、おう、見物させてくれるなら、行くべえ。なあんて、突ん出て来たのが、お前《めえ》さま、江戸さ来てみたら、ああに、見物するで無《ね》えだ。見物されるだ――」

こんな口上を述べて笑わせながら、肩衣を撥ねる。着物の袖を滑らす。肌脱ぎになった。なるほど、見事な筋肉である。

二

湯呑みを握り潰す。火箸を糸のように曲げる。にぎり拳で板へ五寸釘を打ちこむ。それを歯で抜く。種も仕掛けもない。力ひとつなのである。肩や腕の肉が、瘤のように盛れ上がる。這うように動く。見物は讃嘆の声を呑んで、見守っている。われに返ったように、ざわめく。彦兵衛も何時《いつ》の間にか乗り出して、細い身体を硬張《こわば》らせて凝視《みつ》めていた。全く、力業師《ちからわざし》として、ちょっとこの右に出る者はあるまいと思われる大石武右衛門だった。

「あんなのに限って、ころっと死《まい》るものだ」

突然、藤吉が言った。人が感心すると、貶《けな》したくなるのが藤吉の病である。不機嫌なときは、右と言えば左と、何によらず皮肉に出るものだ。義理にも微笑《わら》うどころか、誰に対してもお愛想一ついうでなし、もしそんな時何か事件でもあろうものなら、藤吉親分ともあろうものが、鉄瓶が吹きこぼれたほどの、どんな詰まらないことでも、初めからすぐ、これあ難物だ、おいらの手に負えねえ、と投げ出したような口振りだった。ところが、それが、そういう口の下から、訳なく解決されて行くのが常だった。こうした藤吉の癖は、彦兵衛は百も知り抜いていて、一向気にしないことにしていた。じっさい、藤吉の悲観的態度は、態度だけで、格別何も意味しているものではないのだった。

だから今も、大石武右衛門はすぐ死ぬだろうなどと、人のことを不吉な、口の悪いことを言っても、彦兵衛は驚きもしなかった。

微かに、にこりと顔を歪めただけで、相手にならなかった。

武右衛門の演技が進むにつれて、藤吉以外の観客の全部は、注意のすべてを高座へ吸われて行った。霰《あられ》のような拍手が、湧いたり消えたりした。

彦が、

「あんなけだものを捕るなあ、骨でがしょうな。捕縄なんざあ、何本でも、固めて引っ切っちまいますぜ」

藤吉は、聞こえないふうだった。武右衛門がひっ込んで行くと、娘手踊りと銘打った梅の家連中というのが代わって、三人の若い女が、高座いっぱいに踊りはじめた。いよいよ詰まらなそうに、藤吉は、場内のあちこちを見まわしていた。

楽屋に通ずる、高座の横の戸があいて、狼狽《あわて》た顔の出方のひとりが、現れた。壁ぎわの板廊下を木戸口のほうへ急いだかと思うと、すぐ席主の幸七を呼んで引っ返して来た。何か私語《ささや》いていて、幸七の顔いろも変わっている。誰かを探すように客席を見ていたが、すぐ藤吉を認めて、幸七は、小腰をかがめて近づいて来た。低声《こごえ》に、

「親分、飛んでもねえことが起こりましたようで、恐れ入りますが、ちょっと楽屋のほうへ――」

「おいらに用かね?」相変わらず藤吉は、物憂そうな眼だった。

「喧嘩かい」

「いえ、ちょうどいいところに親分さんがいらしって下すって、助かりまして御座いますよ。何ですか、誰か殺《や》られたんだそうで――」

まわりの人の耳に入れまいとするので、聞き取りにくい声だったが、藤吉も、そこで訊き返してはいられなかった。眼で、彦兵衛に合図をすると、黙って起《た》ち上がった。待っていた出方の男と幸七を先に立てて、高座の傍《わき》から、楽屋へ這入《はい》って行った。

右手の一段高いところが、芸人達が出番を待つ部屋になっていて、取っつきに、裸蠟燭が一本とろとろ燃えていた。それについて、細長い板敷きの廊下がまっすぐ、裏口まで通っている。蠟燭の光が、むこうへ行くほど大きく拡がって、閉め切った部屋の障子がぼうっと白んでいるきりで、手許だけが明るく、宵闇のようなほの暗さが、全体を罩《こ》めていた。

高座から、唄や三味線につれて踊る梅の家連中の女たちの畳を擦る音や、足踏みが聞こえて来るばかりで、楽屋は、しいんとしていた。誰もいない様子だった。

が、若い衆が案内して、その狭い廊下を進んで行くと、真ん中辺からすこし向こうへ寄った

薄ぐらいところに、何か黒い大きなかたまりのようなものが倒れているのが、段だんはっきり眼に這入って来た。そこへ行く途中、横手の部屋の障子がすこし開いていて、出の仕度のできた操り人形の小屋台が置いてあるのが見えた。それは、文机《ふづくえ》ほどの大きさで、上から糸で人形を垂らして、舞台になるものだった。今夜あとから出ることになっている、有名な竹久紋之助の人形というのは、これだなと思って、藤吉は通り過ぎて行った。

「ほかの者はみんなどうしたんだ」

藤吉はそう言って、屍骸の上に屈み込んだ。屍骸——もうそれは、屍骸に相違なかったが、あの、いま高座を退《さが》って来たばかりの力持ち、大石武右衛門の屍骸だった。

そうら、見ろ、だから言わねえこっちゃあねえ。図体《ずうてえ》の大《でっ》けえやつはこんなもんだ——といいたげに、藤吉の皮肉な苦笑が彦兵衛を振り返ったが、この藤吉のまぐれ当たりの誇りどころか、彦兵衛は、われを忘れたように、武右衛門の死体におどろきの眼を瞠《みは》っていた。

「どうしたい、誰もいねえじゃあねえか」

藤吉が繰り返すと、出方の男衆が引き取って、

「へえ。まだ誰にも知らせねえんで——見つけるとすぐ、おもてへ飛んで行って旦那にだけお報せしました」

旦那というのは、席主の幸七のことだった。

「そうかい。もう手遅れかも知れねえが」と、藤吉は、依然として面白くもなさそうな顔を幸七へ向けて、「済まねえが、おいらが宜《よ》しというまで、誰ひとりこの席亭を出ねえようにしてもらいてえ」

「お易い御用で御座います。どうも厄介なことになったものだ。嫌な噂が立っちゃあ、客足が遠のきますから、どうか親分さん、あんまりぱっとならねえように、宜しくお願いいたします」

「ああ、いいとも。誰か殺した者があるとすりゃあ、こちとらあそいつを逮捕《しょつぴ》けば好いんで、まあ万事内々に早いところやりやしょう」

幸七は足止めの手配に、芸人の出入りする裏口のほうへ急いで行った。

三

藤吉は屍体の上にしゃがんで、調べにかかった。武右衛門は、高座の帰りに、そのままの衣装で死んでいて、顔がほとんど紫いろに変わって眼が飛び出ていた。頸部《くび》に一条《ひとすじ》綱のあとがあって、鉛色に皺が寄っていた。

「締め殺されたんだ」呻くように藤吉が言った。「それとも縊《くび》れ死んだのか――」

「何か、細紐のようなものででも――」

彦兵衛が口を挟むと、

「いや、皺の寄り具合《ぐえ》から見ると、こうと、糸を束ねたような物だな、三味線の糸でも――」

武右衛門の咽喉《のど》を辿っていた手を離して、藤吉は、発見者の男衆へ向き直った。

「そこで、お前の名だが、何と言いなさるかね」

「藤吉」

「え？」

「藤吉てんで」

にやにやする彦兵衛をちらと見て、藤吉は、

「藤吉さんか」

「へえ。出方の藤吉と申しやす。へえ」

「うむ。藤吉さん、おらあ八丁堀の者だが——」

「ええもう、よく存じ上げております。親分と同じ名前で恐れ入りやすが——」

「そんなこたあどうでもいい。見つけた次第《しでえ》を細かに話してもらおうじゃねえか」

「いえね、後に出る人の顔が揃ったかどうか見ようと思いましてね、楽屋番の八兵衛に訊く心算《つもり》で、おもてからここへ這入って参《めえ》りますと、御覧の通りの薄っ暗いんでよく見えませんでしたが、こっち側の部屋に、いま、あの操り人形の舞台の置いてある向こう側で、太夫の竹久紋之助さんと、おこよさんが何かしきりに話し込んでいました。細長い一本廊下ですから、よく見通しが利きます。他には誰も、人は見えませんでした。その時、こいつあお笑いになるかも知れねえが、そこの障子に、ひらりと影が映ったのを見たんで——ちょうど普通《なみ》の大きさの人間の影で御座いました。踊るように、ちょっと写ってすぐ消えましたが、あっしゃあ誰かと思って近づいてみますと、だれも人は居ねえで、この屍骸《しげえ》——武右衛門さんが倒れていたのでございます。酔興にも程がある。大きなやつが、こんな通り路に寝て、邪魔になるじゃあねえか。おい、武右衛門さん——声を掛けて揺すぶってみたんですが、何だか様子が変だから、席

主の旦那を呼びに木戸へ引っ返《けえ》したんで御座います」

藤吉は口を結んで、鼻から息を吹いた。

「そうかい。よく判った。が、あんまり役にあ立ちそうもねえ話だの」彦兵衛を振りかえって、「御同役、まあ、ちょっくら此処《こけ》えらを嗅《け》えでみるとしょうか」

そして、ふっと沈黙に落ちて、あたりを見回した。狭い板廊の両端に、一方は今来たおもての席、他は裏ぐちへのふたつの戸があって、右手は部屋の障子、左手は壁——出るにも這入るにも、その二つの戸のどっちかを通らなければならない。裏のほうで、芸人たちの世話をする男たちの声が、まだ何も知らないらしく、暢気に笑いさざめいて聞こえていた。

廊下の入口を見返ると、前に言ったように、大きな裸蠟燭がじいじいと燃えつづけて、その黄色い光線が、巾の広い角度を取ってぼんやり部屋の障子を照らし出している。自然に作り出される光の魔術とでも言おうか、細い個所の一方にだけひかりが動いているので、ちょっと不思議に見えるほど、その蠟燭の灯が、壁に、天井に、複雑に交錯しているのだった。これならば、遠くまで、割にはっきりと影を投げたことであろうと、藤吉は思った。

彼は、ゆっくり頭を掻きながら、

「なあ、藤吉どん。ここんところをもう一度聞こうじゃあねえか。いいか——おまはんが、この客席《おもて》の戸から這入って来る。部屋の障子がすこしあいて、人形太夫の紋之助さんと——女は、何と言ったたっけな?」

何時の間にか、帰って来ていた幸七が、口を入れて、

「おこよさんと言いましてね、紋之助さんの三味線引きでございます」

「うむ。そのおこよさんと紋之助が話し込んでいて、ここに、今の通りに武右衛門が死んで倒れていた。他には誰もいなかった——と、こう言いなさるんだね？」

「へえ、左様で御座います。その時、この障子に映ってる大きな影を見ましたんで」

「人が居ねえのに、影だけ見えたのか」

「そうなんで」

「紋之助さんとおこよは何をしていた」

「何とも思わねえから、気をつけて見たわけではありませんが、何でも、操り舞台の仕度をしながら、紋之助さんが何か一生懸命に手真似で話し込んでいました。大方、高座の打ち合わせをしていたのでございましょう」

「影は、こう、急いでうつったと言いなすったね」

「へえ。急ぎにも何にも、障子にひらひらと写ったかと思うと、すぐ消えてしまいました」

「どんな影か、思い出せねえか」

「どんな影といって——」出方の藤吉は首すじを撫で撫で、「着物を着て、袴をつけたような、ふくれ返った人間の影でしたが——」

「ううむ。袴をはいていた、と」

藤吉は、不遠慮に欠伸をした。

四

「なに？　袴を穿いていた？」幸七が、大きな声で、出方へ、「おめえ夢でも見たんだろう。誰も、はかまをはいた者なんか、楽屋にいやしねえじゃねえか」

「戸外《そと》から忍び込んだに違《ちげ》えねえ」

彦兵衛の声に、出方の藤吉は口を尖らせて、

「しかし、影だけで、人は確かに居ませんでしたよ」

「そりゃあお前」藤吉である。

「この武右衛門さんの影じゃあなかったのかな」

「冗談じゃあねえ」

出方の藤吉は、自分の証言を守るために一生懸命になっていた。

「そん時あもう、武右衛門さんはこの通りここに倒れていたんで」

「じゃあ、その影のことを、もそっと詳しく話してみな」

「へえ。ようがすとも！——と言ったところで、何しろとっさの出来事だったんで、どうもぼんやりしたお話で困りやすが、何ですよ親分さん、影はね、傴僂《せむし》のようでしたよ」

「せむし——？」

「ええ。大きな髪を結って、手に何か持っていやした」

「何を持っていた」

「何だか知らねえが、糸のような物を持っているのが見えたんで——」

みな黙って、交わる代わる顔を見合っていた。割れるような拍手が聞こえて来て、つづいてまた唄と三味線がはじまって、しいんとなった。

「無理もねえ」藤吉は、しずかに、「影じゃあそんなところまで判るわけはねえからの。殊に、ひょっとの間、ちらと眼にうつっただけじゃあ、これあ、細けえことは訊くほうが唐変木《とうへんぼく》よなあ」

「しかし親分、どうして人がいねえで、影だけ見えたんでごわしょう」

「さあ、そのことよ――」

「紋之助とおこよは」彦が部屋を覗いて、「居ねえ。どこへ行った――?」

幸七が答えた。

「この裏に、高座へ出る前に衣裳を直す部屋がありましてね、出の時刻が迫ると、みなそこへ這入りますから――呼んで来ましょうか」

「いや、いい」藤吉が停めた。

「その化粧部屋へは、廊下を通らずに行かれるんですかい」

「はい。ここへ下りずに、向こうの唐紙をあけるとすぐのところで御座います」

「武右衛門は、高座から来て間もなく、この廊下を通りながら殺られたんだね」

「へえ。高座を下りる。ここまで来かかる。ほんのちょっとの間のことで」

「おこよと紋之助さんは、稽古の話に気を取られていて、障子のそとの廊下で武右衛門が倒れるのを知らずにいた――」

「そりゃあ親分、ちょうど出の代わり、梅の家連が高座へ上がった時分で、ここは一番お囃しの鳴り物がやかましく聞こえるところだから、ちっとやそっとの騒ぎは耳に這入りませんよ。まして、話に夢中のようだったからね」

「それあそうだな。こうっと、高座を下りて来る。すぐに殺られる。廊下に人がいねえで、影だけ映っていた――」

「紋之助さんとおこよさんは、あっしが席主の旦那を呼びに引っ返して、いま親分と一緒にここへ来るあいだに、何も知らねえで化粧部屋へ這入ったものでごわしょう」

「そうだろう。訊いてみりゃあ判る」

「すると、誰もいねえ廊下で」彦兵衛が結論《むす》ぶように、「武右衛門は絞め殺されたわけですね」

「まあ、そんなことにならあ」

裏口へ通ずる廊下のむこう端に、驚愕に色を失った銀兵衛おやじの蒼い顔が、怖《おそ》る恐る覗いた。銀兵衛は、楽屋口を預かる下足番で、枯れ木のような小柄な老人である。

「おい、銀！」幸七が、呼び込んだ。

「誰も出て行きゃあしめえな」

「へえ、そうお話しだから、裏を閉めてしまいました」

「馬鹿野郎、締めちゃあ仕様がねえじゃないか。もう追っつけ伯朝《はくちょう》師匠が乗り込む頃だが、来たって、這入れやしめえ」

「なあに、心配《しんぺえ》しなさんな」藤吉は、珍しく笑って、「犯人《ほし》せえ挙げりゃあすぐにも開けてやらあな」

そして、銀兵衛へ、「こう、爺《とっ》つあん、お前、武右衛門の死んだこたあ今聞いたのか」

出方の藤吉が、幸七へあわただしく囁いて、

「次は浮かれ節の花坊主だが、知らせてようがすね」

藤吉が、聞き咎めた。

「芸人衆は、ちっとも見えねえようだが、どこに詰めているんだ」

「この部屋もそのためにあるんですが、高座のすぐ裏なもんですから、出の近い人が待つだけで、皆ずっと向こうの座敷のほうにごろごろしております。さっき申し上げた化粧部屋の、また彼方《あっち》なんで」

「そうか。道理で、ちっとも姿を見せねえと思った。武右衛門も、そこへ帰ろうとしてここを通っていたんだな」

と藤吉が眼を返すと、銀兵衛がつづけていった。

「すこしも存じませんで御座いました。旦那が回って来て、誰も出しちゃあいけねえというんで、初めて知りましたようなわけで――」

「おめえは裏口を離れずにいたんだな」

「へえ。芸人衆のお履物を預かっておりやすんで」

「この廊下を通って、誰か出て行った者があったろう、なあ爺つぁん」

銀兵衛は、きょとんとして、首を振った。

「いいえ。裏ぐちは一つですが、どなたも――」

五

ふふんと藤吉は、小鼻をふくらませて黙りこんだが、すぐ手を上げて、銀兵衛に、向こうへ行けという合図をした。

「ほんとに誰も、出て行った人は御座えません。あっしは、裏ぐちに据わりっきりで、円枝さんの下駄の鼻緒が切れたんで立ててあげておりましたが――」

楽屋番の銀兵衛が、もう一度そう繰り返したが、藤吉は、聞いていそうもない様子だった。じぶんの胸元を覗き込むようにうつむいて、かれはしきりに爪を嚙んでいるのだ。

大石武右衛門は、見るとおりに、それこそ牡牛を三匹合わせたほどの、大兵肥満の男である。それに、いまこの柳江亭の人気を一身にあつめている、前代未聞の力業師なのだ。その大石武右衛門が高座を下りて、一本の蠟燭の光を背中に浴びながら狭い真っ直ぐな廊下を通って溜りのほうへ帰って行こうとしていると、途中で、何者かが武右衛門の頸部《くび》へ綱を捲きつけて、――あっという間に、見事にこの大漢《おおおとこ》を絞め殺したのだった。

信じられない。この力持ちが、そう容易《やすやす》と絞め殺されようとは、これは、八丁堀合点長屋の親分釘抜藤吉でなくても、常識のある人間なら、誰しも受け取れないところである。しかも、その時、高座のすぐ裏、細廊下の横手の、一段高くなっている出を待つ部屋に、人形つかいの竹久紋之助と三味線引きのおこよが、二人で話し込んでいただけで、見とおしの利く廊下には人っ児ひとりいなかったというのだ。これは、事件のすぐあと、つまり武右衛門が倒れて間もなく、恐らくは、一、二、三、四、五、六――とは数えないうちに、客席《おもて》から廊下へ這入って来た出方の藤吉の証言である。そして、今また、楽屋口で芸人の下足番をしている銀兵衛が、これに裏書きするように、誰も廊下を通って裏へ出て行ったものはないと断言しているのだ。ことに、不思議なのは、廊下へはいって来ると一拍子に、出方の藤吉の見たという、障子に躍って消えた影である——。

人は居ないのに、高座の上がり口にある蠟燭の灯を受けて、その影法師だけが、障子にうつっていたという。

確かに、はっきり見たと出方の藤吉は主張するのだが、それは、普通人の大きさの人かげで、厚い着物を着て、袴をはいたように、ふくれ返って見えた。大きな髪に結って、傴僂《せむし》のようだったとも言っている。何か糸のようなものを持っていたと、男衆藤吉はいうのだが、すべては、はっと思った一瞬間の印象で、閃くように障子をかすめて消えたのだから、もとより、人に話すとなると、至極莫然たるもので、夢の想い出の又聞きのようなことになるのだった。

ぱちんと指を鳴らす——その間の出来事だったに相違ない。

が、それにしても、あんなに膂力《りよりよく》すぐれた大石武右衛門が、こんなに簡単に殺されるなどということが、あり得るだろうか。頸部を巻いて絞めたのは、どうも三味線の糸を五六本かためて縒ったようなものらしいと、藤吉は、局所の皮膚の捻じれ具合などから判断したのだが、それなら一層、そんな物で首を絞めつけたぐらいで、あの武右衛門が即死しようとは、どうしても呑み込めないのである。が、ものには弾みということがあるから、一歩譲って、そんなことで絞殺されたものとしても、あの武右衛門である。いくらとっさの不意打ちとはいえ、相手が悪鬼魔神でない限り、武右衛門も、争ったに相違ない。いや、例え分刻《しばらく》でも、文字どおり死力を尽くして抵抗したにきまっている。この狭い廊下で、鯨のような武右衛門が生への本能に促されて何ものかと格闘した。相当暴れた——ものと想像していい。大男が、死ぬまえの踠《もが》きである。どんなにか必死の、どたばた騒ぎだったことと思われるのだが、それが、この、廊下に面した部屋に、出の仕度を急いでいた紋之助とおこよに聞こえなかったというのは、尠なくとも、ふたりがちっとも気づかなかったというのは、いくら、出方の藤吉や席主幸吉の言うように、ちょうどその時武右衛門と代わり合って娘手踊りの梅の家連が高座へ上がったばかりで、ここは鳴り物の最も喧噪《やかま》しく響く場所なので耳に這入らなかったのだろうとの説明があっても、釘抜きの親分には、これがずんと胸に納まるというわけにには、いささか往かなかったのだった。

そういえば、腑に落ちないことだらけである。

高座で力業を演じていた武右衛門を、藤吉は、あんなのに限って妙にころりと死ぬものだと言ったが、それが、正にその通りに、まるで藤吉の言葉に従わなければならなかったように、高座を下りると同時に、ここにこうして死んだのも言いようのない不思議ではあったが、これはもちろん、単なる偶然に過ぎないので、しかしそれを、藤吉のにらみに帰して、親分の眼はこうまで利くのかと、薄気味悪く飽気《あっけ》に取られているところに、とむらい彦兵衛の藤吉に対する信頼と誇りが見られるのだった。

藤吉は、すこし人がわるい。内心笑いながら、さながら言い当てたように、彦兵衛の前は大得意に見せているのである。

が、何時しか彼も、そんなことで暢気に構えてはいられなくなった。

二二んが四、二三が六――これなら何でもないが、この武右衛門の死は、二二んが五、二三が七でもあり、八でもあろうという、異中の異である。理外の理である。

釘抜藤吉も、篤《とく》と思案しなければならなかった。

思案に落ちると、かれは爪を噛む習癖《くせ》がある。

で、いま藤吉は、こうしてしきりに爪を嚙んでいるのだ。

六

高座からは、梅の家連の踊りの足ぶみ、手拍子が、お囃しの音とともに、賑やかに聞こえて来ている。

四五人が、細い廊下に重なり合って武右衛門の屍骸を覗き込んで、みな黙っていた。

戸外《そと》は、初夏の夜の霧雨が、濃くなって行くらしい。

近くの紀伊の国橋のはし桁を鳴らして、重い荷を積んだ大八車の通り過ぎて行く音が、どうかするとかみなりのように大きく長く、つづいていた。

銀兵衛が立ち去って行くと、藤吉は、席主の幸吉と葬式彦兵衛を伴れて、高座の上がり口近い、はだか蠟燭の立っている戸のそばまで、引っ返した。

戸の隙間から高座を覗くと、列なって踊っている女達のうしろ姿が見える。

藤吉は、何か言おうとして幸吉をふりかえったが、その時、右手の、出番の近い芸人達が待ち合わせることになっている小部屋に、文机のような、人形師紋之助の操り屋台が置いてあるそのそばに、ひそひそ心配そうに話し合って、話し家の円枝と、紋之助の三味のおこよとが、しょんぼり立っているのが、藤吉の眼に這入った。

おこよは、生え際の美しい、眼のぱっちりした、まだ娘むすめした顔である。

二人とも、藤吉の視線を受けて、何も言わない先に、昂奮して蒼くなっている額を持って来た。

怖ごわ藤吉のほうへ屈んで、円枝が、

「武右衛門さんに、変わり事があったようでげすが、べつに大したことは――」

狭い咽喉《のど》を出るような、かすれた低声《こごえ》だ。いつも高座で人を笑わせているところばかりを見ているだけに、また滑稽《おど》けたことを吐くのが稼業《しょうばい》で、地の珍妙な顔が身上になっているので、この男がこうして真面目なのは、何とも不気味で、ほとんどもの凄いような感じさえするのだった。

「おうさ」藤吉親分の、無表情な応答《こたえ》である。「別に大《てえ》したこたあねえやな。ちょいと、絞殺されただけよ。全体《ぜんてえ》、場ふさぎな図体《ずうてえ》をしやあがって、いいからだらしがねえじゃあねえか。なあ、円枝師匠、ははははは」

「じょ、冗談じゃあねえ、親分」円枝は、どぎまぎして、それでも、嬉しそうに、「若いものを持ち上げなさるのは、罪でさ。あっしは、まだまだ師匠なんて言われる身分じゃあ御座いません」

言いながら、ちらとおこよを顧みた円枝の眼に、押さえ切れない誇らしい色のあるのを看て取った藤吉は、これは、円枝はこの女に大分心を動かしているな、ことによると、このふたりのあいだに――と、ひそかに結びつけて当たりをつけながら、何気なく藤吉が言葉を向けたのは、うしろにいる席主の幸吉へだった。

「この梅の家の踊りてえのは、もうじき済むんじゃあねえのかえ」

「へえ、もう下ります頃で」

「屍骸を見せずに、この部屋から、むこうの溜まりへ帰《けえ》すようにしな。廊下を通らしちゃあいけねえ」

そういっているところへ、高座の上がり口が開いて、眼のまえに華やかな色彩《いろ》が揺れ動いたかと思うと、梅の家の女たちが四五人、がやがや言って廊下を降りて来た。

「おい、次は花さんだ」幸吉が、高座を明かせまいとして、芸人達の溜まりのほうへ声を高めた。「花さんは、何をしてる――」

「おやおや、ものを食うひまもありゃあしない」

楽屋で弥助を摘んでいた浮かれ節の花坊主が、口いっぱいに頰張ってもごもごさせながら、

「はい。おん前に候。御めん下さいまし」

藤吉たちのあいだをすり抜けて、高座へ出て行った。頭を青あおと丸めて、古代むらさきのしぼのあらい縮緬の羽織をずり落ちそうに、真っ赤な裏をちらちら見せている。

「ええ――更《か》わりあいまして、かわり栄えも御座いません。毎度お耳お古いところで恐れ入りますが、おあとには、おみあてが続々繰り込んでおりますので、手前はやはり、うきよぶしを二つ三つ、なあんて、好い気なもので、さあ――」

花坊主の声が、高座うらの藤吉の耳にも、遠く罩《こ》もったものに聞こえて来る。

廊下を行こうとした梅のや連の女たちは、幸吉に堰《せ》き止められて、追われるように、すぐ横手の部屋へ上がった。

何ごとが起こったのか――と、不審げにしている若い女達のまえに、藤吉が立った。

が、そこの廊下に、あの武右衛門が屍骸になって横たわっていることが、誰からともなくす

ぐ伝わったとみえて、急に、女どもの白い顔に、恐怖が来た。

藤吉は、その、一列にならんでいる梅の家連中を、黙って、例の眇《すがめ》で、右から左へ、左から右へ、二三度じっと、撫でるように見渡していたが、やがて、口の隅から呻くように、

「踊りてえものは、難しゅうごわしょうな」

一応、調べられる——と思っていたのが、藪から棒に、この問いだったので、女たちは、変に拍子抜けがして、いそいで互いに顔を見合った。金魚のように、長い袂をゆすって、笑いかけた女《こ》もあった。ひとり、少し年長《としかさ》らしいのが、

「はあ。でも、親分さんなどは、お器用でいらっしゃいますから——」

「はい。おいらだってこれで、満更でもねえのさ」

こういって藤吉は、やにわに、妙な恰好に手足を動かして、踊りの身振りのようなことをして見せた。

梅の家連は、武右衛門の死を忘れて、きゃっきゃと笑いこけて奥へ駈けこんで行くし、幸吉も、ぷっと噴飯《ふきだ》したが、本人の藤吉と彦兵衛だけは、にこりともしなかった。

七

「円枝さんは、先に引っ込んだ。おこよさんは、ここで、紋之助師匠と話しこんでいなすったのだね」

藤吉は、まだそこにぼんやり立っていた円枝とおこよへ、声を掛けた。

円枝が、きょとんとして、答えた。

「へえ。あっしは、武右衛門さんに高座を渡して、ずっとこの裏の溜まりで馬鹿っ話をしておりました。すぐ帰るつもりだったんですが、来る途中、下駄の緒を切らしてしまって、楽屋番の銀おやじがすげていてくれるんですけれど、それがなかなか立たねえので——今も、待っているところで御座います」

おこよは、静かな眼を藤吉の顔に据えて、しとやかにうなずいた。

「おまはんに訊くが」と、藤吉はおこよへ、「廊下に、誰も見かけなかったかね?」

「はい。武右衛門さんが高座を下りて、この前を通って行ったきりで——」

「それあ判ってらあな」

「しばらくして、藤吉どん——出方の藤《とう》どんが、おもてから来たようでしたが、そのとき、師匠と一しょに、わたしはこの次の間の化粧部屋へ這入りましたので、後のことは——」

「いまはじめて武右衛門の——騒ぎを知りなすった」

「左様で御座います」

おこよと円枝が、一緒に答えると、藤吉はじっと口びるを咬んでいたが、

「竹久の師匠は——?」

「溜まりに、出を待っております」

「他に、この辺に人は居なかったといいなさる」

「はい。どなたも見かけませんで御座いました」

「おう、円枝さんえ」藤吉は、不意に声を落として、顔を突き出した。「隠しちゃあいけねえ。

おっと、狼狽《あわ》てるこたあねえのだ。おまはん、武右衛門とは、普段から仲が悪かったろうな」

急に蒼褪めた円枝が、無言で、口を開けたり閉じたりしていると、おこよが言葉を挟んで、

「それは親分さん、あたしから申し上げます。武右衛門さんも、そりゃあ好い人でしたけれど、五月蠅《うるさ》くあたしにつき纏って、あんまりくどいんで、それに、あたしが嫌がっていることを知ってるもんですから、何かにつけ、円枝さんが買って出てあたしを守護《まも》って下すったんです」

「飛んだ惚気《のろけ》だ」苦笑が、藤吉の口を曲げた。「ここら辺りと狙って、ちょっと一矢放《う》ちこんでみたんだが、おこよさんの口ぶりじゃあ、どうやら金の字だったようだのう」

にやりと、彦兵衛をかえり見ると、とむらい彦は、立ったまま寒そうに貧乏揺るぎをしながら、

「親分、あんな大《でえ》の男が、どうしてああちょろっと絞め殺されたのか、それがあっしにゃあ、まだ判らねえ」

「べら棒め、おいらにもわからねえことが、彦づらに解ってたまるけえ」

「だがね、親分。これあ、絞め殺されたというよりあ、首に綱を巻かれて、はっとして周章《あわ》てる拍子に、自分で縊れ死んだ――んじゃあねえか、と、まあ、こいつあ あっしの勘考だが――」

「出来《でか》したぞ、彦。実あおいらも、そこいらのところと――つまり、武右衛門は、謂わば自力で死《まい》ったようなものと、疾《と》うから踏んでいるのだ。が、誰が、どうやって、廊下を通ってる武右衛門の頸部へ、綱を巻いたか――」

「影の仕業だね、親分」

「そうよ。影の仕業よ。で、その影あ——」

「そこだて——」

彦兵衛が、しっくり腕を組むと、藤吉は、珍しくにこにこして、

「彦、一足だ。よく考えてみな。おいらにゃあもう、およその当たりはついてるんだ、ふはははは」

銀兵衛や梅の家連の報せで、芸人の溜まりから人が出て来て、楽屋うらは、騒ぎになりかけていた。

操り人形の名人として知られている竹久紋之助も、いつの間にかその部屋へ這入って来ていて、おこよと円枝のうしろに、気むずかしそうな、老いた顔が見えていた。

よほどの年齢《とし》らしく、柿色の肩衣をつけたからだも、腰がまがり気味に、油紙のような皮膚、枯れ木のような顔——弱い、痛いたしい老名人だった。

紋之助を見つけた藤吉の眼が、やさしく微笑した。

「竹久の師匠じゃあごわせんか」

おこよが、びっくり振り向いて、

「あら、ほんとに——」

「どうも飛んだことで——お役目御苦労に存じます」

慇懃に藤吉へ挨拶して、幾分迷惑そうに、紋之助老人は、前へ出た。

藤吉が、

「ねえ、師匠、障子に影だけ見えて、それで、肝腎の人はいなかったというんで――この、二方口の廊下の、いってえどこへ消えたもんでごわしょうのう」

「なあるほど。奇怪《きたい》なこともあればあるもので――」

「それより、首っ玉に綱を巻かれながら、どうして武右衛門さんは、相手を摑みつぶしてしまわなかったか――それが不思議でならねえ」

「いや、全く、ね」

「何しろ、あの力でがしょう――」

「あの力だ――」

「手が、届かなかったのかな」

独りごとのように言って、藤吉は、高座の上がり口の蠟燭を、凝然《じいっ》と見つめていた。

紋之助は、首を捻っただけで、答えなかった。

八

「親分さん、もう死骸を取り片づけても、ようがすかね」

男衆の藤吉が、訊きに来ても、藤吉は黙って、蠟燭の灯を見つづけながら、かすかにうなずいたきりだった。

すぐに、多勢の手で、重い武右衛門の死体を運ぶらしく、騒がしい人声と物音が、障子のそとの廊下に起こって、遠ざかって行った。

紋之助は、じっとそれに聴き入るように、耳を澄ましているふうだった。

高座から、花坊主の唄う浮世節の節回しが、粋に、艶っぽく洩れて来ていた。

藤吉が、おこよを片隅へ、さし招いた。

二人は、人形屋台の向こうに立って、低声だった。

「おめえさんは、師匠の何かね」

「何と申して」おこよは、意外な面持ちで、「三味で御座います——」

紋之助老人が、聞きつけて、

「三味だけじゃあねえんで。私の人形の片腕で御座いますよ。紋之助の人形は、おこよの糸に乗ってこそ、はじめてお客様の御意を取り結びます、はい」

「あら、そんなこと——」

おこよは、初心《うぶ》らしく、顔を赧《あか》くして打ち消しながら、紋之助を見た眼を、藤吉へ返した。

「竹久の大師匠の芸で御座いますもの。あたしの三味《いと》は、邪魔をするだけ——」

「おこよさん」藤吉は、ちょっと改まった。「おいらあ、こんな厄介な探索は初めてだ。手も足も出ねえありさまだが、どうですい、あの武右衛門てえ野郎のことを、もそっと聞かしちゃあくれめえかの」

「武右衛門さんのことって、あたしは何も知りませんけれど、何でも、みなさんと仲が悪かったようで御座いますよ。もう仏ですから、あしざまに言うのは何ですけれど、ほんとに、厭なお人でござんした」

「ふうむ、どうしてまた、そんなに厭《きら》われたんで——」

「どうしてと申して」と、おこよはちょっと逡巡《ためら》ったが、「女好きで、そのうえ、自分は大の色男のつもりで——うるさいったらないんです」

「あの男は、今度越後の山奥どかから出て来て、ここで初めて顔が合ったんじゃあねえのかえ」

「仲間の種《ねた》を割るようですけれど、死んだ人ですから構いません。いいえ、今度はじめて出て来たどころか、いままで何年となく、上方からあちこち巡業《まわ》っていた人ですよ。わたし達も、ずいぶん方々で会いまして御座います」

「そうかい。そんなことだろうと思ってた」

藤吉が考え込むと、おこよは、問わず語りにつづけて、

「円枝さんとも、よく旅で一座しましたが——」

「ふうむ。その円枝さんとは、武右衛門がおめえに色眼を使うんで、たびたび鞘当てがあったことだろうの」

おこよは、うつむいた。紋之助師匠が、すこしむっとしたような口調で、

「あんまり詰まらないことを、お訊きにならないように——」

「あっしが訊くと思うと、腹が立つ」藤吉は、にっこりして、

「が、役立ちが訊かせると思うと、こいつあどうも、腹が立ったところで、仕様がねえ。まあ、師匠、そんなようなもんだ」

「でも——」おこよは、ぎょっとしたように、顔を上げた。

「あの時、円枝さんはずっと溜まりにいて、それに、あの方は、人殺しをするような、そん

な――そんな野暮ったい――」

「親分さん――」紋之助と話していた円枝も、向こうから口を入れた。「あっしを疑うなんて、そりゃあんまり非道《ひで》えや。あっしは親分――」

「おう、そこにいたのか。まあさ、おまはんは黙っていな」

「黙っていろも、ことによりますよ。人気商売だ。人殺しだなんて言われちゃあ――」

客席に、笑い声が湧いて、すぐに消えた。藤吉は、再び不機嫌な表情《いろ》に帰って、周囲《まわり》の人の顔から顔へと、無意味に見える視線を、しきりに走らせていた。

出が近づいて、紋之助とおこよは、人形を取り出して、あやつり舞台の上に、並べている。

狂言は、芹生《せりゆう》の里寺子屋の段、源蔵、戸浪、菅秀才《かんしゆうさい》、村の子供たち、その親多勢、玄蕃《げんば》、松王――多くの、いずれも精巧を極めた人形である。

手足の関節、胴、首など、要所要所に糸がついていた、紋之助が、神に近い至芸で、上から糸を操る――正に天下一の竹久紋之助の人形だ。

「竹久紋之助といえる名人あり。人形活けるがごとくに遣い、この太夫に、三味線はこよ女、いずれも古今に名誉の人、二人立ち揃いてつとめられし世に双絶の見物と、称誉せられしはこれなり。人形使い方のことは、その旧《もと》三議一統の書より起こり、陰陽自然のことに帰す。深長に至りては、草紙のうえの沙汰に及ばずといえども、その大概を和歌につづりて、覚え易からしむること左のごとし」

踏み出しは、男ひだりに女右、これ陰陽の差別なりけり

迷惑は額を撫でて揉み尻に、身をそむけるが定まりし法
驚きは、顔しりぞめて腕を出し、拳を宙に置くものぞかし
笑う時、男は肩を添える也、女は袖をあてうつむく

その他、これら人形の表現法と基本動作を歌にして示したのが五十三首あって、古来喧しい竹久家の名人芸だった。

九

人形を見ていて藤吉は、そんなことを考えていたわけではない。この時、かれの頭脳《あたま》はほかにあって、忙しく働いていたのだった。

出方の藤吉の眼は、とっさのことではあり、それに、相方が、ぼんやりした影法師なので間違っているかも知れないが、とにかく、その、障子にうつった影は——傴僂だったという。が、言うまでもなく、楽屋にせむしは、ひとりもいないのである。

藤吉は、うっとりしたような眼で、彦兵衛を招いて私語《ささや》いた。

「誰と誰てえことは言わねえが、おらあ一応五人の人間を疑ってみたんだ。が、考えてその四人まで身証《みしょう》がはっきりして取り除くとすると——最後《あと》の一人が犯人《ほし》てえことに、なあ彦、動かねえところだろうじゃあねえか」

「へえ。その五人目てえのは、誰なんで」

葬式彦は、判ったような、解らないような顔をする。

「まあ、急くなってことよ」

その釘抜きのような足を運んで、藤吉は、ぴょこりと廊下へ降りた。そして、俄に鋭い眼になって、一方から蠟燭の光の来る、細い廊下の上下を見渡した。

うしろからだけ光線を浴びた藤吉の影が、障子をいっぱいに埋めて、黒く塗り潰したように見える。藤吉は、二三歩、障子のほうへ進んでみた。

光から遠ざかると、それだけ影が大きくなる――そして、それだけ影が薄くなる。茫《ぼう》っと、拡がるのだ。

と、その藤吉をぼんやり見守っていた彦兵衛の耳に、不思議な音が聞こえて来た。

どうやら、藤吉が、笑いを抑えているらしいのである。が、すぐ、

「なあ、彦」と、振り向いた藤吉は、もう笑ってはいなかった。「おらあ十手渡世が嫌になった――」

また始まった！　こう親分が、悲観的な口調を洩らすところをみると、さては謎が解けた、と思って、彦兵衛が微笑《わらい》を嚙み殺していると、藤吉は続けて、

「おいらは、あたまがどうかしてらあ。今のいままで、こんなことに気がつかねえたあ、吾ながら、情けなくて、愛憎《あいそ》が尽きるじゃあねえか」

拍手の音が聞こえて、浮世節が終わったらしく、花坊主が降りて来そうな気はいだった。つぎは、呼びものの一つの紋之助の人形である。すると、眼が覚めたように活気づいた釘抜藤吉だった。

いきなり、その、出の刻が迫って来たので、高座のほうへ廊下を進もうとする紋之助老人の前に、立ち塞がった。

幸吉、出方の藤吉、円枝、梅の家連の女達、楽屋番の銀兵衛ほかの芸人などが、愕《おどろ》いた顔を、そのまわりに持って来る。

人々に囲まれて、おこよは、紋之助を庇おうとするように、前へ出た。

しずかに、藤吉が、言っていた。

「師匠」

静かに、紋之助が、答えた。

「何で御座います」

「やったね、師匠」

「ほほう、何のことで――」

ちょっと、間があった。

紋之助は、瘠せた肩を聳やかして、真正面から、藤吉を見据えた。

「恐れ入りますが、おめがね違いです」

「とは言わせねえぜ。実あ、あっしが――と、直《ちょく》に出な、直に」

口を開いたのは、おこよだった。

「親分さん、何を詰まらない冗談をおっしゃるんです」血が滲みそうに、切れ長の眼尻が、上がっていた。「師匠は、蚤一匹殺さないお人で、それに、こんなお年寄りじゃありませんか。釘抜藤吉とも言われる方が、すこしは眼をあけて人を見ていただきましょう」

「親分、師匠はこの部屋で、おこよさんと何か手真似で話をしていて」出方の藤吉も、気の毒そうに、「廊下にゃ居なかったんですぜ」

「おうさ。その手真似のことよ」と、藤吉は、おこよへ笑って、「その時師匠は、鴨居越しに、障子の外へ人形を垂らして見ずに糸を使っちゃあいなかったかな」

「ええ。そうやって、糸の使いを色いろ苦心しながら、わたしに指の動かし方を話して聞かせていらっしゃいましたが――」

一同の眼が、障子の上を振り仰ぐと、なるほど、鴨居のすかしがあけられて、開きが作られてある。

藤吉は、笑い出していた。

「早く言やあ、右にも左にも、下にも、犯人の逃《ず》らかるところがねえとすりゃあ、上から飛んで逃げたにきまってらあな」

紋之助もにこにこして、

「この年寄りが、あんなところを上がったり下りたり、それに、私にあの力持ちの武右衛門さんが殺せるものですか。馬鹿も、休みやすみ――」

いきなり、藤吉の手が伸びて、操り屋台のうえの人形の一つを、摑み上げた。それは、物のしい頭髪《あたま》と服装《なり》の、松王丸の人形だった。

「師匠にゃあその力がなくても、師匠の指には、いや、名人の操る糸の先には、金剛力があるのだ。部屋から、鴨居のそとへこの松王の人形を垂らして、これに三味の糸の束ねたのを持たして、操り糸を通す名人の指の力で、力業師武右衛門を絞めたに相違ねえ――やい、野郎ども、退《ど》け！」藤吉は、人々を押しのけて空地《あき》を作りながら、「見ねえ、この灯を背負って、おいらの影は、あんなに大きく映らあ。藤吉どんの見たのあ、人間の影じゃあねえんだ。そら、これあどうだ――」

武右衛門の倒れた個処の障子に、松王丸の人形の影をうつすと、小さな人形が光線の関係で普通人の大きさに拡がり、頭が大きく、着物の裾がひらいて袴のように見え、それに、背を曲げて、いかさま傴僂のようである。

紋之助は、うつむいて小さな声だった。

「おこよを弄《おも》ちゃにしようとして、狙っている様子でしたから、いっそのことと思って――」

藤吉が、気の毒そうな表情《かお》になったとき、人々のうしろから太い声がして、

「しかし、人形が首に糸を巻いたぐらいで死んだのは――藤吉親分のまえだが、わたしは、こう思いますね。ぼんやり歩いているところへ、くび筋に変な物が下りて来て、うしろから抱きつかれたんではっとした。途端に、咽喉へ紐が来たんで、あわてて取ろうとする。なかなか人形の力なんかで、あの力持ちが死ぬわけはない。これは、驚いて踠いた拍子に、われとわが大力で自分の頸を締めつけて呼吸《いき》がとまったんでごわすから、魂消《たまげ》たのと、除《と》ろうとする腕力《うで》のはずみとで、ねえ、親分、武右衛門さんは、結局《つまり》、自滅ということになりゃあしませんかい。どうもわたしは、そんな気がしてならねえんだが――」

いま楽屋入りして、騒動を聞いたばかりの、真打ちの軍談師伯朝だった。

古今の名人竹久紋之助を、その純情の罪から救いたい一心で、哀願が、伯朝の顔いっぱいに書かれてあった。

これが、藤吉にも、何とかして助けたいと、ひそかに望んでいた機会となったに相違ない。

「おや、これあ横網の大師匠ですかい」

と、眇《すがめ》でうなずきながら——紋之助の腕に手をかけている葬式彦兵衛を、やにわにかれは、大声に呶鳴りつけた。

「やい、彦！　手を放せ。紋之助師匠とおこよさんの高座じゃあねえかッ！」

早耳三次捕物聞書

霙橋辻斬夜話

友人の書家の家で、私は経師屋《きょうじゃ》の恒さんと相識《しりあい》になったが、恒さんの祖父なる人がまだ生きていて、湘南の或る町の寺に間借りの楽隠居をしていると知ったので、段々聞いてみると、このお爺さんこそ安政の末から万延、文久、元治、慶応へかけて江戸花川戸で早耳の三次と謳われた捕物の名人であることが判った。ここに書くこれらの物語は、古い帳面と記憶を頼りに老人が思い出しながら話してくれたところを私がそのままに聞書《ききがき》したものである。乙未《きのとひつじ》だというから天保六年の生まれだろうと思う。すると数え年九十四になるわけで、なにぶん年齢《とし》が年齢だから脚腰が立たなくて床に就いてはいるが耳も眼も達者である。ただ弱小不忘《わたくし》ごときの筆に当時の模様を巨細《こさい》に写す力のないことを、私は初めから読者と老人とにお詫びしておきたい。

一

松の内も明けた十五日朝のことだった。起き抜けに今日様《こんにちさま》を拝んだ早耳三次が、花川戸の住居《すまい》でこれから小豆粥の膳に向かおうとしているところへ、茶屋町の自身番の老爺《おやじ》が慌ただしく飛び込んで来た。吃りながら話すのを聞くと、甚右衛門店《じんえもんだな》裏手の井戸に若い女が身を投げているのを今顔を洗いに行って発見《みつけ》たが、長屋じゅうまだ寝ているから取り敢えず迎えに来たのだという。正月早々朝っぱらから縁起でもないとは思ったが御用筋とあっては仕方がない。嫌な顔をする女房を一つ白睨《にら》んでおいて、三次は老爺について家を出た。泣き出しそうな空の下に八百八町は今し眠りから覚めようとして、川向こうの松平越前や細川能登の屋敷の杉が一本二本と算《かぞ》えられるほど近く見えていた。

東仲町が大川橋にかかろうとするその袂を突っ切ると材木町、それを小一丁も行った右手茶屋町の裏側に、四軒長屋が二棟掘り抜き井戸を中にして面《むか》い合っている、それが甚右衛門店であった。

自身番の老爺が途中で若い者を二人ほど根引きにして、一行急ぎ足に現場へ着いた時には界隈は寂然《ひっそり》として人影もなかった。三次が井戸を覗いて見ると、藻の花が咲いたように派手な衣服《きもの》と白い二の腕とが桶に載って暗い水面近く浮かんでいた。それっというので若い者が釣瓶《つるべ》を手繰って苦もなく引き揚げたが、井戸の縁まで上がって来た女の屍骸を一眼見て、三次はじめ一同声も出ないほど愕《おどろ》いてしまった。

女は身投げしたのではない。誰かが斬り殺してぶち込んだのである。しかもその切り口、よく俗に袈裟がけということを言うが正にそれで、右の肩から左乳下へかけてばらりずんとただの一太刀《たち》に斬り下げて見事二つになった胴体は左傍腹《ひだりわきばら》の皮肌《かわ》一枚で辛うじて継《つな》がっていた。石切梶原ではないが刀も刀斬り手も斬り手といいたいところ、ううむと唸ると三次は腕を組んで考え込んだ。

三次が考え込んだのも無理はない。過ぐる年の秋の暮れから正月へかけて、一きわ眼立った辻斬りが只さえ寒々しい府内《ふだい》の人心を盛んに脅かしていた。当時のことだから新刀《あらもの》試し腕試し、辻斬りは珍しくなかったが、そのなかに一つ、右肩から左乳下へかけての袈裟がけ斜《はす》一文字の遣り口だけは、業物《わざもの》と斬人《きりて》の冴えを偲ばせて江戸中に有名になっていた。殺される者には武士もあった、町人もあった、女小供さえあった。昨夜《ゆうべ》はあそこ、今朝はここといった具合に、ほとんど一夜明ける度に生々しい袈裟斬りの屍体が江戸のどこかに転がっているという有様だった。誰も姿を見た者はないがもちろん侍、しかも剣《つるぎ》の道に秀でた者の仕業であることは何人も認めざるを得なかった。死骸は何時も一太刀深く浴びて胸から腹へ大きな口を開いていたが、決して切って落とした例《ためし》はなく皮一重というところで刀を留めて危なく胴をつないで置くのがこの辻斬りの特徴であった。これは到底凡手の好くするところではない。必ずや一流に徹した剣客の狂刃《きょうじん》であろうと、町奉行配下の与力同心《よりきどうしん》をはじめ町方の御用聞きに到るまで、言い合わしたように町道場の主《あるじ》とその高弟達、さては諸国から上って来た浪人の溜まりなどへ頻りに眼を光らせて来たが、袈裟がけの辻斬りは一向に熄《や》まないうちに、年が更《か》わった。さすがに松の内だけは血生臭《ちなまぐさ》い噂もないと思っていると、春の初めの斬り初めでもあるまいが、またしてもここに甚右衛門井戸の女殺しとなったのである。

二

殺された女は、井戸のすぐ前の家に父親《てておや》の七兵衛と一緒に住んでいるお菊という娘であった。三次達の気勢《けはい》を聞きつけて起きて来た長屋の者が消魂《けたたま》しく戸を叩いたので、七兵衛も寝巻姿で飛び出して来たが井戸端の洗い場に横たわっている娘の死骸を見ると、駈け寄って折り重なったまま一声名を呼んだのを最後にそれきり動かなくなってしまった。狼狽《あわ》てて抱き起こすとが、、、つくり首が前へのめって、七兵衛は既に息を引き取っていた。現代《いま》の言葉でいうと心臓麻痺であろう、あまりな不意の驚きに逆上した途端、敢えなくなったものらしいが、引き続いたこの二つの凶事に長屋じゅうはたちまち上を下への騒ぎになった。

七兵衛は町内の走り使いをしていたから三次も識っていたし、独り娘のあったことも聞いてはいたが、この二人家内が二人ともこうなったのだから、三次は集まって来た長屋の衆の口を合わせてそこから何か掘り出すよりほか探索の踏み出し方がなくなった。お菊は稀に見る孝行娘で近処《きんじょ》のお針などをして貧しい父を助け、傍《はた》の見る眼も羨ましいほど父娘《おやこ》仲もよかったとのこと。死に顔を見ても判るとおり十人並み以上の器量だから若い者の口の端《は》に上らぬではなかったが、十八にはなっていたものの色気付きが遅いのか、その方の噂はついぞなかった。昨十四日は年越しの祝いでお菊は型ばかりの松飾り注連縄《しめなわ》を自分で外した後、遅れた年賀の義理を済ませに小梅の伯母のところへ行くとか言って、賑やかに笑いながら正午少し過ぎに家を出て行った。これは同じ長屋のお神の一人が見て、現に会話《はなし》を交わしたというのだから間違いはあるまい。

お菊の死骸に股がって切り口を睨んでいた三次は、崩れた島田に引っ掛かっている櫛を見付けると、手早く抜き取って懐中《ふところ》へ納めた後、父娘の仏をひとまず世話人の家へ引き取らせた。あとで井戸の周囲《まわり》を見ると、土に血の跡が滲み込んで、洗い場の石の角々にも流れ残った血糊が赤黒く付着《くっつ》いている。言うまでもなく犯人《ほし》はここでお菊を殺して、音のしないようにと水桶に縛りつけて井戸へ下ろしてから、血刀や返り血を洗って行ったものであろうが、そうとすれば少しは物音もしたはずだと思って、三次がそばの人々に訊いてみると、そのなかでこういう申し立てをした者があった。

「へえ、わっちが眠りについて少しばかりとろとろとしたかと思う頃、井戸端で人の呻きと水を流す音が聞こえましたが、きっとまた蜻蛉《とんぼ》野郎が食らい酔って来やあがって水でも呑んでいるんだろうと、わっちは別に気にも懸けずにね、へえ、そのまま眠ってしまいましたよ」

「何時《なんどき》でした」

「さあ、かれこれあれで四つでしたかしら」

これを聞いて思い出したものか、同じことを言う者が二三人出て来たので、三次は懐中から今の櫛を出して一同《みんな》に見せた。玳瑁《たいまい》の地に金蒔絵《きんまきえ》で丸にいの字の田之助《たいふ》の紋が打ってあるという豪勢な物、これがその日暮らしのお菊の髪に差さっていたのがこの際不審の種であった。すると、背後《うしろ》の方から伸び上がって見ていた一人が、それは確か蜻蛉が持っていた櫛で、歳末《くれ》に、安く売るから買わないかと言って見せられたことがあると証言した。

「さっきから蜻蛉蜻蛉って言いなさるがそのとんぼってなあ一体なんですい」

三次が訊いた。人々の答えによると、井戸を隔ててお菊方と向かいあって、眼玉の大きいところから蜻蛉の辰と呼ばれている中年者が住んでいるが、去年の夏、女郎上がりの嬶《かかあ》に死なれてからは、昼は家にごろごろして日暮れから夜鳴き饂飩《うどん》を売りに出ているとのこと。

「おうっ、辰が居ねえぞ」

誰かがこう言って辺りを見回した。それにつれて皆が騒ぎ出した。

「このどさくさに寝ている者は辰でもなけりゃあれやしねえ——辰やあい」

「蜻蛉うっ」

「辰うっ！」

「とんぼ、つんぼ！」

長屋の衆が口々に喚くのを三次は鋭く押さえておいて、つと足許の水桶に眼を落とした。釣瓶縄のさきに付いている井戸の水汲み桶である。これにお菊の死骸を結んで沈めたのだから、桶一杯の水が紫色に濁っていたが、三次が足を掛けて水を溢《こぼ》すと、底から、お菊の黒塗りの日和下駄が片方だけ出て来た。

誰もお菊の帰って来たのを見た者はなかった、留守をしていた父親七兵衛は、あまり帰宅《かえり》が遅いのでてっきり小梅に泊まることと思い、昨夜は寒さも格別だったから早く締まりをして先に寝たものらしいが、年頃の娘がそう更けてから夜道を帰って来るとも思われないから、まず七兵衛はじめ長屋の者の寝入り初《ばな》、この井戸端で水音がしたという亥《い》の上刻《じょうこく》は四つ頃の出来事であろうと、三次はその日和下駄を見つめながら考えた。

井戸にでも落ちたか、片っぽの下駄はどこを探してもない。二つ折れに屈んで地面を検《しら》べると、井戸の縁に片足かけて刀に滴る血潮を振り裁いたものとみえて、どす黒い点が土の上を一列に走って最寄りの油障子の腰板へ跳ねて、障子の把手にも歴然《はっきり》と血の手形が付いていた。三次は振り向いた。

「誰の家ですい、ここあ？」

「へえ、そこがその、蜻蛉の辰の——」

という声を皆まで聞かずに、三次が障子に手を掛けるとさらりと開いた。素早く這入《はい》り込んで後を閉めながら見ると、障子の内側にもおびただしい血の痕がある。しかも黒塗りのお菊の日和が片方、血にまみれて土間に転がっていた。

「辰さん！」

狭い暗い家に三次の声が響いた。と、すぐに人の起きて来る様子に、三次は思わず懐に十手の柄《え》を握り締めた。

三

長屋の連中が蜻蛉の辰の軒下に立って呼吸《いき》を凝らしていると、なかでは長いこと話が続いたのち、やがて、三次ひとり狐憑きのような顔をしてぼんやり出て来た。

「蜻蛉は居ましたか。どうしました？」

待ちあぐんでいた人々は一斉に三次を取り巻いた。

「居ましたよ。いますよ」

と三次は何故か溜息を吐《つ》いた。

「何せこっちあ早耳の親分だ。野郎、恐れ入りやしたろう？」

「誰がですい？」

「誰がって親分、呆《とぼ》けちゃいけねえ、犯人さあね、辰さ。とんぼの畜生、おいらがお菊坊をばっさりやったに違《ちげ》えねえと、ねえ親分、即に口を割りやしたろう、え？」

「やかましいやい！」

急に三次が呶鳴り出した。探索に推量《あて》が付いて頭脳《あたま》の働きが忙しくなると、まるで別人のように人間が荒っぽくなるのが三次の癖だった。これを早耳三次の伝法風といって、八丁堀御役向きでさえ一目置いていたほど、当時江戸御用聞きのあいだに有名な天下御免の八つ当たりであった。今の三次がそれである。長屋の衆は飽気《あっけ》にとられてしまった。

「えこう、皆《みんな》聞けよ」と三次は辺りを睨《ね》めつけて、「蜻蛉蜻蛉ってそうがらに言うねえ。蜻蛉はな、大事《でえじ》な蜻蛉なんだ。手前《てめえ》ら何だぞ、蜻蛉の辰に指一本差そうものならこの三次が承服しねえからそう思え、いいか、月番が来ても旦那衆が見えても辰のことだけあ曖気《おくび》にも出すな。下手な真似して蜻蛉に手出ししてみろ、片っ端から三次が相手だ――退《ど》け、俺《おら》あ帰《けえ》る。思惑があるんだ」

呶鳴るだけどなってしまうと、三次は人を分けて飄然と帰って行った。

間もなく、申し訳なさそうに血だらけの日和下駄を提げて蜻蛉の辰公が飛び出して来て、先に立ってあれこれと世話を焼き始めた。みんなさすがに白い眼を向けたが、辰は一こう平気だった。

渡世人と岡っ引きは人柄を読むことと場の臭いを嗅ぐことが大切である。ことに剣術の使い手は眼の配りと面擦れで判るものだが、蜻蛉の辰が寝呆《ねぼ》け眼《まなこ》をこすりながら出て来た時、三次は一眼見てこれは大きに違うと思った。

辰は如何《いか》さま眼の大きな、愚鈍というよりは白痴に近そうな男だった。夜饂飩を売りに出るので帰りは早朝になる。したがってこの時刻は辰にとっては白河夜船の真夜中だから、戸外《そと》の騒ぎを知らずに熟睡していたというのも決して不自然なことはない。障子の血形《ちがた》や血まみれのお菊の下駄を突きつけられても、辰はぬうっと立ったまんま、どうしてそんな物がそこにあったのか少しも解らないと申し述べた。

むしろ融通の利かない方かも知れないが白《しら》を切り得る質《たち》ではない、三次は辰をこう踏んだ。大体こんな、鰹一匹満足に料れそうもないぶきらしい男に、ああも鮮やかに生き胴を斬る隠し芸があろうとも思われないし、それに、いくら少し足りないとは言え、自分の家の入口に血を付けたり仏の下足を片方《かたつぽ》持ち込んで見てくれがしにそこらに抛《ほう》っておいたりするような、そんな間抜けたことはよもやすまい。この男にあの袈裟がけ斬りの疑いを懸けたことが三次は自分ながら可笑しくなった。が、何はともあれ念のためと、玳瑁の櫛を出して問い詰めると、辰はすぐさま頭を搔いて、実は誠に申し訳ないが、年の暮れの或る晩稼業《しょうばい》の帰途《かえり》に、筋交御門《すじかえごもん》の青山下野守《しもつけのかみ》様の邸横で拾ったのだが、そのまま着服していて先日《このあいだ》父親《おやじ》に内証でお菊に与《や》ったものだと言った。嘘をついているものとも見えないので三次はすっかり当て外れの形だったが、それでも一応昨夜の動きを訊いてみると、いつもの通り饂飩の屋台車を押して歩いて明け方に帰ったと答えた。

「帰った時に戸口の血やこの下駄に気がつかなかったかえ」

「暗《くれ》え中を手探りで上がってすぐと床に潜り込みやしたから、何も気が付きませんでした、へえ」

三次は家のなかを見渡した。なるほど男鰥夫《おとこやもめ》の住まいらしく散らかってはいたが、さして困っている生計《くらし》とも思われない。女房を失《な》くした淋しさから櫛をやったりしてお菊の歓心を買うに努めていたものとみえる。小道といい身のまわりといい饂飩屋風情にしてはちょいと小ざっぱりし過ぎているような気がしないでもなかった。

「のう辰さん」三次が言った。「饂飩もなかなか上金《あがり》が大《で》けえもんと見えますのう」

「へ？　へえ、お蔭さまで、へえ」

「車はどこにありますい」

「仕込み問屋に預けてありやす」

「その問屋ってなあどこですい」

「その問屋は――」

「うんその問屋は？」

「へえ、蔵前の――」

「うん。蔵前の何屋何兵衛だ」

とこう突っ込まれて、辰はぐっと詰まってしまった、それを見ると、三次は脅かし半分に腕《て》を伸ばして辰の肩口を摑んだのだが、摑まれた辰よりも却って摑んだ三次のほうが吃驚《びっくり》した。

蜻蛉の辰の肩は、板のように固く、瘤のように胼胝《たこ》ができていたのである。

「おうっ、辰っ」三次の調子ががらりと変わったのはこの時だった。「お前《めえ》何だな、駕籠を担ぐな」

辰は両手を突いて黙っていた。

「辻か、いやさ、辻駕籠かよ」

辰は返事をしない。三次は畳みかけた。

「相棒は誰だ。出場《でば》はどこだ」

辰は無言だった。三次はかっとして、この野郎っ、直に申し上げねえかっ、と呶鳴ろうとしたが、何思ったかにこりと笑って、

「辰さんや、何をしても商売《しょうべえ》だ。のう、駕籠かきだとて恥じる節はねえわさ。まあま、男は身の動くうちが花だってことよ。精々稼ぎなせえ」

と言ったなり、頭を下げている辰公を残してぶらりとその家を出たのだった。

「ふうん、これあちょっくら大物だぞ――」

生酔いのように道路《みち》の真ん中を一文字に、見れども見えず聞けども聞かざるごとく、思案にわれを忘れて花川戸の自宅に帰り着いた早耳三次は、呆れる女房を叱り飛ばして昼の内から酒にして、炬燵に横になるが早いか、そのまま馬のように高鼾《たかいびき》をかいて睡ってしまった。

四

音も月も凍てついた深夜の衢《まち》、湯島切り通しの坂を掛け声もなく上って行く四つ手駕籠一挺、見えがくれに後を慕って黒い影が尾《つ》けていた。

蜻蛉の辰が饂飩屋なぞと嘘を言って人にかくれて駕籠を担いでいる夜の稼ぎを怪しいと見た早耳三次が、半日ぐっすり寝込んで気を養い、暮るるに早い冬の陽が上野の山に落ちた頃、腹掛け法被《はっぴ》に股引《ぱっち》という鳶まがいの忍び装束《しょうぞく》で茶屋町近くに張り込んでいると、これも身軽に扮《つく》った蜻蛉の辰が人目を憚るように出て来て、東仲町を突き当たって誓願寺の裏へ抜けた。あの

辺一体は東光院称往院天岳院、左右が海全寺に日林寺、そのまたうしろに幸竜寺万禱寺知光院などとやたらに寺が多かった。辰が天岳院前の樹下闇《このしたやみ》に立ち停まると、そこに男が一人駕籠を下ろして待っていた。三次が遠くから透かし見たところでは、痩せ形の、身長《せい》の高い若い駕籠屋であった。二人は別に挨拶もせずに、そのまま駕籠を上げて安倍川町の方へ辻待ちに出向いて行った。空《から》駕籠の揺れ具合から後棒の辰はもとより、先棒の男もまだ腰が出来ていないのを、三次は背ろから見ながら随《つ》いて行った。お書院組の前まで来ると客がついた。それから二人は本式に息杖を振って、角ごとに肩を更えながら、下谷の屋敷町を真っすぐに小普請手代を通り過ぎて、日光御門跡《ごもんぜき》から湯島の切り通しを今は春木町の方へ急いでいるのだった。

月が隠れたから、五つ半の闇黒《やみ》は前方《まえ》を行く駕籠をともすれば呑みそうになる。三次は足を早めた。ひやりと何か冷たいものが頬に当たった。霙《みぞれ》になったのである。

三丁目を越えて富坂へかかったところで駕籠がとまった。客は降りて駕籠賃を払い、左の横町へ這入って行った。すると、黒法師が一つ駕籠を離れてするすると後を追った。三次の立っているところは表通りだから何も見えないし何も聞こえない。そのうちに黒法師が駕籠へ戻って、どうやらこっちへ引っ返して来るらしいから三次は急いで物蔭に身を隠すと、蜻蛉の辰と若い駕籠かきとが無言のままで前を過ぎた。肩にした丸太に駕籠の屋根を支える竹が触ってぎっ、ぎっと軋む音を耳近く聞いた時、三次は何となく背中に水を浴びたように全身物毛立つのを感じたという。

駕籠も遠ざかって行くが横町が気になるので、三次は小走りにそのほうへ進んだ。暗いから足許が見えない。重い大きな物に蹴躓《けつまず》いであっと思うと諸《もろ》に転んだ、町の真ん中に寝ているやつがある。起き上がりざま鼻を摺りつけんばかりにして見ると、武家屋敷出入りの骨董屋の手代とでも言いたいお店者《たなもの》が朱《あけ》に染んで倒れていて、初めは二人かと思ったほど、上半身が物の見事に割かれていた。

さすが鉄火な早耳三次、血泥を摑んだまましばらくそこにへたばっていたが、やがてふらふらと立ち上がると、

「どこの何誰《どなた》さまか存じませんがあっしは少し急ぎます。成仏なすって下せえやし——南無阿弥陀仏」

も口の中、耳も早けりゃ脚も早い、折柄《おりから》風さえ加わって横ざまに降りしきる霙を衝いて、三次は驀地《まっしぐら》に駕籠を追って走った。

定火消《じょうびけし》を右に見てあれから湯島四丁目へかかると藤堂様のお邸がある。追いついたのは聖堂裏であった。その頃は杉の大木が繁っていてあそこらは昼でも薄気味の悪いところ、ましてや夜。人通りはない、先へ行く駕籠のぴしゃ、ぴしゃという草鞋《わらじ》の音を頼りに、駕籠に道の左側を往かして置いて三次は右側を擦り抜けたが、五六間《けん》前へ出るあいだ全く生きた心地はしなかった。と、何者かが縋り寄る気を感じて、三次は足をとめた。その瞬間、一陣の寒さが首筋を撫でた。三次は背後へ飛び退《すさ》った。見ると、すぐ前に、黒の着流しに宗十郎頭巾で顔を包んだ侍が、片手に細長い白い棒のような抜き身を下げて、片手で霙を除けながら煙のように立っている。駕籠は遥か向こうに下りて、草鞋の音も聞こえなかった。

三次は剣術なぞは真似すらもできない。しかも自ら招いたこの窮場、ええ、ままよとどっかりそこへ胡座をかくと、気のせいか侍の顔に微笑みが浮かんだようだったが、

「町人、斬ろうかの」

と言った声は、手の白刃のように冷たかった。口が乾いて三次はものが言えなかった。

「商売は何だ」

刀の尖《さき》を振るわしながら侍が聞いた。

「大工《でえく》」

「なに、でえく？ うん。大工か」

言いつつすうっと刀を振りかぶって、

「斬らしてくれ」

三次は座ったまま乗り出した。

「お殺《や》んなせえ。右の肩から左乳下へざんぐり一太刀、ようがす。立派に斬られやしょう。だがねお侍《さむれえ》さん、皮一枚だけあ残して置いて下せえよ」

侍はぎょっとしたらしかった。刀持つ手が見るみる下がった。弛んだ鍔《つば》ががちゃりと音を立てた。

「許す」

と一言、大刀の刃を袖で覆って、侍は元来た黒闇《やみ》へ消えて行った。その跫音《あしおと》は水を含んだ草鞋の音だった。その後ろ姿は丸腰だった。鞘を差していなかった。三次は這うように駕籠へ近づいた。若い駕籠屋がちょうど提灯に灯を入れ終わって、辰を促して肩を差すところだった。駕籠の底が土を離れると、三次は猫のように音もなく二人の跡を踏んだ。

同朋町から金沢町、夜眼にも光る霙のなかを駕籠は御成街道へさしかかった。

五

堀丹波の土塀に沿うてみぞれ橋という小橋があった。そのすこし手前でまたもや駕籠が停まったところを、三次は闇黒に紛れて追い越した。橋の上を老人らしい侍が行く。その影のように、別の侍が後から刻み足に吸い寄ったと思う間に、先なる老人の頭上高く白い光が閃いた。が、この時、三次は夢中で長身痩軀の侍の背中に抱きついていた。

三次と老人を相手に侍はかなり暴れたけれども、橋の上だから霙で辷って足場が悪い。そのうちに悪運尽きたか、不覚にも刀を取り落とした。そこへ蜻蛉の辰が息杖を持って駈け付けて、

「こん畜生、さんぴんめ！」

と侍を打ち据えにかかると、うるさくなったものか侍は大手を拡げて闘意のないことを示したが、それも一瞬、いきなり脱兎のように遁《に》げ出した。足を狙って辰が杖を投げた。それが絡んでどうと倒れた。三次が飛んで行って押さえ込んだ。

老人の提灯を突きつけて頭巾を剥いだ時、驚いたのは三次でなくて辰だった。この、袈裟がけ斬りの侍こそ、相棒の若い駕籠屋であったのである。しかも、泥だらけな法被を着た捕親《とりおや》が今朝の花川戸であったから、辰は、それこそ蜻蛉のように大きな眼玉をぱちくりさせて空唾を呑んだ。

老人は町奉行池田播磨守《はりまのかみ》手付《てつけ》の用人伴市太郎という人で、堀家の夜明かしの碁会から独り早帰りする途中だったから、早速堀邸内の一間を借りて侍を入れて置き、審《しら》べの順序だから取り

急ぎ吟味与力の出張を求めた。

元治元年三月二十七日筑波山に立て籠もった武田耕雲斎の天狗党が同年四月三日日光に向かう砌《みぎり》、途中から脱走して江戸へ紛れ込んだのが、この袈裟がけの辻斬り人水戸浪士の伊丹大之進であった。世に在るうちは国許藩中において中小姓まで勤め上げて五人扶持を食《は》んでいたが、女色のことで主家を浪々して早くから江戸本所割下水《わりげすい》に住んでいた。前髪が取れるか取れないに女出入りで飛び出すくらいだから、この大之進性来無頼の質だったに相違ない。これが、御老中お声掛かり武州清久《きよく》の人戸崎熊太郎、当時俗に駿河台の老先生と呼ばれていた大師匠について神道無念流の奥儀を極めたのだからたまらない。無念流は神道流の別派で正流を天心正伝神道流と言い、下総《しもうさ》香取郡飯篠村の飯篠山城守家直入道長威斎が開いたもの、「この流勝負を以て仕立つる教えなり」とその道の本にさえあるところを見ると、よほど攻めを急いだ実用一方の太刀筋であったらしい。自暴自棄な年若の大之進が腕が出来るにしたがい人斬り病に罹ったのも、狂人《きちがい》に刃物の喩《たと》え、無理からぬ次第であったとも言える。人が斬りたいばかりに天狗へ走った大之進も理窟が嫌いなところからまた江戸へ舞い戻ってみると、天下は浪人の天下、攘夷の冥加金を名として斬り奪り群盗が横行している始末に、大之進つくづく考えると徳川三百年の余命幾何《いくばく》とも思われない。何らかの形で近く御治世に変革があるものと観なければならないが、そうなった暁先立つものは商法の金子《きんす》であろう。その資金の調達には夜盗が一番捷径《ちかみち》だが、押し込みの方は浪士が隊を組んでいるから自分は一つ単独行動に辻斬りと出かけてやれ、それも盗賊改めが厳しいので、駕籠でも担いで夜の街を歩きまわり、斬る時だけ侍の服装《こしらえ》をして疑いを浪人の群へ嫁《か》し、己れは下素《げす》の駕籠屋になりきって行こうと思い付いた。そこで四つ手駕籠の前棒《さきぼう》に細工をして一貫子近江守の一刀を抜き身のままで嵌《は》め込み、侍仕度を小さな風呂敷包みにして棒根へくくりつけ、誓願寺裏へ駕籠を置きざりにしておいては蜻蛉の辰を後棒にして、侍になったり駕籠かきに返ったり、電光石火の早変わり、袈裟がけの覚えの一太刀に江戸の町を荒らし回っていたのだった。

　前年の晩秋どこかへ用達しに行った帰り、夏嬶に死なれて悄気《しよげ》切っていた辰は途上で未知の大之進に摑まって片棒かつぐことになったのだが、名も言わず聞かず、ほとんど口も利かずに、ただ一晩駕籠を担いで歩きさえすれば客があってもなくても朝別れる時には大之進が相当の鳥目を渡してくれるので、怪しいとは思いながら毎夜約束の刻限には誓願寺裏へ出かけて行った。大之進は必ず先に来て待っていた。こうして、どこの誰とも互いに識らない二人が、一つ駕籠をかついでいたのである。時々暗い個処《ところ》で駕籠を停めて前棒が闇黒に隠れることがあったが、酒代《さかて》でも強請《ねだ》りに客を追うのだろうくらいに考えて、辰は別に気にも留めなかったというが、迂潤といえばこれ以上迂潤な話はないけれど、蜻蛉の辰という人物にはありそうなことだった。が、自分でも幾らか臭いにおいを嗅いだかして、饂飩を売りに出るなどと辰は世間体を誤魔化していたのである。

　早耳三次が白睨《にら》んだとおり、甚右衛門店のお菊殺しは大之進の仕業であった。十四日夜の四つ時、例によって二人が悪業の駕籠を肩に天王町の通りを材木町へ差しかかると、向こう側から来た人影が茶屋町のとある露路へ切れた。それを見ると久方振りに殺心むらむらと燃え立った大之進は、駕籠を捨てて追い縋り井戸端で二つに斬って水へ沈めた。その間、すこし離れたところに駕籠を守って辰が放心《ぼんやり》待っていたというから、こいつの眼玉は大きいだけでよくよく役に立たなかったものとみえる。ふとした悪戯気から辰の家とは知らずにお菊の下駄を抛り込んだり、障子に血の痕を付けておいたりしたのが、大之進の運の尽きであった。玳瑁の櫛も三次の推量どおり、大之進が辰に与えたものであった。

お白洲に出ても大之進は口を喊《とざ》して語らなかった。

「この者をお咎めあるな。不浄人に力を藉《か》して拙者を絡めたくらい、下郎は何事も存じ申さぬ。飽くまでも伊丹大之進ただ一人の所存でござる」

何を訊かれても斯く言うだけだった。早耳三次は家主甚右衛門並びに茶屋町町年寄一統とともに、改めて辰のためになにぶんのお慈悲を願い出たという。

うし紅珊瑚

一

人影が動いた、と思ったら、すうっと消えた。

気の故《せい》かな、と前方《まえ》の暗黒《やみ》を見透しながら、早耳三次が二三歩進んだ時、橋の下で、水音が一つ寒々と響き渡った。

はっとした三次、欄干へ倚《よ》って下を覗いた。大川の水が星を浮かべて満々と淀み、杙《くい》を打って白く砕けている。その黒い水面を浮きつ沈みつ、人らしい物が流れていた。

「や、跳びやがったな！」

思わず叫ぶと、大川橋を駈け抜けて、三次は、材木町の河岸に立った腰を屈めて窺う夜空の下、垂れ罩《こ》めた河靄のなかを対岸北条、秋山、松平の屋敷屋敷の洩れ灯を受けて、真っ黒な物が水に押されて行くのが見える。

「この寒空に——ちっ、世話あ焼かせやがる！」

手早く帯を解いて、呶鳴りながら川下《しも》へ走った。

「身投げだ、身投げだ、身投げだあっ！」

起きいる商家から人の出て来る物音の流れて来るところを受ける気で、三次、ここぞと思うあたりから飛び込んだ。

人間というものは変な動物で、どこまでも身勝手に出来ている。どうせ水死と決心した以上、暑い寒いなぞは問題にならないはずだが、最後の瞬間までですこしでも楽な途を選びたがるのが本能と見えて、夏は暑いから入水して死ぬ者が多いが、冬は、同じ自滅するとしても、冷たいというので水を避けて他の方法をとる場合が多い。だから、冬期の投身自殺はよくよくのことで、死ぬのに嘘真個《うそほんと》というのも変なものだが、これにはふとした一時の出来心や、見せつけてやろうという意地一方のものや、狂言なぞというのは絶えてあり得ない。それに、大概の投身者が、水へ這入《はい》るまでは死ぬ気でいても、いよいよとなると苦し紛れに踠《もが》いて助けを呼ぶのが普通だが、今この夜更けに、大川橋の上から身を躍らして濁流に浮いて行く者は、男か女かは判らなかったが、よほどの覚悟をきめているらしく、滔々たる水に身を任せて音一つ立てなかった。

　抜き手を切って泳ぎ着いた三次、心得があるから頓には近寄らない。瞳《め》を凝らして見るとどうやら女らしい。海草のような黒髪が水に揺れて、手を振ったのは救助御無用というこころか。が、元より、へえ、そうですか、と引っ返すわけには往かない。強く脚を煽って前に回った三次、背中へ衝突《ぶつか》って来るところを浅く水を潜って背後《うしろ》へ抜けた。神伝流で言う水枕、溺死人引き揚げの奥の手だ。藻をも摑むというくらいだから真正面《まとも》に向かっては抱き付かれて同伴《みちづれ》にされる。うしろへ引っ外しておいて、男なら水褌《すいこん》の結び目へ手を掛けるのだが、これは女だから、三次、帯を押さえた。左手で握ってぐっと引き寄せ、肘を相手の腋の下へ挟むようにして持ち上げながら、右手で切る片抜き手竜宮覗き。水下三寸、人間の顔は張子じゃないから濡れたって別条ない。それを無理に水から顔を上げようとするから間違いが起こる。三次、女を引いて楽々岸へ帰った。

岸に立って舟よ綱よと騒いでいた連中、総掛かりで引き上げてみると、水を多量に呑んだか、何しろ寒中のことだから耐《たま》らない。女は既に事切れていた。

近辺の者だから、皆一眼見て水死人の身許は知れた。材木町の煎餅屋渡世瓦屋伊助の女房お藤というのが、その人別であった。

三次が指図するまでもなく、誰か走った者があると見えて、瓦屋伊助が息急き切って駈けつけて来た。伊助、初めは呆然として突っ立ったきり、足許の女房の屍体を見下ろしていたが、やがてがっくりと膝をつくと、手放しで男泣きに哭《な》き出した。集まった人々も思わず提灯の灯を外向《そむ》けて、なかには念仏を唱えた者もあった。

そのうちに、

「畜生ッ！」

と叫んで、伊助が起き上がった。眼が血走って、顔は狂気のように蒼褪めていた。

「己れッ！　おふじの仇敵《かたき》だ——」

ふらふらと歩き出そうとするのを、三次が抱きとめた。

「おお親分か——三次親分、お騒がせ申して、また、あんたが引き揚げて下すったそうで、まことに、相済みません、相済みません。だが、こ、これはあんまりでげす。こうまでして証《あかり》を立てられてみちゃあ、あっしも男だ。これから、これからすぐに踏ん込《ご》んで——」

塞《せ》かれていた水が一度にどっと流れ出るように、伊助は吃りながら何事か言い立てようとする。貧乏世帯でも気苦労もなく普段から至極晴れ晴れしていた若女房の不意の入水、これには何か深い仔細がなくてはかなわぬとさっきから眼惹き袖引き聞き耳立てていた周囲《まわり》の一同、ここぞとばかりに犇々《ひしひし》と取り巻いて来る。

三次、素早く伊助の言葉を折った。

「まあま、仏が第一《でえ》だってことよ。地面《じべた》に放《ほ》っぽりかしちゃあおけめえ。あっしが通りかかって飛ぶ所《とこ》を見て、屍骸《しげえ》だけでも揚げたというのも、これも何かの因縁だ。なあ伊助どん、話あ自宅《うち》へ帰《けえ》ってゆっくり聞くとしよう。とにかく、仇敵討ちってのは穏和《おだやか》じゃあねえ。次第《しでえ》によっちゃ腕貸ししねえもんでもねえから、さあ行くべえ。死んでも女房だ、ささ、伊助どん、お前《めえ》お藤さんを抱いてな――おうっ、こいつら、見世物じゃあねえんだ！　さあ、退《ど》いた、どいた」

二人で屍体を運んで、三次と伊助、材木町通りの中ほどにある伊助の店江戸あられ瓦屋という煎餅屋へ帰って行った時は、冬の夜の丑満《うしみつ》、大川端の闇黒《やみ》に木枯らしが吹き荒れていた。

二

蔵前旅籠町を西福寺門前へ抜けようとする角に、万《よろず》髪飾り商売《あきない》で亀安《かめやす》という老舗があった。

十八日の四谷の祭には、女房お藤が親類に招かれて遊びに行くことになっていたので、以前《まえ》まえからの約束もあり、今朝伊助は、貧しい中から幾らかの鳥目をお藤に持たせて、根掛けの板子縮緬《ちりめん》を買いに亀安へ遣ったのだった。

女房とは言えまだ子供子供したお藤。兼ねて欲しがっていた物が買って貰えることになったので、朝早くからひとりで燥気《はしゃ》いで、煎餅の仕上げが済むと同時に、夕暮れ近くいいそいいそとして自宅《いえ》を出て行ったが、それが小半時も経ったかと思う頃、蒼白《まつさお》な顔に歯を喰い縛って裏口から帰って来て、わっとばかりに声を揚げて台所の板の間に泣き伏してしまった。

吃驚《びつくり》した伊助、飛んで行ってお藤を抱き起こし、色々と問い糺してみたものの、ただ、

「口惜しい、くやしいッ！」

と泣くだけで、お藤は何とも答えなかった。

女房思いで気の弱い伊助が、途方に暮れておろおろしているところへ、間もなく、小間物屋亀安の番頭が、頭から湯気を立てて、豪《えら》い権幕で乗り込んで来た。

此家《こちら》のお内儀《かみ》かは存じませんが、それ、そこにいる御新造《ごしんぞ》――とお藤を指して――が、私どもの店で、二十五両もする平珊瑚の細工物を万引《ちよろま》かしたから、今この場で、品物を返すか、それとも耳を揃えて代金を払ってくれればよし、さもなければ、出るところへ出て話を付けてもらおう、それまではこのとおり、店頭へ据わり込んで動かないという言い分。煎餅どころじゃない。瓦屋の一家――といっても夫婦二人だが――飛んでもない騒動になった。

正直一徹の伊助が、発狂するほど驚いたことは言うまでもない。お藤は、それでも、泣きながら首を振って、飽くまでも身に覚えのないことを主張《いいは》ったが、番頭はいよいよ権《かさ》にかかる一方、お藤はよよと哭き崩れる。その間に立って気も顛倒した伊助、この時思い付いたのが、証拠の有無という重大な一事であった。

「ねえ親分」と伊助は三次のほうへ膝を進めて、「しがない渡世こそしているものの、他人《ひと》に背後指差されたことのないあっし、夫の口から言うのも異なものだが彼女《あれ》とても同じこと、あいつに限ってそんな大それたことをするはずは毛頭ありません。これあ何かの間違《まちげ》えだ。いく

ら先様が大分限でも見すみす濡れ衣を被せられて泣き寝入り——じゃあない、突き出されただ、その突き出されをされるわけあない、とこうあっしは思いましたから——」

ぽんと吐月峰《はいふき》を叩いた三次、

「だが伊助どん、待ちねえよ。只の難癖言い掛かりじゃ済まねえことを、そうやって担ぎ込んで来るからにあ、先方《むこう》にだって確《しか》とした証拠ってものがあろうはず」

「へえ。あっしもそこを突っ込みやしたが」

「何ですかえ、その亀安の番頭は、お藤さんが珊瑚を釣る現場を明瞭《はっきり》見たとでも言いましたかえ」

「滅相な！」

「そんなら一体《てえ》、何を証拠《たて》に、お藤さんに疑《うたげ》えをかけたんですい？」

何でも番頭の話では、お藤が店へ這入ると間もなく、そこにあった珊瑚が一つ失《な》くなったことに気がついたので、店じゅう総出で探したが見当たらないから、この上はと理解を付けてお藤を奥へ伴《つ》れて行き、一応身柄をさぐろうとしたら、お藤はその手を振り解いて泣きながら逃げ帰ったという。

「親分、身柄調べたあ非道《ひど》うがしょう。あっしもそこを言ってやりやした。瘠せても枯れても他人の嚊《かか》あへよくも——」

「で何かえ伊助どん。そう追っかけてまで捩じ込んで来たんだから、此家《ここ》で、お前さん立ち会《え》いの上で、改めて身柄しらべをしたろうのう、え？」

「へえ」

「品物は、出やしめえの？」

「親分、それが出ねえくらいなら、お藤も死なずに済むはず――」

「なに？　てえと、出たのか。その珊瑚がお藤さんの身柄から出たのか」

「へえ」

「ふうむ。それからどうした」

「それからあっしも呆れて情けなくなって、ずうっと口も利かずにいると、お藤は突っ伏したきりで居やしたが、夜中に走って出てとうとう――」

「いや、お藤さんに限ってそんな賊を働くなんてことのあるはずはねえが」

「親分、あ、あんたがそうおっしゃって下されあ、こいつも浮かばれます」

隅に布団を被せてある死人を返り見て、伊助は鼻をすすった。

「しかし、伊助どん」ぴりっとした調子で三次がつづける。「現物が出た以上、それが何よりの証拠だ。やっぱりお藤さんが盗ったものに相違あるめえ。その珊瑚はどうしたえ？」

「番頭が持って帰りやした」

「のう伊助どん、つかねえことを訊くようだが、お藤さんは月のさわりじゃなかったかな。よくあることよ。月の物の最中にあ婦女《おなご》はふっと魔が差すもんだ。ま、気が咎めて自滅したんだろ。葬《とむれ》えが肝腎だ」

三次は立ち上がった。そして、気がついたように、

「お藤さんのどこから、珊瑚が出ましたえ？」

「へえ。帯の間から」

という伊助の返事に、三次は布団を捲くって、しばらく死人の帯を裏表審《しら》べていたが、やがて、つと顔を上げると、

「伊助どん、この家に、固煉りの鬢《びん》付け伽羅《きゃら》油があるかえ」

「さあ――お藤は伽羅は使わなかったようですが」

「うん。そうだろ。これあちっと詮議してみべえか。もしお藤さんが潔白となれあ、お前に助太刀して仇敵討ちだ。存外面白《おもしれ》え狂言があるかも知れねえ。まま明日まで待っておくんなせえ」

口唇《くちびる》へ付けるうし紅は、寒の丑の日に搾った牛の血から作った物が載りも光沢《つや》も一番好いとなっているが、これから由来して、寒中の丑の日に水揚げした珊瑚は、地色が深くて肌理《きめ》が細かく、その上、殊の他凝りが固いが、細工が利くところから、これを丑紅珊瑚と呼んで、好事《こうず》な女たちのあいだに此上《こよ》なく珍重されていた。ことに蔵前の亀安と言えばこの紅珊瑚の細工で売り出した老舗、今日問題になった品もうし紅物で、細長い平たい面へ丸にいの字の紀国屋の紋を彫った若意気向き、田之助《たいふ》全盛の時流に投じた、何しろ金二十五両という亀安自慢の売出し物だったとのこと。

伊助の口からこれだけ聞き出すと、早耳三次、そそくさと瓦屋の家を出た。

明けにも間がある。何か頻りに考えながら帰路《かえり》を急いで、三次は花川戸の自宅を起こした。

三

紺に亀甲の結城、茶博多の帯を甲斐の口に、渋く堅気に扮《つく》った三次、夜が明けるが早いか亀

安の暖簾を潜った。

四十余りの大番頭が端近の火鉢に凭れて店番しているのを見て、三次は、ははあ、これが昨日瓦屋へ談じ込んで行った白鼠だな、と思った。

上がり框へ腰を下ろしながら見ると、上がり際の縁板の上へ出して、畳から高さ一尺ほどの紫檀《したん》の台が置いてあって、玳瑁《たいまい》の櫛や翡翠象牙水晶瑪瑙《めのう》をはじめ、金銀の細工物など、値の張った流行《はやり》の品が、客の眼を惹くように並べてあった。台の上部《うえ》は土間に立つと三尺ほどの高さで、被せた板が左右に一寸ほど食《は》み出ている具合が、何のことはない、経机の形だった。

大店《おおだな》だから三次も何かと出入りすることがあったが、一々店の者の顔を視覚《おぼ》えているほどではなかったので、三次が、身分を明かして根掘り葉掘り訊き出すまでは、亀安のほうでも、昨日のことについては容易に口を開こうとはしなかった。

が、煎餅屋の女房が身投げして、それについて花川戸の早耳親分が出張って来たとあっては、何もかも割って話さざるを得ない。

昨日の午後、というよりも夕方だった。

煎餅屋の女房が買物に来て、根掛けを選んでいるうちに、ふと見ると、今まで台の上にあったうし紅珊瑚が一つ足らなくなっている。で、小僧を励ましてそこらを捜してみたが見当たらない。すると、前から来ていて買物を済まして、その時出て行こうとしていたお妾ふうの粋な女が、供の下女と一しょに引っ返して来て、こういう事件《こと》が出来た以上、このまま帰るのは気持ちが悪いから、気の済むように身柄を審べてもらいたいとかなり皮肉に申し出た。店では恐縮して、奥の一間で衣類なぞを検《み》てみたが、もちろん品物は出て来なかった。女はふんと鼻を高くして、下女を連れて帰って行った。そこで、自然の順序として、今度は、煎餅屋の女房をしらべさせてもらうことになったが、このほうは泣いて手を触れさせないばかりか、そのうちに隙を見て逃げて帰った。身に暗いところさえなければ嫌疑《うたがい》を霽《は》らすためにもここは自分から進んで調べてくれと出なければならないところを、これはいよいよもって怪しいとあって、それからすぐに跡を追って家へ行って、夫立ち合いの上で身体を審べてみたら、案の条、乳の下の帯の間から、失くなった珊瑚が出て来た。ともかく珊瑚が戻ったのだから、今度だけは内済にして、そのうえ別に強談もしなかったという。あの内儀がゆうべ自殺したと聞いて、番頭は不思議そうな顔をしていた。

　台の上には、他の物と一しょに、丸にいの字の田之助珊瑚が五つ六つ飾ってある。大きさも意匠もみな同じようで、帯留の前飾りに出来たものだった。三次は黙ってそれを凝視《みつ》めていたが、そのうちに、

「その昨日の珊瑚もこのなかにありますかえ」

と訊いた。番頭が、ありますと答えると、三次は、

「どれだか、あっしが当てて見せよう」

と言いながら、一つ一つ手にとって指頭《ゆびさき》で触ってみたり、鼻へ当てて嗅いだりしていたが、やがて、そのうちの一つを掌へ載せて、

「これだろう、え？」

と言って、番頭の眼の前へ突き出した。番頭はびっくりして、頷首《うなず》いた。

「へえい！　こりゃ驚いた。どうしてそれだと判りました？」

「ま、そんなこたあどうでも好《え》えやな。それよりあ番頭さん、珊瑚が無《ね》えとお前さんが言い出した時、煎餅屋の女房はどうしましたえ」

「愕然《ぎょっ》として突っ立ちました」

「台《でえ》のそばに掛けてたろう、え?」

「はい。この台のそばに腰かけていましたが、珊瑚が失くなったと騒ぎ出したら、慌てて起《た》ち上がりました」

三次はしばらく考えた後、

「この珊瑚珠あ毎日《めえにち》拭くんでがしょうな?」

「ええ、ええ、それは申すまでも御座いません。へえ、毎朝お蔵から出して台へ並べる時に、手前自身で紅絹《もみ》の布で丹念に拭きますんで、へえ」

それにしては、今三次がたくさんの珊瑚のうちからそれと図星を指した問題の品に、伽羅油の滑りとにおいが残っているのが、不思議であった。お藤の帯の裏にも、伽羅油の濃い染みがあったことを、三次は思い返していた。

一つ解《ほぐ》れれば、あとはわけはない。

眉を顰めて思案に耽っているうちに、早耳三次、急に活気を呈して来た。見得《けんとく》の立った証拠に俄に天下御免の伝法風になった御用聞き三次、ちょっと細工をするんだからとばかり何も言わずに、番頭を通して奥から碁石を一つ借り受けた。それから、例の框の上の飾台《だい》の前に立って、何度となく離れたり蹲踞《しゃが》んだりして眺めていたが、やにわに台の下を覗き込んだ。

その、一寸ほど出張った上板の右の裏に、こってりと伽羅油の固まりが塗ってある。冬分のことだから空気が冷えている。油はすこしも溶けていない。にっこり笑った三次、そこへ、件《くだん》の碁石を貼りつけた。

そうして置いて、ずっと離れたところに腰をかけて、番頭と向き合った。二三人客が這入って来た。三次も客と見せかけるために、前へ色々な櫛笄《くしこうがい》の類を持ち出すように頼んで、それをあれこれと手にとりながら、声を潜めて言った。

「昨日煎餅屋の女房が来た時に出て行こうとした女、自身から進んで身柄取り調べを受けた女、その女がお店で買った物を、あっしが一つ言い当てて見せやしょうか——こうっ、固煉りの伽羅油だろう？　どうだ？」

「ああそうでした。なるほどそうです。伽羅を一つお買い下すった。だが親分、どうしてそんなことがお判りですい？　それがまた、何の関係《かかりあい》になるんですい？」

「その女は、昨夜《ゆうべ》あとからまた来たかえ？」

「いいえ」

「よし」と三次は何事か決心したように、「お前さん、その女の面《つら》にあ見覚えがあろうの？」

「さあ。べつにこれといって言い立てるところも御座いませんが、何しろ奥まで通したんですから、見ればそれとは判りましょう」

「うん。女《やつ》が来たら咳払《ばれ》えして下せえよ。いいけえ、頼んだぜ」

番頭は眼で承知の旨を示した。

それから二人は待った。

番頭と三次、来るか来ないか解らない昨日の伽羅油の女を、ここでこうして、気永に待ち構えることになった。

来るか来ないかは判らない。が、三次は来るという自信を持っていた。しかし、何時まで経っても女は来なかった。

半時過ぎた。一時経った。その間に、女の客も二三人あった。けれど、それらしい女は影も形も見せなかった。三次は焦れ出した。ことによると大事を踏んで、午後《ひるすぎ》までには来ないかも知れない、もうここらで切り上げようかしら、こうも思ってはみたものの、死んだお藤や、伊助の狂乱を考えると、ここまで漕ぎつけて打ち切ることは、さすがに三次にはできなかった。

「へん、こうなったら根較べだ」

心の中で独り言をいって、三次は一層腰を落ち着けた。黙ってじいっと事件の聯鎖《つながり》を見詰めているうちに、三次には万事がわかったような気がした。今は只、三次は待っていた。

四

雨だった。何時の間にか雨に変わっていた。冷たい雨が音を立てて、沛然《はいぜん》と八百八町を叩いていた。

「好いお湿りだ、と言いてえが、これじゃあ道路《みち》が泥《ぬか》るんで遣り切れねえ。いや、降りやがる、ふりやがる——豪気なもんだ」

こう言って三次が、煙草の火玉を土間へ吹いた時、

「御免なさい」

という優しい声がして、折柄《おりから》煽る横降りを細身の蛇の目で避《よ》けながら、唐桟《とうざん》づくめの遊び人ふうの若い男が這入って来た。三次はそっちを一眼見たきり、気にも留めずにいると、

「女物の羽織紐を一つ見せて下さい」

と言っている。

嫌な奴だな、と思いながら、顳顬《こめかみ》へ当てた手の指の間から、三次、それとなしに見守り出した。のっぺりした好い男で、何となくそわそわしている。そこは稼業《しょうばい》、こいつあ可笑しいぞ、と、三次、早くも気を締めた。

そんなこととは知らないから、番頭はいい気なもの欠伸まじりに、

「へえ――い」

とか何とか答えながら、言われた品を取りに背後へ向くと、男は思い切ったように進んで、飾台のそばへ腰を下ろした。

おやっと三次はきっとなった。番頭はまだうしろざまに紐の木箱を見立てている。と、男の手がするすると動いて台の下へ辷って行った。それも瞬間、まさか碁石とは知らないから台の下から取った物を見もせずに素早く袂へ投げ込むと、男は何食わぬ顔で澄まし込んだ。ちょうどそのとき、番頭が紐の小箱を持って振り返って眼の前へ並べたので、男は何か低声で相談しながら、好みの品を物色し始めたが、結局、気に入ったのが一つもないと言って、何も買わずに店を出ようとした。

今押さえようか、と三次は思った。が、昨日来たのは女だという。してみれば共犯《ぐる》に相違ない。それならここはわざと無難に落としてやって、跡を尾《つ》けて大きな網を被せるほうが巧者《りこう》だ

と考え付いて、三次、静かに男の背後姿《うしろ》を凝視めていた。

傘を半開に差しかけた男、風に逆ろうて海老のように身体を曲げて、店を出て、右のほうへ行くのを見届けてから、早耳三次、台のところへ飛んで行って下を探った。

手についたのは伽羅油だけ。付けておいた碁石がない——。

三次、ものをも言わずに、出て行った男の跡を踏んだ。

捲くった空臑《からすね》に痛いと感ずるほど、雨脚が、太く冷たかった。男は半町ばかり先を行く。三次、撥泥《はね》を上げて急いだ。

五

一度旅籠町の通りへ出て、あれから森田町天王町、瓦町を一丁目まで突っ切ったから、さては橋を渡って浅草御門へかかるかなと思いながら尾いて行くと、代地の角から右へ折れて、川に沿うて福井町を酒井左衛門様の下屋敷前へ出た。

これから先は武家邸が多い。こんな人間は要がないはずだ。が、左に新橋《あたらしばし》がある。これを渡れば神田日本橋とどこまでも伸されるから、これならまず不思議はあるまい。

ところが、男はあたらし橋も渡らずに、佐竹板倉両侯の塀下を通って、佐久間町二丁目も過ぎ、角の番屋の前から右に切れた。

松永町だ。二軒目に永寿庵という蕎麦屋がある。そこまで行くと、男は一層傘を窄めて、横手の路地へ這入って行った。

路地の奥、素人家《しもたや》作りの一軒建て、千本格子に磨きが利いて、ちょいと小粋な住居《すまい》だった。これへ男の姿が消えたのを見澄ました早耳三次、窓ぎわへぴったり身を寄せて、家内《なか》の様子に耳を立てた。

只さえ早耳と言われるくらいの三次、それが今は、その早耳を殊更押っ立てたのだから耐らない。逐一聞こえる。

「誰だえ、ああ、助さんかえ、お帰り、御苦労だったね。どうだったえ」

という怠《だる》そうな女の声。男が答えている。

「どうもこうもありゃあしねえ。しっかり握って出て来たまではいいが、途中で見れあ――へん、今日みてえな莫迦な目に遇ったこたあねえ。ああ嫌だ。嫌だ」

「あら、どうしたのさ、この人は。貼り付いていなかったというのかえ？」

「いんや、あったにゃあった。あったにゃあったが、これだ、ほい、見てくんねえ」

「嫌だよこの人は。ちょいとさ、これあお前さん、碁石じゃないか」

「碁石だよ」

「碁石だよもないもんだ。おふざけじゃないよ。碁石と知って持って来るやつもないもんじゃないか」

「へん、はじめから碁石と知って持って来たんじゃねえや。お前が言うにあ昨日のうちに細工《せえく》してあるというから、俺あ一件のつもりで剝がして来たんだ。何だな、やい、お前は珊瑚玉あ猫婆きめやがって、この俺を一ぺい嵌《は》めようと謀《たくら》んだんだな」

「助さん、何を言うんだよ。お前さんこそ真物《ほんもの》はちゃあんと隠しておいて独り占めしようっていうんだろう。大方そんな量見だろうさ」

「なにい?」

「おや、白眼《にら》んだね。可笑しな顔だからおよしよ。忘れやしまいね、憚りながらあたしゃ上総《かずさ》のお鉄だ。仕事にぶきがあるもんかね。昨日あの店で平珊瑚を盗んで、買った伽羅油で台の下へ貼りつけといて、出がけに騒がれたからわざと身柄を見せて威張って来たのも、こうやって後から、お前さんに取りに行ってもらうためだったのさ」

「それを俺《おいら》が、今日行ってみると、なるほど油が強いから貼り着いちゃいたが、珊瑚でなくて——」

「この碁石かい」

「お鉄」

「助さん」

「ひょっとすると足がついたかも知れねえな」

「これあこうしちゃいられないよ」

この時、がらり表の格子が開いて、早耳三次が土間に立った。

「ええ、亀安から碁石を戴きに参りました。裏表に花川戸早耳三次の身内が詰めて居ります。まずお静かにおられましょう」

とずいと上がり込んで、

「え、こうっ、手前《てめえ》らあ何だぞ、人殺し凶状だぞ。黙れっ、八釜しいやい。やい、お鉄、手前と一しょに店にいた女はな、あの時番頭に異なこと言われて突っ立つ拍子に、帯の上前が台の下に引っ掛かって、手前の貼った珊瑚が帯の中へ落ち込んだんだ。そのために盗賊の汚名を被ても言い開きができず、ゆうべ大川へ身を投げた。言わば手前が殺したようなもんじゃねえか。それればかりじゃねえ、その夫も泣きの涙で死ぬばかりだ。これも手前が手に掛けたも同然だ。帯に着いていた固煉り油から手繰り出して、俺《おら》あすぐと手前たちの手品を見破った。だから台の下へ碁石を貼って、実あ今朝から網を張って待っていたんだ。鉄に助か、どうだ、恐れ入ったかっ」

「お前さんは、どこの誰だい」

「俺か、俺あ早耳三次だ」

と聞いては悪党二人、さすがに諦めがいい。手っ取り早く神妙に観念してしまった。重敲《おもたたき》というから百の笞、その上伝馬町御牢門前から江戸払いに突っ放された。

文久二年の話である。

浮世芝居女看板

第一話

四谷の菱屋横町に、安政のころ豆店《まめだな》という棟割り長屋の一廓があった。近所は寺が多くて、樹に囲まれた町内には一たいに御小役人が住んでいた。それでも大通りへ出る横町のあたりは小さな店が並んで、夕飯前には風呂敷を抱えた武家の妻女たちが、八百屋や魚屋やそうした店の前に群れていた。

豆店というのは、菱屋横町の裏手の空き地にまばらに建てられた三棟の長屋の総称で、夏になると、雑草のなかで近所の折助が相撲をとったり、お正月には子供が凧をあげたりするほか、ふだんは何となく淋しい場所だった。柿の木が一二本、申しわけのように立っていて、それに夕陽があたると、近くの銭湯から拍子木の音が流れて来るといったような、小屋敷町と町家の裏店《うらだな》を一つにした、忘れられたような地点だったが、空き地はかなり広かったから、そのなかの三軒の長屋は、遠くからは、まるで海に浮かんだ舟のように見えた。それで豆をちらばしたようだともいうところから、豆店の名が出たのだろうが、住んでいる連中というのがまた法界坊や、飴売りや、唐傘の骨をけずる浪人や、とにかく一風変わった人たちばかりだったので、豆店は一層特別な眼で町内から見られていた。

が、何といっても変わり種の一番は差配の源右衛門《げんえもん》であったろう。源右衛門は一番奥の長屋の左の端の家にひとり住まいをしていたが、まだ四十を過ぎて間もないのに、ちょっと楽隠居といったかたちだったというのは、源右衛門の本家は、塩町の大通りに間口も相当ある店を出している田中屋という米屋で、源右衛門もつい去年まで、自分が帳場に座ってすっかり采配を振るっていたのだが、早い時にもった息子が、相当の年齢《とし》になっていたので、これに家督を譲って自分は持ち家の長屋の一軒へ、差配として移ったのだった。こうして男盛りを何もしないでぶらぶらしている源右衛門は、豆店の差配といったところで、人は動かず出来ごとは絶えてなし、何一つこれと取り立てて言う仕事もないので、独り身の気楽ではあり、毎日そこらを喋り歩いては、人から人へ話を伝えて、どうかすると朝から晩まで、銭湯の二階や、髪床《かみどこ》の梳き場にごろごろしていることが多かった。

その源右衛門がこの頃すこし忙しがっているというのは、急に自分の家のとなりにいた浪人者が引っ越して、長屋に一つ穴があいたためだった。その空いた家というのは、どうせ棟割り長屋のことだから、落ちかかったうすい壁一重で差配を仕切られていて、それに裏がすぐ屋敷の竹藪につづいて陽当たりがわるいので、前からよく住みての変わる家だった。移って行った浪人はそれでも一年あまりいたが、隣の差配源右衛門が、何かにつけうるさいので、とうとう怒ってあけたようなわけだった。

そこで源右衛門は、あちこち手をまわして口をかけて、借りたいというものの出てくるのを待っていたが、ただの借家でも家主があまり近いといやがる人が多いのに、となりに八釜しやの源右衛門という差配が頑張っているので、おいそれと借り手があらわれなかった。一日空かしておけばそれだけ家が寝るわけだから、源右衛門が気ちがいのように借家人を探していると、或る日の夕方、二十歳《はたち》ばかりのすっきりした美しい女が、六つほどの女の子の手をひいて、源右衛門の格子の前に立った。

女がその家を見たいというので、源右衛門は世辞たらたらで、表の戸を開けた。なかは六畳に四畳半の住み荒らした部屋で、ちょっと誰でも二の足をふむほどのきたなさだったが、女はろくに見もせずにすぐに借りることにして、その翌朝どこからともなしに、風呂敷包みを二つ三つぶらさげたままで、子供をつれて移って来た。

あんまり手軽な引っ越しなので、源右衛門もちょっと不安な気がしたが、女は早速隣近所に蕎麦を配るし、何しろ美人で愛嬌がいいので、源右衛門も奇異の感よりはむしろ最初から好意をよせていた。

「源右衛門さん、お隣へ素晴らしいのが来ましたね。危ねえもんだ」

などと近所の人に言われると、源右衛門はいかにも危なそうににやにやして、いい気に頤をなでたりしていた。

まず女の正体が長屋じゅうの問題になった。何しろ二十歳そこそこの若い女が、家財道具もない家に、女の子と二人きりでぽつんと暮らしているのだから、これは人の口の端《は》に上るのは無理もあるまい。女はじつに眼鼻だちの整った、色の浅黒い江戸前のいい女だったが、女の子も、眼のくりくりした可愛い子で、長いあいだ貧乏していると見えて、どっか物欲しそうな、こましゃくれたところがあった。女はほかの者へは挨拶もしないくらいで、物好きな長屋の若い者なんかが、いろんな機会に話しかけようとしても、白い歯一つ見せたことはなかったが、源右衛門にだけは初めからうちとけて、折にふれて自分の身の上を開かしたりした。それによると、女は、日本橋辺りの老舗の娘で、商売に失敗して両親《ふたおや》が借金を残して死んだので、たったひとりの妹をつれて隠れているとのことだった。これが源右衛門の口で近所界隈にひろまると、女を見る一同《みんな》の眼が同情に変わったが、そのうちで一番熱心に味方になって世話をやき出したのは、言うまでもなく差配の源右衛門だった。こうしてその女とその妹という小さい子とは、豆店の源右衛門の隣の家に住むことになったが、五日と経ち十日と過ぎるうちに、まず源右衛門がびっくりするほど、女の家が綺麗になった。何一つ荷物のないのは相変わらずだったが、それでも隅々まで女の掃除の手がとどいて、源右衛門とのさかいの壁には、厚い紙が何枚もはられた。源右衛門は、不思議に思うよりも、女の手まめによって家が面目を改めるのを何よりも喜んでいた。

じっさい女はよく働いた。が、それは家のなかの掃除だけで、箒か雑巾を持っていない時は、女はただぼんやりと部屋のまん中に座っていた。妹という女の子も、戸外《そと》に出てほかの子供たちと一緒に遊ぶようなことは決してなく、また何日《いくにち》たっても人の訪ねて来たことは一度もなかった。

すると、或る日のこと源右衛門が、表の本家の米屋の店に腰をかけて、息子や番頭を相手に楽隠居らしく馬鹿話をつづけていると、息子の源七が、ふと何か、思い出したように、うしろを向いて小僧へ言った。

「定吉や、ちょうどお父《とっ》つぁんが来ていなさるから、あれを持って来てみな」

何だい？　と、源右衛門が怪訝な顔をしているところへ、源七は小僧の持って来たものをうしろ手に受け取って、きらりと親父の前へ投げ出した。ちゃりんと音のするのを見ると、思いがけなく、眼を射るような吹きたての小判だった。

「すばらしい物じゃないか。どっから手に入れた？」

源右衛門がこう言って訊くと、源七はにこりともせずに小判を見つめながら、

「真物《ほんもの》ですよ、お父つぁん」

と怖そうに声を低めた。

源右衛門はその顔を見つめて、

「なに？　ほんものには相違あるまい。何故そんな妙なことを言うのだ？　誰から受け取ったのだ？」

すると源七は、それでも疑い深そうに、小判を指さきへのせて弾いてみながら、

「まあ、本物でよござんしたがね――」

と、つぎのようなことを語り出した。

今朝がた、店《たな》をあけて間もなくだという。

源右衛門の隣の家の女の児が、風呂敷包みを下げてお米を少し小買いに来たのだったが、その時、女の児が米代としておいて行ったのがこの小判だった。豆店の新参ものの女からこんな見事な小判で買物に来たのだから、店のほうでも一応は不審を抱いて、子供を待たしておいて源七が裏から小判を持って出て、そっと近所の役人に鑑定《めきき》をしてもらうと、まぎれもない金座で吹いた小判だというので、源七は安心して、米とおつりを渡したのだったが、小判が真物であればあるだけ、どうしてあの家具一つ持たない女が、子供に小判を握らせて米を買いになどよこすのか、考えてみればそれが少し妙に思われるとの源七の言葉だった。これには源右衛門も同感だった。で、一応それとなく気をつけてみることにして、その日はそれで豆店へ帰った

のだった。

家の前を通りがけにちらとなかを覗くと、女は風呂にでも行ったらしく留守だった。小判がほん物である以上、たとえ誰が持って来ても、疑う筋合はないようなものの、無一文に破産をしたという隣の女とあの吹きたての小判とを結びつけて考えることは、源右衛門にはどうしてもできなかった。

その晩のことである。

真夜中過ぎていたが、そんなことや何かが気になって源右衛門の眠りは浅かったとみえる。ふと金のかち合うような音を耳にしたと思って、源右衛門は眼を覚ました。たしかに隣の家で、金物の細工でもしているらしい音が、忍びやかに聞こえてくる。源右衛門は、そっと立ち上がって壁に耳をつけた。まぎれもなく金属を細かくたたく音や、鑪《やすり》をかける響きや、そうかと思うと何をするのかわからないが、金と金との触れ合う音が断続して伝わる。源右衛門は、壁の穴を探して覗いて見ようとしたが、思い出したのは、隣の女が移って来るとすぐ、向こう側から紙を貼って穴という穴はすっかり塞いでしまったことだった。

夜中に起きて細工をするとは何だろう？——と審《いぶか》しみながら寝床に帰った源右衛門は、かい、かちかちという音を耳にしながら、何時の間にか眠ってしまったのだった。

翌《あく》る朝早く、前の井戸で源右衛門が顔を洗っていると、隣の女の子が風呂敷を下げて使いに出て来た。

「お早う、小父さん」

「お使いかね？」

女の子はうんと頷いて行き過ぎようとしたが、何ごころなくその手を見た源右衛門はびっくりした。子供が、眼のさめるような小判を握っているのである。

源右衛門は何も言わずに子供のうしろ姿を見送っていたが、やがて額に皺を寄せて考え込んでしまった。

そんなことが毎晩のようにつづいた。

源右衛門が気をつけていると、女はかならず夜中に例の金物の細工のような音を立てて、その翌る朝はきまって小さな妹が新しい小判をもって買物に出て行く。どの店へでも行ったらしいが、田中屋へもよくその真あたらしい小判をもって来た。あんまりたび重なるので、源右衛門が自分でそれを集めて持って行って役人に検《しら》べてもらった。するとやはりまぎれもない天下の通宝だという。源右衛門は狐につままれたような心持ちで、或る日こっそり隣の女の子に訊いてみた。

「姉さんはよく光ったお金を持ってるね。どこからもって来るの?」

すると女の子が答えた。

「持って来るんじゃないよ。あれ、姉ちゃんが造るんだよ」

源右衛門はぎょっとして首をちぢめてあたりを見回すと、そのまま家へ帰ってすぐつくづく考えた。

隣の女はにせ金を造っている。それはいいが、どこへ持って行っても、お役人に見せてさえ、天下のおたからとして折紙をつけられるのがへんではないか。さてはよほど上手なにせ金つくりとみえる。

と、ひとり呟いているところへ、案内もなくあわただしく隣の女が這入《はい》って来た。そっと戸を閉めて源右衛門を見た女の顔は、血の気をなくしていた。

「まあ！　いま妹が帰って来て聞いたんですけれど、あなたにとんだことを申し上げたそうで、どうも、お聞き流しを願います。これが知れましては私は大罪人、お情けをもって御他言なさらないように――」

「お前さん顔に似合わねえ凄いことをしなさるなあ。いや、人には話さないから安心しなさい」

こう言って源右衛門が大きく胸を叩いて見せると、女はそれから打ちしおれて、るるとして自分の素性なるものを物語った。

それによると女は、日本橋のさる老舗の娘などと言ったのは嘘の皮で、じつはこうやって方々の貸家を移り歩いてはにせの小判を造っている女悪党だとのことだった。これにはさすがの源右衛門も胆をつぶしてしまったが、それよりも彼の驚いたのは、女の拵えた小判が、どこへもって行っても立派に通用するという事実だった。それを女に言うと、もうすっかり本性を出した女は、立て膝かなんかで、源右衛門の煙管《キセル》を取り上げてすぱりすぱりとやりながら、

「あい。それがあたしの手腕《うで》でさあね。もとは銅《あか》なんだけれど、ちょいとしたこつで黄金《こがね》に見えるんだよ。あたしはこの術を切支丹《きりしたん》屋敷の南蛮人に聞いたんでね。道具がちっとも揃ってないから、いくらかかち急いだって一晩に一枚しきゃ出来やしない。ほんとにじれったいったらないのさ」

これで源右衛門は二度びっくりして、

「道具がなくて一晩に一枚しきゃ出来ない？　すると道具が揃えば一晩にもっとたくさん出来るのかい？」

女はすましていた。

「そうたくさんも出来ないけれど、まあ、十枚や十五枚はねえ」

「それや豪気だ！」

と思わず源右衛門が大声を出すと、女が手を振った。

「いやですよ、この人は。人に聞こえたら私が困るじゃないか」

源右衛門は頭を掻きながら膝を進めて、

「そ、その話はほんとかね？」

「だれが嘘を言うもんか、あたしの暗いところじゃないの」

「で、その拵える道具ってどんな物だね？」

「道具じゃない、機械だよ」

と、女は答えて、源右衛門の出す紙と矢立を取って、その、銅の板から小判を造り出すという南蛮伝授の機械なるものを図面にして画いて見せた。そして、自分は委《くわ》しく聞きもしたし、細工物は手に覚えもあるので、あちこちから材料や道具さえあつめれば、自分の手一つでこっそりその機械をつくり上げて、機械さえあれば一晩に十五六枚の小判を作ることは何でもないといった。しかもその小判は、いかにその道の役人が検べても、金座で吹いたものと寸分の相違はないのだ。これは源右衛門自身が経験してよく知っている。

役人が極めをつけた以上、この女の作る小判はにせではなくてほん物なのだ！

源右衛門はとっさに考えた。それではこの女に資本を下ろしてやって機械を作らせ、どんどん小判をこしらえさせれば、たちまちにして分限者になるわけだと――彼は声を小さくして訊いた。

「で、その機械をこしらえる費用は?」

「そうねえ。まず三百両あったらちょいと間に合うかねえ」

そこで源右衛門は平蜘蛛のようになってこの福の女神を拝んだのだった。

翌朝《あくるあさ》早速息子の源七の手前を何とかつくろって、源右衛門はその金を女へ渡したのだったが――結果は知れている。女もその妹という子供も、それきり豆店へは帰って来なかった。言うまでもなく女の小判は金座方の手になったほんとの小判だったのだ。女は新しい小判を相当用意して来て、夜中に起きて鍋や釜を火箸ででも叩いたり擦ったりして、さんざん壁越しに源右衛門の注意を惹いたのち、朝になると必ず子供に小判をもたせて出してやって、機《おり》を見て子供の口から源右衛門へ吹き込ませたもので――女が好《よ》くて、おまけに子供まで入っていたとはいえ、もとはといえば源右衛門の慾から出たことなので、豆店の人々は、まんまと三百両騙り取られた源右衛門を当分物笑いにしていたが、ひょいとこの話を聞き込んだのが、早耳という異名をとった花川戸の親分、岡っ引きの三次だった。で、それとなくあちこちへ網を張ってその女を待っていると、間もなく思いがけないところで子供づれの女ぺてん師の尻尾を摑まえることができた。

第二話

その頃駒形に兼久《かねきゅう》という質屋があって、女房に死なれた久兵衛《きゅうべえ》という堅造《かたぞう》のおやじが、番頭と小僧を一人ずつ使って、かなり手広く稼業をしていた。花川戸の三次の家とはそう遠くもないし、町内の寄り合いや祭の評議などでよく顔が合うので、出入りというわけではなかったが、早耳三次も兼久とは親しく知り合っていた。

もう薬研堀《やげんぼり》にべったら市の立つのも間もないという、年の瀬も押し迫った或るうすら寒い日だった。

おもてを行く人の白い息を格子のあいだから眺めながら、ちょっと客も途絶えたので、番頭と小僧が店頭《みせさき》の獅噛《しがみ》火鉢を抱き合って、何やら他愛もないはなしに笑いあってると、凍てついた土を踏む跫音《あしおと》が戸外《そと》に近づいて、

「いらっしゃいまし」

と、二人が言った時は、商家の大旦那風の服装《みなり》の立派な見慣れない男が土間に立っていた。何か心配ごとでもあるらしく、突き詰めた顔で、主人《あるじ》は在宅かと訊く。これは質をおきに来た客ではないとわかって、番頭はすぐ小僧を奥へやって主人を呼ばせた。主人が出てくると、客は上がり口の座蒲団に腰を下ろして、すぐこう口を開いた。

「これは兼久さんですか。いや私は尋ね人があって江戸じゅうの質屋を回っているものだが、実はね、こういう女があなたのところへ来ませんでしたか。いま、人相書きをお目にかけます

が――」

言いながらごそごそ懐中《ふところ》を探って、男は四つに畳んだ古い紙片《かみきれ》を取り出してひらいて主人のほうへ押し遣った。見るとなるほど女の似顔が画いてある。二十《はたち》前後の美い《い》顔だった。兼久と番頭と小僧の六つの眼が紙へ落ちると、男も向こう側から覗き込んで、説明の言葉を挟んだ。

「尋ね人と言ったって、何もべつにお上の筋じゃあないから、ひとつ包まず隠さず話してもらいたいんだが、この女ですがね――年は二十そこそこ、なかなかの美人だ。が、眼にすこし険がある。ちょいとうけ口だね。背は高からず、低からず、中肉で色は滅法界白い。服装《なり》は、さあ――何しろ旅から旅を渡り歩いているんだから、恐ろしく汚のうがしょうが、何よりの目標《めじるし》てえのがこの右の眼の下の黒子だ。ねえ」

と男は紙の似顔の黒点を指さしながら、

「ねえ、こんな大きな黒子だから、誰だって見落とすわけはない。さあ、仔細はあとで話すとして、どうですね、この女がお店へ質をおきに立ち寄りませんでしたか」

そう言われて久兵衛と番頭は、もう一度絵の顔を見直して思い出そうとつとめてみたが、考えるまでもなく、そんな女は兼久へは来なかった。で、きっぱりとその旨を答えると、男はひどく落胆した様子だったが、

「そうですか。やっぱりお店へも来ませんでしたか。仕様がねえなあ」

と、しばらくひとりでこぼしていたが、やがて思い切ったように向き直って、次のようなことを話し出した。

この男は、甲府の町の或る家主で、三月ほど前、自分の店に十年も住んでいた独り者のお婆

さんが死んだので、そのあと片付けをすると、意外にもお婆さんが床下に二百両という大金を大瓶へ入れて埋《うず》めてあったのを発見した。それと同時に、書き置きが出て来て、その文面によると、お婆さんにはたった一人の娘があって、子供の時に喧嘩して家を飛び出して行ったが、何でも風の便りでは、この頃は江戸にいるらしいとのことだから、どうかして娘を探し出してこの金をそっくり届けてもらいたいとの遺言であった。そこで、ながらく世話をしたお婆さんのことではあり、ことに死人の望みなのだから、土を掘ってもその娘を探し出して、金を渡してやらなければならないというので、根が真面目な家主は、金のことだけあって、他人《ひと》には委《まか》せられない。すぐにあちこち聞き合わせたのち、この人相書きを作って、自分で江戸へ出て来たのだった。

それから今日まで二月《ふたつき》ほどのあいだ心当たりを探ってみると、それらしい娘が江戸にいて、何を商売にしているものか、渡り者みたいに落ちぶれて次からつぎと質をおいてまわっていることがわかった。そこで甲府の家主が、片っ端から江戸じゅうの質屋を歩いてみると、寄ったところもあるし、寄らないところもある。ところが、ここにもう一つ不思議なことは、その女が立ち寄っておいたという質草が、いつもきまって同じ物だった——蝶々の彫りをした平うちの金かんざし。

どういう量見で、どこへ持って行ったってあまり貸しそうもない金かんざしなどをぐるぐる方々の質屋へ出したり入れたりして歩いているのかわからないが、とにかく、行った質屋へは必ず蝶々彫り平打ち金かんざしを質において、二三日して受け出しに来ている。その寄った質屋のあとを辿ると、どうやら品川からこっちへ来て、もうそろそろこのへんへ現われる頃だというのだ。

「それで、ちょっと来てみたんですがね、私も国に用があるし、そういつまでも探し回っているわけにもゆかない。早く探し出して金を渡しちまわなくちゃあ、死んだ婆さんへ気がすまなくて仕ようがない。金は宿に持って来てあります。でね、この人相書きの黒子の女がいまお話しした金かんざしを質におきに来たら、ちょいと押さえておいて、私まで知らせてくれませんか。宿ですか、馬喰町《ばくろちょう》の相模屋てえのに旅籠をとっていますから、どうぞひとつくれぐれもお願いします」

こう言って帰って行った家主のうしろ姿へ、三人は感心して首を振った。

何という堅い仁《ひと》だろう。今どき珍しい美しい話だ。その娘さんが見え次第、小僧を馬喰町へ走らせることに相談して、兼久の店では、それから毎日きょうか明日かと女の来るのを待っていた。

ところが、女は来ない。

そのうちに年の暮れの忙しさにまぎれて、忘れるともなく忘れて年が改まった。そうしてやがて冬も残りすくなになり、吹く風にも春の呼吸《いき》が感ぜられる頃、ある朝、ごめん下さいと這入って来たのを見ると、これこそ去年甲府の家主のはなしに聞いた黒子の女だったから、小僧は奥へすっ飛んで知らせる。出て来た主人へ女が質草として差し出したのが、脚に蝶々の彫りのある平打ちの金かんざしだったので、番頭と主人が右左から甲府の大家の話を伝えると、女はきょとんとした顔になって、

「いいえ。私は甲府の者ではありません。父も母もあって本所のほうに住んで居ります。第

一、このかんざしを質におきますのは、今日がはじめてでございます。その甲府のお話は、お人違いで御座いましょう」
こう言われて兼久も番頭ものけ反るほど驚いた。見ればみるほど、家主の話した娘にそっくりである。年ごろ顔かたち、みすぼらしい服装――それに何よりも右の眼の下の大きな黒子とこの蝶々彫り平打ちの金かんざしである。

主人と番頭がなおも交わるがわる訊き返してみたが、女はあくまでも本所の者で、何の関係もないと言い張った。

この時だった！　堅人で通っていた質屋久兵衛の頭へ、万破れることのない奸計が浮かんだのは。

黒子といい、かんざしといい、これほど似た人間がまたとあろうか。ことに話によれば、あの甲府の家主も女をじかには知らないのである。これはちょとの間この女を死んだお婆さんの娘に仕立てれば、甲府の家主が持って来ているという二百両は、そっくりこっちの手へ転がり込む。この女へは一伍一什《いちぶしじゅう》を話して、すっかり話を合わしてもらい、まず娘と山分けとしたところで、いまここで百両はぼろい儲けだ――この相談は番頭と久兵衛のあいだにすぐにまとまって、小僧は草履を宙に飛ばして、馬喰町の相模屋から甲府の家主を呼んで来た。

家主が来て見ると、なるほど、話に聞いたお婆さんの娘に相違ない。黒子、金かんざし、一々証拠が揃っているし、それに家主が来るまえに万事久兵衛に吹っ込まれていた女は、母親と喧嘩して甲府の家を出てから諸国を流浪して歩いて、江戸でもあちこちのかんざし一つを質におき回って来たことなどぴったりと話が合うから、家主は飛び立つほど喜んで、もとよりすこしも疑わなかった。甲府の母が死んだと聞いて、娘は涙さえ見せたくらいである。これには久兵衛も番頭も内心ひそかに感心しているうちに、家主は宿の者にかつがせて来た二百両の小判を、そっくりそのまま女へ渡して、もう用が済んだ以上は一刻も早く帰りを急ぐといって、早々に引き取って行った。あとで女と久兵衛と番頭が、顔を見合わせて笑った。がすぐに女が言い出したことには、山分けにして百両の小判を貰って行っても、裏長屋では使うこともできないから、小さいのに崩してくれとの頼みだった。もっともだというので、早速店じゅうの小銭を集めて、それだけ持たして女を送り出したのだったが――この甲府の大家の置いて行った小判というのが、功名なにせ金だったから、兼久は女に細かくしてやっただけ百両の損をして、そのうえ二百両のにせ金を背負い込んだわけだった。

ところが、そもそも甲府の家主と名乗る男が兼久へその話を持って来たということを聞き込んだ時から、早くも怪しいと睨んでいた早耳三次が、絶えず馬喰町の相模に張り込んで、この日もそっとあとを尾《つ》けて来ていたので、男が質屋から小銭をさらって出てくる女と物かげで落ち合っているところを難なく捕って押さえた。はじめからふたりで仕組んだ芝居で、男も女も名代《なだい》の仕事師だったが、驚いたことには女はあの豆店の源右衛門を痛めつけた小判づくりの女だった。

あの時の子役は借りものだったという。

海へ帰る女

いやもう、いまから考えると途方もないようだが、元治元年といえば御維新の四年前で、蛤御門の変、長州征伐、おまけに英米仏蘭四ケ国の聯合艦隊が下関を砲撃するなど、とかく人心が動揺している。したがってなかなか珍談があるなかにも、悪いやつらが腕に捻《よ》りをかけて天下を横行したから、捕物なんかにも変わり種がすくなくない。

これは江戸花川戸の岡っ引き早耳三次が手がけた事件の一つ。

その頃本芝四丁目鹿島明神の近くに灘の出店で和泉屋という大きな清酒問屋があった。召使の二三十人も置いて大層裕福な家だが、土間の一隅で小売りもしている。これへ毎晩の暮六つと同時に一合入りの土器《かわらけ》をさげて酒を買いにくる女があった。酒屋へ酒を買いにくるのだからこりゃ何の不思議もないはずだが、この女客だけは大いに普通と変わっていて、はじめて来た時から店じゅうの者の注意を集めた。或る日の夕ぐれ、蓮乗寺の鐘が六つを打っているとどこからともなく一人の女が店へ這入《はい》ってきた。ちょうど晩めし前で、店さきで番頭小僧がしきりに莫迦話に耽っていたが、

「いらっしゃい――」

と見ると、女は凄いほどの整った顔立ちで、それが、巫女のような白い着物を着て、髪をおすべらかしみたいに背後《うしろ》へ垂らして藁で結わえている。そして、黙ったまま、幾つとなく並ん

でいる酒樽の中の一番上等なのを指さして、手にした、神前へ供えるような土焼きの銚子を恭しく差し出した。

「この酒ですか。一合ですね」

こういって小僧が訊くと、女はやはり無言でうなずいて、そこへ代価を置いて、酒の入った徳利を捧げるようにして帰って行った。

あとでその小僧がこんなことをいった。

「長《ちょう》どん、雨が降っているとみえるね」

「何をいってるんだよ」長どんと呼ばれたもう一人の小僧は即座に打ち消した。「寝呆けなさんな。お星さまが出ていらあ」

まったくそれは晴れ渡った夕方だった。いまだどこかに陽の光が残っていて明日の好天気を思わせる美しい宵闇だった。

「そうかな。変だなあ」

と初めの小僧は長どんの言葉を疑って、不審そうに首を捻っていたが、やがて自分で戸口へ行って戸外《そと》をのぞいた。

「どうでえ、大した降雨《ふり》だろう」

うしろから長どんがひやかした。小僧は何にもいわずに二三歩おもてへ出て、雨を感ずるように掌を上へ向けて、空を仰いだ。長どんは笑い出した。

「ははは、いくら見たって、この晴夜《はれ》に雨が降るもんか。馬鹿だなあ、松どんは」

で、松どんも仕方なしに家内《うち》へ這入ったが、一層腑に落ちない顔で、

「しかし、妙だなあ！」と眼を円くして、「いま来た女の人ね、あの白い着物を着た——ずぶ濡れだったよ」

が、長どんは相手にしない。

「ふふふ、雨も降っていねえのに濡れて来るやつがあるもんか。お前はどうかしてるよ」

「だって、ほんとに濡れてたんだもの、頭の先から足の先までびしょ濡れだった」

「ばかな！　また仮に雨なら雨でそのために傘って物があらあ。しっかりしろ」

松どんくやしがって泣き声だ。

「いくらおいらがしっかりしたって、濡れてたものは仕方がねえ」

「だからお前は妙痴奇林《みょうちきりん》の唐変木《とうへんぼく》の木槌頭《さいづちあたま》のおたんちんだってんだ」

「白い着物からぽたぽた水滴《しずく》が落ちてたい」

「なにいってやんで！　手前《てめえ》の眼から落ちそうだい」

とうとう喧嘩になった。そこで番頭が仲裁に入って、ともかく松どんがそういうものだから、まだ女が去って間もないことだし、もし濡れていたものならその跡でもあるかも知れないと、女が立っていた酒樽の土間を調べてみると、なるほどそこの土だけが水を吸ってしっとりとしていた。まず松どんが勝ったわけで、店の者は不思議に思いながらも、その晩はそれで済んでしまった。

すると、あくる日の夕方、蓮乗寺の鐘を合図のように、また同じ女が来た。今度はゆうべの松どんの話があるから、みんなも気をつけて見たが、まったくその着ている白装束《しろしょうぞく》は、たった今洗濯盤《だらい》から引き上げたようにびしょぬれなのだ。しかもぞっとするような蒼い顔で、何一つ口を利かずに、同じ酒を同じ徳利へ入れさせて、そいつを眼八分に持って、ほとんど摺り足で帰って行ったから、さあ、一同すっかりへんな気がして評議まちまちだ。近辺には寺こそ多いが、お社はあんまりない。もっともすぐそばに鹿島明神があるが、そこにはこんな神女《みこ》なんか居はしない。そこで、この白衣《しろぎぬ》の女はどこから来るのだろうということが、第一に店の者の疑問となった。

実際、暮六つというと、毎日必ず下げ髪から身体全体をぐっしょり濡らして、女は跫音《あしおと》もなくやって来る。そして、同じ最上等の酒を一合だけ買って、それを儀式のように捧持して立ち去るのだ。みんな一かたならず気味わるがっているうちに、それが、ものの十日も続いた。

主人の耳にも入って、何しろ店の者の評判が大きいから、聞いた以上捨ても置けない。ある日女が来たところを摑まえて、番頭にいわしてみた。

「毎度どうも御ひいきに預かりまして有り難うございます。わざわざお運びを願うのも何ですから、御住処《おところ》さえお知らせ下さいますれば、毎晩一合ずつ手前のほうからお届けいたします」

が、女はじろりと番頭の顔を見たきり、返事もせずに出て行ってしまった。

唖《おし》だろうということになったが、そうでない証拠にはこっちのいうことはわかるらしい。

毎日全身ぬれて来るのはどういう仔細だ？

ぬれてくるわの化粧坂《けわいざか》、はいいが、なんにしても奇態な女。

——というので、あんまり気になるから、或る夕方、よせばいいのに主人自身がこっそり女の跡をつけてみた。

女はすたすた藁草履を踏んで、浜のほうへ歩いて行く。この辺はもう人家もない。右手に薩州お蔵屋敷の森がこんもりと宵月に浮かんでいた。

風が磯の香を運んで来る。行く手に、もと船大工の仕事場だった大きな一棟が、荒れ果てたお城のように黒ぐろと横たわっている。このさき、建物といってはこれ一つしかないのだ。

はて心得ぬ！　あんなところへ這入るのかしら？

と思いながら、なおも気どられないように間隔を置いて、和泉屋が尾行してゆくと、女はすうっとその船大工場の横を通り過ぎた。

突き当たりは海。

どぶうり、どぶり——浪の音がしている。急いで追っかけて砂浜へ出ると白衣の女は潮風に吹かれて波打ちぎわに立っている。

おや！　投身《みなげ》かな？

声をかけようか。

しかし、酒徳利と心中というのも可笑しいぞ。

もうすこし待って様子を見てやれ。

こう考えているうちに、和泉屋はすっかり胆を潰してしまった。

着衣のまんま、女が海へ這入り出したのだ。片手に酒の入っている徳利、片手を軽くぶらぶらさせて、着物の裾を引き上げるでもなく、まるで往来をあるくと同じように、女は沖へ向かって進みつつある。

遠浅の内海だから寄せる浪は低いがそれでも岸近く砕けて白い飛沫を上げている。浪が来ても、女はべつに跳ねもしない。一歩二歩と次第に深くなって、膝から腰、腹から胸と、女の身体はだんだん水に呑まれていく。

磯松の根っこからひそかにこれを窺っている和泉屋こそ、薄っ気味も悪いが気が気でない。この場合、自分の家へ帰るような態度で海の中へ踏み込んで往くこの女の後ろ姿には、実に何ともいえない妖異を感ぜざるを得なかったというが、そりゃそうだろう。

一段二段三段——と浪の線を後にして、女はしばらく水上に頭を見せていたが、やがてのことにそれもすっぽり没し去って、完全に海へめいり込んでしまった。が、姿は見えなくなっても、やはりその海底を、本芝の通りをあるいている時と同じように徳利を持って沖を指してすたこら急いでいるのだろう——と思われる。

あとにはただ、寄せては返す潮騒が黒ぐろと鳴り渡って、遠くに松平肥後守《ひごのかみ》様のお陣屋の灯が、漁火と星屑とのさかいに明滅しているばかり。女身を呑んだ夜の海はけろり茫漠として拡がっていた。

白痴のようにぼんやり帰宅した和泉屋は、その夜の実見については何も語らなかった。

つぎの夕方も女は来た。和泉屋はまたあとをつけた。そうして前夜と同じに女が海へ入るところを見届けた。翌《あく》る日も、その次の宵も——和泉屋は自分だけ知ってる秘密を享楽するのに一ぱいだった。

世の中には変なこともあるものだなあ。

人間すべきものは長生きだ。

あの女は海から来て海へ帰るらしい。

さてこそいつも濡れているわけだて。

和泉屋は何もかも忘れてただこの白装束の女への不気味な興味ではちきれそうだった。で、つけ出してから五日めの晩、例によって海岸の松のかげから女を見ていると、何を思ったか、女は浪打ち際でくるりと踵を回らして、つかつかとその松の木の下へ這入って来た。透かすようにして和泉屋を見つめている。

おやじはあわてた。逃げようにも足が動かない。まごまごしていると、女が銀鈴のような声を出した。

「酒屋の主人《あるじ》であろう。この頃そなたがわたしをつけていることは早くから知っておりましたぞ。なろうことなら隠しておきとう思うたが、それも今は詮ないこと。そなたはわたしを何と思いやる?」

おそろしく時代なせりふだが、とにかくそんなような意味のことをいったのだろう。

「へへっ」

和泉屋、だらしなく砂へ両手を突いた。女が訊いている。

「何と思いやるのう?」

「へえ——」

「へえではわからぬ——わしは人間ではないのじゃ」

なるほど海の女の声は人間離れがしている。

「え?」

とおやじは思わず顔を上げた。水を背にした女の肩に、夜の空あかりが落ちている。さらさらと砂の崩れる音がしたのは、女が一足近づいたからだ。

「人間ではない。わしは竜神の使い女《め》なのじゃ」

「あの、竜、竜神さまの――」

「左様じゃ。竜神の使い女が君の召す御酒を購いに、夜な夜な人体をかりて陸に上がるのですぞ」

「へへっ。それは大変な。まことに有り難うございます。そういうお方とも存じませずお後を窺いまして――どうぞ無礼のほどは平に御勘弁を」

和泉屋の額部《ひたい》に砂がついた。が、女はそれには何とも答えないで縷々としてつぎのようなことをいい出した。

なんでもかの女の主君、すなわち竜神様は大分口が奢っているとみえ、海の底でどうしてお燗をつけるのか知らないが、和泉屋の上酒を熱燗で一ぱいきゅうっと引っかけなければ御意に召さない。それでこの女が毎夜あああして小買いに来たわけだが、あまり酒の味が好いので、竜神さまこのところすっかり嬉しがってしまい、近いうちに自身陸へ上がって和泉屋を訪れ、いまだ人界に知られていない家業繁昌の秘法を親しく主人に伝授したい希望を側近の者に洩らしているとのこと。

と聞いて、今度は和泉屋が嬉しがった。どうかいつまでもお越しを願います。と女に頼んでみると、善は急げというから然らば明晩がよかろう。竜神のほうは大丈夫わたしが仲に立って纏めてみせるからそれではこうこう、こうして待っていて下さい。時刻は丑満《うしみつ》、わたしが竜神を御案内します――話は早い。万端何くれとなく手筈を決めて間もなく女はいそいそとして波間へ消えて行った。

さて、何しろ今夜こそはお顧客《とくい》の竜神がやって来て、人の知らない有り難い御法を授けて下さるというので、つぎの日一日、和泉屋の主人は上の空で暮らした。夜になるのを待って、女にいわれた通りに家族は全部親類へ預け、召使にも一人残らず一晩の暇をやって、これも女と約束したことだが、広い家の隅々にまで百目蠟燭を立てつらねて、ひとりつくねんと待っていると――風が出たか、古い椽《たるき》がみしと鳴ったりして何とも物凄いようだ。

昼のうちから用意した竜神の好きそうな物をそれへ並べて、酒の燗もできている。退屈だし恐いから、爺さんお先に手酌でちびちびやっていた。

と、刻限。表の戸が細目にあいて、いつもの白衣の女が這入って来た。背後を向いてさし招いている。

さてはいよいよ竜神のお成り。おやじは上がり框に平伏した。足音がして誰か眼の前に立った様子。

おそる恐る頭をもたげた主人《おやじ》、一眼見るよりあっと叫んだというが無理もない。赤くなった黒木綿の紋付きにがんどう頭巾、お約束の浪人姿が、どぎどぎするような長い刀《やつ》を引っこ抜いて立っている。女はにっとして戸をしめると、

「お爺さん、びっくりさせて済まないねえ。じたばたすると危ないよ。わたしの竜神はちっとばかり気が短いんだから、ほほほ」

という挨拶で、あとは造作もない。おやじが口へ手拭いを押しこまれて、菰で簀巻きにされてふるえているあいだに、竜神とその使い女はどこからどこまで家捜しして、あくる朝、家族と店の連中が帰ってきた時には、現金はもちろん金目の物は何一つ残っていなかったという、

まことにさっぱりしたはなし。

いやはや涼しい真似をしやあがる——なんかと、とかく、よくないことには感心するやつが現われてくる。どうもえらい評判だ。これを聞きこんだのが花川戸の親分と呼ばれていた御用聞きの早耳三次で、「女白浪だから、蜑女《あま》あたりが動かねえところだろう」なんて洒落みたいな見込みを立てた。

蜑女上がりの莫連女《ばくれんもの》が情夫《おとこ》とぐるで仕組んだ手品にちげえねえ。どこか近所に巣をくっていて、毎日夕方になると白衣の上から水をかぶって出かけて行って、まんまと和泉屋を釣り出し、おやじがついて来たと見たら、しばらく海中に漬かって冷たい思いをする。根が蜑女だから平気なわけだ。こうしていい加減不思議を見せたのち、例の竜神ばなしを持ちかければ、迷信と慾の深い旧弊者は大概ひっかかるだろう。そうなれば口一つで囲みを解き、しまりをあけさせ悠々無人の境をゆくあざやかさ。なんとも器用なものだ。

ふてえあまだ——というんで、内々三次が嗅ぎ回っていると、江戸は口が多い。間もなく、江の島で蜑女をしてたことがあるという女を深川の古石場で押さえた。侍のほうは逃げてしまったが、女はべつに悪あがきもせずにお縄を頂戴した。黒襟の半纏のまんま、長火鉢のまえから引っ立てられて行った姿は、なに、水の垂れるほどじゃあなかったが、ちょいとした女だったそうだ。

随筆篇

吉例材木座芝居話

犯罪に取材せる歌舞伎狂言を聚録し、いささか閑子自ら消光の具に供せんとす。元より菲才、横広般に通じ縦大系を貫くというわけにはまいらず、ただ伝統の陰に咲く歌舞伎と称うる黄なる花を手折り来て、罪悪の美、探索の理をその花粉のうちに検せんとするのみ、うまく行くか否かは不忘老の窺知せざるところ、これをよろしく諸家の笑覧に俟つとのみ申す。

偸盗、殺傷、詐瞞、脅迫の細篇に分かつといえども要するに配列の便に過ぎず。すべてこれ流れも古き市川や尾上の松の極めつきのものばかり、新作は敢えて採らず。

春宵柳窓、すこしく座辺に興趣を添うるを得ば不忘老骨まさに雀躍して僭越の罪に座さん。

偸盗篇

「御贔屓竹馬友達《ごひいきつわものまじわり》」いわゆるだんまりの世界にて「市原野」として知らる。今昔物語の大盗袴垂保輔を中心に、平井保昌鬼童丸等を配す。一幕物の粋なり。袴垂と名乗る盗人の大将夜半途上に号摂津前司保昌を擁し衣を剝がんとして果たさず。ここへ鬼童丸または息女満姫が牛の皮を被て現れ、同じく保昌平井を狙う。崩れて三更の月下に三役のだんまり模様となる。常磐津連中の所作事にて行けば「当稲俄姿画《わせおくてにわかのすがたえ》」にて文久三年八月守田座大切。芝居は文政五年十二月市村座の通し狂言にて当たりを取りしをもって初舞台となり。有名なる団菊仲直りの顔合わせなり。

「船打込橋間白浪《ふねにうちこむはしまのしらなみ》」鋳かけ松の白浪ものなり、「あれも一生、これも一生、こいつあ宗旨を変えざあなるめえ」の科白にて広く世に知らる。時代相応の虚無思想なり。鋳かけ屋の松五郎、盗賊梵字真五郎、妾お咲後に松さんの女房、佐五兵衛、刀屋宗五郎、芸者お組ら出づ。代表的なる黙阿弥の畑にして、高速力的に荒唐無稽なる、まこと歌舞伎劇の本領と謂つべし。慶応二年二月守田座興行が書き下ろしなり。

「因幡小僧雨夜噺《いなばこぞうあめよのはなし》」二つの筋が一つに合い、かなり複雑なる象を取れり。すなわち小間物屋才次郎と神原家女中小萩との濡れ事、下って才次郎君の亡霊小萩と殿様を悩ますこと。また一方に盗人因幡小僧と府中のおさよ、初右衛門と繁之丞らが入り組み、名剣菊一文字の探索これに付会さる。事実は一橋家へ押し込みたる稲葉小僧こと新助が天明五年獄門に処せられしを、本所の師匠が脚色せるもの。明治二十年十一月初めて中村座の板にかかる。

「艶競石川染《はでくらべいしかわぞめ》」石川五右衛門劇の一つにして此村大炊之助の立場に婦人を置き、関白秀次聚楽殿の饗宴や天下を覗う女丈夫石田の局実は光秀家来四方天但馬守の妻、息女早瀬、亡君の姫滝川等を出し、五右衛門はこの石田の局の実子ということになり、桃山御殿より奥女中実は姫君を盗み出す数ある五右衛門のもののうち異色ある筋なり。俗に「石川染」と呼ばる。辰岡万作の作にして、寛政八年六月大阪角芝居にて上場。

「竜三升高根雲霧《りゅうとみますたかねのくもきり》」雲霧五人男の五人白浪なり。雲霧仁左衛門、因果小僧六之助、素走りの熊五郎、木鼠吉五郎、おさらば伝次、この五氏を総轄して斯く称するは張り扇の力と後人の口伝に因る。因果物師の小兵衛、本所回向院の裏に病みつつ、その子因果小僧の身の上を案ず。そこへ、品川の青楼福島屋のかしくと奥州路へ道行せんとて六之助がまず暇乞いに来り、捕吏に囲まれし窮場を実父小兵衛に救わる。小兵衛は吾が子とおさらば伝次の罪を引き受けて獄に下るという花も実もある上々の世話物なり。桜田治助と河竹黙阿弥の合作。文久元年五月の守田座興行。

「青砥稿花彩絵《あおとぞうしはなのにしきえ》」有名なる弁天小僧の五人白浪これなり。賊徒の張本日本駄右衛門、その手下に南郷力丸、忠信利平、赤星十三、加うるに弁天小僧、如何にも華やかなるお芝居気分横溢す。宜なるかな、黙阿弥の書き下ろし以前に、既に講釈に起因して豊国の役者見立絵あることや。呉服屋浜松屋幸兵衛の一子菊之助、十二の時からぐれ出して女と化けて美人局、仲間と一緒に這入った家が計らずも実家で、眼前の老人は父の幸兵衛と知れ、つぎに信州で殺害したは故主の信田小太郎と判明し、五人男が稲瀬川を落ち行くなかを、菊之助氏のみは因果応報に今更のごとくつまされ、緋縮緬の長襦袢に横ちょに倒れた島田髷、緋鹿子の燃ゆるがごときそのままの娘姿にて極楽寺の山門にて立腹掻き切って相果つるという、この大がかりの出鱈目さにこそ歌舞伎芝居の見果てぬ夢はありとこそいうべけれ、嬉しき狂言の一つにやある。五代目菊五郎の当たり芸十九才の初役以来生涯に六回勤めしという。文化二年三月市村座にて五幕続きと据えたり。

吉例によりまして、犯罪を題材といたしまする歌舞伎狂言をひろわせていただきます。そろそろこれからお芝居見物にもおよろしい時節とあいなりまして、皆さまにしてもこんなものをおよみになるよりは舞台《いた》の上でしんみり見たほうが万々ましではございまするが、下世話にも

申す枯木も山の何とやら、しばらくの間おつきあいのほど不忘老め伏して願いあげまする、と口上は短いが花、早速ながら。

続偸盗篇

「恋衣雁金染《こいごろもかりがねぞめ》」これ御誂《おんあつらえ》雁金染の原本にして、浪花の五人男と清水清玄とを打ちまぜしもの。偸盗の部に加うるはすこしく当を得ずといえども色紙探索のため鎌倉にいたりて強請強奪をも敢えて犯し、露木殿へ帰参がかなう市右衛門夫婦の悪事なぞ、すべて甘向きの上方ものにも似ず、しかも後世白浪もの五人形式の元祖なるをもって、とくにここに記す。黙阿弥作にして嘉永五年正月河原崎座上場。事実は、元禄年間に浪花の市中を脅したる五人組、雁金文七、庵の平兵衛、最手市右衛門、神鳴庄九郎、極印千右衛門らの行績。これが世にいう浪花五人男にして、最初浄瑠璃にあらわれしは元禄十五年九月岡本又弥座にて雁金五人男、宇治賀太夫座にて難波五人男。江戸のいいたに上りたるは堺町は中村座にて名月五人男の外題、づくしずくめの連ね白に花道をふさぎて二月あまりの打ち通し。これ実に享保十五年秋九月のことなり。竹田出雲の男作五雁金《おとこだていつつかりがね》は作者の死後四十一年目寛保二年七月、竹本座上場。同じく上方五人男に取材す。文七元結は雁金文七のごとく強しとの意なる由。

「金鯱噂高浪《きんのしゃちほこうわさのたかなみ》」正徳二年の二月十五日、尾張国中島郡柿木村なる金助と申す者、庄屋に田畑を横どりされし口惜しまぎれに、叔父の孫七と結託し、大いなる凧に身を結びて名古屋城より金のしゃちほこの鱗三枚を盗む。このこと金鱗御紛失記、金助罪状の両書に見えたり。匹夫の大業としては、奇抜なる点よりするもゆうもあの心もちよりするもまずは上々の部とやいわん。傾城黄金鯱《けいせいこがねのしゃちほこ》は初代並木五瓶の作にして道閑の一子龍興、千島局らを金助事件に付会せしめたる歌舞伎道得意のからくり。天明三年十二月大阪角の芝居にて師走興行とあり。これに能役者荻野玄之進が生成の面を探すことや、悪者権次が出て来って柿木金助、にはあらで下男金助をそそのかす筋の噂高浪云々は改合作にして明治三十五年一月歌舞伎座にて返り咲きせるもの。

「綴合於伝仮名文《とじあわせおでんのかなぶみ》」本所の師匠《かわたけもくあみ》の書きおろしにて、明治九年八月浅草蔵前の宿屋丸竹にて高橋お伝が商人後藤吉蔵を殺して金を盗み新富町にて縛につき、十二年一月市ケ谷監獄の露と消えし次第の脚色。上州上牧村のお伝、癩病の夫民之助とともに草津にありて佐藤忠蔵の妾となり、のち横浜にくらすうちについに民之助を殺し、数々の悪事をかさねし末、かつて己を溺死より救いくれし田川吉太郎のために丸竹の二階にて佐藤忠蔵を殺すという一本筋。明治十二年五月新富座上演。

「鼠小紋東君新形《ねずみこもんはるのしんがた》」百余日も当たりをとりたる江戸まえの世話狂言なり。黙阿弥の作。実説によれば鼠小僧次郎吉は寛政七年中村座の木戸番の子に生まれ成人して鳶職となり、博奕にひたりて後に盗人と落ちたり。忍びの術に長じてつねに大家のみをおそい、ついに三十七才にして品川にて獄門にかかる。時に天保三年八月。盗みはすれども非道はせず、お芝居で行けばね、ずちゃんは足軽与惣兵衛の子、捨てられて女賊お熊に助けられ、刀屋新助を救いし稲毛家の極印金子より足がつき、稲葉幸蔵と名乗って鎌倉涯川に易者渡世をせるところを御用となるまえに、実父の辻番が身代わりに投獄されしと聞きて神妙に自首し出づ。安政四年正月市村座にて蓋をあけたり。

かわり合いましてかわり栄えもございません。お目あてがもう楽屋につめかけております。お古いところで恐れ入りますが、毎度ながら犯罪ものの歌舞伎狂言をすこうしばかり申しあげて、早速おあとのおよろしいところと交替を仕りまする、とこういう寸法で。さあ――。

続々偸盗篇

「勧善懲悪覗機関《かんぜんちょうあくのぞきからくり》」大岡政談村井長庵を黙阿弥が脚色せるもの。狂言百種の第一位にあり。徹底的なる悪の標本村井長庵百姓十兵衛を赤羽橋ですっぱりやって五十両を奪い、しかもその時の言い草がいい。「恨みがあるなら金に言え」だと。それより長庵先生大いに極悪道に精進すること講談によりて大方の既知するところ。ただこの赤羽橋事件の嫌疑者として揚げられたる浪人藤掛道十郎、無実の罪を獄裡に泣くうちに、その日の暮らしにも事欠くに到りし妻女おりよ、道之助己之助と申す二人の子まで抱えてただこの上はわずかの家財にても売り払わんとて呼び込みたる屑屋久八は元伊勢屋の手代を勤めたる律義者。これにいささか濡れ事が加わり、長庵こと大岡様のお白洲に平伏なして幕になるまで舞台技巧たっぷりの黙阿弥の世界。伊勢屋若旦那千太郎と遊女小夜衣との道行は岸沢連中にて行けば「恨葛露濡衣《うらみくずつゆにぬれぎぬ》」とて今になお常磐津に残れり。初いたの際、長庵と久八の一人二役を背負い、善玉悪玉を巧みに見せたる小団次の腕には当時のセアタア・ゴウアス尽く舌を巻きしという。文久二年八月守田座上場。

「傾城青陽鶏《けいせいはるのとり》」秀吉の天下。これに不平なのが織田信長の息三七信孝、自暴の遊びから金に窮して、秀吉より高野山への祠堂の金三千両を大和橋にて待ち受けて奪う。この五幕返し馬切りの場は一幕賑やか物として大受け。片岡家の片岡十種中松平長七郎はこの大和橋三七信孝に由来すとなん。辰岡万作の筆、寛政六年、大阪は角の芝居書き卸し。

「熊坂長範物見松《くまさかちようはんものみのまつ》」母常盤御前の仇長範を討たんと、牛若丸は馬士都鳥と化けて吉次吉内の二人の供を伴れ青墓本陣に宿泊す。その夜、長範が忍び入ってわざと牛若の手に掛かり、重き傷手の下より本心を明かして、平家の眼を眩ますため打ちしと見せし常盤を土蔵より出して牛若に対面させ親子の喜びを冥途の土産として息を引き取る。末広十二段の長範は異本義経記に由れば加賀国熊坂の盗人にして、美濃青野原の物見の松に登りて人馬の足をとどめその荷を剥ぎおりしが、赤坂の宿において牛若丸に討ち取られたりとあり。謡曲熊坂にて広く知られ浄瑠璃「末広十二段」は元禄十五年五月紀海音の作。歌舞伎はこれより出でて嘉永元年正月中村座の舞台。所作事「熊坂」は「色成楓夕映《いろになるもみじのゆうばえ》」のうちより明治十五年十一月猿若座中幕と見えたり。

行文一家銘

第一義諦に文字あるなし。一切の言説は世俗に依りて立つ。言説草《くさ》より多しといえども要は一なり、人なり。時流に制せらると言うなかれ、元《げん》は一なり、人なり。時を作すもの人に非ずしてそれ何ぞ。法界は無字なり。因縁を以ての故に言説あること、なお幽谷の響きのごとし。谷空しくして声なし。因縁を以ての故に響声起るなり。

常住の理を信ずる、これを信心という。信心なくして文を行《や》る、これを憶念という。憶念は風よりも疾《はや》く、憍情《きようじよう》は虚空《こくう》よりも高し。屋漏《おくろう》なお十目十手あり。筆を司る者は大庭広衆《たいていこうしゅう》の中、万手千目の地、これを譬うれば日月《じつげつ》懸かりて人に示し分毫も掩護《えんご》し得ざるがごとし、如何ぞ慎まざらん。

我が身《み》原《も》と得失栄辱の字なし。我只これ個の我。故に富貴は春風秋月の自ずから去り自ずから来るに似て心を全く牽挂《けんけい》せず。我は到底只これ個の我。当節文壇の諸公、果して行文の命に徹するところありや。もしそれ然らずんば須らく畏れて畏れざるを現じ、よって世に処しいささか人を毒することなきを願いを得んのみ。

著者自伝

明治三十三年生、大正七年アメリカ、オハイオ州オベリン大学及びエイダ大学に学び大正十四年帰朝、牧逸馬、谷譲次、林不忘のペンネームにて文筆を執り、爾来今日に及ぶ、目下欧洲漫遊中。

作中の人物の名　その他

◇作中の人物の名前などは、何でもないことのようで、誰でも相当苦心しているように思う。いつかも何かの雑誌の編輯者が見えた時、そんな話が出て、これについて各作家から回答を集めたら面白かろうということだった。早速やってみようというはなしだったが、その後実現されたということを聞かない。或いはどこかでやってしまったあとで、プランとしての価値がなかったのかも知れないが——子供が生まれると、名を命《つ》けるのに苦心するという。親として、すぐ子供の将来を考えるから、運の好い名前、立身出世しそうな名前、長生きしそうな名前、お金の儲かりそうな名前と、色いろ慾が多いのだろう。僕は子供はないから、この苦心は知らないが、しかし、作中の人物は、作者の Brain child だという。脳髄の子、考え出した子供だ。これに名前をつけるのでは、いつも頭を捻らせられる。小説の間だけ動いてくれればいいのだから——それも多くの場合、あんまり躍如とはしないけれど——そんなに長生きすることは必要としないし、運の好い悪いも、立身出世をするのもしないのも、金儲けをするしないも、それは作者の手の中にあることだから、どうでもいいとして、さて、作者があたまの中で考えている人物にぴったりするような名前は、時としてなかなかないものである。歴史上の実在の人物の場合は、もちろん問題でないが、ここにいうのは、純然たる空想の人物の場合である。姓から決まることもあるし、呼称が先にできる時もある。いつも中村だの佐々木だのというありふれたのも面白くないし、それかといって、あまり凝ったのも感心しない。そうなると、「これだ、これ以外にはない」というのが出て来るまでには、誰でも可なり頭を使う。僕は、散歩の途中、標札に気をつけるし、それから、電話帳を引っ繰り返す。僕の住んでいる近処の人は、大概名前を借りられている。といっても、むろん姓だけである。が、悪旗本や、質《たち》のよくない御家人などになっている家には、何だか先方も知っているような気がして、気が咎めたりする。

◇机上の永代節用無尽蔵、文久四甲子年春改正増補四刻というのを見ると、諸国大名の居城、江戸からの海陸の道のり、知行、郡名、田数、石高、定紋などを記載した例の武鑑の項に、「海外ニ松前アリ是蝦夷ノ地ナリ」と、この時代になってもまだ、海峡一つ向こうの松前藩をさえ「海外」扱いしている。もっとも、この「海外」は、本土外という意味で、今日の海外という用語とは違うのだが、それにしても、これで見ても判るとおりに、徳川幕府の鎖国政策は実に徹底したものであったことをつくづく思わせられる。もしあの三百年間に、鎖国が行われていなかったら、さしずめ奉天、長春、ハルビンなどの地名は、いま何と呼ばれていることだろう。長春は長春市《ながはる》に、チチハルは北の庄町ぐらいに、とっくの昔に改称されていることだろう。昂々渓に京町、大阪通りがあり、そして大興に広島通り一丁目がある——というようなことを想像してみることは、殊に目下の場合、大いに愉快である。

が、その代わり、日本民族の血の純潔、単一性は、保たれなかったに相違ない。従って、日本人の持つ民族意識も、こうまで磨ぎすまされたような鋭いものではあり得なかったかも知れない。そうすると、あの自家第一の、事なかれ主義の徳川の鎖国も、結果から観て大いに有り難いということになる。民族以外何ものもないからだ。そして民族の感激、その威力は、血の純潔、単一性以外の何ものでもないからだ。国民という言葉と、人種ということばを、同じ意味に解釈し得るのは、そして解釈していいのは、世界中日本だけである。ものごとは、今ある相《すがた》が、与えられた最善なのだ。そう信じるところに、現在を土台に将来へ伸びようとする希望も努力も出て来る。鎖国はあれでよかったのだ。

久しぶりに、ちょっと軍国的気分を味わって、大いに愉快である。日露戦争の時、僕は四つか五つだった。号外の鈴と、ひらひらした日の丸の旗が印象に残っている。こうして、あの国民的感激の真っ最中に物ごころがついたのだから、それが残っているのかも知れない、新聞紙上に、総攻撃だの保障占領だのという大きな活字を見ると、何だかじっとしていられない気がする。ところが、僕らより二つ三つ年下の人になると、もうそうでもないらしい。同じ感じるにしても、感じ方が違うようだ。これは、すこしでも日露戦争というものの印象を持っているのは、僕らが最後だからであろう。三十以下の人は、歴史上の出来事としてだけ、日露戦争を知っている。つまり、非常時におけるお互い日本人というものが一たいどんなものであるか、無意識のうちに日本人はいかなる力を有っているか、それをはっきり知らないのじゃないかと思う。これは不幸なことだから、皆がそれをはっきり知る機会が早く来ればいいと思う。あの一世一代の絶大な興奮の甘味に魅力を感ずるのは、僕だけではあるまい。といって決して戦争を望むわけではないが、あんまり国中がむしゃくしゃしているから、いまぐわんと一つやったら、さぞせいせいするだろうと無責任に思うまでである。

◇ハルビンといえば、僕はあそこの新市街のグランド・ホテルに立てこもって、大毎の夕刊に連載中だった髷物を書いたことがある。ヨーロッパへ旅行に出る途中だった。それで、欧亜連絡の汽車へ乗り込む日が来ても、まだ書き切れないので、思い切って、原稿を持ったまま乗ってしまって、汽車の中で書いた。シベリアの汽車のあいだ中、ずっと書きつづけて、モスクワへ着く前の晩に、やっと書き上げたのだが、大衆作家多しといえども、バイカル湖畔を走りながらちょんまげ物を書いたのは僕一人だろう。などと、そんなことをしなければならないほど切っぱ詰まったことは忘れて、自慢にならないことを自慢にしている。

◇板倉勝重は、立派な法医学者だった。年少のころからたびたび検視に立ち会ったが、或る時、縊死人を検視して、生きているうちに自ら縊れたものではないと主張して種々穿鑿した末、その家の主が、被害者の寝首を縊《くく》ったものであると露見したことがある。また或るとき、死人に切り疵をつけて色いろと申し立てるのを黙って聞いていて、これは生きたる時の傷ではないといった。その鑑識法によれば、「死したる人を縊りたるには、縄目に血よらず。生きたる者は血寄るべきなり。死して後の刀疵には、内へ皮まくれ入り、生きたる時の傷には外へ開くものなり」とある。またあるとき、自家に火をかけて家主が焼死したという申し立てがあった。勝重は一眼見て、これは焼死ではないと断言していうには、「死したる者を火に入れたるには、鼻の内へ灰入らず。生きたるもの焼死たるは、喉鼻へ灰入るものなり」今の法医学では、こう簡単には往かないであろうし、それに、もっと的確な鑑別法があることはいうまでもないし、第一、解剖すれば判ることだろうが、とにかく勝重式も理窟である。

この勝重、或る時、人に語って、「奉行として一番大事なことは、町人の賄賂を受けないことである。ここさえ堅固ならば、理非曲直は明白に判定し得るものである。これが第一の伝授である」と。そして、稀《たま》たまその席に町人が居合わせるのを見ると、勝重はその町人のほうへ向いていうには、「訴訟に勝つ要領を教えてやろうか。訴訟で肝要なことは、只ただ奉行に賄賂を贈ることである。奉行は、その賄賂は返すであろうが、それでも自然贔屓の心が生じて、必ず公事《くじ》に勝つであろう」とこういった。前の言を反語的に強めたわけだが、なかなか意味が深い。板倉勝重という人は、非凡な人であったと思う。するとこの勝重を小身から抜擢して駿府の町奉行とした家康こそは最も非凡な苦労人だったといっていいかも知れない。

◇これは、ちょっと話が違うが、一たい日本の作家——大衆作家とのみいわず——は、若いころに才に任せ、空想を駆って、少し書き過ぎるのではないかと思う。青臭いものばかり散ざん書いて来て、さあ、これからという肝心の三十半ばにもなると、気ばかり焦って筆が疲れてしまうのじゃないかと思う。誰だって、二十歳代の観察眼や人間的体験なんて知れたものである。ほんとからいうと、何を書こうなどと、紙に書いて人さまに見せるようなものが、内部にあるべきはずのものではない。まあ、ちょいとスマートな短篇ぐらいが、この時代の関の山であっていい。ところが、誰だって生活に書いているのだし、それに、生活の必要以上にいささかの贅沢もしたいだろうから、見すみす鼻の先に原稿料を突きつけられてみると、これを摑まないのは莫迦にあまる。書ける時にうんと書いておかずんばあるべからずという気になって、つい臆面もなく乳臭の筆を振り回す。そして、四十、五十の、世間も観、人間としての滋味もようやく滲み出かけたころには、意あって筆伴わず、筆動けども人顧みずで、徒に枯れたペンと心中するというようなことになるのではあるまいか。これは自戒のことばである。が、この間に処してやって行くことは至難である。凡人にとっては不可能の次くらいであると思う。

三馬の酔讃

ちょうど今朝これを書こうとしていると、或る人が北馬の傾城《けいせい》の画に三馬が酔中の筆を採《ふる》って讃をした軸を持って来てくれた。さっそく掛けて眺めると、うしろ向きの遊女の背後に、禿《かむろ》が二人、いずれもうしろむきに並んでいる図で、ちょうど姦の字を形作っている。傾城にふたりの禿がつき従ってゆくところでもあろうか。

三馬の讃は、

「おのれ三馬傾城にはいつもうしろに縁あり、今蹄斎子《ていさいし》の画を見るに、おのおのうしろを見せたり、これによりていよいよますますうしろに縁のあることを思えば

傾城に少し迷うもよしはらや婦かくはまるは馬鹿らしうおす

萬八楼において

御存じの好男子

式亭三馬酔書」

とある。

うしろに縁ありは、いわゆる背中を抱えて寝るで、振られるという意味であろう。

三馬の死んだのは、文政五年一月六日、四十八歳で、この画の蹄斎北馬はしてみると、まだ天保年間の下谷二長町時代以前、御家人の身で北斎の門に盛んに出入りしていた頃のものと思

われる。

無論これは萬八楼上酒間の酔画酔讃で、絃歌嬌声湧くがごとき興趣を覚える。

御存じの好男子とあるこの好男子の三字は明らかに字が違っているところをみると、三馬は、御存じのとだけ書いたのを、その席にいた誰かが、それは北馬かも知れないが、そのすぐ後から好男子と加筆したものに相違ない。一座の爆笑が聞こえるような気がする。

十八歳の処女作から興に任せて、時には三昼夜に八九巻の著作に没頭してきて、ようやく初老の疲れを覚え始めた戯作者と、挿絵に一風格を樹てようと野心鬱勃たる壮年の画家と、双方まことに会心の酒席であったであろう。式亭雑記に「相撲取りおのが勝ちたる咄ばかりするに似たれど、合巻絵ぞうしを世に流行させしは予が一生の誉れと思えば、老後の思い出いさぎよく侍り」とある。

その功成り名遂げた得意の気持ちは、この「婦かくはまるは馬鹿らしうおす」という、酸いも甘いも嚙み分けた大通人が、列座の取り巻き連――その中には、文学青年もいたであろう――に示した、いささか教訓的な酔讃によくあらわれていると思うのである。

馬鹿らしうおすとは、何というういい言葉であろう。

江戸の戯作者は、なかなか涼しい胸懐を持っていたものだと思う。

どんなことでも、ちょっと角度を変えて考えてみると、人間すべてのことが、この三馬の馬鹿らしうおす、で笑って終《しま》えると思う。

解題

横井司

牧逸馬・谷譲次・林不忘という三つの筆名を使い分け、「文壇のモンスター」と称せられた作家は、本名を長谷川海太郎《かいたろう》といい、一九〇〇（明治三三）年一月一七日、現在の新潟県佐渡市相川に生まれた。〇二年、一家をあげて函館に移住。父・長谷川清（のち淑夫と改名）は函館『北海新聞』主筆に就任。一二（大正元）年、北海道庁立函館中学校（現・函館中部高校）に入学。一七年、学校当局に対するストライキ事件の首謀者と見られて卒業者名簿から除名されたため、そのまま退学して上京。一時、明治大学専門部に在籍したこともある。二〇年、知人の外国人女性が帰国するのに同行して渡米し、オベリン大学に入学するが、その年の内に退学。その後、職を転々とした。二四年、船員としてアメリカ東海岸から出港。大連で脱船し、鉄路満洲から朝鮮半島まで南下、関釜連絡船で夏ごろ帰国を果たしたという。以後、函館と東京の間を行き来しながら、父親が主筆を務めていた『函館新聞』に阿多羅緒児・田野郎・迂名気迷子などの筆名で投稿した。

東京では、弟・潾《りん》二郎と納谷三千男が共同生活していた素人下宿によく宿泊した。潾二郎は長じて画家となったが、こちらも後に地味井平造の筆名で探偵小説の創作に手を染めている。納谷三千男とは、『新青年』の編集を務め、探偵作家としても活躍した、後の水谷準である。水谷は海太郎が二人の下宿先に現われた当時のことを次のように回想している。

ある日下宿の玄関にのっそりと立って、弟に会いたいと案内を乞うた巨漢があった。それが黒んぼのように真黒に陽焼けして、小さな手提鞄をぶらさげただけの海太郎氏であり、全くの奇襲であった。弟がとびだして行くと、ついさっき外国の貨物船で横浜に下船したばかりだが、泊る当てもないから二～三日厄介になるぜ、と挨拶抜きのご託宣だった。（「不忘不忘記」『大衆文学大系』月報18、講談社、七二・一〇）

その後、松本泰の持ち家である通称「谷戸の文化村」に家を借り、潾二郎もそこに同居することになった。松本泰は当時、主宰していた『秘密探偵雑誌』の後継誌『探偵文芸』の準備をしていた頃で、後には海太郎も参加して、寄稿するようになる。その時書かれたのが林不忘名義による『釘抜藤吉捕物覚書』シリーズや、牧逸馬名義による新聞記者ヘンリイ・フリント・シリーズであった。その他、頼市彦名義でも寄稿している。

後に妻となる香取和子は、「青山学院の英文を出」て、「自分の好きな作家の翻訳などやりたいと思」い、松本泰の妻・恵子が同学の先輩という関係もあって出入りしており、紹介されて知り合ったのだという（長谷川和子「林不忘の想い出」『完本丹下左膳』第一巻、立風書房、七〇・四）。

帰国後、弟の友人・水谷準が『新青年』編集部に出入りしていることを知り、同誌への仲介を頼んだりもしたようだが、水谷は「わたしはほんの駈けだしで、紹介などできる柄ではないと尻ごみした」という（水谷準「半世紀前のこと」『一人三人全集Ⅲ／月報2』河出書房新社、六九・一二）。同じ文章の中で水谷は、間もなく『新青年』に登場した谷譲次が友人の兄だと知り、「彼は自分で『新青年』編集長に会って原稿を売りつけることに成功したのである」と書いているが、森下雨村の回想によれば、以下のような具合であった。

長谷川君と知つたのは大正十三年の初め頃であらう。松本泰君が自分のやつてゐる雑誌に、――松本君は当時探偵雑誌を出してゐた。――林不忘の名で時代捕物を書いてゐる若い人がある。

最近アメリカから帰つたばかりで、語学はもちろん、豊かな才能に恵まれた人だから、といふ手厚い紹介であつた。（「長谷川君夫妻断片」『一人三人全集月報』第一号、新潮社、三三・一〇）

二五年には松本の持ち家を出、本郷の下宿に転居し、文筆活動に本腰を入れることになる。谷譲次名義では、「ヤング東郷」を皮切りに、いわゆる〈めりけんじゃっぷ〉ものを書き、牧逸馬名義では海外小説や埋め草的な笑話の翻訳などに携わった。

二六（昭和元）年に香取和子と結婚し、鎌倉材木座での新婚生活が始まる。当初は、和子が鎌倉女学院の教員をするなどして家計を助けてもいたようだが、『新青年』に掲載した〈めりけんじゃっぷ〉ものが中央公論社社長・嶋中雄作に認められ、以後、『中央公論』への執筆が始まることになり、次第に忙しくなっていった。二八年三月には中央公論社の特派員として、夫婦で、一年三カ月にわたるヨーロッパ旅行に出立。二七年から新聞に連載していた時代小説『新版大岡政談』は、モスクワで脱稿したのだという（前掲「林不忘の想い出」）。翌二九年六月に帰国したころには、『新版大岡政談』が映画化されたことも相俟って、一躍流行作家の仲間入りを果たしていた。このヨーロッパ旅行の際に蒐集した資料を駆使して書かれたのが、『世界怪奇実話』シリーズ（二九～三二）である。また、牧逸馬名義で『海のない港』（二九～三〇）、『この太陽』（三〇）、『地上の星座』（三二～三九）などの現代を舞台とする恋愛小説を発表、それらのほとんどが映画化され、牧逸馬の名前を人口に膾炙せしめた。

三三年には、新潮社から『一人三人全集』の刊行を開始。翌年には鎌倉小袋坂に建てた通称からかね屋敷に転宅したものの、三五年六月二九日に心臓喘息で急逝。『一人三人全集』の最終巻が出たばかりのことだった。享年三十五歳。

長谷川海太郎は、牧逸馬名義で現代小説や創作探偵小説、犯罪実話を、林不忘名義で時代小説を、谷譲次名義でアメリカを舞台に日本人が活躍する痛快読物を、という風に、その作風に合わせて三つのペンネームを使い分けた。牧名義では当初翻訳を行ない、後に谷名義での翻訳書も出しているし、谷名義の作品が牧名義の単行本に収められたり、その逆があったりという混乱?を見せたのは、両名義の作品がいずれも現代を舞台とするものである以上、致し方ないところかもしれないが、林名義では一貫して時代小説を書き続けた。その林名義での代表作は、隻眼隻手の剣客を活躍させた丹下左膳シリーズであろう。林はまた、捕物帖の分野でも重要な足跡を残しており、それがここにまとめられた「釘抜藤吉捕物覚書」および「早耳三次捕物聞書《ききがき》」の両シリーズである。

釘抜藤吉の出自や通り名の由来は、その第一話「のの字の刀痕《かたなきず》」に詳しい。

その頃八丁堀の釘抜藤吉と言へば広い江戸にも二人と肩を並べる者のない凄腕の眼明かしであつた。さる旗下《はたもと》の次男坊と生れた彼は、お定《き》まり通り放蕩に身を持ち崩した挙句の果てが七世までの勘当となり、暫らく土地を離れて水雲の托鉢僧と洒落て日本全国津々浦々を放浪してゐたが、軈《やが》てお膝下へ舞ひ戻つて来て、気負ひの群から頭を擡げて今では押しも押されもしない、十手捕縄の大親分とまでなつてゐたのであつた。脚が釘抜のやうに曲がつてゐるところから、釘抜藤吉と言ふ異名を取つてゐたが、実際彼の顔の何処かに釘抜のやうな正確な、執拗な力強さが現れてゐた。小柄な貧弱な体格の所有者《もちぬし》であつたが腕にだけ不思議な金剛力があつて柱の釘をぐいと引つこ抜くとは江戸中一般の取り沙汰であつた。これが彼を釘抜きと呼ばしめた真正《ほんとう》の原因であつたかも知れないが、本人の藤吉は其の名を私《ひそ》かに誇りにしてゐるらしく、身内の者どもは藤吉の鳩尾《みぞをち》に松葉のやうな小さな釘抜きの刺青《ほりもの》のあることを知つてゐた。

現在の子分は、「勘弁ならねえ」が口癖の鉄火肌の下っ引き・勘弁勘次と、「紙屑籠を肩に担いで八百八町を毎日風に吹かれて歩くのが持前の道楽」（「のの字の刀痕」）で、「超人間的に嗅覚の発達した男」（「宙に浮く屍骸」）葬式《とむらい》彦兵衛の二人である。

注目すべきは、「現今《いま》の言葉で言へば、非常に推理力の発達した男」と紹介されている点である。

現今《いま》の言葉で言へば、非常に推理力の発達した男で、当時人心を寒からしめた、壱岐殿坂の三人殺しや浅草仲店の片腕事件などを奇麗に洗つて名を売出した許《ばか》りか、其の頃江戸中に散つてゐた大小の眼明かし岡つ引きの連中は大概一度は藤吉の部屋で釜の下を吹いた覚えのある者許りであつた。実際彼等の社会ではさうした経験が何よりの誇りであり、又頭と腕に対する一つの保証であつた。で、縄張りの厳格な約束にも係らず、彼だけは何処の問題へでも無條件で口を出すことが暗黙の裡に許されてゐた。が、自分から進んで出て行くやうなことは決してなかつた。其の代り頼まれゝば何時《いつ》でも一肌脱いで、寝食を忘れるのが常であつた、次から次と方々から難物が持ち込まれた。それらを多くの場合推理一つで怪《ママ》刀乱麻の解決を与えて居た。

藤吉の推理力は、「のの字の刀痕」では、出先から帰ってきた勘次が伯父の家に泊ってきたことを、足駄についた泥から推理するというシャーロック・ホームズばりの一幕にもよく示されているが、この一幕からは、本シリーズが、現在の多くの捕物帖からイメージさせるような、犯罪絡みの人情譚ではなく、江戸を舞台とした推理小説を志向したことをうかがわせるのである。

かつて都筑道夫は、釘抜藤吉シリーズを『半七捕物帳』（一九一七～三七。全六八話、番外編一）と『右門捕物帖』（一九二八～三二。全三八話）の間に位置するシリーズとして位置づけ、その重要性を以下のように述べた。

> この「釘抜藤吉捕物覚書」には、「半七捕物帳」と「右門捕物帖」をつなぐもの、という重要性もあるだろう。「半七捕物帳」は、作者の綺堂も書いているように、日本のシアロック・ホームズ物語をねらったものだ。江戸の風物詩としての面ばかり拡大評価されているが、（略）江戸川乱歩のいうクラシック・パズラーの三要素――発端の異常性、中段の調査の興味、結末の意外性を、どの一篇もちゃんと備えて、りっぱにモダーン・デテクティヴ・ストーリーになっている。それを江戸を舞台に、無理なく展開しようとしたことと、作者の好みが、はったりのない渋いものにしているのだ。ところが、佐々木味津三の「右門捕物帖」になると、がぜん派手になるかわりに、あるのは発端の異常性だけ。（略）きわめて魅力ある謎が、論理をまったく無視して、いいかげんに解決されるありさまには、泣きたくなるくらいで、もう推理小説としては読むにたえない。（略）そのむっつりの旦那と三河町の親分とのあいだに、発表順序をしめる合点長屋の藤吉は、内容的にはデテクティヴ・ストーリーでありながら、時代小説らしさを意識したあまり、推理小説らしさを希薄にして、右門につながっている点が、私には興味があるのだ。
>
> 岡本綺堂の創造した江戸を舞台にした推理小説が、怪奇時代小説、あるいは犯罪時代小説になっていった経過を考察することは、（略）日本推理小説史の重要な一項目ではあるだろう。（略）その系譜をたどるとき、ひときわ重要なマイルストーン、それが林不忘の（略）ふたつの捕物帳なのだ。（「半七と右門のあいだ」『一人三人全集Ⅰ』河出書房新社、七〇・一）

最後にいわれている「ふたつの捕物帳」とは、釘抜藤吉シリーズと早耳三次シリーズを指しているのはもちろんだが、早耳三次シリーズは、たった四編しか書かれなかったことを考えても、重要性といった点では一歩譲るといった印象がある。

釘抜藤吉シリーズは、これまで全十三編と見られることが多かったが、正確には本書に収めた十四編である。以下、収録単行本と収録作品を示しておく。

①『現代大衆文学全集35／新進作家集』平凡社、一九二八・一二（五編）
〈収録作品〉梅雨に咲く花　三つの足跡　槍祭夏の夜話　宇治の茶箱　巷説蒲鉾供養
②『日本探偵小説全集19／牧逸馬・城昌幸集』改造社、一九三〇・二（五編）〈収録作品〉同右
③『一人三人全集10／丹下左膳［日光の巻］』新潮社、一九三四・一二（五編）〈収録作品〉同右
④『一人三人全集12／巷説享保図絵』新潮社、一九三五・三（五編）
〈収録作品〉怪談抜《ぬけ》地獄　怨霊首人形　悲願百両　お茶漬音頭　のの字の刀痕
⑤『影人形』同光社、一九五五・三（十一編）
〈収録作品〉のの字の刀痕　巷説蒲鉾供養　悲願百両　怨霊首人形　影人形　宙に浮く屍骸
無明の夜　怪談抜地獄　三つの足跡　槍祭夏の夜話　梅雨に咲く花
⑥『一人三人全集Ⅰ／時代捕物　釘抜藤吉捕物覚書』河出書房新社、一九七〇・一（十三編）
〈収録作品〉のの字の刀痕　梅雨に咲く花　三つの足跡　槍祭夏の夜話　お茶漬音頭　巷説蒲
鉾供養　怪談抜地獄　無明の夜　怨霊首人形　宇治の茶箱　影人形　悲願百両　宙に浮く屍骸
⑦『藤吉捕物覚書』廣済堂出版、一九七二・九（十三編）〈収録作品〉同右

このうち、②の総題は「釘抜藤吉物語」、③と④は「藤吉捕物帖」となっていた。①〜③が同じセレクトなのは、①を親本とする系統だからだろう。④は、全集の穴埋めとして編まれたと思しく、ここで初めて『探偵文芸』初出の三作が揃ったことになるが、第一作が一番最後に収められるという配慮のなさには唖然とさせられる。戦後の刊本である⑤は、右の十編から「宇治の茶箱」「お茶漬音頭」を除く八編に、表題作と「無明の夜」「宙に浮く屍骸」を併せ収めたものだが、収録順に統一性がなく、どうしてこのようなセレクトになったのか、まったく意図がつかめない。⑥は「雪の初午」を除く十三編を収録しており、⑦は同書を踏襲している。⑥は、それまでに単行本化された作品を集成したものと思われるが、刊行当時、『探偵文芸』掲載の三編以外の初出が判明していなかったため、収録順序に統一性が見られないのは仕方ないとしても、その三編が巻頭にまとめられなかった編集意図は不明である。なお、早耳三次シリーズに関しては、後の解題で示すとおり異動がない。

以上のようにみてくると、釘抜藤吉シリーズはこれまで必ずしも理想的な形で刊行されてこなかったといっても、あながち間違いとはいえないだろう。今回初めて、初出順にすべての作品が収録され、本シリーズのより正確な作品世界をうかがうことが可能になったことになる。

『釘抜藤吉捕物覚書』は、その初出時期からして、『右門捕物帖』とほぼ同時期の作品と見るべきで、『半七捕物帳』と『右門捕物帖』の間をつなぐミッシング・リンクと位置づけるよりも、『半七捕物帳』の精神を林不忘なりに継承しようとしたと見るのが妥当ではないかと思われる。当初、推理の面白さを主眼としていた『釘抜藤吉捕物覚書』は、次第に、いわゆる人間性への興味を主眼とするように変貌していく。そうした興味は、牧逸馬名義で書かれた『世界怪奇実話』シリーズを続けるなかで、または海太郎が当初から持っていたと思しいスピリチュアルなものへの関心によって、醗酵していったものであろう。

以下、本書収録の各編について、簡単に解題を付しておく。作品によっては内容に踏み込んでいる場合もあるので、未読の方はご注意されたい。

〈創作篇〉

「のの字の刀痕」は、『探偵文芸』一九二五年三月号（一巻一号）に掲載されたのち、『一人三人全集』第一二巻（新潮社、一九三五）に初収録。その後、前掲⑤〜⑦に再録された他、縄田一男編『時代小説の楽しみ』第四巻（新潮社、九〇。新潮文庫版、九四）、菊池仁《めぐみ》編『時代小説ベスト・アンソロジー2／仕留め技捕物帳——捕物界の異能者たち』（福武文庫、九五）、ミステリー文学資料館編『幻の探偵雑誌5／「探偵文藝」傑作選』（光文社文庫、二〇〇二）に採録された。

安政三（一八五六）年の「春まだ寒い」頃に起きた事件で、密室状況を呈していることから自殺として片づけられようとしていたのを、藤吉が現場の状況などから殺人事件と判断し、真犯人を暴く。勘次の行動を言い当てる推理の他、犯人の身長を推理する件など、先にも述べたようにシャーロック・ホームズを彷彿とさせるものがある。

林不忘は、江戸川乱歩に宛てた一九二六（大正一五）年十月二十六日付の書簡の中で、雑誌『苦楽』に紹介してもらうために精進していたということを述べ、次のように書いている。

> その紹介状も戴かずに今日直接御地プラトン社川口松太郎氏あてに原稿を二つ送つてしまつたやうなわけです。甚だ厚かましい次第ですが、何卒電話かお筆の余滴を以て川口氏へ宜しくお取

りなしを願ひます。あとから紹介状といふのも変なものですが、雅兄のお言葉添へさへあれば拙稿も幾分の注意を惹くに相違ありません。ものは「釘抜藤吉捕物覚書」で二篇とも翻案ですが林不忘老人としては相当自信のあるものださうです。（江戸川乱歩『探偵小説三十年』岩谷書店、五四）

このときの原稿は後に返送されてきたようだが、このことから釘抜藤吉シリーズは、そのすべてがそうであるかどうかは不明ながら、海外作品の翻案であることが偲ばれる。本作品なども、外国種の作品であることは充分に考えられるのだが、それについては次の解題を参照されたい。

「宇治の茶箱」は、『探偵文芸』一九二五年四月号（一巻二号）に掲載されたのち、『現代大衆文学全集35／新進作家集』（平凡社、一九二八）に初収録。その後、前掲②③⑥⑦に再録された他、志村有弘編『捕物時代小説選集4』（春陽文庫、二〇〇〇）、ミステリー文学資料館編『幻の探偵雑誌5／「探偵文藝」傑作選』（光文社文庫、二〇〇一）に採録された。

「薬研堀べつたら市も二旬の内に迫つた」冬のある朝に起きた事件で、茶葉屋の主人が首を吊って死んだ事件を、藤吉が殺人だと看破する。冒頭に、犯人を指摘するためのちょっとした伏線が張られており、フェアな犯人当てが志向されていたことが分かる。作者にとっても自信作だったものか、『現代大衆文学全集』で「釘抜藤吉捕物覚書」が編まれる際に、『探偵文芸』掲載作の中から唯一、それもシリーズ第一作を差し置いて収められた。

本作品について松本泰が、追悼文「毀された家――世に出はじめた頃の牧逸馬」（『報知新聞』三五・七／一～二）。論創ミステリ叢書既刊『松本泰探偵小説選Ⅱ』に収録。以下、引用は同書から）の中で、「これら［『探偵文芸』に発表された釘抜藤吉もの――横井註］は米国探偵小説雑誌の短篇を翻案したものであった」と述べており、特に「シカゴの酒場の亭主がビール箱を踏み台に縊死を遂げたと見せかけた犯罪は、敏感なキャデラック刑事が他殺と看破し、犯人を挙げるという事件」というふうに言及している。同じ文章の中で松本は、「彼が初めて髷ものにペンを染めた時の指南役は、上田万年博士の令息寿氏で、釘抜藤吉の乾分《こぶん》勘弁勘次に唐桟《とうざん》の素袷《すあわせ》を着せたのも、氏の差し金であった。親切な寿氏はわざわざ自宅から唐桟の財布を持ちだしてきて、海太郎に実物教授をしたり、寄席や芝居へ案内していろいろと江戸趣味を吹き込んだものであった」と書いている。上田万年《かずとし》（「まんねん」とも。一八六七～一九三七）は国語学者で、作家・円地文子の父である。

「怪談抜地獄」は、『探偵文芸』一九二五年五月号（一巻三号）に掲載されたのち、『一人三人全集』第一二巻（新潮社、一九三五）に初収録。その後、前掲⑤～⑦に再録された他、ミステリー文学資料館編『幻の探偵雑誌5／「探偵文藝」傑作選』（光文社文庫、二〇〇二）に採録された。

安政五（一八五八）年四月に起きた事件で、「かう世の中が騒がしくなつて来ても」とあるのは、安政元年にペリーが再来して日米和親条約が締結されて以来の国情をふまえている。安政五年の四月には、井伊直弼が大老に就任したばかりであった。

藤吉は海老床の親方・甚八から、人形問屋の若主人が体験した奇妙な出来事――女の幽霊から聞かされた隠し財産を掘り出そうとして失敗した事件の顛末を聞かされて、その綾をたちまち解きほぐしてしまう。およそ信じがたい幽霊の話を簡単に信じ込んでしまう若旦那の心理がきちんと押さえられている点がミソで、江戸時代を舞台にしていることが、事件にリアリティを添える要因となっている点も見逃せまい。

「梅雨に咲く花」は、『苦楽』一九二六年七月号（五巻七号）に「探偵捕物」と角書きされて掲載されたのち、『現代大衆文学全集35／新進作家集』（平凡社、一九二八）に初収録。その後、前掲②③⑤～⑦に再録された他、志村有弘編『捕物時代小説選集4』（春陽文庫、二〇〇〇）に採録された。

冒頭に「弘化はこの年きりの六月も下旬」とあるが、弘化は五年二月までなので、弘化四(一八四七）年六月の事件ということになるだろうか。いずれにせよ、掲載誌が『苦楽』に改まり、『探偵文芸』掲載作品よりも設定年代が遡ったことになる。

　冒頭に描かれた何気ない人物描写が、後半の犯人指摘の伏線になるという展開は、「宇治の茶箱」にも見られた本シリーズのパターンのひとつ。

「**三つの足跡**」は、『苦楽』一九二六年八月号（五巻八号）に「探偵捕物」と角書きされて掲載されたのち、『現代大衆文学全集35／新進作家集』（平凡社、一九二八）に初収録。その後、前掲②③⑤～⑦に再録された他、武蔵野次郎編『時代小説ベスト集成・捕物篇　秘帳』（エルム社、七六）、志村有弘編『捕物時代小説選集4』（春陽文庫、二〇〇〇）に採録された。

　冒頭に「七月十四日のことだつた」と書かれており、「梅雨に咲く花」に続く事件だと想像される。味噌問屋の女隠居の失踪事件が解決しないまま、今度は同じ味噌問屋の主人の死体が味噌蔵で発見される。現場の状況から、それこそ朝飯前のスピード解決で、同時に失踪事件も解決してしまう。帰る途中、本来の縄張りの岡っ引きと出くわすというユーモラスな描写も楽しい。

「**槍祭夏の夜話**」は、『苦楽』一九二六年九月号（五巻九号）に掲載された（角書きなし）のち、『現代大衆文学全集35／新進作家集』（平凡社、一九二八）に初収録。その後、前掲②③⑤～⑦に採録された他、横溝正史編『別冊文芸読本／日本の名探偵』（河出書房、一九八〇）、志村有弘編『捕物時代小説選集4』（春陽文庫、二〇〇〇）に採録された。

　第二章冒頭に「成田の祇園会を八日で切り上げ」とあるから、藤吉が勘次から話を聞いたのは七月十一日ということになる。とすると、「三つの足跡」よりも前の事件ということになるが、王子の槍祭は八月斎行の大例祭であり、いちおう初出誌の発行時期と事件の時期とを対応させているようなので、やはり「三つの足跡」後の事件ということになるだろうか。
藤吉たちも知りあいの小物師の与惣次が体験した奇妙な事件の綾を解きほぐす。単に犯人の失言から謎を解くだけでなく、その失言が失言であると気づくように伏線が張られている点にも注目されたい。

「お茶漬音頭」は、『苦楽』一九二六年一〇月号（五巻一〇号）に「藤吉捕物」と角書きされて掲載されたのち、『一人三人全集』第一二巻（新潮社、一九三五）に初収録。その後、前掲⑥⑦に再録された。

冒頭に「今宵、後《あと》の月を賞《ほ》める程の風雅《みやび》はなくとも、お定例《きまり》の芋、栗、枝豆、薄《すすき》の類の供物を中に近処の若い衆が寄合つて、秋立つ夜」とあるから、陰暦九月一三日の夜のこと。薬種問屋の前で奇妙な小唄を歌う狂女の目的を解きほぐす一編。尾行に葬式彦兵衛の異能が活かされる。

「巷説蒲鉾供養」は、『苦楽』一九二七年二月号（六巻二号）に掲載された（角書きなし）のち、『現代大衆文学全集35／新進作家集』（平凡社、一九二八）に初収録。その後、前掲②③⑤〜⑦に再録された。

「文久辛《かのと》の酉年は八月の朔日《ついたち》」とあるから、設定年代は一八六一年。掲載誌の年が改まって、『探偵文芸』掲載作品よりも後の時代になったことになる。

後に牧逸馬名義で書き始めた「世界怪奇実話」シリーズの第七話「肉屋に化けた人鬼」（『中央公論』三〇・七〜八）の題材となったドイツの犯罪事件を江戸時代に置き換えた作品。『中央公論』の特派員として世界旅行に出発したのは一九三一年三月のこと。その際に「世界怪奇実話」シリーズの資料を蒐集したそうだから、「巷説蒲鉾供養」が書かれた時点では「肉屋に化けた人鬼」の種本は未入手だったはずだ。だが、いわゆる「谷戸の文化村」で世話になった松本泰も犯罪実話を多く発表しており、犯罪実話集を何冊か上梓していることから、おそらく松本泰の蔵書を参考にしたものと思われる。

「怨霊首人形」は、『苦楽』一九二七年三月号（六巻三号）に「藤吉捕物」と角書きされて掲載されたのち、『一人三人全集』第一二巻（新潮社、一九三五）に初収録。その後、前掲⑤〜⑦に再録された。

「慶応二年」とあるから設定年代は一八六六年。紺屋の店先に立てられた竹竿の笊目籠が男の生首にすげ替えられていた事件の謎を解きほぐす。その謎ときよりも、捕縛された犯人の叫びに対応して立てられた最終章が効果をあげている。首を切断する理由が、登場人物の心理としてはともかく、ミステリ的趣向としてみると、やや物足りない。

「無明の夜」は、『苦楽』一九二七年五月号（六巻五号）に「藤吉捕物」と角書きされて掲載されたのち、『影人形』（同光社、一九五五）に初収録。その後、前掲⑥⑦に再録された。

設定年代は不詳。第一章で藤吉主従を案内する甚右衛門が、第二章にいたり意外な正体を明かす、というレトリックが印象的だ。ダイイング・メッセージものらしき趣向もあるが、それよりも物語の途中で語られる動機論ともいうべき一節に注目すべきかもしれない。

何事もさうだが、すべて人殺しには因由《いはれ》に意《こころ》が見えるものだ。殺さなければならない程の強いつよい悪因縁、それを籠る犯人《ほし》のこゝろもち、これにぶつかれば謎はもう半ば以上解けたも同じことである。此の人殺しのこゝろを藤吉は常から五つに分けてゐた。国事《おほやけ》に関する暗撃果合《やみうちはたしあ》ひや、新刀《あらもの》試し辻斬の類を除《ぬ》かした士民人情の縺れから来る兇行の因《もと》に五つある。物盗、恐怖《おそれ》、貪慾、嫉妬《やきもち》、それから意趣返しと。

本作品では、当の被害者に対する一種類の動機ではなく、いくつも組み合わせたところにミソがあると見るべきだろうか。

「宙に浮く屍骸」は、『朝日』一九三二年一月号（三巻一号）に掲載されたのち、『影人形』（同光社、一九五五）に初収録。その後、前掲⑥⑦に再録された。

「嘉永二年、一月十五日」というから、設定年代は一八四九年。「梅雨に咲く花」の設定元号である弘化に続き、嘉永年間の次が、『探偵文芸』掲載作品の設定元号である安政となる。

前作「無明の夜」から四年後の、掲載誌を改めての再登場であるためだろう、第二章冒頭で、「のの字の刀痕」での藤吉紹介の件がそのまま引用され、これまでのテクストは、『八丁堀合点長屋店人《たなにん》釘抜藤吉捕物覚書』という写本からまとめたものだった、というふうに仕切り直されている。

旅籠の女主人が二階から首つり死体となって発見されるが、見ている内にその死体が二階へと引き上げられていく。ところが、駆け上がってみても誰もいない、という奇妙な事件を解きほぐす顛末。一種の密室趣向とアリバイ・トリックが仕掛けられているのが読みどころながら、そこまでトリックに手間をかける必要があったのかという疑問も一方で湧いてくるのが、難といえなくもない。

「雪の初午」は、『朝日』一九三二年二～三月号（三巻二～三号）に掲載された。単行本に収められるのは今回が初めてである。

雪に足を滑らして転倒した際に意識を失い、そのまま凍死したかに見えた死体をめぐる背後関係を探る顛末。「ぶつかつた以上、自分とじぶんに得心が往《ゆ》くまで、殻を叩き破つて底を覗いてみるのが、かれ合点《くぎぬき》長屋の岡つ引きとして当然の任務《つとめ》——と迄、この場合はつきり目的《まと》の定《きま》つたものではなくても、先づ単に、趣味であつてもいゝのだつた」という件からは、もはや岡っ引きともいえそうにない藤吉のありようがうかがえて興味深い。

「悲願百両」は、『朝日』一九三一年四月号（三巻四号）に掲載されたのち、『一人三人全集』第一二巻（新潮社、一九三五）に初収録。その後、前掲⑤〜⑦に再録された。

W・W・ジェイコブズ William Wymark Jacobs（一八六三〜一九四三、英）が、Harper's Monthly Magazine の一九〇二年九月号に発表した怪奇小説「猿の手」The Monkey's Paw の、ほぼ忠実な翻案というべき作品である。「猿の手」は、雑誌掲載と同じ年に Harper 社から上梓された *The Lady of the Barge* に収録されている。おそらく林は、このいずれかか、あるいはアンソロジーなどに採録されたものを読んだものと思われる。

この、番外編ともいうべき挿話が本シリーズに加わることで、藤吉のキャラクターに独特の陰影が醸し出されることになった。本作品に示されるような心霊趣味は、牧逸馬名義の「第七の天」（一九二八）や「闇は予言する」（二九）などにも垣間見られたものである。林に住居を提供した松本泰にも、心霊趣味があったことが思い出される。

「影人形」は、『朝日』一九三一年五〜六月号（三巻五〜六号）に掲載されたのち、『影人形』（同光社、一九五五）に初収録。その後、前掲⑥⑦に再録された。

前作で合理的に説明しきれない謎に遭遇したためか、冒頭から屈託のある態度を示す藤吉だが、偶然とはいえ人死にが出ることを予言するような役回りになってしまうのが興味深い。怪力無双の男を簡単に絞め殺す方法をめぐるハウダニットの興味が盛り込まれているが、そちらよりも人間関係の綾を織りなすのが主と見るべきだろう。時候的な文章がないのはもとより、最後に罪人を見逃すのも珍しく、結果論ではあるが、シリーズの最後を飾る一編として、ある意味ふさわしいともいえなくもない。

以下は、林不忘が創造したもう一人の捕物名人・早耳三次が登場する四編である。

「霙橋辻斬夜話《よばなし》」は、『ポケット』一九二七年一月号（一〇巻一号）に、「早耳三次捕物聞書」の外題を付して掲載されたのち、『一人三人全集』第一一巻（新潮社、一九三四）に初収録。その後、『一人三人全集』第一巻（河出書房新社、七〇）、『藤吉捕物覚書』（廣済堂出版、七二）に再録された。辻斬り犯人の意外な正体が印象に残る一編。

「うし紅《べに》珊瑚」は、『ポケット』一九二七年二月号（一〇巻二号）に、「早耳三次捕物聞書」の外題を付して掲載されたのち、『一人三人全集』第一一巻（新潮社、一九三四）に初収録。その後、『一人三人全集』第一巻（河出書房新社、七〇）、『藤吉捕物覚書』（廣済堂出版、七二）に再録された。

文久二（一八六二）年に起きた事件で、盗人と疑われて入水自殺した事件の背後を探る内に、盗難事件の解決に至る。

「浮世芝居女看板」は、『講談雑誌』一九二八年一月号（一四巻一号）に、「早耳三次捕物ばなし」の外題を付して掲載されたのち、『一人三人全集』第一一巻（新潮社、一九三四）に初収録。その後、『一人三人全集』第一巻（河出書房新社、七〇）、『藤吉捕物覚書』（廣済堂出版、七二）に再録された。二部構成が珍しく、三次は脇に回り、同一犯人が起こした詐欺事件を中心に語られているのも珍しい。

本作品の初出時には、掲載誌が変わったためであろう、以下のようなまえがきが付せられていた（単行本には未収録）。

江戸の末期、花川戸に早耳三次といふ名うての岡つ引きがあつた。

この人は、いろいろ変つた捕物で知られてゐたが、なかでも珍しいと思はれるはなしを一つ二つ、冬の夜のつれづれに思ひ出すまゝ、を左《さ》に拾つてみよう《ママ》。

「海へ帰る女」は掲載誌不明作品で、牧逸馬名義の著書『現代ユウモア全集22／ヴェランダの椅子』（現代ユウモア全集刊行会、一九三〇）に初収録。その後、『一人三人全集』第一一巻（新潮社、三四）および『一人三人全集』第一巻（河出書房新社、七〇）、『藤吉捕物覚書』（廣済堂出版、七二）、牧逸馬名義の著書『白仙境』（社会思想社・現代教養文庫、七五）に再録された。ここでは、新潮社版『一人三人全集』収録のテキストを底本とした。

元治元年というから一八六四年に起きた、これまた詐欺事件で、釘抜藤吉シリーズの「怪談抜地獄」などにも通じる趣向だが、文体に軽みがあるところが持ち味といえる。三次が「『女白波だから蜓《ママ》女あたりが、動かねえところだらう』なんて洒落みたいな見込み」を立てるというあたりが、『現代ユウモア全集』に初収録されたゆえんだろうか。

〈随筆篇〉

「吉例材木座芝居話」は、『探偵趣味』一九二六年四～六月号（二年四～六号、七～九輯）に掲載された。その後、『叢書「新青年」／谷譲次――めりけんじゃっぷ一代記』（博文館新社、一九九五）に採録された。犯罪事件を扱った歌舞伎を紹介したエッセイ。

「行文一家名」は、『探偵趣味』一九二六年八月号（二年八号、一一輯）に掲載された。単行本に収められるのは今回が初めてである。創作家としての心構えを古文調で記したもの。

「著者自伝」は、『現代大衆文学全集35／新進作家集』（平凡社、一九二八・一二）に掲載された。

単行本に収められるのは今回が初めてである。牧逸馬、谷譲次、林不忘が同一人物であることを明らかにしている点が注目される。

「作中人物の名　その他」は、『サンデー毎日』一九三二年一月一七日号（一一年四号）に掲載された。単行本に収められるのは今回が初めてである。最後に、文筆家としてジャーナリズムに伍していく姿勢について書かれている点が目を引く。林不忘自身は、「四十、五十の、世間も観、人間としての滋味もやうやく滲み出かける」まで作家人生を全うできなかったことを思えば、何がしかの感慨にとらわれざるを得ない。

「三馬の酔讃」は、『オール読物』一九三四年四月号（四巻四号）に掲載された。単行本に収められるのは今回が初めてである。式亭三馬（一七七六～一八二二）は江戸後期の戯作者。『浮世風呂』（一八〇九～一三。全四編）、『浮世床』（一八一三～一四。全三編）などの滑稽本で知られる。

[解題] **横井 司**（よこい つかさ）
1962年、石川県金沢市に生まれる。大東文化大学文学部日本文学科卒業。専修大学大学院文学研究科博士後期課程修了。95年、戦前の探偵小説に関する論考で、博士（文学）学位取得。『小説宝石』で書評を担当。共著に『本格ミステリ・ベスト100』（東京創元社、1997年）、『日本ミステリー事典』（新潮社、2000年）など。現在、専修大学人文科学研究所特別研究員。日本推理作家協会・日本近代文学会会員。

林不忘探偵小説選　〔論創ミステリ叢書29〕

2007年8月20日　初版第1刷印刷
2007年8月30日　初版第1刷発行

著　者　林不忘
装　訂　栗原裕孝
発行人　森下紀夫
発行所　論創社
〒101-0051 東京都千代田区神田神保町2-23 北井ビル
電話 03-3264-5254　振替口座 00160-1-155266
http://www.ronso.co.jp/

印刷・製本　中央精版印刷

Printed in Japan　ISBN978-4-8460-0717-1

論創ミステリ叢書

刊行予定

★平林初之輔Ⅰ
★平林初之輔Ⅱ
★甲賀三郎
★松本泰Ⅰ
★松本泰Ⅱ
★浜尾四郎
★松本恵子
★小酒井不木
★久山秀子Ⅰ
★久山秀子Ⅱ
★橋本五郎Ⅰ
★橋本五郎Ⅱ
★徳冨蘆花
★山本禾太郎Ⅰ
★山本禾太郎Ⅱ
★久山秀子Ⅲ
★久山秀子Ⅳ
★黒岩涙香Ⅰ
★黒岩涙香Ⅱ
★中村美与子
★大庭武年Ⅰ
★大庭武年Ⅱ
★西尾正Ⅰ
★西尾正Ⅱ
★戸田巽Ⅰ
★戸田巽Ⅱ
★山下利三郎Ⅰ
★山下利三郎Ⅱ
★林不忘
牧逸馬
風間光枝探偵日記
延原謙
サトウ・ハチロー
瀬下耽
森下雨村 他

★印は既刊

論 創 社